꽃 피는 산골 교향곡

나남
nanam

나남창작선 183

꽃 피는 산골 교향곡

2023년 5월 11일 발행
2023년 5월 11일 1쇄

지은이 鄭長和
발행자 趙相浩
발행처 (주) 나남
주소 10881 경기도 파주시 회동길 193
전화 (031) 955-4601 (代)
FAX (031) 955-4555
등록 제 1-71호 (1979.5.12)
홈페이지 http://www.nanam.net
전자우편 post@nanam.net

ISBN 978-89-300-0683-5
ISBN 978-89-300-0572-2 (세트)

책값은 뒤표지에 있습니다.

나남창작선 183

정장화 연작장편소설

꽃 피는 산골 교향곡

나남
nanam

작가의 말

"세혁이 중동으로 나가는 걸 언제쯤 볼 수 있어요?"

나의 첫 장편소설 《은골로 가는 길》이 출간된 지 3년이 지났는데 이런 전화가 걸려 오고 직접 질문을 받기도 한다. 세혁은 《은골로 가는 길》의 주인공이다. 《은골로 가는 길》 2권 말미에 세혁이 중동 건설현장으로 발령을 받아 놓은 뒤 마쳤기에 그 말은 곧 《은골로 가는 길》 3권이 언제 나오느냐고 에둘러 물어보는 질문이다. 나는 초조한 마음에 고향 근처로 작업실을 옮기고 《은골로 가는 길》 3권을 쓰고 있다.

초등학교 시절, 우리 고향 집으로 가는 길은 꽃 피는 산골 풀숲에 두루마리 광목을 도르르 펴놓은 듯 조붓한 외길이었다. 길 중간중간에 놓인 통나무다리, 섶다리, 징검다리를 건너다녔다. 하굣길에 고무신을 벗어 들고 개울에 들어가 가재, 미꾸라지, 피라미, 다슬기 잡는 재미에 해 지는 줄 몰랐다. 집집이 모락모락 피어오르는 저녁 연기를 보고서야 개울을 나와 애태우며 걸음을 재촉했다.

밤이면 부엉이 울고, 소쩍새 울고, 노루가 울고, 아침에 일어나 방문을 열면 처마 밑에 지은 제비집이 보이고, 댓 마리의 새끼가 노란 주둥이를 짝짝 벌리고 어미가 물어다 주는 먹이를 받아먹었다. 울밖에서 꾀꼬리가 울고, 뜸부기가 울고, 뻐꾸기가 울고, 여치가 울고, '따다닥' '따다닥' 딱따구리가 나무 찍는 소리가 들렸다.

그 많은 것들은 이제 찾아볼 수 없다. 그건 고스란히 간직했다가 후대에 오롯이 전해 줄 천하에 둘도 없는 보물이었다. 그 보물들이 사라지고 망가지는 것을 지켜보며 《은골로 가는 길》을 계속 써 나갈 수 없었다. 나는 펜을 내려놓은 채 한동안 깊은 상실감에 빠져 헤어나지 못했다.

수일째 작업실 문밖에서 겉돌던 나는 끝내 작업실에 들어가지 못하고 무작정 집을 떠나 가깝고 먼 곳을 가리지 않고 정처 없이 돌아다녔다. 어디를 가도 내가 자랄 때 건너다니던 통나무다리, 섶다리, 징검다리는 찾아볼 수 없다. 흔히 마주쳤던 꽃도, 나비도, 벌도, 새도, 물고기도 눈에 띄지 않았다. 소를 키우는 외양간도, 돼지를 키우는 돼지우리도, 닭장도 보이지 않았다. 어느 농촌을 들어가도 농촌을 느낄 수 없었고 그렇다고 도시도 아닌 얼치기였다.

열흘 남짓 돌아다니다 집으로 돌아가던 도중 장에 가는 장꾼들 속에 섞여 들어갔다. 그날이 '정선 오일장'이었다. 장터 사람들을 지켜보며 가뭄에 물이 시시각각 줄어드는 물웅덩이로 몰려들어 펄떡이고 부대끼며 생존에 몸부림치는 물고기들이 떠올랐다.

파장되기 전에 장터를 나와 집으로 돌아온 그날 밤 새벽, 왼쪽 옆구리가 꾹꾹 결리는가 싶더니 통증이 점점 심해져 구급차를 불렀다. 구급요원이 여기저기 전화로 수소문한 뒤 대전에 있는 병원으로 달리기 시작했다. 구급차는 두 시간이 지나 병원에 도착했는데 그토록 심한 통증이 거짓처럼 사라졌다. 나는 멀쩡한 상태로 진찰을 받았다. 의사는 병명이 '요로 결석'이라며 돌아가 물을 많이 마셔 소변으로 결석을 배출시키는 게 가장 좋은 치료 방법이라고 했다.

퇴원하여 집으로 돌아온 뒤 하루 종일 밥보다 물을 더 많이 마셨지만 그날 자정을 넘기지 못하고 다시 산통(아이 낳는 고통) 같은 통증이 오기 시작해 구급차를 불렀다.

농촌에선 아무리 위급한 환자일지라도 골든타임 안에 도착할 수 있는 병원이 없어 응급환자가 길에서 죽거나, 산모가 산부인과 병원을 찾아가다가 일쑤 구급차 안에서 아이를 낳는다. 절이 싫으면 중이 떠나라고 했으니, 농촌에서 병원이 문을 닫고, 학교가 폐교되고, 터미널이 정류장으로 바뀌고, 파출소가 문을 걸어 잠가도 떠날 수 없으니 그저 자포자기하고 살 수밖에 없다.

어느 날 양봉하는 영감에게 '꿀벌이 사라진다'는 말을 듣고 마을이 통째로 사라진다는 말을 들었을 때보다 더 큰 충격을 받았다. 꿀벌이 사라지는 것은 일시적인 통증으로 끝날 일도 아니고 사람이 죽어서 해결될 문제도 아니다.

꿀벌이 자꾸 사라진다!

꿀벌이 자꾸 죽어간다!

원인조차 모른 채 꿀벌이 자꾸자꾸 사라지고 죽어간다!

나는 유아기(幼兒期)에 엄마 젖 위에 손을 올려놓고 잠들었다. 동생이 태어나고 자라 엄마의 젖을 두고 나와 쟁탈전을 벌였다. 동생은 나의 상대가 되지 못한 채 엄마 젖을 빼앗기고 울었다. 엄마는 돌아누우며 내 손을 떼어 내고 울고 있는 동생의 손을 가져다 젖 위에 올려 주었다. 엄마가 야속하면서도 엄마의 젖이 그리워 엄마의 등 뒤에서 밤새 울었다. 엄마는 나를 달래 주지 않았다. 내 숨결에 삶에 소설에 엄마 젖의 그리움이 배어 있다.

꿀벌이 사라지는 건 엄마의 젖이 사라지는 것과 같다. 꿀벌들이 사라진다는 말을 들었을 때 엄마들의 젖이 사라진다는 말과 다르게 들리지 않았다.

그날부터 지금 농촌에서 사라지고 있는 그 모든 것들을 기록하겠다는 심정으로 《은골로 가는 길》 3권을 잠시 제쳐 두고 이 소설을 썼다. 고향을 배경으로 쓴 《꽃 피는 산골 교향곡》을 정서적 귀향을 꿈꾸는 아름다운 독자 여러분의 질정을 기다리는 애타는 마음으로 세상에 내보낸다.

2023년 5월

정장화 연작장편소설

꽃 피는 산골 교향곡

차례

토종닭 무녀리의 죽음

호미 끝에 포슬포슬한 봄이 왔다. 봄동밭이 파릇하다. 봄동은 인동초처럼 겨울 동안 속을 옹골차게 채우며 견디어내다 날이 풀리며 고갱이를 겹겹이 동글납작하게 피워 낸다. 노지(露地)서 삼동을 견딘 봄동을 뜯어다 바로 무쳐 먹는 겉절이는 온실에 기른 것하고 맛과 향이 천양지차다. 성갑은 아내가 봄동에 갖은양념으로 버무려낸 도토리묵에 그득히 따라 주는 막걸리 한 잔을 받아 들면 외양간의 소가 달아나도 아랑곳하지 않았다.

아침에 일어나 닭장 문을 열어 놓은 성갑이 호미를 들고 마늘밭으로 들어갔다. 호미 끝에 올라오는 흙이 고슬고슬하다. 따뜻한 물수건을 이마에 올려놓은 듯 아침 햇살이 따사롭다. 한참 늘어지게 호미질을 하던 성갑이 담배 한 개비를 태워 물고 텃밭을 헤집으며 돌아다니는 토종닭 무리를 지켜보았다. 여름내 고추 농사지어 가을 김장철에 내다 팔아 사 온 서리병아리였다. 유난히 눈이 잦았던 지난해 겨울, 겨우내 모이만 축내다 해동기에 풀어놓자 오동통하게 살이 오른 암탉들이 궁둥이를 요리 씰룩 조리 씰룩거리며 사면팔방으로 돌아다녔다.

닭 무리 중 수탉이 병아리 때부터 우두머리였다. 수탉이 부챗살 펴듯 양 날개를 활짝 펴고 암탉에게 달려들었다. 땅을 속속들이 헤집으며 먹이를 찾던 암탉이 금방 알아차리고 아장아장 자리를 잡으며 등을 나부죽이 낮춰 줬다. 수탉이 나는 듯이 후닥닥 올라타자 암탉은 실팍한 엉덩이를 반짝 쳐들어 주었다. 수탉은 엉덩이를 암탉 엉덩이에 찰싹 맞붙이고 사푼사푼 비비대자 암탉이 까라지며 '꼬꼬댁 꼭꼭' 자지러지게 울고 수탉은 꼬랑지를 뱌비작뱌비작 뱌비대며 격렬한 교미를 했다. 죽어 가는 팽이처럼 기진한 수탉이 암탉 등에서 폴짝 뛰어내렸다. 바짝 짜부라졌던 암탉이 일어나 온몸을 한 번 부르르 털고 다시 먹이를 찾아 아기똥아기똥 돌아다녔다.

한데 아무리 눈을 씻고 찾아봐도 무녀리가 보이지 않았다. 장날 병아리를 사다 마당에 풀어놓을 때부터였다. 웬일인지 걸핏하면 한 마리뿐인 수평아리가 암평아리 아홉 마리 중 유난히 몸집이 작은 암평아리 한 마리를 부리로 매섭게 찍어댔다. 수평아리가 제일 먼저 작은 암평아리에게 달려들어 찍어대고 쓰러뜨린 뒤 올라타고 만천하에 승전을 알리듯 '꼬댁' '꼬댁' '꼬꼬댁' '꼭꼭' 소리치곤 성큼 뛰어내렸다. 다른 암평아리들도 마치 무슨 의식을 치르듯 수평아리 뒤를 이어 차례로 작은 암평아리를 올라타고 자근자근 밟고 넘어갔다. 작은 암평아리는 모두 자기 몸뚱어리를 밟고 지나간 뒤 슬며시 일어나 무리에 섞이지 못하고 혼자 먹이를 찾아 나섰다.

닭 싸우듯 한다고, 수놈은 수놈끼리 암놈은 암놈끼리 서로 날개를 파닥이며 싸우는 일은 심심찮게 볼 수 있어도 수놈이 암놈을 줄기차게 찍어대는 것은 보기 드문 일이었다. 작은 암평아리는 닭장에 들어가서도 무리와 같이 횃대에 오르지 못하고 뚝 떨어진 구석 자리에 올라가 홀로 지냈다. '덩치가 작다고 얕보는 걸까, 아니면 닭들도 집단 따돌림 하는 걸까?' 하여튼 성갑이네 식구들은 모두 그 작은 암평아리를 '무녀리'라고 불렀다. 성갑은 병아리들이 자라며 몸집 차이가 나도 너무 나는 무녀리를 보면 볼수록 기이하다는 생각이 들었다.

성갑이 장에 가는 석태봉 영감을 만났다. 석 영감은 철새처럼 봄부터 가을까지 꽃을 좇아다니는 양봉업자였다. 성갑은 석 영감에게 무녀리를 가리키며 물었다.

"벵아리 장수가 한배 새끼라구 했는디, 저기 저 무녀리만 저렇기 작을 수두 있는규?"

성갑이 장에서 병아리를 사 올 땐 서로 고만고만했는데 무녀리는 무리 중 어미를 따르는 병아리처럼 작아 보였다. 무녀리를 지켜보던 석 영감이 갑자기 허공을 향해 다섯 손가락을 쫙 펴 보이며 껄껄 웃었다.

"아따 이 사람아. 그게 뭐가 그리 이상혀. 한날한시에 태어난 손가락두 이렇기 질기두 허구 짧기두 헌디!"

성갑은 석 영감 우스갯소리에 멋쩍게 따라 웃었다. 잠시 뒤 윗말에서 양계사업을 크게 하는 이장 천석주가 장꾼들 틈에 섞여 내려왔다. 성갑이 친구 석주도 장에 가는 길이라고 했다. 성갑은 다시 석주에게 물었다. 석주는 무녀리를 한눈에 알아봤다.

"에이. 무녀리만 토종닭이구먼. 나머지 저것들은 모두 외래종 튀기여, 튀기!"

외래종 튀기라니. 시장에서 사 올 땐 병아리 장수가 토종닭이 틀림없다고, 한배 새끼라는 말을 철석같이 믿고 사 온 서리병아리였다. 외래종들은 하루도 거르지 않고 닭장을 나오자마자 토종인 무녀리를 사정없이 찍어 대고 땅바닥에 쓰러뜨린 뒤 자근자근 밟고 지나갔다. 무녀리는 속수무책으로 늘 당하기만 했다.

한데 언제부터인지 무리에서 겉돌던 무녀리가 식구들 눈에 띄지 않았다. 성갑이 무녀리를 찾고 있었는데 '캬-악!' 하는 몹시 다급한 닭 울음소리가 들렸다. 위급함을 느낀 성갑은 벌떡 일어나 소리가 났던 뒤울안으로 달려갔다. '후다닥' 갑자기 나타난 성갑을 보고 놀란 고양이 한 마리가 사철나무 울타리 사이로 쏜살같이 달아났다. 성갑이 섬뜩할 만큼 아주 큰 검은 고양이었다. 한동안 눈에 띄지 않던 무녀리는 뒤울안에 있었다. 무녀리가 목에 깃털을 빳빳하게 치켜세우고 달아나는 고양이를 독기 품은 눈으로 쏘아봤다. 달아나던 고양이가 걸음을 우뚝 멈추고 고개를 뒤로 팩 돌렸다. 고양이 눈에서도 살기가 번득였다. 성갑이 돌멩이를 주워 고양이에게 힘껏 던졌다. 휘익 날아간 돌멩이는 고양이 코앞에 팍 꽂혔다. 화들짝 놀란 고양이가 '캐액' 소리를 내지르며 방향을 바꿔 잽싸게 달아났다.

성갑은 그제야 마음을 놓고 무녀리에게 고개를 돌렸다. 무녀리는 성갑을 보고도 고슴도치처럼 목에 깃털을 곤두세우며 공격 자세를 풀지 않았다. '어라!' 무녀리 엉덩이 밑으로 동글동글한 달걀 무더기가 한눈에 들어왔다. 성갑은 무녀리가 왜 한동안 눈에 띄지 않았는지 대번에 짐작할 수 있었다. 무녀리는 그동안 사철나무 밑에 둥지를 틀고 알을 낳아 품고 있었다. 성갑은 문득 '사람은 알을 먹기 위해 암탉을 키우는데, 암탉은 병아리를 까려고 알을 낳는구나'라는 생각이 들었다. 암탉은 알을 무한정 낳는 게 아니라 어느 정도 낳으면 병아리를 까려고 스스로 알을 품는다. 사람은 암탉이 알을 품어 볼 기회조차 주지 않고 마지막 한 알까지 꺼내 먹는다. 알을 빼앗긴 암탉은 빈 둥지에 들어가 한동안 앓는 소리를 내지르며 몸을 추스른 뒤 다시 알을 낳기 시작하지만 똑같은 일이 반복된다.

예전과 달리 지금은 암탉이 병아리를 까 기르는 집은 거의 없다. 병아리는 암탉이 까는 게 아니라 부화장에서 대량으로 부화시킨다. 부화장에서 나오는 병아리는 수평아리가 없다. 병아리 감별사가 부화되어 나오는 족족 수평아리를 가려내 무참히 도태시켜 버리기 때문이다. 하루살이도 하루를 사는데 수평아리는 알 속에서 이미 죽음이 결정되고 밖으로 나오자마자 눈 깜짝할 사이 감별사 손에 의해 사라진다. 고양이가 달아나고 성갑이 지켜보는 동안 안정을 되찾은 무녀리는 우산을 펴듯 날개를 활짝 폈다가 접으며 알을 살포시 품고 앉았다.

무녀리를 대견스럽게 지켜보던 성갑이 집 안으로 들어가 쌀을 한 움큼 쥐고 나와 둥지 앞에 훌훌 뿌려 주었다. '하 이런!' 모이를 뿌려 주면 무녀리가 득달같이 둥지를 뛰쳐나올 줄 알았다. 아니었다. 어쩐 일인지 무녀리는 눈앞에 하얗게 흐트러진 모이를 빤히 쳐다보면서도 미동 없이 알을 품었다. 성갑이 다시 불을 붙인 담배 한 개비를 거의 태워갈 무렵 무녀리가 슬며시 일어섰다. '그러면 그렇지. 제 놈이 눈앞에 하얗게 흩어진 먹이를 두고 버티면 얼마나 버텨내겠어. 닭대가리 주제에'라는 생각에 성갑이 빙그레 미소를 지으며 일어섰다. 한데 둥지에서 일어선 무녀리는 둥지 밖으로 한 발도 내놓지 않고, 품었던 알을 공깃돌 굴리듯 발로 돌돌 굴려 놓은 뒤 다시 품기 시작했다.

무녀리가 일어선 것은 성갑이 뿌려 준 모이를 먹기 위해서가 아니라 전을 뒤집듯 알을 뒤집기 위해서였다. 성갑은 무녀리가 둥지를 나와 모이 먹는 것을 지켜보지 못한 채 자리를 뜨면서 한편으로 매우 실망했다. 무녀리가 병아리를 까도 수탉이 외래종이면 튀기가 나올 수 있기 때문이다. 우리 농산물시장에서 토종 먹거리가 뒷전으로 밀려나는 판에 농촌에서 기르는 여남은 마리 닭마저 외래종 튀기라니! 언제부터인지 토종은 거의 찾아볼 수 없다. 물론 암탉 몸집이 크고, 알이 크고, 알을 많이 낳는 외래종을 키우는 것이 이로울 수 있으나 자꾸자꾸 사라지는 토종을 생각하면 애석하기 그지없다.

수탉이 외래종인 것을 알고 몹시 실망한 성갑은 다음엔 직접 토종닭 알을 사다 무녀리에게 병아리를 까게 해야겠다고 마음먹었다. 암탉은 제가 낳은 알이든 남이 낳은 알이든 가리지 않고 품어 주고 알에서 병아리가 나오는 순간 제 새끼로 받아들인다. 물론 성장한 토종닭을 분양받을 수도 있으나 토종닭이 귀해 쉽게 구할 수 없을 뿐더러, 가격이 만만찮았고 그보다 직접 병아리를 까 기르는 재미는 무엇과 비교할 수 없는 즐거움이었다.

성갑은 매일 텃밭을 일구며 틈틈이 무녀리를 지켜보았다. 둥지를 나온 무녀리는 시계방향으로 돌아가며 모이를 찾아 먹었다. 그건 전에 보지 못한 행동이었다. 성갑이 한참을 지켜봐도 무녀리는 희한하게 왼쪽은 포기라도 한 듯 오른쪽으로만 뱅글뱅글 돌아가며 모이를 콕콕 쪼아 먹었다. 아무래도 이상했다. 닭은 좌우를 가리지 않고 코앞에 있는 먹이부터 모조리 주워 먹는 습성이 있기 때문이다. 호기심을 참지 못한 성갑이 기다란 막대기를 무녀리 왼쪽 눈언저리로 슬며시 디밀었다. 무녀리는 전혀 반응이 없었다. 다시 막대기를 오른쪽으로 디밀자 무녀리가 화들짝 놀라 제 키의 몇 배 높이로 훌쩍 날아올랐다가 내려앉았다. 성갑이 다시 한 번 시도했지만 마찬가지였다. 아무래도 무녀리의 왼쪽 눈은 멀어 있는 것이 분명했다.

무녀리를 뺀 나머지 외래종들은 날이 훤해질 때부터 황혼이 내릴 때까지 온종일 모이를 찾아 돌아다니다가 때가 되면 아무 데나 알을 낳았다. 토종닭은 사방팔방으로 돌아다녀도 알 낳을 때가 되면 둥우리에 들어가 낳았다. 둥우리가 없으면 무녀리처럼 스스로 둥지를 만들어 놓고 그곳에만 낳았다. 토종닭과 달리 외래종은 알을 낳기 위해 둥지를 만들지 않았다. 성갑이 둥지를 만들어 줘도 외래종은 돌아다니다 알을 아무 곳에나 똥 싸듯 싸질렀다. 그보다 더 이상스러운 건 외래종은 알을 낳기는 해도 알을 품어 병아리를 깔 줄 몰랐다. 그래서 알을 아무 곳에나 싸지르는지도 모른다. 무녀리가 알을 품기 시작하면서 눈으로 보고도 믿을 수 없는 또 다른 기이한 현상이 벌어졌다.

외래종들은 이른 아침에 닭장 문을 나서기 무섭게 담합이라도 한 듯 모두 무녀리에게 우르르 달려가 에워싸고 부리로 금방 찍어 죽일 듯 위협하며 싸움을 걸었다. 그놈들을 지켜보는 성갑이 아주 섬뜩할 만큼 분위기가 매우 살벌했다. 그런데도 무녀리는 죽어도 알을 품고 죽겠다는 듯 조금도 흔들림 없이 알을 품었다. 외래종들은 싸움을 걸어도 무녀리가 대항하지 않으면 마치 굶겨 죽이겠다는 듯 둥지 밑부터 샅샅이 헤집고 모이를 싹 쓸어 먹은 뒤 파문이 일듯 차츰차츰 자리를 넓혀 나갔다. 하여튼 그놈들은 하루도 거르지 않고 매일 반복적으로 그랬다.

성갑이 보기에 외래종들이 마음만 먹으면 언제라도 무녀리에게 치명적인 상처를 입힐 수 있었고 부리로 단번에 찍어 죽일 수도 있겠다는 생각이 들었다. 아니 무녀리를 쫓아내고 품고 있는 알을 몽땅 깨뜨려 버릴 수도 있었다. 한데 무슨 이유인지 무녀리를 땅바닥에 쓰러뜨린 뒤 차례로 올라타고 자근자근 밟고 지나가던 놈들이 무녀리가 맞서지 않는 한 털끝 하나 건드리지 않았다. 무녀리가 품고 있는 알을 노리지도 않았다. 아침에 한 번 다녀간 뒤 낮엔 무녀리를 건드리지 않았다. 해지면 무녀리는 거들떠보지 않고 저희끼리 닭장으로 들어갔다. 더더욱 이해할 수 없는 건 무녀리였다. 무녀리는 외래종들이 자신의 생명을 위협하는 위급한 상황인데도 미동 없이 알을 품는 자세였다.

사철나무 밑에 둥지를 틀고 알을 낳아 품는 무녀리를 발견하고부터 성갑은 밤낮 무녀리를 살펴보았다. 어느 날 무녀리가 한밤중에 '캬-악!' 하고 몹시 다급하게 울었다. 성갑이 자다 말고 벌떡 일어나 달려가 보면 무녀리는 성갑을 향해서도 '캬-악!' 하고 목에 깃털을 빳빳이 곤두세우고 공격 자세를 풀지 않았다. 아마 고양이나 다른 짐승이 무녀리에게 접근했던 모양이다. 무녀리는 해가 진 뒤 둥지에 들어가면 해가 뜰 때까지 둥지를 벗어나지 않고 알을 품었다. 둥지를 옮겨줄까 하는 생각도 해보았으나 한발 늦었다는 생각이 들었고 자리를 옮겨 주어도 위험은 항시 존재하기에 그냥 두는 것이 좋을 듯했다.

아니 무녀리는 닭장 안에 둥지를 틀어도 되는데 굳이 뒤울안 사철나무 밑을 선택한 것은 본능적인 느낌이 있었을 것이란 생각에 유심히 살펴보았다. 아닌 게 아니라 둥지는 삼태기처럼 뒤는 물론 좌우로 사철나무 줄기가 빽빽하게 막고 있어 다른 짐승이 공격할 수 없는 그야말로 완벽한 요새였다.

무녀리는 하루에 서너 차례 둥지를 나와 모이를 찾아 먹고 다시 둥지로 들어가 알을 품었다. 비 오는 날은 비가 멈출 때까지 비를 옴팡지게 맞으며 쫄쫄 굶는 모습이 안쓰럽고 애처로워 보였다. 성갑은 무녀리가 알을 품다 둥지를 나오면 시간에 구애받지 않고 배를 든든히 채우고 들어가는 줄 알았는데 그게 아니었다. 무녀리가 둥지를 나오면 대략 30분을 넘기지 않고 다시 둥지로 들어가 알을 품었다. 성갑이 휴대전화를 들고 시간을 확인해 보면 거의 정확했다.

어느 날 성갑이 시간을 정해 놓고 무녀리와 한번 겨뤄 보고 싶은 생각이 들었다. 무녀리가 둥지를 나오자마자 마음속으로 30분을 정한 뒤 눈을 감고 무녀리와 겨뤘는데 눈을 뜨고 보면 무녀리는 언제 들어갔는지 이미 둥지에 들어가 알을 품거나, 그때까지 모이를 찾고 있었다. 스스로 시간을 정한 뒤 무녀리와 몇 번을 겨뤘지만 한 번도 이겨 보지 못한 성갑은 무녀리를 닭대가리라고 얕잡아 본 자신이 여간 쪽팔리는 게 아니었다.

무녀리는 알을 품은 뒤로 먹이를 찾아 멀리 가지 않았다. 항상 둥지 주위에서 먹이를 찾아 먹으며 알을 감시했고 가끔 고개를 높이 치켜들고 사방을 경계하면서 둥지로 들어가는 시간은 정해진 시간을 지키는 듯했다. 둥지를 나오는 시간뿐만 아니라, 알을 품다가 일어나 손바닥 뒤집듯 알 밑부분이 위로 올라가게 굴려 놓고 품었는데 그 시간도 정해진 시간을 지키는 듯했다. 무녀리가 알을 뒤집어 놓을 때 알을 보며 뒤집지 않았다. 대가리를 높이 쳐들고 사방을 경계하면서 아홉 개의 알을 발로 돌돌 굴렸는데 한 개도 빠뜨리지 않고 뒤집어 놓는 게 참으로 신기했다.

무녀리를 지켜보던 성갑은 문득 오래전에 돌아가신 아버지 생각이 떠올랐다. 아버지는 낮에 해를 보고 시간을 가늠했다. 앞산에 해가 뜨면 아침이고, 어깨에 오르면 오전 새참, 정수리에 있으면 점심, 다시 어깨까지 내려가면 오후 새참, 뒷산을 넘어가면 저녁이었다. 밤엔 닭 울음소리를 듣고 시간을 짐작했다. 첫닭은 자시에 울고, 두 홰는 축시에, 세 홰는 인시에 울었다. 수탉이 날개로 파닥파닥 횃대를 치며 목청껏 세 홰를 울면 아버지는 어김없이 일어나 소죽을 끓이며 하루 일을 시작했다. 산업사회는 디지털시계로 분초를 다투는데 농경사회에선 자연현상에서 계절을 느끼고 시간을 가늠했다.

성갑이 어린 시절 새벽에 일어나 소죽 끓이러 나가는 아버지에게 '왜 사람보다 소에게 먼저 죽을 쒀 주느냐'고 물었다. 아버지가 '소는 죽을 먹고 되새김질까지 해야 끝난다'며 '소와 함께 일하러 나가려면 사람보다 먼저 죽을 먹여야 한다'고 했다. 소는 아버지가 아침을 먹기 전에 소죽을 먹고 아버지가 아침을 먹는 동안 되새김질했다. 소죽은 늦은 가을부터 이른 봄까지 쒀 주고 늦은 봄부터 이른 가을까지 꼴을 베어다 그대로 주었다. 아버지는 소죽 끓일 일이 없어도 수탉이 세 홰를 울면 어김없이 일어나 캄캄한 밖으로 나가 소죽 대신 전날 베어다 놓은 쇠꼴을 한 아름씩 넣어 주었다. 나중에 큼지막한 괘종시계를 사다 벽에 걸어 놓고도 그랬다.

간혹 수탉이 울지 않는 밤이 있었다. 아버지도 수탉의 생체리듬에 맞춰졌는지 그 시간이면 어김없이 깨어 수탉이 울기를 기다렸다. 수탉이 끝내 울지 않으면 캄캄한 어둠 속에서 몸을 뒤척이며 "이상허다. 수탉이 울 때가 되었는디", "그것 참 이상허다. 수탉이 울 때가 한참 지났는디. 무슨 짐승이 댕겨갔나?"라고 중얼거리며 밖으로 나갔다. 그날 아침 아버지는 누가 묻지 않아도 간밤에 울지 않은 수탉을 대변하듯 "지난밤 우리 닭장에 살쾡이가 댕겨갔어" 아니면 "너구리가 댕겨갔더라구" 혹은 닭장 주변에 찍힌 발자국이나 주변에 싸지른 똥을 보고 무슨 짐승이 다녀갔는지 알려 주었다. 아버지는 무슨 짐승이든 닭의 잠자리를 방해하면 수탉이 시간을 놓쳐 울지 않는다고 했다.

목청 좋은 수탉에 대한 아버지의 집념은 유별났다. 밭에 김을 매다 지렁이가 나오거나 굼벵이가 나오면 호미 끝으로 가려내 수탉에게 먹였다. 논에서 메뚜기도 한 꿰미씩 잡아다 꿰미째 던져 주었다. 수탉도 강아지처럼 아버지를 졸졸 따라다녔다. 남들은 수탉 한 마리에 암탉 10여 마리를 넣어 주는데 아버지는 암탉을 많이 넣어 주면 수탉 기운이 쇠한다고, 기운이 쇠하면 청아하고 우렁찬 목청이 나오지 않는다고, 수탉 한 마리에 암탉 다섯 마리 이상은 넣지 않았다. 수탉 음성이 탁하고 우렁차지 못한 것은 암탉을 너무 많이 넣어 주어 그렇다는 것이다.

개 한 마리가 짖으면 온 동네 개가 따라 짖듯이 어느 수탉 한 마리가 먼저 울면 온 동네 수탉이 따라 울었다. 한때 소금장수 장돌림이었던 아버지는 캄캄한 밤에 산적들이 나타나는 험준한 산길을 걷다가 수탉 울음소리를 들으면 공포와 두려움은 사라지고 새 기운이 솟았다고 했다. 아버지는 잠결에도 누구네 닭이 먼저 울었는지, 안 울었는지, 어느 닭 목청이 좋은지, 아침에 일어나면 꿈을 꾼 것처럼 기억했다. 어쩌면 아버지가 해마다 병아리를 까 기른 것은 목청 좋은 수탉을 얻기 위해서였는지도 모른다.

어느 날 마늘밭에 들어가 모이를 주워 먹던 무녀리가 갑자기 둥지를 향해 날개를 파닥이며 나는 듯이 달려갔다. 성갑은 그 순간 병아리가 나오는 줄 알고 바짝 긴장했다. 알 속의 병아리가 밖으로 나오려면 부리로 벽을 쪼아 신호를 보내고, 신호를 감지한 어미 닭이 밖에서 알껍데기를 깨뜨려 줘야 세상 밖으로 나올 수 있다. 암탉이 병아리를 깔 때 알 속의 병아리가 벽을 쪼는 것을 '줄'이라 하고 어미 닭이 밖에서 부리로 알껍데기를 깨뜨려 주는 것을 '탁'이라 했다. 줄과 탁은 동시에 이루어져야 하는데 그것을 '줄탁동시'(啐啄同時)라고 했다. 만약 밖에서 알을 늦게 깨 주면 병아리는 안에서 죽을 것이고, 너무 일찍 깨뜨려 주면 병아리가 세상 밖으로 나온다 해도 살 수 없을 것이다. 그런데 나는 듯이 둥지로 달려간 무녀리는 아무 일 없었다는 듯 알을 품고 오도카니 앉아 있었다. 그날도 성갑이 고대하던 병아리는 보지 못했다. 다음 날도, 그다음 날도.

외래종들은 눈만 뜨면 여전히 무녀리에게 달려가 대번에 부리로 찍어 죽일 듯이 위협하며 무녀리 주변 모이부터 싹 쓸어 먹었다. 무녀리는 외래종들의 위협에 아랑곳없이 맨땅에 들어가 한쪽 눈으로 모이를 찾아 먹으며 계속 알을 품었다. 성갑은 무녀리가 한쪽 눈을 실명한 것은 외래종들에 모이를 빼앗겨 제대로 먹지 못해 생긴 병이 아닌가 하는 의구심을 떨쳐 버릴 수 없었다.

무녀리를 지켜보던 성갑은 내친김에 방앗간으로 달려가 싸라기 한 포대를 사서 어깨에 둘러메고 나왔다. 제법 묵직했다. 성갑이 집 근처에 이르자 무녀리가 '꼬꼬댁' '꾹꾹' 울었다. 그 울음소리는 평소와 달리 처량하고 애절했다. 성갑이 부랴부랴 집으로 돌아가 양재기에 싸라기를 넉넉히 담아 들고 둥지로 갔다. 싸라기를 땅에 뿌려 주면 주워 먹는 시간이 오래 걸릴 것이고, 한쪽 눈으로 모이를 찾아 먹는 불편함을 덜어 주기 위해서였다. 성갑이 싸라기를 들고 둥지에 다다르도록 어찌 된 노릇인지 무녀리는 대가리를 땅바닥에 축 늘어뜨리고 있다. 무녀리는 작은 기척에도 '캬악' 하고 공격 자세를 취하곤 했었다.

선뜻 불길한 생각이 들었다. 성갑은 막대기로 무녀리 대가리를 들쳐 올렸지만 이내 툭 떨어뜨렸다. 무녀리는 알을 품은 채 이미 죽어 있었다. '무녀리가 죽다니' 성갑이 죽은 무녀리 날갯죽지를 잡고 들어 올리는 순간 '아뿔싸! 무녀리가 굶어 죽었구나'라는 생각이 들었다. 죽은 무녀리가 가랑잎처럼 바짝 말라 있었기 때문이다. 무녀리를 들어낸 둥지에 아홉 개의 알이 오롯이 담겨 있다. 성갑이 죽은 무녀리를 땅에 묻어 주려고 대문을 나서는데 이웃에 사는 석철이 타이탄을 몰고 나타났다.

석철은 일찍 부모를 잃었다. 삼대독자인 석철이 중학교를 졸업하던 해 경운기에 물고추를 싣고 새벽 장에 가다 뺑소니 교통사고를 당해 부모가 모두 현장에서 즉사했다. 그날 새벽안개는 누가 옆에서 따귀를 때려도 모를 만큼 아주 지독한 안개였다. 석철에게 부모가 남겨 준 재산이라곤 한 두락 텃밭이 딸린 벽돌집 한 채와 서 마지기 샘받이 논 한 다랑이가 전부였다.

고등학교에 진학할 형편이 안 되었던 석철은 동기간이나 진배없는 이웃들에게 농사일을 배워 가며 농사를 지었다. 농사처가 단출해도 혼자 먹고사는 데는 부족함이 없었다. 석철이 군대를 다녀온 뒤에도 성갑이 주선으로 농기계를 들여놓고 남의 농사를 지어 주고 삯을 받았다. 그나마 농번기가 아니면 농기계를 가지고 일하는 날은 얼마 되지 않았다. 노총각으로 늙어 가는 석철은 일거리 없는 날이면 풀 방구리에 쥐 드나들듯 다방을 들락거렸다.

차를 세운 석철이 문을 열고 펄쩍 뛰어내리며 물었다.

“오늘이 무슨 날유. 웬일루 닭을 잡으셨대유?”

석철은 무슨 날이라 닭을 잡은 줄 아는 모양이었다. 성갑이 침통한 표정으로 대답했다.

“날은 무슨 날. 무녀리가 죽었어.”

석철은 무녀리가 토종닭이라는 것을 성갑에게 들어 이미 알고 있었다. 얼마 전 무녀리가 병아리를 까러 둥지로 들어갔다는 말도 들었다. 무녀리가 병아리를 까면 암수 한 쌍을 분양받기로 했는데 무녀리가 죽다니. 몹시 놀란 석철이 물었다.

“무녀리가 죽다니유. 왜 죽었슈?”

성갑이 죽은 무녀리를 땅에 내려놓으며 말했다.

“글쎄, 뭐라구 딱 부러지게 얘기허기는 좀 그려. 덩치 큰 외래종들이 떼거리루 몰려 댕기며 모이를 죄다 주워 먹는 통에 무녀리는 제 코앞에 있는 먹이조차 지켜내지 못했으니께. 아무래두 무녀리가 가랑잎처럼 바짝 말러 죽은 걸 보면 굶어 죽었는개벼. 무녀리는 알을 품구 지키느라구 모이를 찾어 멀리 나갈 수 읎었거든. 그런디 뭘 그렇기 많이 샀어?”

석철이 몰고 온 타이탄에 뭔가 서너 포대 실려 있는 것을 본 성갑이 물었다. 석철은 죽은 무녀리를 측은한 눈길로 바라보며 말했다.

“참깨 가지구 장에 갔다가 도루 실쿠 오는 질유.”

중국산에 밀려 참깨 값이 똥값이라는 말을 들어 본 성갑이 고개를 끄덕이며 말했다.

"참깨 값이 중국산에 밀려 많이 떨어졌다며?"

석철은 고개를 절레절레 흔들며 말했다.

"값은 고사허구 내가 직접 농사지은 참깨라구 해두 요즘 국산 참깨가 어딨냐구. 아직두 참깨 농사짓는 사람이 있냐며 숫제 믿질 않어유."

지난해 가을, 석철이 장에 가는데 시장 입구에 잔뜩 모인 장꾼들 틈에서 나오는 사람들의 손에 무엇인지 한 자루씩 들려 있었다. 그들은 마치 복권에 당첨이라도 된 듯이 '오늘은 참 운이 좋은 날'이라고 '재수 좋은 날'이라고 희희낙락거리며 지나갔다. 석철이 웅성거리는 장꾼들 틈을 비집고 안으로 들어갔다. 땅바닥에 깔아 놓은 천막 위에 참깨가 수북이 쌓여 있고, 흙이 덕지덕지 묻은 작업복을 입은 노파가 참깨 단 대여섯 개를 가져다 털고 있었다. 누군가 '할머니가 직접 농사지은 참깨를 가지고 와서 털어내며 팔고 있으니 빨리 나오라'고 전화 거는 소리도 들렸다. 석철은 노파가 중국산 참깨를 국산으로 팔고 있다는 것을 단박에 알아차리고 참깨 단을 번쩍 집어 들고 장꾼들을 향해 소리쳤다.

"여러분! 이 참깨 단은 모두 빈 참깨 단유. 참깨를 여기에 있는 만큼 털어내려면 참깨 단 한 차를 가져와두 모잘러유. 이 참깨는 중국산유. 이 할망구가 중국산 참깨를 국산으루 속여 팔려구 빈 참깨 단을 가져다가 터는 시늉을 허면서 파는 거유. 자, 봐유."

석철은 할머니가 털던 참깨 단을 번쩍 들었다가 땅바닥에 패대기쳤다. 참깨 단에서 참깨 한 알 나오지 않았다. 참깨를 샀던 사람들이 소동을 벌이는 틈을 타 장꾼들 사이에 숨어 있던 늙은 남자가 옆에 세워 두었던 화물차에 참깨와 할머니를 싣고 눈 깜짝할 사이 달아났다. 농촌의 농민들조차 수입농산물에 하도 속고 속아 그 일은 유야무야 넘어갔는데 이듬해 문제가 터졌다. 노파에게 국산으로 알고 사다 심은 참깨가 멀대같이 키만 크고 꽃은 단 한 송이도 피지 않았다. 제아무리 난다 긴다 하는 기상천외한 사기꾼도 씨앗은 속이지 못했다.

석철은 다행히 토종 참깨를 심었으나 소비자들이 믿어 주질 않았다. 직접 농사지은 것이라고 해도 '아직도 참깨 농사짓는 사람이 있냐'고 반문했다. 더욱이 소비자에게 모양도, 색깔도, 크기도 비슷한 참깨를 국내산과 중국산을 확실하게 구분하여 증명할 방법이 없으니 더욱 답답해 미칠 노릇이었다. 석철은 농사꾼을 밀수꾼이나 부도덕한 장사꾼으로 취급받을 때 농사지을 의욕이 꺾이는 것은 물론 영혼까지 탈탈 털리는 기분이 들었다.

시장에 나가 보면 참깨뿐만 아니라 어느 것 하나 원산지 표시를 제대로 해놓은 곳을 찾아보기 힘들다. 서리태 원산지가 유기농이라고 적혀 있고, 명태 원산지가 원양어선이라고 게시해 놓은 어물가게가 있더라는 말도 들었다. 유독 참깨가 더욱 심했다. 대기업들이 앞다투어 수입하는 것도 참깨고, 밀수꾼들이 가장 많이 들여오는 것도 참깨고, 보따리장사꾼들이 좋아하는 품목도 참깨고, 중국에 다녀오는 국내 관광객들이 선호하는 것도 참깨다. 중국 여행 가서 가이드에게 참깨를 부탁하면 호텔까지 배달해 준다고 했다. 중국 관광지 농산물 매장에 가면 한국 관광객 한 사람당 허용된 참깨를 간편하게 진공 포장하여 산더미처럼 쌓아 두고 있다고도 했다. 중국 여행 다녀올 때 참깨를 사 오면 여행경비가 빠진다는 말도 있다. 해가 갈수록 국내에서 참깨 심는 사람이 줄어들고 중국은 그만큼 늘어난다고 했다. 중국에서 참깨 심는 농부는 흥하고 한국에서 참깨 심는 농부는 망한다고 했다. 이대로 간다면 그게 어찌 참깨뿐일까! 석철은 고구마 먹고 체한 속처럼 마냥 답답했다.

석철의 이야기를 들은 성갑이도 온몸에 맥이 쭉 빠졌다.

"그렇다구 그 많은 참깨를 도루 실쿠 오면 어특혀. 다 먹을 수두 읎잖어?"

석철이 역시 풀이 죽은 목소리로 대꾸했다.

"글쎄유. 다만 얼마라두 농협 빚 좀 갚어 볼까 허구 텃밭에 몽땅 참깨를 심었는디 이 지경이니 원. 이거나 받어유."

석철이 차에서 무얼 꺼내 불쑥 내미는 종이봉투를 얼결에 받아 든 성갑이 물었다.

"이게 뭐여?"

석철이 심란한 표정을 지었다.

"국화빵유. 그래두 전에는 천 원짜리 한 장 내밀면 국화빵 너더댓 개는 줬잖어유?"

"그랬지."

"그런디 오늘은 밀가루 값이 되게 많이 올랐다며 한 개 더 달라구 해두 세 개뿐이 안 줘유. 늬미럴 쌀값은 자꾸 떨어지는디 다른 물가는 계속 오르구. 도대체 이누무 노릇을 어티기 해야 헐지 농사철이 돌아와두 무엇을 심어야 헐지 당최 갈피를 못 잡겄슈."

성갑이 시름에 젖은 눈으로 죽은 무녀리를 바라보았다.

"글쎄 내 말이 그 말여. 그런디 오늘 장은 지대루 섰담?"

성갑은 불쑥 물어보고 괜한 질문을 했다는 생각이 들었다. 대형마트가 농촌까지 들어와 오일장이 죽은 지 이미 오래되었기 때문이다. 석철이 목소리에 여전히 힘이 없다.

"웬걸유. 장터보다 대형마트가 더 붐비던디유 뭐."

그럴 것이다. 석철이 장에 다녀온 이야기를 듣고 고개를 끄덕이던 성갑이 맞장구를 쳤다.

"그럴 겨. 아암. 그러구두 남지. 그나저나 즘심때두 한참 지났구먼. 이거 한 개 더 먹어. 나는 즘심을 잔뜩 먹었으니께."

성갑이 국화빵을 내밀자 석철이 손사래를 치며 돌아섰다.

"갠찮어유. 형수허구 맛이나 봐유."

차에 오른 석철이 열린 창문 밖으로 손을 흔들며 돌아갔다. 멀어지는 석철을 물끄러미 지켜보던 성갑은 땅에 내려놓았던 무녀리를 들고 밤나무 밑으로 들어갔다.

'아뿔싸!' 무녀리를 밤나무 밑에 다독다독 묻어주고 돌아온 성갑이 둥지 속에 있는 알을 꺼내다 실수로 한 개를 떨어뜨렸다. 땅에 떨어져 깨진 알은 새카맣게 곯아 있었다. 나머지 여덟 개를 깨 보았지만 모두 곯은 달걀이었다. 외래종 수탉이 있었는데도 무녀리가 낳아 품은 알은 모두 무정란이었다. 무정란을 확인한 순간 농산물시장 개방압력을 넣는, 우리 농업 기반을 말살하려는 선진국 수법과 겹치며 문득 '외래종 수탉이 토종닭 씨를 말리려고 무정란을 낳게 한 것은 아닐까!'라는 생각에 등골이 오싹했다.

무정란이 아니면 벌써 병아리가 나왔을 것이고 무녀리도 죽지 않았을 것이다. 암탉이 알을 품은 지 스무하루가 지나면 병아리가 나온다. 성갑은 알을 품은 무녀리를 발견한 뒤 달포가 지났다는 걸 그제야 깨달았다. 도둑맞으면 어미 품도 들춰 본다고, 설마 그럴 리 없다고 생각하면서도 뒤늦게 자신의 미욱함을 탓했지만 이미 엎지른 물이었다.

무녀리가 죽자 어렵사리 명맥을 유지하던 토종닭은 다시 대가 끊겨 버렸다. 외래종들은 무녀리가 알을 품기 전까지만 해도 걸핏하면 달려들어 부리로 찍어대고 쓰러뜨려 자근자근 밟고 지나갔다. 그런 외래종들이 알을 품은 무녀리 목숨을 해치려면 얼마든지 해칠 수 있었다. 무녀리가 품고 있는 알을 빼앗아 먹어 치울 수도 있었다. 외래종들은 무녀리가 알을 품고 있는 동안 털끝 하나 건드리지 않아 안심하고 있었는데 무정란이라니. 성갑이 안심하는 동안 무녀리는 무정란을 낳고 품다 결국 굶어 죽었다는 생각이 들자 일이 손에 잡히지 않았고 마음이 울적했다.

농산물시장을 개방한 뒤 우리 농촌은 날이 갈수록 피폐해지고 있다는 것을 성갑은 누구보다 잘 알고 있었다. 더욱이 종자 사러 갔다가 우리 토종 씨앗을 남의 나라에 비싼 로열티를 주고 수입해 온다는 말을 듣고 아연실색했다. 우리 씨앗의 소유권이 외국으로 넘어갔기 때문이라고 했다. 농부는 굶어 죽더라도 씨앗 자루는 베고 죽는다는데 우리 정부는 우리 종자조차 지켜내지 못했다. 성갑은 씨앗을 사 가지고 돌아오는 길에도, 씨앗을 땅에 심으면서도 매우 서글펐다. 어디선가 낮닭이 길게 울었다. 성갑은 무정란을 품고 병아리를 기다리던 무녀리의 죽음이 결코 무녀리만의 일이 아니라는 생각이 떠나질 않았다.

돌배나무집

석철이 트랙터를 몰고 집으로 돌아가는데 학교에 갔다 돌아오는 현태를 만났다. 현태는 석철을 '삼촌'이라고 불렀다. 석철은 현태 아버지 선돌하고 친형제처럼 지내는 사이다. 현태는 트랙터를 보기만 하면 운전하려고 했다. 석철이 트랙터를 세우자 현태가 트랙터에 올라 핸들을 잡았다. 트랙터 운전은 자동차와 달리 앞뒤 좌우로 여러 개의 레버가 있고 조작하는 순서가 복잡해 젊은 사람일수록 빨리 배우고 늙은 사람은 백날 가르쳐도 만날 그 타령이다. 석철에게 트랙터 운전을 배운 현태는 마치 장난감 다루듯 트랙터 운전을 곧잘 했다.

선돌은 늦은 나이에 베트남 처녀와 결혼했고 그 이듬해 현태가 태어났다. 마을 사람들은 베트남에서 시집온 현태 엄마를 '월남댁'이라고 불렀고, 현태 할아버지를 '돌배 영감'이라고 했다. 마당가에 자생으로 자란 돌배나무에 배나무 접을 붙여 몇 년 동안 키우고 보니 도로 돌배나무였다. 접붙인 자리에 배나무와 돌배나무 움이 같이 올라왔는데 눈이 어두운 현태 할아버지가 실수로 그만 배나무 움을 잘라내고 도로 돌배나무를 길렀다. 마을 사람들은 돌배나무가 지붕을 덮을 만큼 자라자 현태네 집을 '돌배나무집'이라 부르고, 현태 할아버지를 '돌배 영감'이라고 불렀다.

현태는 네 돌이 지나고 다섯 살이 될 때까지 말을 전혀 할 줄 몰랐다. 선돌은 과묵했고 우리말이 서툰 월남댁도 말이 없었다. 돌배 영감도 현태 할머니 복골댁(천월순)도 온종일 말 한 마디 없이 지냈다. 피부색이 까무잡잡하고 눈자위가 허여멀건 한 현태가 대문 밖에 나가면 아이들이 이상하게 바라보며 공연히 집적거리고, 놀리고, 쥐어박고, 떠밀어 넘어뜨렸다. 현태는 아예 대문 밖을 나가지 않고 늘 조용한 울안에 혼자가 아니면 강아지와 놀았다. 선돌은 현태가 아이들과 어울리지 못하고 혼자 노는 걸 볼 때마다 몹시 마음이 아팠다.

현태가 네 돌을 넘기고부터 선돌이 '아버지 해봐' 하고 월남댁도 어눌한 말투로 애원하다시피 '엄마'라고 한 번만 불러 보라고 해도 현태는 그냥 '아' '아' 하거나 '어' '어' 하다가 눈치껏 달아나곤 했다. 어느 날 아버지라는 말 한 마디 못하고 밖으로 내빼는 현태를 바라보던 복골댁이 선돌을 크게 나무랐다.

"아니, 에미, 애비두 부를 줄 모르는 애를 어트기 핵교에 보낼겨?"

집안 식구들은 현태가 말이 좀 늦되는 줄 알고 때가 되면 어련히 알아서 할까 했는데, 다섯 살이 되도록 '엄마'조차 부르지 못하자 초조해지기 시작했다.

어느 날 현태가 뒤뜰에서 흰둥이와 놀고 있는데 장에 갔던 선돌이 대문 안으로 들어서며 현태를 불렀다. 현태는 아버지가 사탕이라도 사 온 줄 알고 후다닥 마당을 가로질러 달려갔다. 현태 기대와 달리 마당으로 들어선 아버지는 빈손이었다. 아버지 빈손을 본 현태가 뒤로 돌아섰다. 그러나 한 발자국을 떼어 놓기 전 아버지가 현태를 돌려세우더니 양 손목을 억세게 잡고 말했다.

"현태야, '아버지' 허구 불러 봐."

아버지가 할아버지를 부를 땐 '아부지' 하면서도 현태에게는 꼭 '아버지' 해보라고 또박또박 말했다. 현태는 늘 하던 대로 아버지 얼굴을 바라보고 벙글벙글 웃으며 손목을 빼내 달아나려고 용을 썼지만, 그날따라 아버지 표정은 엄했고 손힘은 완강했다. 이상한 낌새를 느낀 현태는 아버지가 매우 낯설게 느껴졌다. 아버지가 말했다.

"늬가 아버지 허구 부르기 전엔 집 안으루 한 발짝두 못 들어가. 그러니께 어여 아버지 허구 한 번만 불러 봐!"

현태는 아버지를 바라보며 '아' '아' 하고 입만 벌렸지 아버지 소리가 나오지 않았다. 선돌은 그 자리에 쪼그리고 앉아 '아버지'라는 말 한 마디를 가르치기 위해 수십 번을 반복하여 가르쳐 주었다. 현태는 그러면 그럴수록 점점 주눅이 들어 입에서 아버지 소리가 나오지 않았다.

뚝 뚝 … . 어둑한 하늘에서 굵은 빗방울이 떨어지기 시작했다. 선돌이 따라 하라며 계속 아버지를 가르쳤어도 현태는 아버지라는 말 한 마디를 따라 하지 못했다. 날이 어두워지자 닭장에 들어간 닭들이 홰에 올라 잠자리를 잡느라 부산하게 꼬꼬댁거렸다. 소가 자리에 눕지 않고 선 채로 쩔렁쩔렁 워낭소리를 냈다. 현태에게 달려와 꼬리를 치며 기어오르던 흰둥이는 아버지가 한방 내지른 발길질에 '깨갱' 하고 사랑채 마루 밑으로 들어가 오도카니 앉아 현태를 쳐다봤다. 마루에 켜 놓은 불빛을 등으로 막아선 현태가 몸을 뒤틀 때마다 아버지 얼굴 위에 자신의 그림자가 어룽거렸다.

한두 방울씩 떨어지던 빗방울이 점점 굵어지고 잦아졌다. 돌풍을 탄 빗방울이 모래알처럼 현태 얼굴을 따끔따끔하게 후려치기도 했다. 선돌이 현태 손목을 잡고 머리가 덜렁덜렁하도록 흔들어대며 소리쳤다.

"이놈아, 아버지를 똑바루 쳐다보구 얼릉 아버지 허구 한 번만 따라 해보라니께!"

현태는 아버지 얼굴에 낙심한 표정을 보면서도 아버지라는 말 한마디가 나오지 않았다. 온몸이 으슬으슬 춥고 졸려 자꾸 주저앉고 싶었다. 집 안은 한낮의 빈집처럼 고요했다. 눈앞에 아버지가 입을 딱딱 벌리며 소리를 질렀다. 쑥 들어간 눈을 덮은 머리카락에서 빗물이 뚝뚝 떨어지는 아버지가 꿈에 나타난 괴물 같았다. 집안 식구들은 모두 어디 갔는지 누구 한 사람 달려와 말려 주지 않았다. 무슨 일이 있을 때마다 할머니는 현태 편이었다. 아이 버릇없어진다고 아버지가 아무리 툴툴거려도 할머니가 곁에 있으면 모든 게 현태 뜻대로 되었다.

그런데 어찌 된 일인지 할머니가 내는 기척조차 느낄 수 없었다. 엄마가 마루를 지나 부엌을 들락거리는 발소리도 나지 않았고, 할아버지의 바튼한 기침 소리도 들리지 않았다. 두 손목이 잡혀 뒤를 돌아볼 수 없는 현태는 점점 공포감에 사로잡혔다.

현태 양 손목을 잡은 아버지가 손에 힘을 불끈 주며 울먹거리는 목소리로 말했다.

"이놈아! 제발 좀 아버지 허구 한 번만 불러 보라니께. 한 번만!"

아버지에게 손목이 잡힌 현태는 고삐에 매인 송아지처럼 내리는 비를 고스란히 맞으며 입만 딱딱 벌렸다.

"아, 아…!"

현태는 끝내 아버지 따라 아버지 하고 부르지 못했다. 시간이 얼마나 흘렀을까. 아버지는 아버지라고 말하지 않고 '아' 하고 입을 크게 벌리며 따라 하라고 했다. 현태가 입을 크게 벌리며 '아' 하고 울었다. 아버지는 울지 말고 따라 하라며 또 손목을 억세게 잡고 흔들며 "버 해봐" 하고 '버'를 길게 소리 질렀다. 현태가 길게 '버' 하고 또 울었다. 그래도 아버지에게 잡힌 손목은 점점 더 옥죄어 왔다. "지 해봐" 아버지는 울음에 가까운 목소리로 짧게 말했다. 현태도 아버지 따라 짧게 '지' 했다. 아버지는 잠시도 틈을 주지 않고 말했다.

"이번엔 아, 버, 지를 붙여 아버지 해봐!"

현태는 '아' 하고 입을 딱 벌린 채 나머지 말을 잇지 못하고 아버지를 쳐다봤다. 아버지가 절망적인 표정으로 빠르게 말했다.

"다시 '아' 해봐!"

"아."

"그럼 '버' 해봐!"

"버."

"이제 '지' 해봐!"

"지."

"그럼 이제 아, 버, 지를 붙여 아버지 해봐!"

"아, 아…."

귀로는 '아, 버, 지'라고 분명히 들었는데, 입으로는 말이 되어 나가지 않았다. 현태는 끝끝내 아버지라고 부르지 못했다. 닭장도 조용했고 워낭소리도 들리지 않았다. 사랑채 마루 밑에 들어가 있던 흰둥이마저 보이지 않았다. 아버지에게 잡힌 손목이 아프고 맴돌고 난 뒤끝처럼 머리가 띵 하고 구역질이 올라올 것처럼 속이 메스껍고 잠이 왔다. 현태는 의식이 가물가물해지는 순간 꿈속에서 잠꼬대하듯 뭐라고 했다. 아버지가 와락 껴안으며 소리쳤다.

"현태가 아버지 했어! 우리 현태가 아버지 했다구!"

선돌이 현태를 번쩍 안아 들고 마당을 가로질러 토방으로 달려가며 소리를 버럭버럭 내질렀다.

비에 흠뻑 젖은 선돌 품에 안겨 정신이 번쩍 돌아온 현태는 처음으로 등 뒤를 돌아볼 수 있었다. 마루에서 할머니와 엄마가 지켜보고 있었다는 것을 그제야 알았다. 할아버지는 방문을 열어 둔 채 밖을 내다보고 있었다. 입을 꽉 다문 할머니 눈에서 눈물이 줄줄 흘러내렸다. 엄마가 앞자락을 걷어 올려 눈물을 훔치다 말고 두 팔을 활짝 벌리며 토방으로 내려섰다.

마루 천장에 달린 백열전등이 몇 번 덜렁덜렁 흔들렸다. 빗방울이 마루까지 치고 들어갔다. 흰둥이가 달려와 선돌이 다리에 달라붙어 꼬리를 흔들었다. 엄마 품으로 넘겨진 현태는 그날 저녁밥을 굶은 채 잠이 들었다.

다음 날, 그다음 날도 현태는 일어나지 못하고 헛소리를 내지르며 내리 나흘 동안을 꼬박 앓았다. 그렇게 앓고 난 현태는 다시 가르쳐 주지 않아도 아버지를 보고 아버지라고 똑소리 나게 말했다. 그 뒤로 현태는 말을 빠르게 배웠다. 아버지를 부르고 난 뒤 할아버지는 그 자리에서 말했다. 엄마를 부를 줄 알고 할머니를 부를 줄 알았다. 흰둥이를 부르며 쫓아다녔고, 엄마 심부름으로 닭장에 들어가 '꼬꼬댁' '꼬꼬댁' 닭 울음소리를 흉내 내며 달걀을 꺼내오고, 할머니 · 할아버지를 따라다니며 잔심부름을 곧잘 했다. 소 외양간에 들어가 소에게 말을 걸고 개에게 이야기하듯 말을 걸며 어디를 가나 입을 잠시도 가만두지 않았다. 소경 개천 나무라듯 길을 가다 돌부리에 발이 걸려 넘어져서도 중얼중얼 중얼거렸다. 그건 마치 걸음마를 배우는 어린아이가 수백 번을 주저앉았다 다시 일어서듯 수십, 수백 번을 되뇌고 되풀이하며 말을 배웠다.

현태가 말을 하기 전까지 호기심이 그렇게 많은 아이인지 아무도 몰랐다. 늦게 배운 도둑이 날 새는 줄 모른다고 현태는 눈만 뜨면 온종일 할아버지와 할머니를 따라다니며 눈에 띄는 대로 어찌나 물어보는지, 말 못 한다고 한탄하던 할머니조차 "이늠아, 나는 참말루 모르니께 늬 아비헌티 물어봐"라며 두 손을 들었다.

현태가 말을 하고부터 어두웠던 집안 분위기가 활짝 밝아졌다. 선돌은 동이 트자마자 현태를 깨워 마당가 감나무 밑으로 갔다.

"현태야, 감, 나, 무 해봐?"

"감나무."

현태가 바로 똑똑히 말했다. 그동안 말은 못했어도 귀에 익어서인지 말을 배우는 속도가 매우 빨랐다.

선돌이 대문간에 자란 돌배나무를 가르쳐 주고, 파란 대문을 가르쳐 주고, 대문 기둥에 걸어 놓은 문패에 적힌 할아버지 이름자를 가르쳐 주었다. 물론 문패는 한문(辛濟信)으로 되어 있으나 한글 이름(신제신)으로 가르쳐 주었다.

선돌이 현태를 데리고 대문 밖을 나갔을 때 모든 것이 달라 보였다. 돌담도, 사철나무도, 보리수나무도, 은행나무도, 밤나무도, 매실나무도, 산수유도, 음나무도, 바위도, 개울도, 풀꽃들도 그 모든 것들은 언제나 늘 그 자리에 있어 낯익은 것들인데 하나같이 다른 모습으로 눈에 들어왔다.

선돌은 틈을 내어 하루도 거르지 않고 말문이 트인 현태를 데리고 다니며 눈에 띄는 대로 가르쳤다.

대추나무, 호두나무, 앵두나무, 사과나무, 배나무, 모과나무와 같은 집 주변의 과일나무는 꽃 피는 시기와 과일의 크기와 향기와 색깔을 자세히 설명해 주었다.

산골짜기 비탈 밭에 가는 길에서 볼 수 있는 벚나무, 낙엽송, 오리나무, 떡갈나무, 생강나무, 단풍나무, 싸리나무, 노간주나무, 자작나무, 물푸레나무, 박달나무를 구분하여 보여 주었다.

참나무로 숯을 굽고, 참나무 열매를 도토리라고 하고 상수리나무 열매를 상수리라고 하는데, 가을에 알밤 떨어지듯 떨어지는 도토리와 상수리를 주워다 묵을 만들어 먹는 것도 자세히 들려주었다.

개울가에 자라는 산초나무 밑으로 데려가 잎을 따 손으로 비벼 꽃향기보다 더 독특한 산초 향기를 맡아 보게 했고, 가을에 빨간 열매껍질 속에 들어 있는 새카만 산초 열매를 따다 가루로 만들어 추어탕에 넣어 먹는다는 것도 일러 주었다.

만덕산 밤나무골에 있는 고조할아버지 산소로 가는 길에 볼 수 있는 싸리나무로 싸리비를 만들고, 소나무로 집을 짓고, 배를 만들고, 농기구를 만들고, 가구를 만들어 쓰는 것도 가르쳐 주었고, 사시사철 솔밭에서 나는 솔향기를 맡아 보게 했고, 송화를 따다 가루를 내어 송화다식을 만들어 먹는 것도 말해 주었다.

톱으로 소나무 원목을 잘라 나이테를 보여 주며, 나이테는 1년에 하나씩 생기는 거라고, 나이테를 세어 보며 나무 나이를 알아보기도 했다. 현태가 '나이테는 왜 생기느냐'고 물었는데 답을 몰라 매우 당황했고 알아볼 데가 없어 안타까웠다.

뒷동산에 올라가 진달래 꽃잎을 따먹으며 개옻나무를 찾아 보여 주고 개옻나무를 가까이하거나 개옻나무 진이 살갗에 묻으면 옻독이 오른다는 것도 일러 주었다.

복골로 들어가는 길목에 있는 오동나무를 보여 주며, 예전엔 자식을 낳으면 오동나무를 심었다고, 자식이 장성하면 그 오동나무를 팔아 장가를 들이고 시집을 보냈다고, 오동나무는 그만큼 성장이 빠르고 가구를 만들고 거문고나 가야금을 만드는 귀한 목재라고, 오륙월에 보라색 꽃이 피고 가을 소슬바람에 몽글몽글한 열매에서 '알그락' '달그락' 하는 소리가 난다는 것도 체험해 보도록 했다.

물푸레나무와 박달나무와 자작나무는 재질이 단단하고 질겨 농기구 연장 자루로 쓴다는 것과 자작나무에 국수 토막처럼 길쭉한 꽃이 피고 열매를 맺어 '국수나무'라고도 부른다는 것도 일러 주었다.

산골의 계절은 달력이 아니라 꽃을 보고 안다. 봄이 오면 사방 어느 산을 바라보든 매화꽃, 목련꽃, 산수유꽃, 벚꽃, 진달래꽃, 개나리꽃, 철쭉꽃, 아카시아꽃, 자귀나무꽃, 층층나무꽃이 피어 꽃동산을 이루고, 마을마다 감꽃, 살구꽃, 자두꽃, 복숭아꽃, 앵두꽃, 배꽃, 명자꽃, 밤꽃, 고욤나무꽃이 피어 꽃동네를 이룬다.

선돌이 현태를 데리고 걸어가는 길가에 노란 민들레꽃, 보라색 제비꽃, 싹이 나오며 꼬부라지는 자주색 할미꽃, 돌담 밑에 노랗게 피는 애기똥풀꽃, 가시 많은 나무에 피는 붉디붉은 해당화꽃, 손톱에 붉게 꽃물 들이는 봉숭아꽃, 밟히고 밟혀도 끝끝내 살아남아 바늘 같은 꽃대에 하얀 꽃이 밑에서 위로 올라가며 이삭꽃차례를 피우는 질경이꽃, 나무줄기를 감고 올라가는 나팔꽃, 덩굴로 어우러져 피는 자주색 칡꽃, 주홍색 꽃잎에 까만 점이 박힌 산나리꽃, 샛노랗게 피는 생강나무꽃이 떨어지면서 파랗게 맺은 열매가 빨갛게 되었다가 가을이 되면 새카맣게 익는데 익은 열매로 기름을 짜 여자들 머릿기름으로 썼다는 것과 등잔불 켜는 기름으로 썼다는 것도 어머니에게 들은 대로 전해 주었다.

겨우내 꽁꽁 얼었던 땅이 이른 봄 양지쪽부터 풀리면서 돋아나는 쑥, 냉이, 달래, 질경이, 돌나물, 참나물, 자운영, 고사리, 참취, 미역취, 삽주, 잔대는 먹는 나물이라는 것도 가르쳐 주었고, 명아주 잎은 나물로 먹기도 하고 줄기로 청려장을 만든다고, 청려장은 건강과 장수를 상징하는 장수 지팡이라는 것도 말해 주었다.

붕붕 날아다니는 꿀벌, 말벌, 호박벌, 나비, 잠자리, 메뚜기, 매미, 참새, 비둘기, 까치, 까마귀도 가르쳐 주었고, 어쩌다 메뚜기가 눈에 띄면 예전에 하늘에 별만큼이나 많았던 메뚜기를 잡아다 참기름에 달달 볶아 먹었다는 이야기도 들려주었다.

수수 이삭에 앉아 알맹이를 쪼아 먹는 참새를 가르쳐 줄 때는 '참새가 방앗간을 그저 지나랴!', '참새는 죽어도 짹 한다!', '참새 백 마리면 호랑이 눈깔도 빼 간다!'는 속담도 열 번이고 스무 번이고 기억할 때까지 반복하여 가르쳤다.

까치와 까마귀를 구별하여 가르쳐 주며 아침에 까치가 울면 기쁜 일이 생기고, 저녁에 까마귀가 울면 좋지 않은 일이 생긴다는 속담도 가르쳐 주고, 꿩, 산비둘기, 쇠박새, 곤줄박이, 굴뚝새, 딱따구리도 눈에 띄는 대로 구분하여 보여 주었다.

길을 가다 발길에 툭툭 채는 돌멩이, 자갈, 밤자갈, 차돌, 곱돌, 바위도 크기나 색깔로 구분하는 것도 가르쳤다. 땅에 찍힌 발자국을 보고 무슨 짐승이 지나갔는지, 똥을 보고 무슨 짐승의 똥인지 모양과 색깔로 알아보도록 했다.

개울에 들어가 가재, 고둥, 징거미, 메기, 동자개, 미꾸라지, 붕어, 송사리를 잡아 주며 하나하나 이름을 말해 주었다.

논에 데리고 가 물방개, 소금쟁이, 거머리, 땅강아지와 올챙이가 자라서 개구리가 되어 가는 과정을 설명해 주었다.

붕어는 물속에서만 살고, 소금쟁이는 물에서 살아도 물속으로 들어가지 못하고 물 위에서만 떠다니며 산다고, 개구리는 물속에서도 살고 땅 위에서도 산다는 것도 일러 주었다.

못자리판을 만들 때가 되면 밤마다 개구리가 울었다. 선돌은 현태를 데리고 논에 들어가 개구리가 물속에 낳아 놓은 알을 보여 주며 만져 보게 했다. 현태가 손으로 개구리 알을 만져 보며 달걀흰자처럼 느껴지기도 하고 젤리 같기도 한데 그 속에 까뭇까뭇한 점이 무엇이냐고 물었다. 선돌은 그 까뭇까뭇한 점에서 올챙이가 나오고 올챙이가 자라 개구리가 되는 거라고, 그 과정을 지켜보라고 했다. 현태는 틈틈이 논에 나가 올챙이가 자라는 모습을 눈여겨보고 돌아왔다. 어느 날 아침에 개구리 알에서 실지렁이 같은 것이 바글바글하더라고 했다. 그게 올챙이라고 일러 주었다. 올챙이는 하루가 다르게 자라는데 다리가 보이지 않았다. 현태가 왜 개구리는 다리가 4개인데 올챙이는 다리가 하나도 없느냐고 물었다. 선돌은 묻지 말고 올챙이가 개구리로 자라는 것을 지켜보라고 했다. 현태는 올챙이가 못자리판에 모를 내기 전 꼬리가 짧아지며 앞다리가 나오고 꼬리가 사라지면서 뒷다리가 생기는 것을 지켜보았다.

논길, 밭길, 산길을 걷다가 독사를 만나기도 했다. 능구렁이도 만나고, 꽃뱀도 만났다. 선돌은 독이 있는 뱀과 독이 없는 뱀을 구분하여 가르쳐 주고, 뱀에 물렸을 때 응급처치 요령을 알려 주고 119

에 신고하여 신속히 병원에 가야 한다고, 뱀에 물리지 않기 위해 풀숲을 걸을 때는 반드시 장화를 신고 나가야 한다고 일러 주었다.

달 밝은 밤에 마당에 멍석을 깔고 맑은 하늘을 보고 누우면 입에서 '푸른 하늘 은하수 하얀 쪽배에 계수나무 한 나무 토끼 한 마리' 하고 〈반달〉 노래가 저절로 나왔다. 옆에 누워 가만히 듣고 있던 현태가 가르쳐 달라고 했다. 그날은 밤이 이슥하도록 〈반달〉 노래를 가르쳐 주고 함께 불렀다. 달무리도 가르쳐 주고, 달무리 안에 별이 한 개 있으면 하루 뒤에, 두 개가 들어 있으면 이틀 뒤에 비가 내린다고 전해오는 말도 들려주었다. 물론 그 말이 맞을 때보다 안 맞을 때가 더 많다는 것도 말해 주었다. 이야기 중에도 간간 들려오는 울음소리를 듣고 무슨 짐승인지, 무슨 새인지 가르쳐 주었다.

안개도, 구름도, 가랑비도, 이슬비도, 소낙비도, 무지개도, 추적추적 내리는 진눈깨비, 사락사락 내리는 싸라기눈, 수시로 변하는 자연현상도 놓치지 않고 눈으로 보고 익히도록 했다.

선돌이 장날 읍내에 나갔다가 고등학교 3학년 때 담임선생님을 만났다. 선생님과 헤어질 때 문득 현태가 물어본 나무 나이테 생각이 떠올라 여쭤보았다. 선생님 말씀이 '나무는 물이 오르는 봄부터 물이 내리는 가을까지 성장하다가 겨울에 멈춘다. 이렇게 반복되는 생태적 특성상 세포의 형태나 색깔이 다르게 나타나는데 이것을 나이테라고 한다'고 하셨다. 그날 선생님 말씀을 현태에게 몇 번이고 되풀이해 이야기해 주었으나 끝내 이해시키지 못해 나중에 다시 보라고 노트에 자세히 적어 주었다.

이렇듯 선돌이 평생을 보아 눈에 익은 것들인데도 막상 현태에게 가르쳐 주려니 이름을 알 수 없어 말문이 막힌 적이 한두 번이 아니었다. 눈에 익은 것하고 아는 것은 전혀 달랐다. 선돌이 알고 있었던 것은 거의 눈에 익은 것들이었다. 알쏭달쏭하고 긴가민가한 것도 수두룩했다.

선돌은 이 세상에 태어나 할아버지 · 할머니, 아버지 · 어머니와 학교에서 배운 것들을, 자신이 모르는 것은 배워 가며 현태를 가르쳤다. 자신이 모르는 풀을 잡초라고, 모르는 나무를 잡목이라고, 모르는 돌을 잡석이라고 가르칠 수는 없었다. 현태를 가르치면서 세상에 잡초도, 잡목도, 잡석은 없다는 것을 깨달았기 때문이다.

선돌은 아내가 우리말을 몰라 당한 수모를 생각하며 현태도 그럴까 싶어 알고 기억할 때까지 열 번이고 스무 번이고 꾸준히 반복해서 가르쳤다. 현태는 나날이 다달이 해를 넘기며 빠르게 달라졌다. 선돌은 어디를 가나 현태를 데리고 다녔다. 해를 거듭할수록 현태의 질문이 많아졌다.

어느 날 현태가 감자밭에 가는 선돌 뒤를 따라 나오며 물었다.

"우리 집을 왜 돌배나무집이라구 불러유? 대문에 할아부지 문패가 걸려 있는디유?"

언젠가 '할머니를 왜 복골댁이라고 부르고, 엄마를 왜 월남댁이라고 부르느냐'고 묻기도 했다. 선돌은 자신도 그렇게 살아왔으면서도 쉽게 대답할 수 없었다.

도시 사람들은 주소를 가지고 모르는 곳을 찾아간다. 시골은 도시와 달리 산과 밭과 논이고 사람이 사는 집은 대개 산 밑에 혹은 산골짜기에 띄엄띄엄 몇 채씩 마을을 이루고 있어 생판 모르는 곳을 번지(番地)와 호수(戶數)와 문패(門牌)가 적힌 주소로 집을 찾아가기란 여간 어려운 게 아니었다. 게다가 도시는 끊일 새 없이 오고 가는 사람을 붙잡고 무엇이든 물어볼 수 있는데 시골은 10리를 가도 눈에 띄는 사람이 없다. 더욱이 마을이 처음 형성될 때 지은 집들은 대부분 무허가 집이어서 가옥대장(家屋臺帳)에 오르지 않았고, 출생신고조차 하지 않은 사람도 적지 않아, 정부에서 호적정리 기간을 정하여 호구조사(戶口調査)를 했다. 그뿐만 아니라 일제강점기는 물론 해방된 뒤에도 시골 주민 대부분이 주소와 문패를 읽을 줄 모르는 문맹이었다. 글을 모르는 사람에게 주소는 쓸모없고 문패도 소용없다.

문맹자가 대부분이던 시골 사람들은 주소 대신 약도를 썼다. 약도는 우선 산을 그리고, 산골짜기를 그리고, 마을 초입에 세워 놓은 장승을 그리고, 서낭나무나 서낭당을 그리고, 방앗간을 그리고, 정자를 그리고, 집을 그리고, 집 울안에 있거나 울 밖에 있는 나무나, 바위나, 돌담이나, 근처에 절이 있으면 절을, 저수지가 있으면 저수지를, 개울이 있으면 개울을 그리고, 논과 밭을 그리고, 큰길과 고샅길을 그리고, 감나무집, 호두나무집, 앵두나무집, 살구나무집, 은행나무집, 탱자나무집, 향나무집, 안골 오동나무집, 전나무집, 토끼골 쌀바위집, 우물 안집, 돌담집, 물레방앗간 지나 산 밑에 있는 함석집, 마을 꼭대기집, 정자나무 맞은편집, 차돌박이골 첫 집 등등 하여튼 가 본 사람이 안 가 본 사람을 위해 기억을 살려내 약도를 그린다. 물론 마을에 약도를 그릴 줄 아는 사람도 흔치 않아 남의 손을 빌려야 했다. 약도를 생각하던 선돌은 문득 미리내로 시집간 길득이 떠올랐다.

선돌은 아홉 살 많은 누나가 있다. 만삭의 복골댁이 장에 갔다 돌아오는 길에서 낳았다고 이름을 길득으로 지었다고, 길득이 낳은 뒤 여러 번 유산 끝에 선돌이 태어나 터울이 길다고 했다. 선돌이 태어난 뒤로 부모님은 산전을 일구며 소작을 부쳐야 했기에 길득이 등에는 늘 혹처럼 선돌이 업혀 있었다. 선돌이 너더댓 살 때까지만 해도 길득 등에서 내려올 생각을 안 하고 잠시도 떨어지려고 하지 않았다. 길득은 선돌을 업어 재우고 아침 일찍 깨워 개울로 데려가 씻기고 먹을 것을 챙겨 주었다. 아침에 일어나 날이 저물어 어두워질 때까지 길득은 오직 먹을 것만 생각하고 먹을 것만 찾아다녔다. 특히 이삭줍기를 아주 좋아했다.

괭이를 들고 빈 고구마밭에 들어가 고구마나 감자 이삭을 캐고, 보리 이삭, 벼 이삭, 조 이삭, 메밀 이삭, 옥수수 이삭, 토란 이삭, 무 이삭, 배추 이삭, 콩밭에 떨어진 콩 하나, 녹두밭에 떨어진 녹두 한 알이라도 눈에 띄는 대로 모조리 주웠다. 길득이 손에는 늘 먹을 것이 쥐어져 있었고 호주머니도 비어 있을 틈이 없었다. 이삭을 보고도 줍지 않거나 먹을 것을, 하다못해 밥그릇에 달라붙은 밥풀 하나라도 버리면 죄가 된다고 생각했다. 누구에게 들었는지 사람이 죽어 염라대왕 앞에 가면 '네가 평생 버린 음식을 모두 주워 먹고 오라'는 벌을 내린다고 했다. 먹지 못할 것은 아예 관심을 두지 않았다.

길득이 이른 봄이면 선돌을 데리고 다니며 찔레를 꺾어 주고, 수영을 꺾어 주고, 삘기를 뽑아 주고, 잔대를 캐 개울물에 흔들흔들 씻어 주며 천천히 꼭꼭 씹어 먹으라고 했다. 산에 들어가 목이 마를 땐 칡 순을 꺾어 주며 연한 마디는 먹고, 센 마디는 꼭꼭 씹어서 물만 짜 먹고 찌꺼기는 뱉으라고 했다. 산에서 칡뿌리를 캐 주기도 하고 버찌, 머루, 다래, 산딸기, 산포도, 으름, 개암을 따 주며 먹으라고 했다. 개암이 여물면 길득은 양손에 큼지막한 돌을 쥐고 따라오라며 산으로 올라갔다.

개암나무는 박토나 너덜겅에서도 잘 자랐다. 길득이 개암나무 밑에 선돌을 앉혀 놓고 상수리와 흡사한 개암을 딴 뒤 손에 들고 간 돌 위에 개암을 올려놓고 돌로 내리쳤다. 은행껍질처럼 단단한 겉껍데기는 바싹 부서지고 은행 알처럼 뽀얀 개암 알맹이가 나왔다. 단단한 개암을 입에 넣고 아드득아드득 깨물면 깨소금보다도 더 고소한 맛이 났다. 신선놀음에 도낏자루 썩는 줄 모른다고, 개암나무 밑에 앉아 개암을 따 돌로 깨 먹는 맛에 해지는 줄 몰랐다.

길득은 연한 두릅 순이나 음나무 순은 날것으로 먹어도 된다고 따는 족족 그 자리에서 같이 나눠 먹었다. 옻이 오르지 않는 길득은 참옻 순은 생으로 먹어도 고소하다며 따는 자리에서 아작아작 깨물어 먹었다. 선돌은 옻이 오를지 모른다고, 좀 더 큰 뒤 옻이 오르는지 안 오르는지 시험해 보고 먹으라며 손도 대지 못하게 했다.

어느 날 아침 선돌은 깊은 잠에 빠져 있었는데 누가 끌어안고 볼을 비벼대는 바람에 눈을 떴다. 첫눈에 들어온 건 눈물범벅이 된 누나 얼굴이었다. 누나는 선돌을 다시 뉘어 주고 더 자라고 말하고는 밖으로 나갔다. 선돌은 이상한 낌새를 느끼고 벌떡 일어나 밖으로 나갔다. 마당에 낯선 중년 남녀가 있었다. 잠시 뒤 누나가 안방에서 하얀 보퉁이를 들고 나오고 그 뒤를 엄마 · 아버지가 따라 나왔다. 누나가 토방으로 내려서자 마당에 있던 사람들이 마당을 나섰다. 고개를 푹 숙인 누나는 뒤돌아보지 않고 그 사람들을 따라갔다.

선돌은 누나가 장에 가는 줄 알았다. 누나가 마당을 나서자마자 엄마·아버지는 곧바로 방에 들어가 문을 닫았다. 아무래도 이상하다고 생각한 선돌은 계속 누나를 지켜보았다. 돈대를 지나 개울을 건너간 누나가 장에 가려면 오른쪽 길로 내려가야 하는데 왼쪽 길로 올라갔다. 선돌은 누나가 어디를 가는지 궁금했다. 날짜를 짚어 보니 장날도 아니었다. 선돌이 방에 들어가 누나가 어디 가느냐고 물었다. 아무런 대답이 없다. 다시 묻고 또 물었다. 엄마가 말했다.

"늬 누나 산 너머루 시집갔어."

청천벽력 같은 소리였다. 선돌은 '으앙' 울음을 터뜨리며 문을 박차고 나가 길득이 뒤를 쫓아갔다. 돈대를 지나 개울을 건너도 길득이 보이지 않았다. 두 주먹을 불끈 쥐고 달려가는데 걷잡을 수 없는 눈물이 앞을 가려 돌부리에 걸려 엎어지고 미끄러져 나자빠지고 발을 헛디디고 나동그라지며 달려갔다. 엄마 없이는 살아도 누나 없이는 못 살 것 같았다. 누나 없는 세상은 상상도 못 했다. 산 밑까지 달려갔을 때 길득은 이미 일행들과 오리 고개를 오르고 있었다. 길득이 뒷모습을 발견한 선돌은 누나를 외치며 '으앙' '으앙' 울며 달려갔다. 길득이 비탈길을 오르다 말고 돌아서서 선돌에게 돌아가라고 소리를 지르며 손을 내저었다. 선돌은 못 본 척하고 죽자 사자 달려가며 울었다.

길득이 보따리를 내려놓고 산비탈을 내려왔다. 선돌은 길득이 손을 잡자마자 울며불며 집으로 가자고 끌었다. 길득은 선돌을 개울로 데리고 가 얼굴을 씻겨 주고 개울가에 자란 산딸기나무에서 빨간 산딸기를 한 움큼 따 주며 말했다.

"선돌아, 나는 꼭 가야 혀. 내가 갔다가 늬가 좋아허는 엿 사 가지구 올게. 오늘 내가 늦게 가면 으른들헌티 엄청 혼나구 늬를 보러 오지두 못허게 헐 겨. 그러니께 늬는 여기서 누나가 저 산꼭대기를 넘어갈 때까지 지켜보다가 안 보이면 얼릉 집으루 가!"

선돌은 누나의 말이 곧 법이었기에 그 말을 곧이곧대로 믿었다. 길득이 뒤돌아보고 또 돌아보며 넘어간 그 고개를 1년이 가고, 10년이 가고, 선돌이 성인이 될 때까지 넘어오지 않았다. 어른들은 말했다. 여자가 시집가면 출가외인이고, 죽더라도 시집 울타리 밑에서 죽으라고, 살아서는 물론 죽어서까지 친정 근처는 얼씬도 말라던 시절이었다.

30여 년이 지난 어느 해 늦가을, 복골댁이 선돌이에게 약도 한 장을 건네주며 말했다.

"이게 우리 길득이 시집 약도여!"

선돌이 받아 든 약도는 낡을 대로 낡아 두 번 접은 자리가 사등분으로 끊어져 있었다. 네 장을 맞춰 본 약도에 미리내 안골 감나무집이 그려져 있었다. 선돌이 약도를 받아 들고 어떻게 받은 것이냐고 물었다. 복골댁이 말했다.

"길득이 시집에서 우리 집으루 보낸 약도여. 약도 보구 찾아오라구. 내가 시집을 안 보내면 안 보냈지 그럴 수 읎다구 안 보냈지. 며칠 뒤 사람을 보내서 데려갔어."

며칠 뒤 그날이 길득이 미리내로 시집간 날이었다. 미리내로 가는 길은 험준한 오리 고개를 넘어 10리쯤 가다가 다시 시오리 고개를 넘어서도 한참 더 걸어가야 하는, 장정 걸음으로 꼬박 하룻길이라고 했다. 선돌은 길득이 시집갈 때 들고 나간 하얀 보퉁이가 떠올랐다.

"누님이 들고 간 하얀 보퉁이 안에 뭐가 들어 있었슈?"

복골댁이 뜨거운 물을 삼킨 듯 손으로 가슴을 쓸어내리며 말했다.

"뭐가 들어 있긴 뭐가 들어 있어, 지가 입던 옷가지 빨어 갖구 갔지. 새 옷 한 벌 못 해 주구 겨우 꺼먹 고무신 한 커리 사 줬어."

머슴골 여식이라고 얼마나 얕봤으면 달랑 약도 한 장을 그것도 인편으로 보냈을까, 생각할수록 사지가 부들부들 떨릴 만큼 분해도 길득이 몹시 그리웠다. 딸이나 아들이나 똑같은 자식인데 왜 딸이 시집가면 친정 근처에도 얼씬거리지 말라고 했을까. 남녀가 혼인하면 남편을 바깥사람이라고 하고, 아내를 안사람이라고 하면서, 어느 집 대문간을 봐도 바깥사람의 문패가 걸려 있지 정작 안사람의 문패는 보질 못했다. 여자가 남자보다 더 강했어도 그랬을까. 적어도 인간이 만물의 영장이라면 그 척도는 약자를 대하는 태도가 아닐까 그런 생각이 들었다.

엄마는 그렇게 길득을 보내 놓고 얼마나 보고 싶었으면 약도 한 장을 30여 년 동안 간직했을까. 약도를 얼마나 접었다 폈다 했기에 낡아 끊어졌을까. 약도를 넘겨주기 전까지 엄마는 단 한 번도 길득 이야기를 하지 않았다. 선돌에게 약도를 넘겨준 엄마는 돌아앉아 물먹은 토담이 무너지듯 허리를 털썩 꺾으며 "길득아!" 외마디를 내지르고 가슴을 쿵쿵 쳤다. 엄마의 굽은 등을 바라보던 선돌은 눈물이 핑 돌았다. 송아지를 어미에게 떼어내 내다 팔 듯 시집보낸 길득을 떠올리며 선돌이 푸념하듯 말했다.

"누님을 왜 그렇기 일찍 보냈슈?"

엄마는 길득을 시집보내던 날 아침처럼 아무 말도 하지 않았다. 하얀 보퉁이를 들고 낯선 사람들을 따라서 오리 고개를 넘어가던 길득이 떠올랐다. 선돌은 두 번 다시 묻고 싶지 않아 자리에서 벌떡 일어나자 엄마가 나직이 말했다.

“그 집은 배는 곯지 않는다니께.”

배곯지 않는 집이라 시집을 보냈다니! 엄마의 대답은 선돌이 귀청을 아프게 찔렀다. 그날은 종일토록 일이 손에 잡히지 않았다. 머리는 온통 길득이 누나 생각뿐이었다. 엄마의 그리움은 쌓이고 쌓여 한이 되었고 선돌의 그리움은 간절한 소원이 되었다.

기러기가 푸르른 창공을 끼룩 끼루룩거리며 편대를 지어 날아가던 날, 그날 밤 선돌은 미리내를 당일치기로 다녀올 생각으로 닭이 울기를 기다렸다. 입술이 바싹바싹 타들어 가는 밤은 길고 길었다. 닭이 세 홰를 울자 선돌이 장에 다녀오겠다고 이른 뒤 달랑 찢어진 약도 한 장을 들고 집을 나섰다. 한 번도 가 보지 않은 길이었다. 오리 고개 밑에서 길득이 누나와 헤어진 지 36년 만이었다.

얼굴에 닿는 새벽 공기는 찬물에 세수한 뒤끝처럼 상큼하고 개운했다. 선돌은 날이 밝기 전 오리 고개에 이르렀다. 나무 사이로 드러난 둥근달이 희읍스름한 길을 도막도막 비춰 주었다. 바람이 불면 날아갈 듯 길이 흔들거리며 사라졌다 나타나기를 반복했다. 계곡에 들어서자 청량하게 흘러내리는 계곡물 소리에 걸음을 우뚝 멈췄다. 아마 여기쯤일 것이다. 오리 고개 너머로 시집가는 열일곱 살 길득이 뒤를 울며불며 따라가던 여덟 살배기 선돌을 데리고 개울에 들어가 씻겨 주고, 딸기 따 주며 엿 사 가지고 돌아오겠다며 돌아선 곳이 바로 여기쯤일 것이다.

그날의 길득이 누나가 눈에 밟혀 눈시울이 시큰거렸다. 계곡에서 떨어지는 물소리에 이끌려 개울로 올라갔다. 바위에서 작은 소로

'철썩', '처르르 철썩' 떨어지는 계곡물이 주름치마 접듯 잔물결을 이루며 서로 갈라지고, 흩어지고, 다시 합쳐지며 흘러갔다. 억새풀 사이로 건듣 지나가는 바람에 우수수 떨어진 낙엽이 물결 따라 까닥까닥 떠내려오고 남실남실 떠내려갔다. 갈증을 느낀 선돌이 개울에 엎드려 입을 대고 물을 쭉쭉 들이마셨다. 뱃속으로 들어간 찬물이 계곡물 흐르듯 창자를 씻으며 서늘하게 내려갔다.

미리내로 가는 첩첩산중 험난한 산길은 동아줄 같은 외길이었다. 오리 고개 산봉우리에 올라섰을 때 여명이 밝아오고 있었다. 오리 고개와 시오리 고개는 실제로 거리가 오리고, 시오리라고 했다. 사람이 자주 다니지 않은 외길은 지우개로 지운 흔적처럼 희미했다. 깊은 계곡 산길은 물길 따라 나란히 나 있다. 산도 외롭고, 길도 외롭고, 물도 외롭고, 누나를 찾아 외줄 타듯 걸어가는 선돌도 외롭다.

우람하고 아담한 산들이 능선으로 서로 감싸 보듬고 있다. 웅장한 바위조차 몸을 맞대고 바위산이 되었다. 돌들이 모여 너덜겅이 되었다. 소나무는 소나무끼리, 참나무는 참나무끼리, 자작나무는 자작나무끼리, 억새는 억새끼리, 달풀은 달풀끼리 군락을 지어 부스럭부스럭 뒤챈다. 모두 외로워 그런가 보다. 길옆에서 '후다닥' 고라니가 달아나기도 하고 소나무숲에서 부엉이가 덩달아 '화다닥' 날아가기도 했다. 나뭇가지에 가려진 하늘이 조각보처럼 조각조각 보였다. 숲속에 흐드러지게 핀 억새꽃이 하얀 이불 홑청을 널어놓은 듯 보였다.

날씨가 덥지도 춥지도 않은 노른자위 가을, 가파른 고개를 할딱할딱 오르며 흘린 땀은 내리막길을 겅정겅정 걸어가며 식혔다. 참나무숲을 지날 때는 길 위에 낙엽이 쌓여 눈길을 걷는 듯 발목이 자박자박 빠졌다. 바람이 없는데도 나풀나풀 떨어지는 낙엽이 길 위에 사뿐사

뿐 내려앉는다. 낙엽 밑에 길이 있다. 계곡물을 만나면 징검돌을 밟고 펄쩍 뛰어 건너고, 바위를 만나면 돌아가고, 오르락내리락 돌고 돌아 걸었다. 다행히 추수철이라 들일하는 사람들에게 물어가며 길을 잃지 않고 바로 갈 수 있었다. 전날 저녁 모닥불에 구워낸 군고구마를 가지고 나왔어도 목이 마를 때마다 개울에 엎드려 물만 마시며 걸음을 재촉했다.

줄을 끌어당기듯 남은 길은 점점 줄어들었다. 한낮이 기울어 들어간 미리내 마을 안골에 빨간 감이 주렁주렁 달린 감나무집이 눈에 들어왔다. 감을 따 곶감 만들 시기는 한참 지났다. 마을을 눈여겨보며 들어갔는데 대치골이나 미리내나 사람 사는 시골 동네는 거기서 거기라는 생각이 들었다. 문득 '사는 형편이 오죽했으면 며느리가 될 남의 여식에게 달랑 약도 한 장 보냈을까' 하는 생각 끝에 배곯지 않는 집을 찾아간 길득이 누나가 더욱 불쌍한 생각이 들었다.

안골에 들어가 이리 맞춰 보고 저리 맞춰 보고 아무리 맞춰 봐도 30여 년 전에 그린 약도는 너무 생소했다. 아니 전혀 맞지 않았다. 감나무가 한 집만 있는 것도 아니었다. 선돌은 가장 가까운 데에 있는 감나무집에 들어갔다. 토란 줄기를 다듬던 노부인이 일손을 놓고 대문 밖에까지 나와 손가락으로 길을 가리키며 이렇게 말했다.

"조기 조 위루 쬐끔만 더 올러가시면 감나무집이 또 있슈. 그리루 가 봐유."

저기 저 위로 조금만 더 올라가라고 했는데 걷다 보니 그렇게 짧은 거리가 아니었다. 개울을 건너고 굴곡진 길을 걸어 감나무집 주인이 일러 준 대로 한참을 더 걸었다. 하얀 차돌바위가 눈사람처럼 서 있는 산모롱이를 돌고 돌아나가자 까치밥이 달린 감나무집이 눈에 띄었다. 까치밥은 언제 보아도 정겹다. 선돌이 감나무집 사립문 밖에서 헛기침을 두어 번 하고 나서 주인을 찾았다. 마치 기다리고 있었다는 듯이 방문이 벌컥 열리며 인기척이 들렸다.

"뉘슈?"

백발이 성성한 노인이었다. 선돌은 인사를 드리고 노인을 향해 몇 걸음 더 안으로 들어갔다. 노인의 얼굴에 검버섯이 하얀 쌀독에 떨어진 검정콩처럼 까뭇까뭇 박혔다. 검버섯을 저승꽃이라고 부르기도 했다. 노인은 거동이 불편한지 문고리에 긴 줄이 달려 있다. 아마 방 안에 막대기도 하나쯤 있을 것이다. 거동이 불편한 노인들은 방 안에 길쭉한 막대기를 두고 방문을 밀어 열고, 등이 가려우면 등을 긁고, 방 안에 물건을 끌어당기거나, 이리저리 치우기도 하고, 말 안 듣는 손자들에게 죽비(竹篦)를 대신하기도 했다. 물론 문을 닫을 땐 일어나지 않고 앉은 채로 문고리에 달린 줄을 잡아당겨 닫았다. 선돌이 마당으로 한발 들여놓으며 감나무집 천덕삼 씨를 찾는다고 했다. 노인이 앉은 자리에서 뭉그적뭉그적 문지방 앞으로 나와 손가락으로 앞산을 가리키며 말했다.

"잘못 오셨슈. 그 집은 이짝 동네가 아니구 저짝 동네유. 쩌어기 저 개울 근너 한참 더 올러가다 보면 오른쪽으루 집이 한 채 나오는디 그 집이 바루 천 씨네유."

선돌이 허리를 숙여 방 안의 노인에게 인사를 드리고 감나무집을 나와 다시 감나무집을 찾아 징검 징검 징검다리를 건넜다. 서울 가서 김 서방 찾기보다 미리내 마을에 가서 감나무집 찾기가 더 어려웠다. 그도 그럴 것이 시골집은 도시 아파트처럼 여러 가구를 지어 한꺼번에 분양하는 것이 아니다. 농촌의 집은 대부분 농사처에 지어 마당이 있고 텃밭이 딸려 있어 집집이 텃밭이나 울안에 감나무, 대추나무, 매실나무, 살구나무, 앵두나무, 호두나무, 모과나무, 석류나무, 은행나무 등 주로 주인의 취향에 따라 과일나무를 심는다. 자생으로 자라는 고욤나무, 오동나무, 다래나무를 그대로 가꾸기도 한다. 울타리로 탱자나무, 대나무, 사철나무를 심기도 하고, 소나무 가지나, 물거리를 베어다 나무 울타리를 세우기도 하고, 토담이나 돌담을 치기도 한다. 시루에 떡가루 안치듯 흙 한 켜에 돌 한 켜씩 층층이 쌓아 올리고, 초가지붕에 용마름 얹듯 기와를 올린 토석담도 있다. 아예 대문도 울타리도 없는 집도 허다하다. 기와집도 있고, 벽돌집도 있고, 함석집도 있고, 슬레이트집도 있고, 초가집도 있고, 굴참나무 껍질로 지붕을 조각조각 이어 얹은 굴피집도 있다. 그렇게 집도, 대문도, 울타리도, 모양도 각양각색이다. 길가에 두꺼비를 닮은 두꺼비바위, 부엉이를 닮은 부엉이바위, 곰을 닮은 곰바위, 마당만 한 마당바위, 멍석만 한 멍석바위, 하얀 쌀바위도 있다. 약도를 그리는 사람은 이 모든 것들을 그릴 수 있으나, 온 동네를 모두 조사하여 그리는 게 아니고, 언제 알게 되었든 자기가 보고 기억하는 것만 그린다. 감나무에 번호가 매겨진 것도 아니다. 그러니 감나무집이 둘도 되고 셋도 되고 열도 될 수 있다.

선돌은 노인이 가르쳐 준 대로 개울을 건너가 감나무집을 찾아갔는데 정작 감나무는 보이지 않았다. 그 집 텃밭 주변을 둘러보아도 감나무는 눈에 띄지 않고 밭둑으로 이어 심은 뽕나무와 밤나무 몇 그루가 보였다. 개울 건너 오른쪽으로 집이 많은 것도 아니고 달랑 한 채인데 잘못 찾을 리 없다는 생각에 대문 없는 울안으로 한 발 들어섰다. 고추잠자리가 너울너울 날아다니는 널찍한 마당에 쪼그리고 앉은 할머니가 지팡이로 수북하게 쌓인 고추를 널고 있다. 선돌이 인기척을 내며 말했다.

"감나무집이라구 해서 찾어왔는디 감나무가 안 보이네유?"

지팡이를 짚고 힘들게 일어선 할머니가 이렇게 말했다.

"예전엔 있었쥬. 이젠 고목이 되어 쩌어기 저렇기 둥치만 남었슈."

언제 심은 감나무인지 알 수 없으나 할머니가 가리킨 손끝에 아름드리 감나무가 고사해 넘어진 밑둥치에 이끼가 파릇이 끼었다. 주름진 얼굴에 반백이 넘은 할머니가 먼 산을 바라보듯 선돌을 물끄러미 바라보며 물었다.

"어디서 오셨는지 몰러두 츠음 오셨는가 본디 누굴 찾어오셨슈?"

선돌은 문득 할머니가 길득이 시어머니일지도 모른다는 생각이 들어 공손히 인사를 올리며 말했다.

"지는 재 너머 도원면 대치골에서 온 신선돌이라구 허는디유, 천덕삼 씨를 찾어왔슈."

할머니가 갑자기 두 손으로 지팡이를 모아 짚으며 선돌이 앞으로 뒤뚝뒤뚝 걸어오다 푹 고꾸라지며 소리쳤다.

"늬가 선돌이냐?"

선돌이 다급히 달려들어 할머니를 일으키며 말했다.

"야아. 지가 선돌이유. 길득이 누님이슈?"

길득이 말을 잇지 못했다. 할머니가 누님이라니! 선돌은 말문이 막혔다. 아무리 보고 또 보고 또 쳐다봐도 선돌이 여덟 살에 보았던 열일곱 살 누나의 모습은 털끝만큼도 찾아볼 수가 없다. 선돌은 길에서 스쳐 지나가는 낯선 할머니를 쳐다보는 듯했다. 길득과 선돌은 한동안 망연자실한 표정으로 서로를 바라봤다. 세월은 흐르는 물 위에 꽃잎, 풀잎, 나뭇잎을 한 장 한 장 떠내려 보내듯 하루하루를 그렇게 보낸 줄 알았는데 차곡차곡 쌓여 있는 그 부피를 마주 보며 깨달았다. 세월은 흘러가는 게 아니라고. 세월은 비껴가는 게 아니라고. 세월은 흔적 없이 사라지는 게 아니라고. 세월은 책장을 넘기듯이 넘어가 쌓이는 것이라고.

한참 만에 정신을 수습한 길득이 아버님·어머님 안부를 묻고, 사는 형편을 묻고, 월남댁과 결혼한 얘기, 현태 얘기를 들은 뒤 현태도 보고 싶고 올케도 보고 싶다고, 꼭 한 번 데리고 같이 오라며 자기 이야기를 계속했다.

길득은 지난겨울부터 무릎과 허리가 아파 일을 할 수 없어 혼자 집에 있다고, 아들 둘 딸 셋을 낳았는데 딸은 모두 시집보내고, 아들도 모두 결혼시켜 큰아들과 같이 살고 작은아들은 몇 해 전 살림을 내주었다고, 큰아들은 딸 둘에 아들 하나를 낳고, 둘째는 딸만 둘인데 또 애를 가졌다고, 둘째 며느리 몸태를 보니 이번엔 틀림없이 아들을 낳을 거라고, 덕삼은 큰아들 내외와 아이들을 모두 데리고 작은아들네 가을걷이 거들어 주러 갔는데 늦은 밤에 돌아올 거라고, 모두 밥은 굶지 않을 만큼 잘산다고 했다.

길득이 이야기하다 말고 "아이구, 내 정신 즘 봐" 그러곤 선돌이 점심을 지으러 부엌으로 들어갔다. 선돌은 길득이 널다 남겨 둔 고추를 고르게 펴 널었다. 꽤 많은 고추였다. 끝물 고추가 이 정도라면 고추 농사를 크게 지은 모양이라고 생각한 선돌이 부엌에 대고 큰 소리로 말했다.

"누님! 꼬추 농사 많이 지었는개뷰?"

선돌이 물음에 길득이 부엌문을 '삐드득' 열어젖히며 마당에 대고 소리쳤다.

"막내아들 제금 낼 때 빚을 좀 졌어. 아마 올해 꼬추 내다 팔면 거의 벗어날 겨."

길득이 점심상을 내왔다. 흰쌀이 드문드문 섞인 보리밥에 김치, 깍두기, 깻잎장아찌, 고추장, 된장국이었다. 길득은 밥그릇이 턱에 닿을 만큼 고봉밥을 주고도 양푼에 밥을 퍼다 놓고 앉아 '많이 먹으라'며 먹는 밥보다 더 많이 자꾸자꾸 퍼 주었다. 어린 시절 선돌을 거둬 먹였듯이 무청 김치를 손으로 찢어 밥숟갈에 얹어 주고, 깻잎장아찌를 한 장씩 똑똑 떼어 주기도 했다. 배추김치가 시지 않으냐고, 가을무는 인삼과 같다며 보시기에 담긴 깍두기를 선돌이 앞으로 밀어 주었다. 선돌이 가지고 간 군고구마가 생각나 길득에게 먹어 보라고 내주었다. 길득은 점심을 잔뜩 먹었다면서도 군고구마 한 개를 오물오물 맛나게 먹으며 물었다.

"왜 딸이든 아들이든 하나 더 낳지 그랬어?"

선돌이 입에 든 밥을 우물우물 삼키며 말했다.

"혼혈아를 기르는 게 어디 쉽간디유. 몇 날 며칠 고민 끝에 아예 정관수술을 해 버렸슈."

선돌이 어린 시절만 해도 정부서 '덮어놓고 낳다 보면 거지꼴 못 면한다'고 '아들딸 구별 말고 둘만 낳아 잘 기르자'고, '둘도 많다. 하나만 낳아 잘 기르자'고 강력한 출산억제정책으로 보건소나 예비군 훈련장에서 무료로 정관수술을 해 주기도 했다. 선돌은 세월이 많이 흐른 뒤에도 '덮어놓고 낳다 보면'이라는 말이 뼈아프게 남아 있다.

아닌 게 아니라 덮어놓고 낳을 수 없는 게 자식이었다. 선돌이 오랜 진통 끝에 태어난 현태를 처음 안았을 때 기쁨보다 자신도 모르게 아비로서 부끄러움을 느꼈다. 현태를 키우며 우리 사회에서 혼혈아를 낳은 것은 자식에게 죄를 지은 것이라는 생각이 들기도 했다.

길득이 군고구마를 까먹은 손을 탈탈 털며 말했다.

"그래두 하나는 좀 그렇지. 일가친척 하나 읎는 올케가 뭐라구 안혀?"

선돌이 수저를 내려놓으며 말했다.

"그 사람은 말이 읎는디 엄니헌티 엄청 혼났슈. 수술헌 날은 진지두 잡숫지 않구 그 뒤루 한 열흘 동안 말두 안 하셨는디유 뭐."

예전엔 수부다남자(壽富多男子)라고 오래 살고, 부유하고, 아들이 많은 것을 큰 복으로 여겼다. 선돌이 어린 시절만 해도 아들 많은 것은 큰 자랑거리였는데 왠지 딸 많은 것은 이야깃거리는 되었어도 자랑거리는 되지 못했다. 요즘엔 아들은 장가를 들여도 남이고 딸은 시집을 보내도 자식이라는 말이 더 먹히는 세상이 되었다. 어머니를 많이 닮은 길득이 알 만하다는 듯 고개를 끄덕이며 말했다.

"그렇지. 우리 엄니는 그러구두 남지. 아부지는 뭐라구 안 허셨어?"

선돌이 멋쩍게 씩 웃으며 말했다.

"아부지는 원래 말이 읎으신 분이잖어유."

길득은 아쉬운 눈빛으로 선돌을 바라보며 말했다.

"그거 복원 수술두 헐 수 있다는디 웬만허면 하나 더 낳지 그려?"

선돌은 지금껏 정관수술 한 것을 단 한 번도 후회한 적이 없다. 선돌이 고개를 좌우로 흔들며 말했다.

"지는 현태만 있으면 돼유."

선돌이 점심상을 물리고 서둘러 일어나자 길득이 하룻밤만이라도 자고 가라며 놓아 주지 않았다. 잠시도 지체할 수 없는 선돌은 장에 간다며 집을 나왔다고, 물론 집을 나올 때 아내에게 늦을 거라고, 늦어도 걱정하지 말고 마중도 나오지 말라고 했어도, 돌아가지 않으면 아버지 · 어머니는 물론 온 동네 사람들이 밤새 찾아다닐 거라고, 가을걷이가 끝나는 대로 꼭 현태 데리고 다시 오겠다고 했다.

누님댁을 나서는 선돌이 양식 걱정 없이 산다고 극구 사양해도 길득은 '세상이 많이 좋아져 친정에 한 번 가고 싶은데 이제 늙고 병들어 갈 수 없다'고, '자기가 농사지은 쌀로 엄마 · 아버지 진지 한 번 해드리라'고 기어이 쌀 한 말, 보리쌀 한 말을 멜빵 걸어 지워 주었다. 돌아오는 길은 등에 진 쌀자루 무게보다 마음이 더 무거웠다.

세월은 참으로 무상했다. 선돌은 길득이 실상을 안고 갔다가 허상을 보고 돌아가는 듯했고, 허상을 안고 갔다가 실상을 보고 돌아가는 듯도 했다. 집으로 돌아가는 길은 세월의 잔해만 남은 길득이 눈에 밟혀 시오리 고개를 눈물고개로 넘어왔다. 선돌이 현태 데리고 다시 가겠다는 누님과의 약속을 언제 지킬지 알 수 없다.

선돌은 '왜 우리 집을 돌배나무집이라고 부르느냐'는 현태 물음에 떨리는 목소리로 이렇게 대답했다.

"우리 집에 돌배나무가 있으니께 돌배나무집이라구 부르는 겨. 문패가 있어두 으른 이름을 부르는 것은 예의에 어긋나는 것이거든. 문패를 읽을 줄 모르는 사람두 있구. 이웃 간에는 아이들 이름을 붙여 부르기두 혀. 석철은 우리 집을 현태네 집이라구 허잖어."

현태가 제대로 알아들었는지 더는 묻지 않았다. 선돌이 현태에게 말을 가르치기 시작한 뒤 그렇게 날이 가고, 달이 가고, 해가 바뀌고 다시 봄, 여름, 가을, 겨울이 지나고 이듬해 현태가 초등학교에 들어갈 무렵엔 또래보다 오히려 말을 더 잘했고, 더 많은 것을 알고 있었다. 학교도 열심히 다니며 공부도 곧잘 했다.

현태는 초등학교에 들어간 뒤에도 또래들과 어울리지 않고 아버지와 같이 시간을 보내려 했다. 선돌도 그런 현태의 마음을 알고 논두렁 밭두렁은 물론 어디를 가더라도 같이 다니려 했다. 현태가 초등학교에 들어가던 해 늦가을 감 따는 날이었다. 선돌은 끝이 가위처럼 약간 벌어진 장대와 줄이 길게 달린 구럭을 가지고 감나무에 올라갔다. 현태는 광주리와 함지박을 모두 내다 놓고 아버지가 감 따기를 기다렸다. 감나무에 올라가 자리 잡은 아버지가 빨갛게 익은 홍시 3개를 따 주며 할아버지, 할머니, 엄마에게 갖다드리라고 했다.

이렇듯 현태가 아버지로부터 배운 첫 기억은 어른을 공경하는 것이었다. 길을 갈 땐 어른 앞에 나서거나 막지 않았고, 어른이 말씀하실 때 끼어들지 않았고, 겸상 자리에서도 어른이 먼저 수저를 들어야 수저를 잡을 수 있었고, 귀하고 맛있는 반찬은 어른이 먹어 보라고 해야 먹었고, 어른이 수저를 내려놓아야 수저를 내려놓는 것이 몸에 배었다. 귀하고 맛있는 반찬은 주로 생선이었는데 그건 아버지가 장에 다녀와야 맛볼 수 있었다. 물론 장날마다 가는 것은 아니지만 아버지가 장에 가는 날이면 할아버지 방문 앞에 서서 이렇게 말했다.

"아부지, 장에 댕겨올게유!"

고적한 방 안에서 문고리 잡는 '달그락' 소리에 이어 방문이 '삐드득' 열렸다. 할아버지는 밖을 내다보며 아버지에게 말씀하셨다.

"아침은 든든히 먹었냐?"

"야아. 배불리 먹었슈."

할아버지는 고개를 끄덕이며 말했다.

"그려. 그럼 날씨가 추니께 해지기 전에 조심혀 댕겨와."

할아버지는 날씨가 더우면 한낮을 피해서 오라고 이르고, 날씨가 추우면 해지기 전에 빙판길 조심해서 다녀오라고 했다. 그때는 대중교통편이 없어 장에 가더라도 몇십 리 길을 꼬박 걸어 다녔다. 몇 년 전부터 집에서 5리쯤 걸어가면 시내버스가 들어왔다. 아버지는 장터까지 반 넘어 걸어가 왜 비싼 돈 주고 버스를 타느냐고, 몸이 아프거나 특별한 일이 없는 한 줄곧 걸어 다녔다. 장날 장에 갔다 돌아오는 아버지 손에 항상 자반고등어, 갈치, 꽁치, 전갱이가 들려 있었다. 아버지는 집에 들어오자마자 할아버지 저녁상에 올려 드리라고 사 온 생선을 엄마에게 넘겨준 뒤 할아버지 방문 앞에 서서 말했다.

"아부지, 장에 잘 댕겨왔슈!"

할아버지는 마치 기다리고 있었던 것처럼 바로 대답했다.

"그래, 들어오너라."

아버지는 방에 들어가 할아버지에게 절을 했다. 할아버지는 아버지 절을 받으며 더운 날에는 당신이 부치던 부채를 넘겨주었고 추운 날에는 화롯불을 돋우어 아버지 앞으로 밀어 주었다. 아버지는 화롯불에 몸을 녹이며 장에서 만난 지인들의 대소사는 물론 그들의 안부를 소상히 들려드렸다. 아버지는 돌아가시는 날까지 하루도 거르지 않고 여름에는 할아버지 방에 모깃불을 놓아 드렸다. 모깃불은 화로에 왕겨나 보리까락으로 피웠는데 향이 좋은 쑥을 베어 말려 두고 한 줌씩 넣기도 했다. 겨울에는 할아버지 요 밑으로 손을 넣어 보며 아궁이에 군불을 지폈다.

농경사회에서 농촌의 부모들은 농사를 지으며 자식을 낳아 기르고 혼인시켜 살림 내주는 데 일생을 바쳤고, 자식들은 부모님을 평생 봉양하는 데 바쳤다. 아버지는 어른을 공경하라고 가르치며 집안 어른이나 남의 어른을 다르게 가르치지 않았다.

어느 날 현태가 엄마 말을 듣지 않고 못되게 반항하다가 할아버지에게 들켰다. 할아버지가 '당장 웃통을 모두 벗고 밖으로 나가라'고 호통쳤다. 그날 아침은 서리가 하얗게 내리고 개울가에 살얼음이 낄 만큼 매우 추운 날이었다. 현태는 윗도리를 모두 벗은 채 마당에 나가서 발을 동동거리며 발발 떨고 있었다. 밖에서 들어오던 아버지가 보고 무슨 일이냐며 기겁했다. 현태 이야기를 듣고 난 아버지가 갑자기 웃통을 모두 훌훌 벗어서 현태에게 입혀 주고 같이 서서 달달 떨었다. 그때 방문이 벌컥 열리면서 할아버지 불호령이 떨어졌다.

"이늠아, 고뿔 걸려. 어여 들어가!"

할아버지 불호령이 떨어지기 무섭게 아버지가 퉁명스레 대꾸했다.

"이제 아부지두 지 맘 아시겄슈?"

뜻밖이었다. 아버지는 언제나 할아버지에게 공손했다. 다시 불호령이 떨어질 줄 알았는데 할아버지는 아무 말도 없이 방문을 탁 닫아 버렸다.

현태가 홍시를 갖다드리고 돌아오자 아버지가 홍시를 따 놓고 기다리고 있었다. 아버지는 현태에게도 먹어 보라며 홍시 한 개를 내려주었다. 홍시 맛은 다디달았다. 아버지도 나뭇가지 사이에 몸을 의지하고 홍시 한 개를 먹은 뒤 감을 따기 시작했다. 장대 끝을 감꼭지 밑가지에 바짝 밀어 넣은 뒤 살짝 비틀면 가지가 똑 부러졌다. 장대에 꽂힌 감을 따 구럭에 넣었다. 물론 꺾어진 감나무 가지는 감을 딴 뒤 땅으로 버렸다. 구럭에 감이 가득 차면 아버지가 줄을 잡고 아래로 내려보내 주었다. 현태가 구럭을 받아 광주리에 쏟으면 아버지는 다시 줄을 잡아당겨 구럭을 가져갔다. 더러 장대에서 감이 빠져나와 땅으로 떨어져 깨지는 것도 있었다. 그런 건 따로 모아 주전부리로 썰어 햇볕에 말렸는데 그걸 '감말랭이'라고 했다. 감말랭이는 깨지지 않은 좋은 감을 골라 만들어 두었다가 긴긴 겨울밤에 할머니 · 할아버지 간식으로 드렸다.

아버지는 잘 익은 홍시를 따면 현태에게 내려보내 주었다. 홍시는 다른 그릇에 따로 담아 두었다. 할아버지는 한 번에 홍시를 많이 먹으면 변비에 걸린다고 하루에 한 개만 먹었고, 홍시를 따뜻하게 데워 먹으면 설사가 멎는다고 상비약으로 두었다 먹기도 했다. 아버지는 까치밥으로 감 두 개를 남겨 놓고 내려왔다. 감잎이 모두 떨어진 감나무 꼭대기에 달린 까치밥은 보면 볼수록 탐스럽고 군침이 돌 만큼 먹음직스러웠다.

가을이 깊어 가는 어느 날 현태는 아버지에게 까치밥을 가리키며 말했다.

"아부지, 저 까치밥 따 줘유."

선돌이 까치밥을 올려다보며 말했다.

"이늠아, 늬가 원허는 건 늬가 구해야지. 그런디 옛 으른들이 말씀허시길 나무 잘 올러가는 놈은 믿지 말랬어. 원숭이두 나무에서 떨어진다구 나무에 잘 올러가는 놈은 언제 나무에서 떨어져 죽을지 모르니께. 더욱이 감나무는 다른 나무보다 연해 잘 부러지니께 당최 올려갈 생각은 허지 말어."

감나무에 감이 주렁주렁 달렸을 땐 많은 감을 보고도 무심히 지나쳤는데 앙상한 가지 위에 달랑 두 개만 남은 것이 더욱 눈길을 끌었다. 현태는 까치밥을 왜 남겨 놓았는지 물었다.

"아부지, 까치밥을 증말루 까치 먹으라구 냉겨 놓은규?"

선돌이 오랜만에 볏짚으로 지게 등태를 짜고 멜빵을 따는데 현태가 물었다. 예전엔 모든 짐은 지게를 이용해 운반했다. 지게는 우리 민족이 만들어낸, 세계 어느 민족도 만들어내지 못한 최고의 발명품이라고 예찬했는데, 평생 지게 하나로 벌어먹던 사람들은 지게에서 벗어나는 게 꿈이라고 했다. 다행스러운 건지 하여튼 우리나라가 자동차를 만들어내고 농기계로 농사를 지으면서 지게는 알게 모르게 사라져 거의 찾아볼 수 없다.

선돌은 남들이 무엇을 사용하든 웬만한 것은 지게를 이용하는 것이 편해 버리지 못하고 있다. 그뿐만이 아니라 세상을 살다 보면 매우 힘들 때가 있다. 그때는 지게를 지고 깊은 산에 들어가 나무 한 짐을 짊어지고 나온다. 나뭇짐은 그대로인데 가면 갈수록 점점 무거워지고, 짐의 무게만큼 고통이 따르니 다른 생각은 끼어들 틈이 없다. 때로는 세상사 아무리 힘들다, 어렵다, 괴롭다 해도 등짐 한 짐 무게만도 못한 일에 얽매여 사는구나 하는 생각이 들기도 했다.

하기야 삶의 무게는 스스로 져 봐야 안다. 삶의 길은 지나 봐야 안다. 한 치 앞을 알 수 없는 게 삶의 길이기에 자기 발자국을 되돌아보며 가야 한다. 앞으로 가던 길을 멈추고 되돌아보는 것은 뒤로 가려는 게 아니라 앞으로 가기 위해서다. 자기 발자국을 돌아보지 않고 걸어간 길은 과녁을 빗나간 화살처럼 무효라고 생각했다. 지게에 푹신한 등태를 달고 멜빵 길이를 몸에 맞게 조절한 선돌이 지게꼬리를 서리서리 서리며 말했다.

"이늠아, 나는 감나무가 하두 고마워서 냉겨 놓은 겨."

감나무가 고맙다니. 감나무 가지 끝에 달린 까치밥을 올려다보던 현태가 의아스러운 표정으로 선돌을 바라보며 말했다.

"감나무가 사람두 아닌디 고맙긴 뭐가 고마워유?"

선돌이도 현태 나이 땐 감나무가 고마운 줄 몰랐다. 까치밥을 보고도 그게 까치밥인지도 몰랐다. 감나무에 까치밥이 달려 있으면 있는가 보다 했고, 없으면 없는 대로 그냥 건성으로 보아 넘겼다. 선돌이 감나무를 직접 심고 가꾸며 까치밥을 알았고 감을 따면서 비로소 감나무가 고마운 줄 알았다. 감나무는 다른 나무보다 추위에 약해 겨울에 얼어 죽기도 하고 태풍에 나뭇가지가 잘 부러졌다. 생명력이 약한 감나무 묘목을 심은 뒤 몇 년 동안은 뿌리가 얼지 않게 검불이나 나뭇잎을 긁어모아 뿌리를 보호해 주어야 했고 짚으로 줄기를 싸매 주어야 했다. 현태 물음에 선돌은 작대기로 지게를 받쳐 놓은 뒤 말했다.

"산다는 건 말이다, 사람두 짐승두 나무두 다 힘든 겨. 나무라구 왜 힘들지 않겄어. 한겨울 혹독헌 추위에 얼어 죽지 않구, 긴긴 가뭄에 말러 죽지 않구, 태풍에 가지를 찢기면서두 해마다 꽃피우구 열매 맺은 감을 딸 때마다 고맙다는 생각이 들지. 또 주렁주렁 열린 그 많은 감을 한 개두 냉겨 두지 않구 몽땅 따는 것은 너무 야박허다는 생각이 들어 냉겨 놓은 겨.

까치밥조차 냉겨 두지 않구 몽땅 따 버리면 풍경이 너무 삭막허구. 주변 풍경이 삭막허면 사람 마음두 팍팍해지거든. 먹는 거야 까치가 먹으면 워떻구 다른 짐승이 먹으면 또 워뗘."

선돌이 말을 듣고도 까치밥을 따 먹고 싶은 마음을 버리지 못한 현태가 말했다.

"까치는 좋은 과일만 쪼아 먹구 전봇대에 집을 지어 정전 사고를 일으킨다구 사람에게 아주 해로운 짐승이라구 허던디유."

어떻게든 까치밥을 따 먹고 싶은 현태는 까치를 아주 해로운 짐승으로 몰아갔다. 선돌이 어린 시절만 해도 '아침에 까치가 울면 반가운 손님이 온다'고 까치를 길조로 생각했다. 물론 길조라고 사람에게 좋은 일만 하는 것은 아니다. 까치는 콩밭에 들어가 콩나물처럼 올라오는 콩 싹을 싹둑싹둑 잘라 먹었다. 콩은 처음 올라오는 새싹을 잘라 먹으면 새움이 올라오지 않아 한 해 농사를 폐농할 수밖에 없다. 과일은 탐스럽고, 향이 좋고, 맛 좋은 것을 본능적으로 찾아내 쪼아 먹었다. 그래도 알뜰히 먹으면 그나마 좀 나으련만, 한 번에 한 개를 다 먹을 수 없으니까 먹다 말고 날아간다. 다음에 날아와 먹다 남긴 걸 찾아 먹으면 좋겠는데 또 다른 걸 골라 쪼아 먹었다. 다른 새들도 마찬가지다. 새들은 먹을 게 없으면 모를까 먹다 남긴 것은 두 번 다시 먹지 않았고, 남이 먹던 것도 먹지 않았다. 농부들은 상품 가치가 떨어져 내다 팔 수 없는 것만 골라 두고 아껴 먹는데 새들은 늘 좋은 것만 골라 흥청망청 먹고 버렸다.

과일을 수확해 보면 새들이 먹은 양보다 먹다 남겨 버린 양이 몇 곱절 더 많았다. 무슨 이유인지 알 수 없으나 어떤 놈들은 먹지도 않으면서 한두 번씩 쪼아 놓아 내다 팔 수 없게 만들었다. 과일 꼭지만 골라 콕콕 찍어 떨어뜨리는 괘씸한 놈도 있다. 과일나무 주인은 그놈들을 잡아 죽이고 싶도록 미워할 수밖에 없다. 하기야 무수한 생명을 눈 한 번 깜빡이지 않고 잔인하게 도태시켜 가며 골라 키우고, 골라 먹고, 먹다가 남겨 버리는 것은 사람이 어느 동물보다도 몇 배 더하지만 그걸 당연한 권리로 착각한다. 선돌이 현태에게 말했다.

"사람들은 사람에게 해를 끼치는 동물을 해로운 동물이라구 허는디 세상에 해로운 동물은 읎는 겨. 사람만 사는 세상이 아니니께."

선돌은 다시 한 번 현태에게 감나무는 다른 나무보다 재질이 연해 잘 부러진다고, 위험하니 절대로 올라가지 말라고 이르곤 지게를 지고 휑하니 밖으로 나갔다.

아버지가 그러면 그럴수록 현태에게 까치밥은 금단의 열매처럼 점점 더 따 먹고 싶은 충동을 느꼈다. 현태는 까치밥을 따 주지 않고 집을 나서는 아버지 뒷모습을 바라보다 무조건 감나무를 오르기 시작했다. 감나무 중간쯤 오르다 무심코 아래를 내려다보고 그만 기절할 뻔했다. 감나무 밑에서 위로 올려다볼 땐 아무렇지 않았는데 위에서 아래로 내려다보는 순간 아찔한 공포에 오금이 저려 금방 떨어져 죽을 것 같아 덜컥 겁이 났다. 현태는 다리를 후들후들 떨며 감나무를 내려왔다. 감나무를 내려온 뒤 까치밥을 따 주지 않은 아버지에게 섭섭한 생각이 들었다. 현태는 까치밥이 먹고 싶다는 생각보다 까치밥을 반드시 손에 넣고 말겠다는 오기가 생겼다. 까치밥을 손에 넣을 때까지 절대로 아래를 내려다보지 않겠다고 마음을 굳게 다잡고 다시 까치밥만 쳐다보며 올라갔다.

처음보다 좀 더 높이 올라갔지만 팔에 힘이 빠져 더는 올라갈 수 없어 대롱대롱 매달려 있다가 도로 내려와 이내 후회했다. 나무를 오르다 팔에 힘이 빠지면 중간 나뭇가지에 의지하고 좀 쉬었다 다시 올라가면 될 텐데 미처 그 생각을 못 했다. 세 번째는 몇 번 쉬어 가며 올라갈 수 있는 데까지 올라가 손을 뻗쳐도 까치밥은 손끝에 닿을락 말락 애간장을 태웠다. 까치밥이 제일 높은 가지 끝에 달려 있어 더는 올라갈 엄두가 나지 않았다. 현태가 올라선 자리에서 안간힘을 다해 발돋움하며 팔을 쭉 뻗어 손끝에 닿는 순간 까치밥이 땅으로 뚝 떨어져 박살났다. 그걸 내려다보는데 어찌나 아깝고 허탈하던지. 감나무 꼭대기에서 땅에 떨어져 박살난 감을 내려다보는 순간은 아찔하지도 않았고 무서운 생각조차 들지 않았다.

감나무에 매달린 채로 남은 까치밥 한 개를 쳐다보았다. 땅에 떨어진 것보다 좀 더 높이 달려 있어 도저히 맨손으로 딸 수 없다는 걸 알았다. 장대로 딸 생각도 해 보았는데 가지를 꺾는 순간 꼭지 무른 감이 땅으로 떨어져 박살날 것이다. 그렇다고 감이 저절로 떨어지기를 기다릴 수도 없다. 아니 감이 저절로 떨어지면 박살날 테고 그 전에 까치에게 빼앗길지 모른다는 조급한 생각마저 들었다. 감나무에서 땅으로 내려온 현태는 한참을 골똘히 궁리하다 무슨 생각이 들었는지 싱긋이 웃으며 헛간으로 들어갔다. 헛간에 들어간 현태가 손에 갈퀴를 들고 나왔다. 현태는 갈퀴로 감나무 밑에 쌓인 감잎을 긁어 수북하게 모아 놓은 뒤 감나무 중간쯤 올라가 살살 흔들었다. 감나무를 세게 흔들면 까치밥이 엉뚱한 곳에 떨어질 것 같아서였다.

아니나 다를까. 몇 번 흔들흔들 흔들자 까치밥이 감잎 위로 뚝 떨어져 속으로 폭 들어갔다. 현태는 감잎을 살살 헤치고 손으로 집어낸 홍시는 상처 한 군데 없이 온전했다. 까치밥 맛이 어찌나 좋던지! 꿀맛에 비길까. 그 순간만은 감나무를 오르다 떨어져 죽고 사는 문제도, 땅바닥에 떨어뜨려 박살 난 까치밥은 생각조차 나지 않았다.

현태는 아버지 말대로 원하는 걸 스스로 해냈다는 생각에 마음이 뿌듯하기도 했다. 물론 그날 저녁 아버지에게 '까치밥 따 먹는 일이 목숨을 걸 만큼 중요하냐'고, '아버지 말을 귓등으로 들었느냐'고 처음으로 호된 꾸지람을 들었다. 현태는 난생처음 아버지의 호된 꾸지람을 들은 뒤 비로소 남의 눈치를 보게 되었다.

가라앉은 배

농번기가 돌아오면 성갑은 들에 나가 살다시피 했다. 아침저녁으로 안간힘을 다해 옷깃을 파고들던 꽃샘잎샘 추위도 장강(長江)의 물결처럼 밀려갔다. 봄 가뭄이 길어도 하루가 다르게 피어나는 봄꽃들은 가만히 있어도 벌·나비가 쌍쌍이 날아들었다. 꽃술 위에 나비가, 나비 위에 나비가 앉아 팔랑거리며 꿀보다 달콤한 짝짓기를 했다. '꿩' '꿩' 봄 꿩이 기운차게 울고, 종달새가 보리밭 고랑을 깝죽깝죽 넘나들며 짝짓기를 했다. 앉아 있을 때나 걸을 때나 꽁지를 잠시도 가만두지 않고 깝죽대는 종달새를 '깝죽새'라고도 했다.

창공으로 까마득히 오른 까치 한 쌍이 자지러지게 울어대며 벼락치듯 엉겨 붙어 공중제비로 내리꽂히며 깃털이 우수수 빠지도록 격렬한 짝짓기를 했다. 도대체 얼마나 숨 막히는 짝짓기를 했기에 땅에 떨어져 널브러진 까치는 다가가는 사람을 보고도 주둥이를 쫙 벌린 채 헐떡거렸다.

어른 주먹만 한 개구리 암컷이 밤톨만 한 수컷을 혹처럼 등에 업고 어슬렁어슬렁 기어 다니며 되게 감질나는지 툭 튀어나온 눈깔을 껌뻑껌뻑거리며 짝짓기를 했다. 물잠자리들이 꼬리에 꼬리를 붙이고 청룡열차 지나가듯 굴곡진 개울을 들쭉날쭉 넘나들며 짝짓기를 했다.

묵은 고구마밭에 들어가 두더지처럼 땅을 들썩거리며 파헤치던 멧돼지 수컷이 육중한 몸을 번쩍 들어 올려 암컷을 올라타고 뒷다리로 바동바동 버티며 궁둥이를 바짝바짝 힘차게 밀어 넣고, 다복솔 사이로 들어가 암놈을 올라탄 고라니는 모가지를 길게 빼 올리고 사방을 경계하며 짝짓기를 했다. 어디서부터 달려왔는지 너구리 한 쌍이 덤불 속으로 뛰어 들어가 뒤따라가던 수컷이 암컷을 잽싸게 올라타고, 바통을 넘기는 릴레이 선수처럼 닿을 듯 받을 듯 달아나던 오소리는 장마에 움푹 파인 후미진 곳에 이르자 릴레이를 멈추고 온몸을 부르르 떨어대며 교미했다.

'음마' '음마' 발정 난 암소가 목이 쉬도록 울고, 돼지가 꿀꿀거리고, 암탉이 알을 낳고 '꼬꼬댁' '꼬꼬댁' 목청을 길게 빼 올렸다. 성기가 두 개 달린 뱀은 두 몸이 한 몸으로 칭칭 똬리를 튼 채 한 개로 열두 시간씩 교대로 꼬박 스물네 시간을 흘레붙고, 망개나무 위에 올라가 교미하던 사마귀 암컷이 눈 깜짝할 사이 앞발로 수컷을 잽싸게 낚아채어 머리부터 아작아작 먹어 치우는데도, 수컷은 죽어 가면서 자신의 유전자를 암컷의 생식기관에 쉴 새 없이 옴질옴질 옴질거리며 쏟아부었다.

물오리 한 쌍이 유유히 흐르는 물 위를 떠내려가듯 흘러 커다란 웅덩이에 이르자 수놈이 날아오를 듯 날개를 파닥이며 암놈을 올라탔다. 암놈이 '꽤액' 소리를 내지르며 물속으로 대가리를 집어넣으며 엉덩이를 올려 주고 수놈은 날개를 퍼덕이며 파도타기 하듯 출렁출렁거리며 짝짓기를 했다. 등에 집을 지고 다니는 달팽이는 자웅동

체라 수놈이든 암놈이든 두 놈이 만났다 하면 키스하듯 서로 얼굴을 찰싹 맞붙이고 끈적끈적한 점액을 질척하게 뿜어내며 꼬박 열두 시간을 붙어 있으면서도 떨어질 줄 모른다.

4월에 짝을 만난 것들은 목숨 건 생명의 환희를 만끽했다. 하루를 산다는 하루살이도 화려한 군무를 추며 짝짓기를 했다.

간밤에 일기예보를 시청한 성갑이 이른 새벽 마당에 나가 하늘을 올려다보았다. 일기예보는 오전 중으로 곳에 따라 소나기가 내리겠다고 했는데, 신통하게도 하늘에 먹장구름이 장막을 치듯 새카맣게 몰려들었다. 성갑이 서둘러 울안을 돌아다니며 눈에 띄는 대로 비설거지를 했다. 낮은 먹구름이 머리 위를 겹겹이 지나가며 순식간에 땅거미가 지듯 눈앞이 어슴푸레해지다 느닷없이 번쩍하더니 '우르릉' '콰앙' '쾅' '콰르릉' 천둥소리에 이어 '쫘' '쫘' 키로 콩 까부는 소리가 따라왔다. 성갑은 비설거지를 하다 말고 소나기를 피해 토방으로 올라섰다. 저 무거운 걸, 저리 급한 것을, 밤새 어떻게 참아냈을까. 엄청난 소나기였다.

성갑이 삽을 찾아들고 갈매골 아래 천수답으로 달려가 가을에 막아 놓았던 수멍을 활짝 열고, 열어 놓았던 물꼬를 단단히 막았다. 시뻘건 개울물이 논으로 콸콸 흘러들어 갔다. 콩알만 한 빗방울이 삽질하는 성갑의 등에 콩 튀기듯 했다. 한참 만에 세차게 퍼붓던 소나기는 멎었어도 여전히 천둥 번개가 으르렁거렸다. 소나기는 3형제라는 말이 있다. 소나기가 그치면 비를 피했던 나그네들이 멎은 줄 알고 다시 길을 나섰다가 뒤따라온 소나기를 옴팡지게 맡기 일쑤였다. 소나기는 그렇게 세 차례 지나간다고 해서 3형제라고 했다.

아니나 다를까. 굵직한 빗줄기가 한 차례 더 오지게 퍼붓고 나서 또 후드득후드득 지나갔다.

마른 논에 물이 차오르자 지난 겨우내 외양간을 쳐내 경운기로 실어다 논바닥에 드문드문 부려 놓은 두엄더미가 흡사 밀물에 바위섬처럼 서서히 잠기기 시작했다. 소낙비를 함빡 맞아 등골부터 으슬으슬 한기가 돌아 그저 뜨끈뜨끈한 국물에 막걸리 한 사발이 간절했다. 성갑은 들고 있던 삽을 논두렁에 콱 박아 놓고 집으로 전화했다. 한참 만에 순주가 전화를 받자마자 티브이 소리가 호되게 귀청을 때렸다. 성갑이 큰 소리로 말했다.

"여보, 쏘내기 맞었더니 으슬으슬 춥네. 뭐 좀 뜨끈헌 거 읎어?"

성갑이 전화기에 소리를 질러도 대꾸가 없다. 다시 한 번 소리쳤다.

"뭐 좀 뜨끈헌 거 읎냐니께?"

순주가 더 큰 소리로 받았다.

"에헤, 쫌 가만있어 봐유. 지금 뜨끈뜨끈헌 게 문제가 안유."

순주가 밑도 끝도 없이 덮어놓고 가만히 있어 보라고, 뜨끈뜨끈한 게 문제가 아니라고 소리치니 기가 찰 노릇이다. 티브이 소리는 여전히 시끄러웠다. 성갑이 벌컥 소리쳤다.

"아니 뭔 늬무 티브이 소리가 호떡집에 불난 것맹키루 시끄러운 겨?"

순주는 여전히 자기 말만 했다.

"아이구 말두 마유. 지금 호떡집에 불난 건 일두 안유!"

성갑이 덜덜 떨며 말했다.

"허허 참. 뭔 일인디 그렇기 호들갑을 떨구 난리여. 도대체 뭔 일여?"

무슨 일인지 순주는 성갑의 말끝마다 깔아뭉개며 염장을 질렀다.

"지금 승객 수백 명 태우구 가던 배가 바닷속으루 가러앉구 있슈."

순주는 자신이 바닷물 속으로 가라앉는 듯 다급하게 소리쳤다. 성갑이 맞받았다.

"안방에 앉어 배가 가러앉는다니 뭔 귀신 씻나락 까먹는 소리여?"

그제야 티브이 소리가 낮아지며 순주의 목소리가 또렷이 들렸다.

"지금 저기 저 바닷물 속으루 삐딱허게 들어가는 배 속에 승객 수백여 명이 들어 있대유."

성갑은 순주 이야기에 벌컥 화가 치밀었다. 배가 가라앉기 전 나오든가 끌어내든가 하면 될 일을 천리만리 떨어진 안방에 앉아서 하라는 걱정은 안 하고 쓸데없는 걱정을 하는 순주를 도무지 이해할 수 없었다. 성갑이 핀잔을 주듯 말했다.

"배가 가러앉기 전 뛰쳐나오든지 끌어내던지 허겄지. 지금이 어떤 세상인디 벌건 대낮에 사람 수백여 명이 물속으루 가러앉는 걸 멀뚱멀뚱 눈 뜨구 지켜보기만 허겄어. 괜히 쓰잘데기 읎는 걱정 그만허구 뭐 좀 뜨끈뜨끈헌 국물이나 좀 맹글어 봐. 찬비 맞었더니 속까지 떨려 죽을 지경이니께."

그제야 순주가 퉁명스럽게 받았다.

"그렇기 추우면 얼릉 들어와유."

소나기가 지나가고 터진 구름 사이로 햇살이 빗살처럼 쏟아져도 한기는 좀처럼 가시지 않았다. 성갑이 무논을 빠져나와 집으로 향했다. 옷이 함빡 젖고 장화 속에 물이 들어가 발을 움직일 때마다 질퍽거리고 아래윗니가 딱딱 부딪칠 만큼 온몸이 덜덜 떨렸다. 성갑이 마당으로 들어서며 안방에 대고 소리쳤다.

"여보, 수건 좀 줘."

집 안에서 아무런 대꾸도 없이 여전히 시끄러운 티브이 소리만 새어 나왔다. 성갑은 현관문을 활짝 열어젖히며 다시 소리쳤다.

"아니 뭔 늬므 티브이를 그렇기 크게 틀어 놓구 소리쳐 불러두 대꾸두 않는 겨?"

그제야 순주가 화들짝 놀라며 대꾸했다.

"야아! 불렀슈?"

성갑은 순주가 묻는 말에 대답은 안 하고 티브이를 물끄러미 쳐다보며 말했다.

"저 배가 언제부터 저렇기 땅개비 낯짝처럼 삐딱허게 서 있는 겨?"

잔잔한 바다 위에 큰 배가 반 넘어 삐딱하게 물에 잠겨 있다. 수건을 들고 나오던 순주가 거실에 걸린 벽시계를 흘낏 쳐다보며 말했다.

"글쎄유. 당신이 즌화허기 조금 전 티브이를 켰더니 배가 저러구 있대유. 그러니께 아마 30, 40분은 되었을 규."

성갑이 문지방에 엉덩이를 올려놓으며 말했다.

"허허 참. 당신은 걱정두 팔자여, 팔자. 그 시간이면 저 배 안에 있던 사람들이 밖으루 빠져나왔어두 열 번은 빠져나왔구, 밖에 있는 사람들이 들어가 끄집어냈어두 버얼써 끄집어내구두 남을 시간이여. 저기 구조대원들두 있구 배두 여러 척 보이는구먼. 저 정도면 지금두 늦지 않어 뵈니께 저 배 속 걱정허지 말구 제발 내 뱃속이나 좀 걱정혀. 논에 갔다 쏘내기를 흠뻑 맞었더니 속 떨려 못 살겄어."

티브이 화면이 바뀌며 가라앉는 배에서 벌거벗은 중년 남자가 무논에 개구리 뛰어들듯 펄쩍 뛰어 구명정으로 올라타는 것이 눈에 들어왔다. 그 뒤 들어가는 사람도 나오는 사람도 없다. 순주가 말했다.

"저기 저 빤쓰만 입구 펄쩍 뛰어나온 사람이 선장이래유."

화면을 다시 보니 선장은 다행히 팬티는 입고 있었다. 티브이 화면은 그 장면을 연거푸 보여줬다. 성갑이 덜덜 떨며 말했다.

"선장이 나왔으면 승객들은 벌써 다 빠져나왔겄지 뭐."

순주는 여전히 티브이 화면에서 눈을 떼지 못한 채 말했다.

"나두 선장이 승객들을 모두 배 밖으루 내보내구 마지막으루 나온 줄 알었는디, 아직두 저 배 안에 승객 수백여 명이 그대루 갇혔다니 저누무 노릇을 워턱헌대유!"

성갑이 한참을 지켜보는 동안 배 안에서 나오는 사람도 없고 들어가는 사람도 없다. 이상한 것은 배 주변으로 구조대원들도, 구명정도, 고깃배도 있었고, 물보라를 일으키며 날렵하게 뱃머리를 좌충우돌하는 경비정도 있었는데 모두 출발선에 올라선 육상 선수들이 출발신호를 기다리듯 지켜보고 있다. 구조용 헬기도 언뜻언뜻 나타났다 사라지는 것도 보였는데 아나운서는 아직도 배 안에 수백여 명의 승객이 구조를 기다리고 있다고 숨 가쁘게 전했다.

성갑은 배 안에서 늙은 선장도 빠져나오는데 문이 열렸다면 승객들이 못 나올 리 없다는 생각이 들었다. 아니 선장이 팬티 바람으로 선실에서 다급히 뛰쳐나온 것은 승객을 모두 배 밖으로 내보내고 마지막으로 빠져나오는 장면으로 보였다. 그러지 않고서야 정복을 입고 근무하는 여객선 선장이 혼자 팬티 바람으로 뛰어나올 리 없다고 생각했다. 그런데 아나운서는 아직도 배 안에 승객 수백여 명이 들어 있다고 하니 사람 참 미치고 환장할 노릇이다. 성갑이 장화를 벗고 젖은 옷을 벗어 문고리에 걸며 소리를 버럭 내질렀다.

"아니 저 빌어 처먹을 놈들. 문만 열어 주면 승객들이 지 발루 걸어 나올 텐디 왜 문을 안 열어 주는 겨."

성갑이 말에 순주가 맞장구쳤다.

"왜 안유. 늙은 선장두 빠져나오는디 승객들이라구 못 나오겄슈!"

방송하는 아나운서가 숨넘어가는 소리를 내지르는데 정작 구조대원들은 마치 강 건너 불구경하듯 물에 잠겨가는 배를 지켜보기만 했다. 덩달아 애가 닳은 성갑이 물었다.

"그런디 저기 저 구조대원들은 왜 당장 배 안으루 들어가지 않구 따오기 가재 구멍 들여다보딕기 쳐다 보구 있는지 뭐 좀 들은 거 읎어?"

순주가 마치 그렇게 물어 주기를 기다렸다는 듯이 말했다.

"아니 글쎄, 아나운서가 고박을 허지 않구 평형수를 빼서 그렇다는디 평형수는 배에서 뭐허는 사람유. 선장은 아닌 거 같은디."

바다는 잔잔했다. 잔잔한 바다에 침몰하는 배는 돌이 물에 빠질 때처럼 퐁당 빠지는 게 아니라 스펀지에 물이 스며들 듯 서서히 물에 잠기며 침몰한다. 해병대를 다녀온 성갑은 침몰하는 배에서 탈출하는 훈련을 수없이 했다. 물론 인명을 구조하는 훈련도 했다. 물속으로 가라앉는 배에서 눈을 떼지 못한 성갑이 말했다.

"평형수는 사람 이름이 아니라 배 밑창에 들어 있는 물이여, 물."

티브이를 보던 순주가 성갑에게 눈길을 돌리며 말했다.

"평형수가 배 밑창에 들어 있는 물이면 당연히 빼내야쥬. 안 그류?"

성갑이 답답한 눈으로 순주를 바라보며 말했다.

"당신, 오뚝이 알어, 몰러?"

성갑이 말이 떨어지기 무섭게 순주가 사람을 무시하느냐는 듯 톡 쏘아붙였다.

"아니 나를 뭘루 보구. 아무려면 내가 그것두 모르겄슈."

성갑은 마치 거기에 답이 있다는 듯이 재차 물었다.

"글쎄, 그게 뭐냐니께?"

성갑이 말이 떨어지기 무섭게 순주가 말했다.

"그건 애들이 갖구 노는 장난감이잖어유. 땅바닥에 내동댕이쳐두 발딱발딱 일어서는 거."

성갑이 그제야 고개를 끄덕이며 말했다.

"그려. 오뚝이를 땅바닥에 내던지구 아무렇게나 굴려두 고놈이 발딱발딱 일어서는 건 궁둥이가 무거워 그런 겨. 평형수는 오뚝이 궁둥이처럼 배 균형을 잡어 주는 건디 그걸 빼 버리면 쓰러지는 건 불을 보듯 뻔헌 거지."

성갑이 하는 얘기를 가만히 듣고 있던 순주가 갑자기 고개를 갸웃거리며 다시 물었다.

"그류. 그럼 고박은 또 뭐유. 고스톱 칠 때 쓰는 말은 아닐 테구."

성갑이 티브이를 보면서 말했다.

"고박은 물건을 배에 실쿠 움직이지 못허게 꽉 붙들어 맨다는 말인디 … 아하. 그래서 그랬구먼! 그래서 그랬어!"

성갑이 이야기를 하다 말고 무슨 생각이 들었던지 고개를 크게 끄덕이며 그래서 그랬다고 했다. 무거운 짐을 실은 자동차가 커브를 돌다 균형을 잡지 못하고 전복되듯이, 평형수가 부족한 배가 뱃머리를 돌릴 때 단단히 붙들어 매지 않은 짐이 한쪽으로 쏠리면서 균형을 잃고 전복되었을 거라는 생각이 들었다.

그러나 어쨌든 인명구조가 먼저다. 성갑은 군에서 5분 대기조 훈련도 받았고, 인명구조훈련, 총검술, 사격, 행군, 기습특공훈련,

유격훈련, 공수훈련, 특수수색훈련, 고무보트훈련, 철조망을 통과하는 각개전투도 실전을 방불케 했다. 지옥 같은 화생방 훈련도 했다. 완전군장을 하고 수십 킬로미터를 제대로 먹지도 자지도 못하며 밤낮 행군하는 극기훈련도 했다.

바다 위에 대기하고 있는 구조대원들은 그중에서도 선택된 정예 구조대원들이다. 그들은 물불 가리지 않고 물속으로 불속으로 뛰어들어 수많은 생명을 구했다. 그들의 눈앞에 수백여 명이 타고 있는 배가 바닷물 속으로 차츰차츰 가라앉고, 구조할 시간은 자꾸자꾸 줄어드는데 그들은 왜 배 안으로 들어가지 못하는지, 배 안에 있는 사람들은 왜 배 밖으로 못 나오는지, 그런 말은 없고 평형수를 뺐다, 과적했다, 고박 하지 않았다, 일본에서 헌 배를 들여다 사람을 많이 태우려고 불법 개조했다는 말만 되풀이하는지 알 수가 없다. 아니 가라앉는 배의 문을 열어 주지 않는 것은 공포영화가 아닌 다음에야 상상조차 할 수 없다.

성갑은 바닷속으로 가라앉는 배를 지켜보자니 눈이 뒤집히고 속에서 열불이 끓어올라 그대로 앉아 있을 수 없어 벌떡 일어섰다. 불쑥 구조용 헬기가 나타나 침몰하는 배 주변을 몇 번 선회한 뒤 사라졌다.

성갑은 순주가 라면을 끓여 주겠다는 걸 마다한 채 다시 논으로 들어가 화풀이하듯 물꼬를 단단히 막는데 등 뒤에서 '찍' '찍' 다급한 쥐 울음소리가 들렸다. '하아, 요놈들 잘 걸렸다' '오늘 한번 죽어 봐라' 성갑은 직감적으로 떠오르는 게 있었다. 겨울에 두엄을 실어다 논에 드문드문 부려 놓으면 들쥐들이 두엄을 파고 들어가 집을 짓고 겨울을 난다. 이듬해 두엄을 논바닥에 펼 때 안에 있던 들쥐들이 뛰쳐나와 사방으로 달아났다. 들쥐들이 달아나 봤자 마른 논바닥에 들어갈 구멍도 숨을 곳도 없다. 성갑은 들쥐를 쫓아가 삽으로 모조리 때려잡았다.

한데 쥐 울음소리를 듣는 순간 번뜩 이상하다는 생각이 뇌리를 스쳤다. 사람이든 짐승이든 도망갈 땐 본능적으로 쥐도 새도 모르게 달아나는데 들쥐들은 찍찍거리며 자신의 위치를 드러내며 달아나고 있었다. 성갑이 좀 더 자세히 살펴봤다. 두엄더미에서 빠져나온 들쥐 한 무리가 떼를 지어 물 위를 헤엄쳐 달아난다. 성갑은 대번에 때려죽일 듯이 삽을 꼬나들고 무논으로 첨벙첨벙 뛰어들었다. 어라! 들쥐들이 군사작전 하듯 제일 앞에 세 마리, 중간에 다섯 마리, 그리고 맨 뒤에 네 마리가 마치 훈련하는 병사들처럼 편대를 지어 달아나고 있었다. 성갑은 마른논에서 달아나는 들쥐는 잡아 봤어도 물이 가득한 논에선 처음이었다. 들쥐는 땅에서 달아나는 속도는 매우 빠른데 물에서 헤엄쳐 달아나는 속도는 답답하리만치 느렸다. 길을 안내하듯 앞줄에서 찍찍거리며 달아나는 세 마리는 간격을 벌려 가며 삼각형 모양으로 달아났다. 한데 중간에 달아나는 다섯 마리는 입에 빨간 고깃점을 물었다. 성갑이 삽을 더 높이 꼬나들고 가까이 다가가 내려치려는데 그건 고깃점이 아니라 아직 눈도 뜨지 못하고 털도 안 난 들쥐 새끼였다. 아마 들쥐들은 갑자기 두엄더미 속으로 물이 차오르자 새끼를 물고 달아나는 모양이었다.

성갑이 무논을 첨벙첨벙 따라가자 파문이 일어 들쥐들은 높고 거센 파도에 떠 있는 낙엽처럼 오도 가도 못 하고 출렁거리는 물결 따라 너울너울 떠 있다. 성갑이 높이 치켜든 삽으로 들쥐 무리를 모조리 때려잡을 수 있는 절호의 기회였다. 들쥐는 그토록 위급한 상황인데도 새끼를 버리는 놈은 한 놈도 없다. 앞뒤에서 호위하는 놈들도 저 혼자 살겠다고 달아나는 놈도 없다. '찍' '찍' 아하 그렇구나! 전초병처럼 제일 앞에 달아나는 놈들이 위험을 무릅쓰고 찍찍거리는 것은, 뒤따라가는 놈들이 새끼를 물고 물에 빠져 있어 앞이 안 보이니까 소리를 듣고 따라오라는 듯 좌우로 방향을 틀 땐 반드시 찍찍거렸다. 새끼를 물고 따라가는 놈들도 앞선 놈들이 찍찍거릴 때 그쪽으로 잽싸게 방향을 틀었다. 성갑이 발을 움직일 때 출렁이는 물결이 들쥐에겐 망망대해의 거대한 파도였을 것이다. 파도의 방향에 따라 들쥐 무리가 앞뒤 좌우로 밀리기도 했다. 성갑은 발걸음을 멈추고 달아나는 들쥐 무리를 가만히 지켜보았다.

성갑이 지켜보는 사이 출렁이던 물결이 조금씩 잦아들었다. 들쥐들은 그 틈을 타 다시 새끼를 물고 헤엄쳐 달아나기 시작했다. 잔바람이 불자 잔물결이 일었다. 물결을 넘는 들쥐들이 힘에 겨워 헤엄치는 몸놀림이 점점 둔해졌다. 성갑은 높이 치켜들었던 삽을 내리고 걸음을 멈춘 채 들쥐 무리에 눈을 떼지 못했다. 새끼를 물고 달아나는 놈 중 오른쪽 맨 끝에 가던 놈이 조금씩 뒤로 처졌다. 맨 뒤에 따라가던 놈 중 한 놈이 그쪽으로 따라붙었다. 들쥐들이 논둑에 이르려면 아직도 먼데 오른쪽 맨 끝에 가던 놈이 기어이 몸을 뒤로 발랑 뒤집으며 머리를 번쩍 쳐들어 입에 물고 있던 새끼를 물 밖으로 올렸다. '어라!' 그때 제일 뒷줄에서 그쪽으로 다가가던 들쥐가 쏜살같이 달려가 입으로 새끼를 받아 물고 앞선 놈들을 따라갔다. 새끼를 물고 달아나다 발랑 뒤집힌 놈은 움직이지 못하고 마른 밤송이처럼 물 위에 둥둥 떠 있다. 성갑이 한 발 내디디고 물 위에 떠 있는 들쥐를 삽으로 건져 올렸다. 그놈은 이미 죽어 있었다. 그놈은 죽으면서까지 새끼를 살려냈다. 성갑이 움직이자 다시 파문이 일어 달아나는 들쥐들이 앞으로 나가지 못하고 오히려 뒤로 밀려나고 있었다. 성갑은 그 자리에 가만히 서서 지켜보았다. 성갑이 움직이지 않자 논물은 잠잠해졌다.

들쥐들이 다시 논두렁을 향해 헤엄치기 시작했다. 무리 가운데에서 새끼를 물고 달아나던 또 한 놈이 몸을 뒤로 벌렁 뒤집으며 새끼를 물 밖으로 내밀었다. 뒤따라가던 놈이 또 잽싸게 달려가 받아 물고 앞선 놈들을 따라갔다. 두 번째 희생이었으나 남은 들쥐들은 조금도 흐트러짐이 없다. 들쥐들이 달아나는 속도가 현저히 떨어지는 걸 보면 많이 지친 모양이다. 다행히 바람이 잦아들어 논물이 잔잔해졌다. 들쥐 무리는 그사이 차례로 논물을 빠져나가 논두렁 위로 기어오르기 시작했다. 새끼를 입에 물은 다섯 마리 중 네 마리가 논두렁으로 모두 올라갔다. 지칠 대로 지친 들쥐 한 마리가 논두렁으로 기어오르다 새끼를 입에 문 채 쭈르륵 미끄러지며 나뒹굴었다. 물이 덜 찬 논두렁이 들쥐에겐 높디높은 성벽이었을 것이다. 논두렁에 오른 네 마리는 기다려 주지 않고 열을 지어 논두렁 너머로 달아났다. 성갑은 논두렁을 넘지 못하고 미끄러지고 나뒹굴던 놈은 새끼를 버리고 달아날 줄 알았다. 아니었다. 들쥐는 끝까지 새끼를 포기하지 않고 다시 논둑 위를 기어오르기 시작했다. 논두렁을 오르다 미끄러지고 다시 오르다 또 미끄러진 한 놈만이 기어이 오르지 못하고 물 위에 둥둥 떠 있다. 뒤를 따라가던 놈들이 그쪽으로 헤엄쳐 갔다. 성갑은 논둑을 기어오르지 못한 놈이 뒤를 따라온 놈에게 새끼를 넘겨주고 혼자 기어오를 줄 알았다.

웬일인지 그놈은 다른 놈에게 새끼를 넘겨주지 않았다. 성갑이 다른 생각할 겨를 없이 뒤따라가던 놈이 새끼를 잽싸게 빼앗아 물고 논두렁을 기어올라 달아났다. 들쥐 무리 뒤를 호위하며 따라가던 마지막 한 놈까지 모두 논두렁으로 기어올라 앞선 놈들을 따라갔다. 그제야 성갑은 논두렁 밑에 엎어져 있는 놈은 새끼를 물고 죽었다는 것을 알았다. 뒤따라가던 들쥐는 앞서가던 놈이 논두렁을 기어오르지 못하고 죽어 버리자 살아 있는 새끼를 빼앗아 물고 달아난 모양이다. 새끼를 물고 달아나던 다섯 놈 중 세 마리가 죽었다. 새끼를 포기했으면 모두 살 수 있었을 것이다. 성갑은 들쥐들이 모두 논두렁을 빠져나가 개울가 찔레나무 덤불 속으로 사라질 때까지 지켜보았다.

들쥐는 한 번에 새끼를 대여섯 마리씩 낳는다. 처음 새끼를 물고 달아난 다섯 놈 중 제 새끼가 아닌 남의 새끼를 물고 가는 놈이 적어도 세 놈은 될 것이다. 아니다. 열두 마리에서 두 마리를 빼면 나머지 열 마리는 모두 제 새끼가 아닐 것이다. 남의 새끼에게 제 목숨을 버리다니! 들쥐를 보기만 하면 삽으로 때려잡던 성갑은 마음이 숙연해졌다.

성갑은 죽은 들쥐 세 마리를 삽으로 건져 들고 논을 빠져나왔다. 무슨 생각이 들었던지 죽은 들쥐를 논두렁에 묻어 주려고 땅을 파던 성갑이 삽을 내동댕이치고 집으로 득달같이 달려갔다. 성갑이 대문에 들어서기 무섭게 소리를 버럭 내질렀다.

"여보, 어티기 됐어?"

순주가 복장 터지는 소리를 했다.

"으이그, 아직두 저러구 있슈."

하, 저런! 들쥐들이 물속에서 사투를 벌이며 새끼들을 구조해내는 그 시간에도 배 안에 있는 승객을 구조해야 할 구조대원들은 마치 하관을 지켜보는 문상객들처럼 지켜보고 있다. 거기는 포탄이 날아오는 전쟁터가 아니다. 숨 가쁘게 쳐들어오는 적도 없다. 바다는 잔잔했다. 천리만리 떨어져 있는 것도 아니고 바로 눈앞에 구조해야 할 승객 수백여 명의 목숨이 바닷물 속으로 가라앉고 있다.

구조대원들은 무엇을 기다리나. 왜 망설이나. 구조대원의 이름은 그냥 지어낸 이름이 아니다. 그 이름 속에는 인명을 구조하라는 숭고한 지상명령이 들어가 있다. 그런데 무엇이 구조대원들의 손발을 잡고 있나. 배는 이미 바닷물 속으로 거지반 들어갔다. 순주가 울상을 지으며 말했다.

"아이구 저걸 워쩐대유. 저 배 안에 아직두 수백여 명이 그대루 있다는디!"

성갑의 뇌리에 논에서 본 들쥐 무리가 또렷하게 떠올랐다. 급격히 차오르는 논물에 빠져 죽을 수밖에 없는 절체절명의 순간에도 들쥐들은 새끼를 포기하는 놈도, 저 혼자 살겠다고 달아난 놈도, 멀뚱멀뚱 지켜보는 놈도 없었고, 죽음 앞에 제 목숨을 버리면서까지 다른 생명을 구조해냈다. 들쥐는 흉물스럽고, 더럽고, 병균을 옮기고, 논두렁에 구멍을 뚫고, 곡식을 훔쳐 먹는 인간에게 백해무익한 미물이라고 보는 족족 때려잡았다. 성갑은 논두렁에 두고 온 죽은 들쥐가 떠올랐다. 마음이 참담했다. 성갑은 다시 논으로 돌아가 논두렁에 묻으려던 죽은 들쥐를 양지바른 곳에 깊숙이 묻어 주었다.

배는 끝내 물에 잠기고 꼬리만 남았다. 벌건 대낮에 생떼 같은 목숨 304명이 시나브로 물에 잠겨 죽었다. 숨진 승객 304명 중 수학여행에 오른 고등학생이 250명이라고 했다. 도대체 304명 중 왜 단 1명도 구조하지 못했나! 승객 304명의 미래는 곧 우리의 미래였고 인류의 미래였다. 가라앉는 배를 지켜보던 성갑이 소리를 버럭 내질렀다.

"이게 나라냐! 늬들이 사람이냐! 에라 이 들쥐만두 못헌 것들!"

그날 밤 성갑이 티브이를 지켜보다 솟구치는 분노를 참지 못하고 용수철 튀어 오르듯 벌떡 일어나 마당으로 뛰쳐나갔다. 세상을 다 보지 못한 어린 학생들이 하늘에 올라가 별이 되었는지 초롱초롱한 별들이 지상을 내려다보고 있다.

성갑은 이듬해부터 해마다 논에 물을 대기 전 두엄을 폈다. 물론 두엄 속에 살다가 달아나는 들쥐가 있어도 그냥 두었다.

아흔아홉 칸 기와집

가뭄 끝에 소나기가 한차례 퍼붓고 지나가자 찰박찰박했던 석철네 샘받이 논물이 불어나 찰랑찰랑했다. 모심을 때까지 물을 가둬 두려면 논두렁을 단단히 보강하고 논바닥을 방수처리 하듯 물샐 틈 없이 로터리를 쳐 놔야 했다. 석철은 트랙터를 몰고 샘받이 논에 들어가 로터리를 치다 말고 낄낄거리며 어디론가 전화를 걸었다. 잠시 뒤 오토바이 한 대가 농로를 타고 거침없이 달려왔다. 뜸부기다방 백성자였다. 석철은 뜸부기다방에 성자가 처음 오던 날 서로 눈이 맞았다. 농로에 오토바이를 삐뚜름히 세운 성자가 커피 보자기를 들고 논둑길로 들어섰다. 성자의 푸짐한 오리 궁둥이에 걸음을 옮길 적마다 둥실둥실한 가슴은 함지박에 담아 들은 순두부처럼 출렁거렸다.

"오빠. 석철이 오빠!"

논두렁에 올라선 성자가 허리를 바짝 구부리며 목청껏 불렀다. 철퍼덕거리며 왕왕 돌아가는 트랙터 소리에 성자의 목소리가 들릴 리 없을 테지만 석철은 이미 오토바이를 타고 달려오는 성자를 봤다. 샴푸 광고하듯 긴 머리칼을 휘날리며 갈대숲 사이로 달려오는 것을 본 석철은 로터리를 치다 말고 트랙터를 되돌려 성자가 올라서 있는 논둑에 댔다.

“오빠 내려와 차 마시고 해. 낮일을 그렇게 힘들게 하면 밤일은 못 하겠네?”

성자가 깔깔거리며 석철을 올려다봤다. 성자의 얼굴이 활짝 핀 함박꽃처럼 아름답다. 석철이 손을 내밀며 말했다.

“그런 쓸디 읎는 걱정 그만허구 빨랑 올라오기나 혀.”

성자는 커피 보자기를 풀다 말고 석철이 내미는 손을 잡고 트랙터로 올라갔다. 성자가 올라타자 석철은 트랙터를 후진했다 다시 앞으로 나갔다. 하늘엔 흰 구름이 두둥실 떠 있다. 트랙터는 강을 건너는 나룻배처럼 물살을 헤치며 무논 가운데로 깊숙이 들어가 하나의 섬이 되었다. 시동을 끄지 않은 낡은 트랙터는 몹시 떨었다.

“오빠, 지금 뭐 하는 거야?”

성자의 목소리가 논두렁을 넘어 달아났다. 석철이 목소리가 그 뒤를 바짝 쫓아갔다.

“논물이 빠져나가지 말라구 로터리 치는 겨.”

“로터리. 로터리가 뭔데?”

성자는 천진난만한 어린아이처럼 호기심에 가득 찬 눈빛으로 석철을 바라보며 물었다. 석철은 소나기 들어오는데 비설거지하듯 급히 서두르며 말했다.

“너는 워째 그렇기 궁금허구 알구 싶은 게 많냐. 논을 갈어 논바닥을 판판허게 고르는 일을 로터리 친다고 허는 겨. 인제 알었으믄 싸게싸게 시작혀 나는 아주 죽겄으니께.”

석철이 짐짓 궁둥이를 들썩이며 무릎 아래까지 옷을 홀딱 벗어 내리자 눌려 있던 연장이 우뚝 일어나 벌떡벌떡했다.

"어머! 어머머!"

화들짝 놀란 성자가 하늘로 뻗친 석철이 연장을 두 손으로 움켜잡았다. 뜨끈뜨끈한 연장은 갓 잡아 올린 물고기처럼 펄떡펄떡 뛰었다.

"어우! 오빠 내 등을 꽉 안아 줘."

성자가 엉덩이에 착 달라붙은 아랫도리를 바나나껍질 벗기듯 훌딱훌딱 벗겨 내리고 푸짐한 알궁둥이를 석철이 사타구니로 디밀었다. '하악!' 하고 입을 딱 벌린 석철이 성자의 등을 엎어누르며 풍만한 젖무덤을 움켜잡고 다리에 힘을 잔뜩 주었다. 트랙터 핸들을 꽉 잡은 성자의 엉덩방아 찧는 속도가 점점 빨라졌다.

"어구, 어구구 나 죽네. 어구구 나 죽어!"

성자가 가파른 언덕을 달리는 말에 박차를 가하듯 엉덩이를 맹렬히 들썩이자 석철이 괴성을 내지르며 다리를 버티다 액셀을 콱 밟아버렸다. 트랙터가 요란한 굉음을 내며 시커먼 매연을 뭉텅 쏟아냈다. 엄청난 폭발을 일으키며 산산이 부서질 듯 요동치던 트랙터가 한참 지나서야 숨을 고르고 서서히 움직이기 시작했다.

흙탕물이 가라앉은 말간 논물이 서풍에 썰물처럼 잔주름을 잡으며 조르르 밀려갔다. 등에 알을 소복하게 지고 다니는 물자라가 물결에 엎어졌다 잦혀지며 해뜩해뜩 떠다녔다. 흙 속에 살다 로터리 치는 바람에 물 위로 올라와 꼬물거리는 벌레를 새들이 잽싸게 채어 물고 구름 한 점 없는 창공으로 날아갔다. 성자는 어린아이가 어미 품을 파고들 듯 석철이 가슴에 안기며 말했다.

"오빠, 나 이달 말 본부에서 들어오래."

성자는 직업소개소를 본부라고 했다. 농촌에 있는 다방 여종업원의 근로계약 기간은 한 달이었다. 다만 본인이 원하면 한 번 더 연장

할 수 있다. 한 번 연장한 성자가 달을 채우면 다시 본부로 돌아가야 한다고 했다. 본부로 돌아가면 같은 지역으로 다시 오기 힘들었다. 성자를 보내고 싶지 않은 석철이 트랙터를 세우며 말했다.

"증말루 갈 겨?"

성자는 쫓겨난 아이처럼 발밑을 보며 석철을 원망하듯 말했다.

"나도 오빠 두고 가기 싫은데 이번엔 안 갈 수 없잖아."

석철이 고개를 끄덕이며 말했다.

"그럼 이참에 다방 때려 치구 나랑 같이 살면 안 되겠니?"

성자는 마치 기다리고 있었다는 듯 활짝 웃으며 대답했다.

"정말! 그런데 난 농사짓고 못 살아. 그러니까 남들처럼 다방 하나 차려 달라니까. 농자금 융자받아 사업하는 사람들은 발바닥에 흙 한 점 안 묻히고 잘사는 것 오빠도 알잖아?"

성자가 말하는 다른 사람은 수련 다방을 차린 김칠성을 두고 하는 말이었다. 석철이와 칠성은 조붓한 밭뙈기 하나를 사이에 두고 품앗이하며 자별하게 살아온 이웃이었다. 만날 허름한 작업복에 경운기를 끌고 다니며 농사짓던 칠성이 무슨 바람이 불었는지 장기저리 특별농자금을 융자받아 다방을 차렸다. 칠성이 다방을 차린 뒤로 농사일은 아예 거들떠보지 않았다.

날이면 날마다 후줄근한 양복떼기에 삐뚜름하게 넥타이를 매고 마치 국회의원에 출마한 후보처럼 만나는 사람마다 불쑥불쑥 악수를 청하며, 그 무슨 위원회의 전직, 현직 위원장이라고 빈틈없이 빽빽하게 적힌 명함을 건넸다. 조기축구회나 산악회를 조직하여 회장을 맡기도 했다. 어느 날은 등교 시간에 초등학교 앞 사거리에서 교통정리를 하는가 하면, 일요일은 두툼한 성경을 들고 교회에 들어가 주차관리 하는 것이 눈에 띄기도 했다. 면민 행사가 있을 땐 음료수 한 상자 보내 놓고 본부석 끝머리에 다리를 꼬고 앉아 거들먹거리며 지역유지 행세를 했다. 언제부터인지 노골적으로 차기 군 의원에 출마하겠다며 군의회를 뻔질나게 드나들었다.

칠성이 말고도 농자금을 융자받아 다방이나 노래방을 차린 사람도 있고, 논을 메워 모텔을 지은 사람, 음식점을 내고, 전원카페를 개업한 사람도 있고, 시의원이 된 사람도 있다.

성자가 뭐라고 하든 석철이 대답은 한결같았다.

"글쎄, 나는 그런 생각은 단 한 번두 해본 적이 읎다니께 그러네."

성자는 특별농자금을 융자받아 다방을 차리는 것은 불법이라는 것을 알면서도 석철이 매우 답답하다는 듯 말했다.

"이게 나 혼자 잘살려는 게 아니잖아. 다른 사람은 다들 하는데 오빠는 왜 못 해? 양심이 밥 먹여 줘? 난 오빠밖에 없어. 으응, 오빠!"

성자는 지역 정보를 뜨르르 꿰고 있다. 관내에 차 배달은 물론 개업식이나 면내에 무슨 행사가 있을 때 도우미로 나가기도 하고 하루에도 몇 번씩 농부들이 공무원들과 어울려 다방을 제집처럼 들락거렸다. 농촌 지역의 다방이지만 직접 농사를 짓는 참 농사꾼들이 다방을 들락거리는 건 좀처럼 보기 드물다. 농사는 모두 남에게 맡기고 공무원들과 다방에 들어와 정부가 내주는 눈먼 지원금이나 보조금을 노리는 농부들은 모두 가짜농부들이었다.

고추도 모르는 놈이 불알 잡고 탱자라며 시러베장단에 호박국 끓여 먹듯 '다방 농민'이라는 둥 '아스팔트 농사'라는 둥 장님 코끼리 만지듯 퉁퉁 내뱉는 말들이 참 농사꾼들의 속을 뒤집어 놓았다. 밤낮

일에 묻혀 사는 농사꾼은 정부에서 무슨 지원을 해 주고, 어떤 보조금을 내주는지, 언제 나오는지, 얼마나 받을 수 있는지, 어떻게 해야 받는지 까맣게 몰랐다. 아무것도 모르는 농사꾼들을 그 지경으로 만든 건 바로 공무원들이다. 그들이 껄렁한 농부들을 다방으로 데리고 들어와 정부가 내주는 보조금을 알려 주고, 보조금 타는 방법을 가르쳐 주고, 첨부할 서류목록까지 꼼꼼히 일러 주었다.

그렇게 빼낸 지원금이나 보조금을 그들은 삼칠제(三七制)로 계산했다. 성자는 농부가 칠(七)을 가져가는 줄 알았는데 희한하게도 농부가 삼(三)을 먹고 공무원이 칠(七)을 가져갔다. 공무원들은 층층이 상납할 사람이 많다는 이유였다. 정부가 농촌에 투자하는 돈은 그들의 호주머니로 그렇게 들어갔다.

사람이 뜸한 농촌에 다방, 노래방, 카페가 한 집 건너 한 집씩 생기고, 논이나 밭이나 산속에 모텔을 짓는 것도 대부분 그들이 이용한다. 정부가 농촌에 투자한 돈을 잡아 호주머니가 두둑해진 그들이 다방에 들어가 찻값을 뿌리고, 술값을 뿌리고, 달마다 바뀌는 여종업원들을 번갈아 안았다.

성자는 그들을 볼 때마다 눈먼 지원금이나 보조금은커녕 장기저리 융자 한 푼 받아낼 줄 모르는 석철이 몹시 답답했다. 성자가 아무리 설득해도 석철은 여전히 같은 말만 되풀이했다.

"나는 남들처럼 그럴 마음두 읎지먼, 설령 그럴 맘이 생겨두 담보가 읎어 못 혀!"

석철은 무릎에 올라앉은 성자를 일으켜 세우고 옷을 추슬렀다. 성자도 옷매를 바로잡았다. 성자는 트랙터에서 내리기 전 다시 한 번 더 졸랐다.

“오빠 정말 왜 그래. 오빠는 논도 있고 텃밭 딸린 집도 있잖아. 오빠가 농자금 융자받아 다방을 차려 주면 내가 그 빚 모두 갚고 우리도 평생 발바닥에 흙 한 점 안 묻히고 잘살 수 있어. 그러니까 나를 믿고 한 번만 더 생각해 봐. 으응 오빠?”

성자는 한 번만 더 생각해 보라며 석철이 가슴에 매달리며 젖먹이 보채듯 했다. 설령 성자 말이 사실일지라도 석철은 한 번 더 생각하고 자시고 할 것도 없다는 듯 잘라 말했다.

“어이구, 답답혀. 말이 텃밭 딸린 집이지 돈으루 치면 그게 몇 푼어치나 된다구 그려. 농기계 살 때 그것두 부족혀 성갑이 형이 보증까지 서 줬는디 뭐어. 속 터지는 소리 그만허구 오 마담 쫓아오기 전에 얼릉 들어가. 저녁에 갈 테니께.”

‘부릉’ ‘부르릉’ 운전대를 잡은 석철이 트랙터 가속페달을 두어 번 세게 밟았다. 성자가 일어나 비켜섰다. 석철이 트랙터를 몰고 나가 논두렁 가장자리에 대주자 성자가 콧방귀를 뀌며 말했다.

“흥. 오든지 말든지.”

트랙터에서 뾰로통해진 얼굴로 팔짝 뛰어내린 성자는 들어올 때처럼 오토바이를 타고 성갑이네 논둑길을 벗어나 순식간에 사라져 버렸다. 성자 뒷모습을 물끄러미 바라보던 석철은 마음이 심란해 일손이 제대로 잡히지 않았다.

성자가 본부로 들어간다는 날이 며칠 남지 않았다. 성자를 두고 이러지도 저러지도 못 하는 석철이 무턱대고 다방으로 들어갔다. 다방은 새끼들이 떠난 빈 둥지처럼 썰렁했다. 오 마담도 보이지 않았고 성자도 눈에 띄지 않았다. 주방에 있던 심 양이 나오며 심심하던 차에 잘되었다는 듯 자리를 권하며 다정한 목소리로 말했다.

"오빠, 성자 언니 보러 왔어?"

석철이 주방을 흘끔 들여다보며 말했다.

"다들 어디 갔냐?"

심 양이 재차 자리를 권하며 말했다.

"오 마담이 성자 언니 데리고 낚시터 개장행사에 갔는데 좀 있으면 돌아올 거야. 오빠 나랑 차 한잔해?"

석철은 계속 다른 건 관심 없다는 듯 자신이 묻고 싶은 것만 물었다.

"낚시터? 낚시터가 어딨어?"

심 양은 선 채로 성자만 찾는 석철에게 새침한 표정으로 말했다.

"오빤 어중 씨가 구름재 너머에 낚시터 만들어 놓은 것도 몰랐어?"

석철이 눈을 번쩍 뜨며 물었다.

"어중이? 걔가 무슨 돈으루 거기다 낚시터를 맹글어?"

석철이 동갑내기 어중이는 중학교에 같이 입학하여 졸업할 때까지 내내 한 반이었다. 어중이 부친은 석남읍에서 양조장을 하던 지역유지였는데 막걸리가 사양길로 접어들면서 문을 닫고 정미소를 운영하고 있는데 그 사업마저 가정용 정미기에 점점 밀려나고 있다. 서울서 대학을 나온 어중이 공무원 시험 준비를 한다는 말을 들었는데 언제부터인지 집으로 돌아와 있었다. 석철은 학교에 다닐 때부터 어중이와 친한 사이는 아니었다. 심 양이 말했다.

"오빠두 참. 농촌에 농자금뿐이 더 있겠어. 성자 언니 보고 싶거든 거기로 가 봐."

심 양이 더 볼일 없다는 듯 발딱 일어나 주방으로 들어갔다. 석철은 정식으로 티켓(여종업원이 외부 활동에 주는 시간당 금액) 을 끊고 성자를 데리고 나갈 생각이었는데, 성자가 보이지 않자 맥이 탁 풀렸다.

티켓은 문서로 끊는 게 아니다. 여종업원이 밖에 나가 손님과 보낸 시간을 계산하여 티켓비를 받아간다. 다시 말해 다방 업주는 여종업원을 데려다 티켓장사를 했다. 커피 배달주문은 석 잔 이상 주문해야 한다. 물론 지역이 광범위한 점도 있지만 한 잔을 주문하면 업주는 그 시간에 성매매한다고 생각한다. 뛰는 놈 위에 나는 놈 있다고 성매매 단골은 혼자 커피 다섯 잔을 주문하기도 한다. 다방 업주는 커피 배달 나간 뒤 30분이 지나면 여종업원에게 티켓비를 요구하고, 여종업원은 30분이 지날 것 같으면 고객에게 티켓비를 요구한다. 고객이 거절하면 30분 안에 다방으로 돌아갔다가 찻잔 찾으러 다시 가야 한다. 다방 업주는 배달 나간 여종업원 뒤를 밟아보기도 하고 현장을 불쑥 찾아가기도 한다. 그건 커피 배달 핑계로 업주 몰래 성매매를 하기 때문이기도 하다. 성매매는 시간과 관계없이 업주에게 티켓비를 뜯긴다. 다방 티켓은 업주가 파는데 티켓 시간은 여종업원이 쥐고 있다.

업주는 티켓을 많이 팔기 위해 여종업원에게 티켓비 일부를 떼어준다. 여종업원은 고객에게 어떻게든 티켓 시간을 연장하려 한다. 가령 여종업원이 모텔에 들어가 배가 고프다고 한다. 고객은 여종업원에게 음식을 시키라고 한다. 여종업원은 중국집에 음식을 주문하면서 술을 추가한다. 중국집 배달이 늦어도 독촉하지 않는다. 아니 중국집은 자기 집 단골이 티켓 팔러 나온 줄 알고 가뜩이나 늦은 배달을 더 늦춘다. 여종업원은 음식이 오기 전 남자를 먼저 욕실로 들여보낸다. 주문한 음식이 오면 술을 곁들이며 같이 식사한다. 식사를 마친 뒤 여자가 욕실로 들어간다. 함흥차사다. 남자는 목욕하고 식사하고 술도 한잔했으니 솔솔 잠이 온다. 욕실에서 나온 여자는 남자를 깨우지 않고 살며시 누워 같이 잔다. 티켓비는 다방 문을 나설 때부터 택시비 오르듯 쉬지 않고 오른다. 고객은 봉이라고 생각하겠지만 아니다. 공급이 늘 수요를 따라가지 못한다.

티켓장사는 밤낮이 없고 불황이 없다. 물론 여종업원이 티켓을 끊고 나간다고 모두 모텔로 가는 것은 아니다. 대부분 단체회식 자리나 각종 행사에 도우미로 불려가기도 하고, 노래방에 갈 때 동행하기도 한다. 밥 친구도 하고 술친구도 하고 차를 마시며 드라이브를 하기도 한다. 한때 춤바람이 농촌을 휩쓸고 지나갔는데 남녀 가릴 것 없이 다방 티켓으로 배웠다. 물론 양지에 나든 음지에 나든 독버섯은 독버섯이다.

어느 날 석철은 논둑에 홀로 앉아 담배를 뻐금뻐금 피우는 우상도 영감을 만났다. 우 영감은 샌님 같은 분이었다. 그런 분이 다방 마담에게 걸려들어 패가망신했다. 그날 이런 얘기 저런 얘기 끝에 석철이 그 일을 묻자 우 영감이 다 지난 얘기 못 할 것도 없다며 손가락으로 자신이 앉은 자리를 가리키며 그 이야기를 털어놨다.

"그러니께 그날 내가 지금 앉어 있는 바루 이 자리여. 이 자리에 앉어 담배를 피우구 있었는디 갑자기 달콤헌 아카시아꽃 향내가 솔솔 나는 겨. 그래서 참 이상허다. 늦가을에 무슨 놈의 아카시아꽃 향기란 말인가 생각허며 무심코 뒤를 돌어봤더니 아 글쎄 하얀 목련꽃처럼 눈부시게 아름다운 여인이 살포시 웃음을 지으며 서 있더라구. 꿈이냐 생시냐 했지. 여인의 윗도리는 속살이 훤히 비치는 잠자리 날개 같은 옷인디, 탐스런 젖가슴이 풀어놓은 단추 사이루 아른아른 보여 그만 정신이 혼미해지더라구. 그 여인이 넋을 잃구 쳐다보는 내 곁에 살며시 앉어 쇼핑백에 들고 온 커피를 꺼내 따러 주며 허는 얘기가 '자기는 농협은행 앞 죽림 빌딩 2층에 있는 부용다방으루 새로 온 송 마담'이라며 '시골은 처음이라 아는 사람두 읎구 갈 데두 읎어 많이 외롭다'구 '자기는 혼저 사니께 아무 때나 자주 놀러 오라구' 그려.

나는 입으루 들어가는지 코루 들어가는지두 모르구 찻잔을 비우자 송 마담은 그 말 한마디 남기구 일어나 석양빛을 받으며 논두렁길을 나슬나슬 엉덩이를 돌리며 걸어가는디 보면 볼수록 눈부시게 아름답더라구. 그날 저녁을 먹구설랑 일찌감치 잠자리에 누웠는디 송 마담이 화사하게 웃음 지며 다가오는 모습이 밤새도록 오락가락 환영처럼 떠오르는 겨.

자칫 우물쭈물허다가는 송 마담을 다른 놈에게 뺏길 것 같은 조바심에 뜬눈으루 밤을 새우구, 다음 날 눈을 뜨자마자 부용다방 문을 밀구 안으루 들어갔지. 마치 송 마담이 기다리고 있었다는 듯 화사헌 얼굴에 함박웃음으루 달려오더니 대뜸 나를 주방에 붙어 있는 내실루 들여보내구 자기는 차 가지러 간다구 도루 나가더라구. 잠시 뒤 송 마담이 커피를 가지구 왔어. 내가 찻잔을 받으며 헐 말이 읎기에 농담 반 진담 반으루 다방 출입 헌 지가 하두 오래되어 요즘 커피 값이 얼마인지두 모르겠다구 그랬드니 마담이 허는 얘기가 '홀에서 차를 마시면 돈을 줘야 허는디 자기가 내실루 가져다주는 차는 돈을 안 줘두 된다'구 그려.

그래서 내가 아무려면 커피값두 읎이 다방에 왔겄느냐구 그랬드니, 송 마담이 생글방글 웃으며 '아니 돈을 얼마나 갖구 왔길래 그렇기 큰소리를 치느냐'구 묻기에 벼 수매헌 돈 그대루 갖구 있다구 했지. 내 말을 듣던 송 마담이 불에 덴 송아지처럼 펄쩍 뛰는 겨.

'오빠가 여름 내내 피땀으루 농사지어 수매헌 돈을 아까워 어티기 쓰느냐'구. '그냥 차나 한잔 마시구 놀다 가라'구 그려. 송 마담 마음 씀씀이가 어찌나 고맙던지 대뜸 그 돈을 다 써두 좋다구 했지. 송 마담이 '정 그러시다면 내실은 아이들이 옷을 갈어 입으러 자주 들랑거리니께 자기 방으루 가자'는 겨. 그래서 방이 어딨느냐구 물었드니 '죽림빌딩 지하 1층 오른쪽 맨 끝방이라'며 '방 열쇠 가지구 뒤따라갈 테니 먼저 가 있으라'구 그려."

우 영감은 송 마담이 알려 준 지하실로 내려갔다. 대낮인데도 지하로 내려가는 계단은 동굴처럼 어슴푸레했다. 오른쪽으로 꺾어져 들어가니 점점 더 어두웠다.

"오빠 좀 더 들어가세요."

우 영감은 송 마담의 목소리가 들려오는 계단 쪽을 쳐다봤다. 터널 끝처럼 훤하게 보이는 컴컴한 어둠 저편에 송 마담이 천사의 환영처럼 다가왔다. 문 앞에 이른 송 마담이 말했다.

"오빠. 문을 가로막지 말고 제 뒤로 서야 문을 열지요. 호호."

문 앞으로 다가선 송 마담이 허리를 구부리며 빵빵한 궁둥이로 우 영감 아랫도리를 슬며시 밀어내며 자물쇠 구멍으로 열쇠를 집어넣었다. '딸깍' 하고 문이 열렸다.

우 영감은 그새를 참지 못하고 뒤에서 송 마담을 와락 끌어안았다. 송 마담은 저항 없이 스르르 안겼다. 우 영감은 금방이라도 녹아내릴 것만 같은 송 마담을 끌어안고 몹시 헐떡거렸다. 송 마담 입에서 은쟁반에 옥구슬 굴러가는 소리가 났다.

"아이, 오빠 성미도 급하셔라."

송 마담은 몸을 한 바퀴 뒤로 돌려 우 영감 목을 탐스러운 젖가슴으로 끌어안았다. 그녀의 젖가슴은 솜사탕처럼 부드럽고 달콤한 아카시아 향내가 났다. 송 마담은 먹이를 물은 개미가 뒷걸음질 치듯 궁둥이로 문을 밀며 우 영감을 안으로 끌어들였다. 우 영감은 송 마담 젖가슴에 코를 처박고 낚시에 걸려든 고기처럼 줄줄 끌려들어 갔다.

여자 혼자 사는 집으로는 꽤 컸다. 송 마담이 우 영감 팔뚝을 잡으며 물었다.

"오빠, 술 한잔하시겠어요?"

우 영감은 마취에서 깨어나듯 혼곤한 정신을 수습하며 기어드는 목소리로 물었다.

"여기서 술두 마실 수 있슈?"

송 마담이 고개를 끄덕이며 말했다.

"전에 있던 마담에게 인수한 양주가 몇 병 남았어요. 오징어나 땅콩 같은 마른안주는 늘 준비되어 있고요. 과일 안주를 원하실 땐 1층 슈퍼에서 바로바로 갖다드릴 수 있어요."

우 영감은 몹시 갈증을 느끼던 터라 주저 없이 말했다.

"그류. 그럼 한 병 줘 봐유!"

송 마담은 우 영감이 차를 마시는 동안 냉장고에서 마른안주를 꺼내 놓은 뒤 술 가지러 간다며 밖으로 나갔다. '딸깍' 하고 밖에서 문이 잠겼다. 송 마담 집은 안팎에서 잠글 수 있어 밖에서 열어 주기 전에는 마음대로 나갈 수조차 없다고 했다. 잠시 뒤 차르륵 차르륵 구내 전화벨이 울렸다. 우 영감이 받을까 말까 망설이다가 전화기를 집어 슬며시 귀에 댔다.

"오빠, 저예요. 조금 있으면 우리 아이가 내려갈 거예요. 먼저 한

잔하고 계셔요. 내려가는 아이 중 마음에 들면 오빠 마음대로 하셔도 돼요. 호호호."

우리 아이라니. 마음대로 하라니. '딸깍' 하고 방금 송 마담이 잠그고 나간 문이 열렸다. 눈이 번쩍 떠질 만큼 우람한 아가씨가 들고 들어온 쇼핑백에서 양주병을 꺼내 식탁 위에 있는 잔을 능숙하게 채웠다. 눈에 쌍꺼풀 수술한 흔적이 배춧잎에 벌레 먹은 자리 같기도 하고 갯벌에 지렁이가 기어간 자국 같기도 했다. 광대뼈가 툭툭 튀어 나왔는데 워낙 살이 많이 쪄 얼굴 전체가 두루뭉술했다. 도대체 가슴이 나온 것은 그렇다손 치더라도 젊은 아가씨가 어쩌자고 만삭의 임신부 모양 배가 앞산만 하게 나왔을까. 등을 돌리고 구부린 엉덩이에서 펑퍼짐하게 올라간 등판에 쌀 두어 가마니를 올려놔도 끄떡없을 성싶었다. 우 영감은 더 보고 자시고 할 것도 없이 대번에 정나미가 뚝 떨어졌다. 아가씨가 말했다.

"젖순이에요. 제 젖이 크다고 모두들 그렇게 불러요, 젖순이라고. 근데 오빤 참 잘생기셨네요. 이왕이면 다홍치마라고 저도 오빠처럼 잘생긴 남자를 만나면 기분이 짱이에요. 오빠, 우리 한잔해요."

젠장. 오빠고 나발이고 우 영감은 오르지 송 마담 생각뿐이었다. 술잔을 들어 한 모금에 꿀꺽 삼켰다. 양주가 식도를 타고 짜르르르 내려갔다. 양주 몇 잔 마신 뒤 젖순이가 나가고 '딸깍' 하고 다시 문이 잠겼다. 잠시 후에 '딸깍' 하고 다시 문이 열리고 이번엔 아주 예쁘고 귀엽게 생긴 야리야리한 어린 아가씨가 수줍게 들어와 양주 몇 잔 마시고 안주 챙겨 주고 또 나갔다. '딸깍' 하면 나가고 '딸깍' 하면 들어오고. 젖순이 빼고 모두 젊고, 예쁘고, 귀엽고, 상냥하고, 날씬한 아가씨들이 제 발로 찾아와 저마다 가진 온갖 재주를 다해 우 영감 넋을 쏙 빼놓았다. 문이 '딸깍' 잠겼다 '딸각' 풀렸다. 우 영감은 해가 뜨는지 지는지 몰랐다.

'허억!' 몸이 심하게 요동치는 바람에 깜짝 놀라 눈을 번쩍 뜨고 본 우 영감은 그만 기겁했다. 그토록 예쁘고, 귀엽고, 능수버들처럼 나긋나긋한 아가씨들은 모두 어디로 가고 프로 레슬러와 같이 우람한 데다 지지리도 못생긴 젖순이 침대 위에 알몸으로 떡 버티고 앉아 우 영감을 우악스럽게 흔들었다. 우 영감이 벌떡 일어나자 젖순이 제 머리통보다 더 큰 젖통을 출렁거리며 침대에서 내려가 옷을 찾아 입었다. '하 이런!' 그러고 보니 자신의 몸에도 실오라기 하나 걸치지 않은 알몸이었다.

허둥지둥 찾아본 시계는 자정이 훨씬 지나 있었다. 이른 새벽 댓바람에 어디 간다는 말도 없이 집을 나왔다. 우 영감은 자신을 찾느라고 온 동네가 발칵 뒤집혔으리라는 생각에 벌떡 일어나 다급하게 옷을 주워 입으려니 이쪽 다리 치고 저쪽 다리 치고 사타구니에서 떡 치는 소리가 났다. 먼저 옷을 주워 입은 젖순이 말 한마디 없이 방을 나가 '딸깍' 하고 밖에서 문을 잠가 버렸다. 집에 가야 하는데 어! 어! 하는 사이 젖순이 계단을 쿵쿵 울리며 점점 멀리 사라졌다. 송 마담에게 문을 열어 달라고 하려니 망신도 그런 개망신이 없었다. 그때 '딸깍' 하고 문이 열리고 쟁반에 쌍화차를 받쳐 든 송 마담이 생글생글 웃으며 들어와 한마디 했다.

"오빠 정력이 대단한가 봐요. 젖순이가 녹초가 돼 올라왔더라고요. 젖순인 젖이 무기인데 나는 들어가지도 못하게 안에서 문 걸어 잠그고 얼마나 오지게 빨았는지 젖무덤이 온통 피멍이 들었던데. 호호."

송 마담은 뭐가 그리도 즐거운지 노상 생글생글 웃어 마주 바라보기 무안한 것은 둘째 치고 보는 사람 애간장을 태웠다.

"내가 취해두 너무 취했슈. 필름이 완전히 끊겨 전혀 모르겄슈!"

송 마담이 말했다.

"취하실 만도 하죠. 양주 큰 것 세 병을 다 드셨으니 누군들 취하지 않겠어요."

마치 은쟁반에 옥구슬 구르듯 하던 송 마담의 목소리가 갑자기 천둥소리로 들렸다.

"야아! 양주 큰 것 세 병이나 마셨다구유. 안주도 여러 번 들어오던디 … 얼마쥬?"

양주 세 병에 두 번씩이나 들어왔다 자고 나간 젖순이 말고도 서너 명의 아가씨들이 들어왔다 나간 것까지 기억났다. 마담이 부르는 게 값일 수밖에 없는 술값에, 안주에, 아가씨들 티켓비까지 계산하면 엄청난 금액이 나올 것을 예상한 우 영감은 베잠방이에 방귀 새듯 뒷말을 흐렸다. 송 마담은 여전히 방글방글 웃으며 대답했다.

"오빠, 어제 젖순이에게 돈 준 기억 없어요? 젖순이가 가져왔던데."

뭐라고! 화들짝 놀란 우 영감은 쌍화차고 뭐고 부랴부랴 송 마담 집을 나와 안주머니에 넣고 간 지갑을 꺼냈다. 지갑은 텅 비어 있었다.

우 영감 얘기를 듣고 난 석철이 물었다.

"증말루 벼 수매헌 돈 다 갖구 갔었슈?"

우 영감이 능선 사이로 지는 해를 바라보며 말했다.

"그랬지. 벼 수매헌 돈 한 푼두 안 쓰구 그대루 갖구 있었거든."

시골 다방에 오는 여종업원은 대부분 도시서 산전수전을 겪고 마지막으로 내려온 퇴물이라고 했다. 그들은 오는 날부터 순박하고 어수룩한 촌로를 물색하여 티켓을 판다. 가을이 지나면 다방 마담 치마 속으로 황금 들판 하나가 들어갔다느니, 벼 백 석이 들어갔다느니, 소 수십여 마리가 들어갔다는 소문이 삭풍처럼 쓸고 지나갔다.

우 영감이 자리를 툭툭 털고 일어서며 말했다.

"다 일장춘몽일세. 일장춘몽이여."

뜸부기다방을 나온 석철은 성자를 만나러 타이탄을 몰고 낚시터로 달렸다. 구름재를 넘고 산모롱이를 돌고 돌아 신선계곡에 이르렀을 때 언덕 아래서 싸우는 소리가 들렸다.

"이 사람아, 남의 논배미 위에 낚시터를 맹글어 놓으면 우리는 무슨 물루 농사를 지라는 겨. 도대체 생각이 있는 겨, 읎는 겨?"

"허허 참. 으르신네두 별말씀을 다 허시네유. 이거 다 허가 내서 허는규, 허가 내서유."

차를 세운 석철이 옆문 유리를 내리고 가만히 들어 보니 어중이 논 주인하고 다투고 있었다. 어중이 댐을 막듯 개울물을 막아 낚시터를 만든 게 싸움의 발단인 모양이었다.

"이 사람아 허가구 뭐구 벌겋케 타 죽어 가는 못자리판을 쳐다보면 꼭 젖이 부족혀 보채는 자식새끼 바러보는 거맹키로 피가 바짝바짝 졸어붙는디 도대체 저걸 어트기 헐 겨? 저걸 어트기 헐 거냐구?"

노인이 가리키는 손끝으로 벌겋게 타들어 가는 못자리판이 보였다. 어중이 말했다.

"어트기 허긴 뭘 어트기 해유? 산골짜기서 흐르는 개울물이 임자가 따루 있는 것두 아니잖어유. 우리는 허가 내서 허는 거니께 법대루 해유, 법대루."

어중의 말이 떨어지기 무섭게 논 주인 목소리가 산을 쩌렁 울렸다.

"이 사람아. 개울물이 법대루 흘러가나. 윗물이 아래루 흐르는 것은 자연의 이치 아닌가. 아무리 임자 읎는 물이라두 우리는 지금껏 개울물 믿구 농사를 지어 왔는디 갑자기 자네 혼저 논 꼭대기 개울물을 콱 막어 놓구 법대루 허라니 도대체 그런 법이 어딨나?"

긴 가뭄이 들면 농부들이 물꼬 싸움에 살인을 저지르기도 했다. 중방골에서도 그랬고 안골에서도 그랬다. 그도 그럴 것이 산골 다랑논은 개울물이 없으면 농사를 지을 수 없는 천수답(天水畓)이다. 천수답은 위에 논부터 아래로 내려가며 차례로 개울물을 댄다. 개울물이 풍족하면 문제 될 게 없는데 가뭄이 문제다. 가뭄이 길어지면 개울물이 하루가 다르게 줄어든다. 개울물이 줄어들면 위에 논 주인이 보를 막고 물을 대자마자 아래 논은 바로 말라 버린다. 농사꾼은 사람이 죽어 가는 것은 지켜볼 수 있어도 논에 벼가 타 죽어 가는 것은 두고 볼 수 없다.

그때부터 논 주인들은 눈만 뜨면 물꼬 싸움이 시작된다. 가뭄이 깊어질수록 물꼬 싸움은 더욱 격렬해진다. 위 논에서 보를 막고 물을 대면 아래 논 주인이 밤중에 몰래 나가 터놓았다. 막으면 터놓고 또 막으면 또 터놓았다. 나중엔 위에 논 주인이 보에 나가 논두렁을 베고 잠을 잔다. 그때부터 이웃 간에 원수지고 살인에 이르는 물꼬 싸움이 일어난다.

가뭄에 살인에 이르는 물꼬 싸움을 막은 것은 돌배 영감이었다.

가장 위쪽에 논을 가진 돌배 영감은 극심한 가뭄이 들자 개울물을 하루는 자기 논에 대고 다음 날은 아래 논으로 보냈다. 그렇게 하루씩 교대로 물을 대도 비는 내리지 않았다. 농사꾼들은 개울물이 곧

삶의 젖줄이자 생명줄이다. 개울물이 점점 줄어들어 양쪽 모두 논농사를 폐농할 위기에 돌배 영감은 자신의 논 물꼬를 막아 버리고 개울물을 아래 논으로 들어가게 했다. 똑같은 양의 물이라도 지형이 낮은 아래 논이 훨씬 더 오래가기 때문이었다. 예상했던 대로 그해 가뭄은 길어졌고 돌배 영감은 논농사를 완전히 폐농했으나 그래도 아래 논 주인은 반타작은 했다. 마을 사람들은 모두 돌배 영감이 개울물을 양보하지 않았다면 양쪽 모두 폐농했을 것이라고 칭송했다.

그 당시 가뭄에 물을 양보한다는 것은 누구도 상상조차 못한 일이었다. 그 일이 전례가 되어 가뭄이 들어도 대치골은 물꼬 싸움은 일어나지 않고 서로 번갈아 물을 댔다. 개울물은 누구의 것도 아니기에 모두의 것으로 생각했다. 그게 이웃과 더불어 다 함께 사는 길이었다.

언덕 아래서 어중이와 노인의 물싸움은 계속되었다. 낚시터 허가를 내준 관청이나 허가를 내줬다고 낚시터를 만들어 개장한 어중이나 소견머리 없는 것은 마찬가지였다. 이유야 어떻든 석철은 남의 싸움에 끼어들 수 없어 그냥 지나쳐 낚시터로 올라갔다. 길가에 '자연보호', '입산 금지', '산불 조심', '야영금지', '취사금지', '인화물질 소지 엄금' 팻말이 우뚝우뚝 서 있다. '쿵짝' '쿵짝' '쿵짜작 쿵짝' 낚시터에서 노래방 기계를 틀어 놓고 계곡을 부숴 버릴 듯 불러 젖히는 노랫가락이 산골짜기로 울려 퍼졌다.

하 이런! 산모롱이를 돌아가며 빽빽하게 들어섰던 아름드리 소나무를 모두 베어 버렸고, 자라바위와 범바위도 사라졌고, 병풍을 두르듯 둘러서 있던 기암괴석을 무참히 깨부숴 가며 길을 낸 낚시터 입구에 '우리 농촌 살리기 운동본부'를 비롯해 다수의 농민단체와 농협, 축협, 신협은 물론 지역유지들이 보낸 화환이 즐비했다.

신선계곡은 자연경관이 너무도 아름다워 신선이 내려와 노닐던 곳이라고 해서 지은 이름이라고 했다. 봄이면 초등학생들이 소풍을 가고 식목일에 나무를 심고 야외학습을 하던 곳이다. 지금은 어림없는 일이지만 석철이 군대 가기 전만 해도 연례행사처럼 친구들과 어울려 여름에는 가재, 고둥, 갈겨니, 징거미, 미꾸라지, 민물장어, 동자개 등을 잡아 천렵을 즐기고, 겨울에는 눈 덮인 산비탈을 뛰어다니며 토끼 사냥을 했다.

석철은 눈을 감아도 망막에 떠오르는 기기묘묘한 기암괴석과 아름드리 노송들을 다시 볼 수 없다는 생각이 들자 격한 감정이 울컥치받고 올라왔다. 망할 놈의 자식들. 차라리 '자연보호'라는 팻말이나 세우지 말지. '입산 금지'는 누구에게 한 말인가.

석철은 단숨에 낚시터로 올라갔다. 물이 찰랑찰랑한 낚시터 둘레에 말뚝을 박고 매달아 놓은 색색의 풍선이 바람에 나부꼈다. 이미 낚시터 개장식을 끝낸 면장, 농협 조합장, 지역유지들이 낚싯대를 드리우고 있었다. 낚시대회 우승자에겐 상금으로 100만 원짜리 상품권을 준다는 현수막이 바람에 펄럭였다. 성자는 면장과 농협 조합장 사이에 앉아 양쪽 어망을 어르고 있다.

석철은 성자를 빤히 바라보며 전화를 걸었다.

"성자야, 지금 나랑 같이 나가자. 오늘은 내가 티켓 끊을게."

석철이 티켓을 끊지 않고 그냥 데리고 나가면 성자가 마담 눈치를 봐야 하기 때문이다. 성자는 쪼그리고 앉은 자리에서 궁둥이만 뒤로 살짝 돌리고 소리 죽여 전화를 받았다.

"안 돼. 오 마담하고 낚시터에 왔어."

석철이도 덩달아 귓속말하듯 속삭였다.

"알구 있어. 나두 시방 낚시터에 왔거든."

석철이 유리문을 내리고 씨익 웃으며 손을 흔들었다. 고개를 들고 사방을 둘러보던 성자가 석철이 타고 온 타이탄을 발견하고 말했다.

"그래도 안 돼. 면장님이 낚시대회에 우승하면 100만 원짜리 상품권은 나 준다고 했어. 농협 조합장님도 그러셨고. 나는 낚시대회 끝나는 대로 이긴 사람하고 서울로 쇼핑 갔다 내일 올 거야. 상품권이 서울에 있는 백화점 것이거든."

본부로 들어갈 날이 얼마 남지 않은 성자와 속마음을 터놓고 이야기를 나눠 보려던 석철은 서울 갔다 내일 오겠다는 말에 한결 더 다급해졌다. 석철이 애원조로 말했다.

"성자야, 갑자기 왜 그려. 넌 나 읎으면 못 산다구 했잖어?"

성자는 석철의 전화를 받고 울컥 부아가 치밀었다. 석철이 다방을 차려 주어도 다방을 짊어지고 달아날 수도 없다. 혼자 잘 먹고 잘살자는 것도 아니다. 정이나 못 믿겠으면 모든 임대계약은 석철 이름으로 하고 자기는 경영만 하겠다고 사정도 해보았다. 성자가 본부로 들어갈 날이 코앞인데도 여전히 미적거리는 석철이 여간 못마땅한 것이 아니었다. 그동안 석철을 진심으로 좋아했기에 티켓을 끊지 못하게 하고 하루가 멀다고 만났는데 갑자기 티켓을 끊겠다는 말에 수치심을 느낀 성자가 전화기에 대고 톡 쏘아붙였다.

"흥. 내 손에 물 한 방울 안 묻히고 살게 해 준다고 한 말은 잊었어? 담보도 없는 주제에 아주 꼴값을 떨고 다녀요, 꼴값을."

성자는 여지없이 석철의 자존심을 뭉개 버리며 콧방귀를 뀌었다. '뭐 꼴값이라니' 울컥 치솟는 화를 참지 못한 석철이 차에서 펄쩍 뛰어내리며 소리를 버럭 내질렀다.

"뭐야! 늬가 어떻게 … ."

'딸깍' 전화가 끊겼다. '이런 씨 … ' 두 눈에 쌍심지를 켜고 씨근벌떡 낚시터로 달려간 석철이 성자의 손목을 우악스럽게 잡아챘다. 성자가 돌아서며 석철에게 잡힌 손목을 세차게 뿌리치다 발을 헛디디며 옆에서 낚시질하던 면장하고 얽혀 세 사람이 동시에 엄청난 파문을 일으키며 물속으로 '풍덩' 빠져 버렸다. 언제 싸움을 끝내고 올라왔는지 기겁한 어중이 달려들어 하마처럼 '푸우'거리며 물속으로 자맥질하는 면장을 끌어내고 농협 조합장은 허우적거리며 비명을 질러대는 성자를 잡아끌었다.

수영을 전혀 못하는 석철이 물을 들이켜며 자맥질을 하는데 뭔가 아랫도리를 스치는 게 있어 얼결에 붙잡고 잡아당겼다. 농협 조합장이 끌어내는 성자 발목이었다. 조합장 손목을 붙잡고 물가로 끌려 나가던 성자가 느닷없이 발목을 잡아당기는 바람에 이번엔 조합장하고 세 사람이 다시 얽혀 물속으로 '주루룩' '철퍼덕' '풍덩' 빠져 버렸다.

어떻게 손을 쓸 수 없을 만큼 순식간에 일어난 일이었다. 낚시질하던 사람들이 우르르 몰려들어 물가로 끌려오던 성자를 끌어내고 조합장을 끌어내고 석철을 끌어냈다. 맨 나중에 물가로 끌려 나온 석철이 정신 차릴 겨를도 없이 주먹이 먼저 들어왔다.

"야, 이 개새꺄. 너 누굴 망치려구 그래. 어엉?"

어중이가 석철이 귀싸대기를 연거푸 올려붙이며 악을 썼다. 눈에서 번갯불이 일도록 귀싸대기를 얻어맞은 석철이 망막에 낚시터 아래 벌겋게 타죽어 가는 못자리판이 확 떠오르며 자신도 모르게 분노가 폭발했다.

"야, 이 개새끼들아! 늬들 눈깔은 물괴기만 뵈구 낚시터 아래 벌겋게 타죽어 가는 못자리판은 안 뵈냐? 이 새끼들아!"

낚시터를 향해 벼락 치듯 소리치던 석철이 눈에 수문(水門)을 들어 올리는 지렛대가 들어왔다. 석철이 지렛대를 바짝 움켜쥐고 달려드는 어중이를 냅다 후려치려다 말고 뒤로 미친 듯이 달려가 막힌 수문 꽉대기 일 단을 힘껏 들어 올렸다.

수문이 나동그라지고 댐이 무너지듯 낚시터에 갇힌 물이 천둥치는 소리를 내며 폭포처럼 하얗게 쏟아져 내렸다. 열린 수문으로 낚시터에 고인 물이 썰물처럼 빠져나가는 걸 바라본 어중은 이미 제정신이 아니었다.

"낚시터 아래 못자리판허구 늬가 무슨 상관이여? 이 개새꺄, 내가 오늘 널 아주 죽여 버리구 갯값을 물 겨."

어중은 풍선이 매달린 굵직한 말뚝을 쑥 뽑아 들고 석철이 대갈통을 바숴 버리겠다고 미친개처럼 달려들었다. 석철은 학창시절 어중이와 여러 번 싸웠어도 번번이 두들겨 맞기만 했지 한 번도 이겨 본 적이 없었다. 갑자기 위기감을 느낀 석철이 몸을 옆으로 피하며 젖 먹던 힘까지 끌어모아 어중이를 낚시터로 힘껏 밀어 버렸다. 손에 잡고 있던 말뚝을 내팽개치고도 중심을 못 잡은 어중이 만세를 부르듯 양손을 번쩍 쳐들고 물에 안 빠지려고 용을 쓰다 그대로 낚시터에 '풍덩' 처박혔다. 우람한 체구의 어중이 낚시터에 처박히며 물탕치는 바람에 면장과 농협 조합장이 낚시로 잡아 어망에 넣어 두었던 물고기들이 빠져나갔다. 석철은 수문 쪽으로 빈 어망이 둥둥 떠내려가는 것을 뒤로한 채 낚시터를 나와 버렸다.

집으로 돌아온 석철은 고추밭에 말뚝을 박고 나일론 끈으로 고추 포기를 잡아맸다. 날이 가물다고 자칫 방심했다간 언제 올지 모르는 비바람에 가지가 꺾어지거나 찢어지기 때문이다. 날이 가물어 물을 주고 심어 놓은 고추가 성장이 늦은 데다 그나마 낮 더위에 축 늘어져 볼수록 측은했다. 고추밭을 나온 석철은 기분이 울적해 논으로 발길을 돌렸다. 논두렁에 땅강아지, 쥐, 지렁이가 구멍을 내놔 가뜩이나 부족한 논물이 자꾸 빠져나가 틈만 나면 논에 나가 논두렁을 살펴보고 뚫린 구멍을 찾아 막아야 했다. 논물은 갈 적마다 줄어들었다. 언제 나왔는지 성갑이 먼저 논에 들어가 있었다. 석철이 논에 대고 소리를 질렀다.

"성님은 물두 읎는 논에 들어가 뭐 허신대유?"

성갑이 하던 일을 멈추고 말했다.

"논배미 물이 자작자작헌디 실구멍으루 자꾸 빠져나가 논두렁 밑 좀 자근자근 밟어 주는 겨. 그런디 자네는 시계불알맹키로 워딜 그렇기 쏘댕기나?"

석철이 모자 차양을 이마 위로 슬쩍 밀어 올리며 말했다.

"꼬추 포기 잡아매 주구 논두렁 좀 살펴보려구 왔슈."

성갑은 다시 논배미로 들어가 논두렁 밑을 발로 지근지근 밟으며 말했다.

"그럼. 날이 가물수룩 논두렁은 자주 살펴봐야 혀. 그래두 자네네 논은 샘받이니께 아직은 물이 좀 남었을 겨. 그렇지?"

모를 내려면 아직 20일이 남았는데 논물이 하루가 다르게 줄었다.

"야아. 아직꺼정 발등은 덮을 만해유."

기분이 우울한 석철은 길게 얘기하고 싶은 생각이 없어 그냥 샘받이 논으로 올라갔다. 아무리 가물어도 샘받이 논두렁은 물기가 있어 해마다 갈대가 한 길씩 자랐다.

석철은 갈대밭에 누워 건들바람에 서걱거리는 소리를 들으며 흘러가는 뭉게구름을 하염없이 바라보는 것을 좋아했다. 낮에는 새들이 지저귀고 밤이면 풀벌레들이 애타게 짝을 찾는다. 개구리가 울고 풀무치가 울고 고라니가 짝을 찾아 뒷산 골짜기를 넘나들며 애처로이 운다. 짝을 찾는 고라니 울음소리는 영락없는 젖먹이가 보채는 울음소리와 닮았다.

달 밝은 밤이면 외로움은 그리움이 되고, 그리움은 진한 외로움이 되었다. 석철이 전화를 걸어 성자를 불러냈다. 성자가 달려왔다. 그들은 서로 왜 불렀느냐고, 왜 불렀다고 말하지 않았다. 밤은 몸이 먼저다. 석철은 익숙한 몸놀림으로 성자를 갈대 위에 눕히고 옷을 벗겨 내린다. 하얀 달빛에 하얗게 드러난 성자의 자태가 눈이 멀도록 황홀하다. 성자의 풍만한 가슴에 얼굴을 묻은 석철이 허기진 아이처럼 젖을 물은 보조개가 숨 가쁘게 옴질거린다. 갈대밭 속은 온통 수컷과 암컷들이 온몸을 불태우며 뜨거운 교성을 내지른다. 풀벌레 울음소리 멎고 달이 기울고 별이 가물가물 숨어들 때 석철은 품에 안긴 성자에게 손에 물 한 방울 묻히지 않고 살게 해 줄 테니 같이 살자고 했고, 성자는 마치 과자를 선물 받은 아이처럼 좋아했다.

평생 사고무친(四顧無親)으로 살아가는 석철은 자식을 많이 갖고 싶다고 했다. 성자는 간도 쓸개도 다 내놓고 돈 벌어 남 좋은 일만 시키는 다방 종업원 생활을 하루라도 빨리 벗어나 직접 경영하고 싶다고 했다. 말은 낮의 말과 밤의 말이 달랐다. 낮의 말은 밤이 되면 덮어지고, 밤의 말은 낮이 되면 드러났다.

성자가 본부로 돌아갈 날이 며칠 남지 않았다.

시골 다방은 할 일 없고 갈 데 없는 한량들의 사랑방이나 다름없다. 한량은 죽어도 기생집 울타리 밑에서 죽는다고, 새벽 댓바람에 다방 문 두드리고 들어와 모닝커피 한 잔 시켜 놓고 죽치고 앉아 여종업원들과 노닥거리며 시간을 보낸다. 다방 마담은 으레 얕잡아 보고, 되나 안 되나 집적거린다. 술에 취한 손님들이 들어와 술을 달라고 떼를 쓰는가 하면, 배달 나간 여종업원을 데려오라고 행패를 부리고, 언제 찾아갈지 알 수 없는 짐을 맡겨 놓고 다른 일 보러 가기도 한다. 어느 손님은 들어오자마자 차는 한 잔도 주문하지 않고 버스 탈 시간을 정해 주고 그 시간에 깨워 달라며 코를 골며 자기도 하고, 손님들끼리 티격태격 싸움박질로 바람 잘 날 없다.

도시와 달리 모두 인근 마을 사람들이라 아예 다방 문 닫을 생각이 아니라면 신고조차 할 수 없다. 파출소에 신고해도 뒤늦게 출동하거나 아예 출동할 경찰이 없다며 적당히 타일러 돌려보내라고 한다. 퇴폐영업을 안 해도 돈을 벌 수 있다고 하지만 그것도 의문스럽고, 살림은 차치하더라도 다방을 경영하면서 아이를 낳아 기른다는 건 거의 불가능하다는 생각이 들었다.

어느새 논배미를 나온 성갑이 석철네 논두렁으로 걸어와 깔아 놓은 마른 갈대 위에 털썩 주저앉으며 말했다.

"아방궁이 여기보다 더 좋을 순 읎었겠지?"

성갑이 허허 웃으며 놀렸다. 석철이 멋쩍게 웃으며 말했다.

"아이구, 참 성님두, 그냥 모른 체허구 넘어가면 안 돼유?"

뜸부기다방 성자가 석철네 논으로 차 배달 가는 것을 우연히 목격

한 성갑은 두 사람이 잘되기를 바라는 마음으로 지켜보고 있었다. 성갑이 담배에 불을 붙이며 말했다.

"이 사람아, 농담헌 걸 가지구 뭘 그러나. 총각이 처녀 만나는 게 무슨 흉이라구. 그나저나 그 아가씨허구 어티기 돼 가는 겨? 내가 보기엔 육덕두 무던허구 꽤 갠찮어 보이더구먼."

성갑이 뜻밖에 성자 이야기를 꺼냈다. 낚시터에서 성자를 본 뒤로 발걸음을 끊었는데도 자꾸 눈에 밟혀 한껏 풀이 죽었다. 석철은 시무룩한 표정으로 속내를 털어놨다.

"농사지며 살 수 읎다구 다방을 차려 달라는디, 그럴 돈두 읎구 설령 돈을 어티기 융통해두 다방 허는 아내허구는 못 살 거 같어유."

남들이 들으면 오지랖 넓다고 할지 모르겠으나 동기간이나 진배없는 석철이 흰머리가 나도록 짝을 만나지 못해 홀로 살고 있으니 남의 일 같지 않아 조심스럽게 한마디 더 보탰다.

"그렇지. 그럴 겨. 자네는 농사를 떠나 살 수 읎을 테구 그 아가씨는 다방을 떠나 살 수 읎다면 두 사람이 만나 잘 살기는 힘들 겨. 그럼 국제결혼정보회사라두 한 번 찾어가지 그려. 자네는 자식을 많이 갖는 게 소원이라구 했잖어?"

석철이라고 왜 외국 여자와 결혼할 생각을 안 해 봤겠나. 백천 번도 더 생각했다. 하늘에 사무치도록 가족이 그립고 자식을 많이 갖는 게 소원이었다. 그러나 석철은 말이 안 통하는 아내와 사는 것은 그렇다손 치더라도 이 세상에 혼혈아를 낳아 기를 자신이 없었다. 석철은 풀이 죽은 목소리로 말했다.

"그랬쥬. 지두 한때는 자식을 많이 갖는 게 소원일 때가 있었쥬. 이 세상천지에 내 피붙이라군 한 사람두 읎으니께유. 그런디 지가 외국 여자와 결혼해 자식을 가져 본들 우리 지역에 달랑 하나뿐인 중핵교두 고등핵교두 모두 폐교되었는디, 우리가 자식을 도시루 보내 고등핵교를 보내겄슈, 대핵교를 보내겄슈, 기술이라두 한 가지 제대루 배울 디가 있슈. 밖에 나가면 현태처럼 근본 읎는 튀기 새끼라구, 깜둥이 새끼라구, 왕따 시키구, 괴롭히구, 욕허구, 두들겨 패구… 고슴도치두 제 새끼가 제일 곱다구 헌다는디 하루 이틀두 아니구 평생 내 자식이 밖에 나가 당허는 그 꼴을 어티기 본대유.

물론 그것두 그렇지만 도시에서 명문대를 나온 청년들조차 삼포세대니 칠포세대니 허는 판에 내 자식이 자라 무얼 해 먹구 살겄슈. 번듯한 직장을 잡겠슈, 아니면 밑천이 있어 장사를 허겄슈. 천상 해 먹구 살 거라군 농사밖에 읎는디 어떤 처녀가 농촌 혼혈청년에게 시집오려구 허겄슈. 자식에게 나처럼 살라구 헐 순 읎잖어유. 그런저런 생각을 허면 외국 여자와 결혼허구 싶은 생각이 아주 싹 달어나유."

도원면에 초등학교, 중학교, 고등학교가 한 개씩 있었는데 도원고등학교는 오래전에 폐교되었고 뒤를 이어 도원중학교도 폐교되었다. 도원초등학교도 학생이 해마다 줄어들어 폐교될 처지이다. 성갑이 고개를 끄덕이며 말했다.

"지금은 그렇지만 앞으루 차차 나지겄지."

석철이 고개를 살래살래 가로저으며 말했다.

"글쎄유. 앞으루 나지려면 으른들이 본보기가 되어야 헐 텐디, 나이를 먹을 만큼 먹은 으른조차 혼혈 아이들에게 천하에 근본 읎는 튀기라구 손가락질허구 멸시허구 아예 사람 취급을 안 허잖어유."

농촌에서 지주 집안의 자식들은 도시로 나가 공부하고, 취직하고, 결혼하여 산다. 가난한 농사꾼들은 부유한 지주 집안에 들어가 머슴도 살고, 소작도 부치고, 품을 팔며 지악스럽게 돈을 모아 전답을 조금씩 늘려갔으나, 자식들 공부를 제대로 시키지 못해 도시로 나갈 엄두도 못 내고 농촌에 눌러앉아 총각으로 늙어 간다.

농촌에서 혼기를 놓치고 대를 이어갈 수 없는 노총각들은 부모의 피땀 어린 농지건만 애착도 없고 농사지을 의욕마저 잃었다. 그들은 농번기가 돌아와도 농사지어 같이 먹을 식구가 없으니 그저 '제 목구멍에 거미줄이나 치지 않고 그냥저냥 살다 죽으면 고만'이라며 빈둥거리기 일쑤여서 해마다 논밭이 묵어 나자빠져 농촌은 말할 수 없이 황폐해졌다.

어찌 되었던, 아직 소수이지만 그래도 농촌 총각들이 다문화가정을 이루고, 자식이 태어나고부터 변화하기 시작했다. 그들이 묵혔던 논밭을 개간하고, 뽑아내고 베어낸 과일나무를 다시 심고 가꾸었다. 허물어진 담장을 보수하고, 지붕 개량공사를 하고, 농로를 정비하고, 수로를 개설하며 다시 열심히 농사를 지으며 농지를 늘려갔다.

농촌에서 혼혈아로 태어난 자식들은 농사 말고는 살아갈 길이 없어 빚을 내가며 땅을 사들일 수밖에 없다. 자식들이 도시로 나가 출세한 부유한 지주들은 농사지을 사람이 없어 땅을 팔기 싫어도 처분할 수밖에 없다. 우리 속담에 사촌이 땅을 사면 배가 아프다는 말이 있듯이, 지주들은 머슴 살고, 소작을 부치며 품을 팔던 무지렁이들이 땅을 내놓는 족족 사들이자 배 아파했다. 유독 원골 사람들이 유난히 더 그랬다.

원골은 왕조시대에 원이 나왔다고 해서 붙여진 이름이다. 지금도 원골에 고래 등 같은 옛 기와집이 즐비하게 들어서 있고, 중심에 궁궐 같은 99칸짜리 기와집이 있다. 그 시대 100칸짜리 집은 임금만이

지을 수 있어 99칸을 지었다고 전해져 오고 있다. 그 99칸 기와집에서 대를 이어 원이 나오고 집안 대대로 삼정승 육판서를 배출했는데 그들의 권세는 임금 못지않았다. 그들은 세도재상(勢道宰相)으로 힘없는 백성들의 재산을 갈취하고, 노동을 착취하여 99칸 기와집을 짓고, 일제강점기 그들에게 빌붙어 한일 강제병합에 협력하여 신분상승을 하고, 부정축재를 하고, 백성들은 강제징용으로, 강제종군위안부로 내몰고, 해방된 뒤에도 여전히 자자손손 대궐 같은 99칸 기와집에서 부귀영화를 누리며 호화롭게 살고 있다.

농경사회가 산업사회로 바뀌면서 트랙터로 땅을 갈고, 이앙기로 모를 심고, 콤바인으로 수확했다. 농약으로 논밭의 잡초 씨를 말렸다. 씨 뿌리는 것도, 비료 주는 것도, 농약을 뿌리는 것도 농기계가 했다. 농촌에 농기계가 들어오고부터 지주들은 머슴들을 내보냈다. 원골 맞은편에 있는 대치골은 원골에서 머슴 살던 사람들이 나와 오종종하게 이룬 마을이다. 그래서 원골 사람들은 대치골을 '머슴골'이라고 불렀다.

원골에 들어가 종노릇하고 머슴 살았던 대치골 사람들은 길을 가다 원골 사람을 만나면 길을 비켜 주어야 했고, 소도 원골을 지나갈 땐 고개를 숙이고 지나갈 만큼 그들의 세도가 하늘을 찌를 듯했다. 원골 사람들은 어쩔 수 없이 전답을 팔면서도 땅을 사들이는 대치골 사람들을 시기하고 무시했다.

농기계를 가지고 원골을 드나드는 석철이 말했다.

"아이구 참, 성님두 원골 사람들이 대치골 사람들에게 뭐라구 허는지 알어유. 자기들두 남들이 주는 만큼 품값 주구 즘심으루 짜장면두 시켜 주고 새참으로 우유두 주구 빵두 주는디 왜 원골 일은 안 해주는지 모르겄다구. 그건 대치골 놈들이 원골을 아주 망허게 맹글어 원골 땅을 모두 차지허려는 속셈이 아니겄냐구. 앞으루 근본 읎는 '아이노코'(튀기, 혼혈아, 잡종을 가리키는 일본말) 들이 원골을 모두 차지헐 거라구, 근본 읎는 아이노코들 세상이 올 거라구 그러던디유 뭐어."

원골 사람들은 부모가 눈을 시퍼렇게 뜨고 있는데도 혼혈아들을 만만하게 보고 손가락질하며 '근본 없는 놈'이라고, 앞으로 우리 농촌은 '아이노코들이 조상 대대로 내려온 땅을 몽땅 차지할 거'라고, '혼혈아들이 우리 고향도 고향 정서도 싹 버려 놨다'고, 앞으로 '혼혈아들의 세상이 올 거라'고 말끝마다 근본을 들먹였다. 심지어 '길을 닦아 놓았더니 용천박이 지나간다'고, '죽 쒀 개 좋은 일만 시켰다'고 귀에 담을 수 없고 입에 올릴 수 없는 말을 서슴없이 대놓고 했다. 석철의 말끝에 성갑이 눈꼬리를 치켜뜨며 발끈했다.

"아니, 대치골 사람들이 무슨 점령군이여? 원골 땅을 몽땅 차지허게. 설령 누가 땅을 사든 팔든 주인이 바뀌는 것뿐, 농촌은 농촌이구 고향은 고향이지. 아니, 원골 자식들은 근본이 있어 도시루 나간 뒤루 명절 때조차 코빼기두 안 보이남. 원골 일을 안 해준다는 것두 그려. 예전에야 우리가 농사지을 땅이 읎었으니께 죽으나 사나 원골에 들어가 소작을 부치며 품팔이 헌 거구. 지금은 내 땅이 있는디 내 농사 팽개치구 원골에 들어가 품을 팔겄어, 소작을 부치겄어, 그들이 농사일을 헐 줄 알어서 우리허구 품앗이를 허겄어.

고기는 씹어야 맛이구 말은 해야 맛이라구 언제 우리가 원골에 들어가 일허면서 짜장면을 시켜 달라구 했어, 우유를 달라구 했어, 아니면 빵을 달라구 했어? 입에 올리기조차 치사허지만 이왕지사 말이

나왔으니께 허는 말인디, 일허는 날 우리에게 짜장면 시켜 줄 때 즈이들 것두 같이 시켜 우리허구 한자리서 먹어 본 적이 단 한 번이라두 있었남. 지금두 우리를 머슴으루 생각허구 함께 밥 먹기 싫으니께 배달시켜 주는 것 아니겄어. 입은 삐뚤어졌어두 말은 바루 해야지."

그건 그렇다. 원골 사람들은 대치골 사람들과 일은 같이 해도 밥은 같이 먹지 않았다.

물론 사람 사는 동네에 갈등은 늘 있게 마련이지만 다문화가정뿐만 아니라 도시에서 귀농, 귀촌하는 사람들에게 농촌 토착 지주들의 텃세도 이만저만 드센 게 아니다. 농촌에서 토지가 천 냥이면 이웃은 만 냥이라는 말이 있다. 도시에선 이웃을 모르고도 살 수 있다지만 농촌에선 이웃을 모르고 살 수 없고, 이웃을 잘못 만나면 이웃사촌이 아니라 이웃 원수가 될 수 있기 때문이다. 도시 사람들이 귀농했다 실패하고 돌아가는 데는 토착 지주들과의 갈등이 원인이 되기도 한다.

그도 그럴 것이 도시 사람들이 설렘 반 두려움 반으로 귀농하여 이삿짐을 다 풀기도 전 마을 경로당 간부라는 노인이 누가 부른 것도 아닌데 새벽 댓바람에 자기 발로 찾아와 대뜸 "이사를 오려면 마을 어른부터 찾아뵈어야지, 어른이 찾아오게 만드느냐?"고, "우리 마을 사람들이 그렇게 만만하고 우습게 보이느냐?"고 호통을 쳤다. 귀농하려면 이삿짐을 싣고 들어가기 전 마을 경로당, 부녀회, 상조회부터 찾아보고 기부금도 내야 한다고 했다. 그뿐만 아니라 주민들 간에 친목을 도모한다는 동호회는 왜 그렇게 대추나무에 연 걸리듯 많은지. 마을마다 이장도 있고, 반장도 있고, 부녀회도 있고, 새마을 지도자도 있다. 경조사도 빼놓을 수 없다. 모두 안 찾아갈 수 없고 찾아갈 때 빈손으로 갈 수 없다. 음료수 한 상자라도 사 들고 찾아가 회비도 내고, 찬조금도 내고, 경조금도 내고, 두루두루 인사도 해야 한다. 안 그러면 집단 따돌림 당해 아무것도 할 수 없다.

우선 1년 농사에 가장 기본이 되는 종자, 상토, 비료를 언제, 어떻게 사고 어디에 신청하는지도 모르고, 신청한 농자재가 언제, 어디로, 어떻게 나오는지도 모른다. 굼벵이도 석 자씩 뛴다는 농번기에 인부를 구할 수도 없다. 농기계 임대도 힘들다. 가뭄에 논물 대는 것도 맨 꽁지다. 그나마 대기만 하면 그래도 다행이지만 차례가 돌아오기 전 물이 먼저 끊기기 일쑤다. 농사를 직접 짓는다고 모두 공익직불제에 해당하는 것도 아니다.

도시에서 귀농한 새내기 농부가 그렇다면 그런 줄 알지 그 모든 것들을 어찌 다 알겠나. 정보도, 일손도, 장비도, 이웃의 도움도, 관의 지원도 철저하게 따돌림 당한다. 귀농해 호락질로는 밥 빌어다 죽도 못 쒀 먹는다.

특히 농촌에선 이웃을 잘 만나야 한다. 산에서 바지랑대 하나만 베어 와도 도벌했다고 신고하고, 산에 들어가 산나물을 뜯으면 임산물 무단채취했다고 신고했다. 장마에 폐비닐이나 온갖 일회용품 용기들이 떠내려온 것을 보고 개울에 쓰레기를 버린다고 악의적인 신고를 받기도 한다. 밭에 퇴비를 내면 냄새난다고, 개가 짖으면 아이 잠을 재울 수 없다고, 잠자는 아이 깨웠다고, 아이들 공부에 방해된다고 연이어 신고했다. 울안에 심은 개양귀비꽃을 보고 양귀비를 심었다고 신고하여 마약단속반이 들이닥친 것은, 양귀비와 개양귀비가 비슷하니 모르는 사람은 그럴 수 있겠다고 그냥 넘어갈 수도 있다. 어처구니없게도 산닭 한 마리 잡을 줄 모르는 사람에게 산에 덫을 놓고 올가미를 놓아 야생동물 씨를 말린다고 신고하여 한밤에 자다 말고 가택수색을 당하기도 한다. 심지어 새파랗게 젊은 부부가 손잡고 마을을 돌아다닌다고, 아무 데서나 입을 쪽쪽 맞춘다고, 남자가 아이 업고 기저귀 가방 들고 가는데 여자는 빈 몸으로 앞장서 간다고, 도대체 시골 아이들이 뭘 보고 자라겠냐며 도시에서 온 것들은 하나같이 버르장머리 없는 아주 상것들이라고 혀를 찬다.

하긴, 평생 아내와 자식에게조차 사랑한다는 말 한 마디 할 줄 모르고 살아온 그 어른들의 세상은, 남자는 빈 몸으로 저만치 앞서가고, 여자는 아이 업고, 머리에 보따리 이고, 한 손에 가방 들고 또 한 손에 칭얼칭얼 우는 어린아이 손목 잡고 달래가며 뒤따라가던 시절이었다. 세상은 그렇게 눈 깜작할 사이 알게 모르게 뒤바뀌었다.

석철이 말에 심기가 뒤틀린 성갑이 원골 사람들에게 전하라는 듯 퉁명스럽게 말했다.

"현태에게 근본이 읎다구 허는 놈들은 근본이 뭔지두 모르구 지껄이는 겨. 도대체 근본이라는 게 뭐여. 왕후장상의 씨가 따루 있는 것두 아니구 이 땅에서 애비 승 갖구 태어나믄 그게 근본이지 뭐가 근본이여?"

석철은 성갑의 말을 이해하면서도 뭔가 되게 답답했다.

"그건 그류. 그런디 내 생각이 중요헌 건 아니잖어유. 세상을 혼자 사는 게 아니니께유."

남의 제상에 배 놓거나 감 놓거나 참견할 일은 아니지만 답답한 건 마찬가지였다. 자리를 털고 일어난 성갑이 도로 주저앉으며 말했다.

"물론 자네가 어련히 알어서 잘 허겄지만 그래두 아주 늦기 전에 한 번 더 생각해 봐. 사람이 어티기 평생을 혼자 살겄어?"

성갑이 자식을 타이르듯 간곡하게 말하자 석철이 풀이 죽은 목소리로 말했다.

"지두 평생 혼저 살 생각은 안 해 봤슈."

성갑이 고개를 끄덕이며 말했다.

"그럼, 그래야지. 결혼은 정년이 읎는 겨. 처녀와 총각만 허는 것두 아니구."

성갑의 말에 석철이 맞장구쳤다.

"야아. 그건 그류. 지두 그렇기 생각허구 있슈."

성갑이 다시 자리를 툭툭 털고 일어나며 말했다.

"저기 저 광주리 이구 뛰어가는 게 정수 어머니 아녀?"

석철이 뒤를 돌아보며 말했다.

"야아. 정수 어머니 맞네유."

마을을 빠져나온 대치골 정수 어머니가 머리에 광주리를 이고 정류장으로 들어가는 시내버스를 바라보며 부리나케 뛰어간다. 정수는 지체 장애인이다. 남편과 사별한 정수 어머니는 시내버스를 타고 읍내에 들어가 시장 초입에 광주리를 내려놓고 좌판을 벌였다. 시내버스는 얼마 전부터 마을 앞으로 오전에 한 번 오후에 한 번 들어왔다가 종점에서 머무르지 않고, 마라톤 선수가 반환점을 돌 듯 바로 되돌아 나간다. 그나마 장날이 아니면 좌석은 텅텅 비어 있어 타고 내릴 사람이 없을 땐 정류장을 그냥 지나쳤다.

다행히 정류장에 꼬부랑 할머니 한 분이 지팡이에 의지한 채 서 있다. 석철이 보기에 정수 어머니가 아무리 뛰어가도 이미 정류장에 도착한 버스를 타기엔 거리가 너무 멀었다. 아니나 다를까, 정류장에 도착한 버스는 내리는 사람 없이 달랑 혼자 서 있는 할머니만 태우고 곧바로 출발했다. 정수 어머니는 허리를 꼬부리고 엉덩이를 뒤로 쑥 뺀 채 한 손으로 머리에 인 광주리를 붙잡고 한 손은 떠나가는 버스를 향해 태워 달라고 연신 손짓을 해대며 쫓아갔다. 버스는 아랑곳없이 슬금슬금 정류장을 벗어나며 속력을 내기 시작했다. 다음 버스는 다섯 시간 뒤에 들어온다. 그 버스를 타고 시장에 가 봐야 그때는 파장될 시간이라 가나 마나였다. 파장되기 전 읍내까지 가려면 10여 리를 더 걸어 나가 2시간 만에 한 대씩 지나가는 시외버스를 타야 했다. 정수 어머니 목이 자라목처럼 쏙 들어간 걸 보면 광주리에 무얼 담았는지 많이 무거운 모양이다. 어쨌든 버스는 이미 정류장을 떠났다. 정수 어머니는 결승점을 향해 달려가는 마라톤 선수처럼 많이 지쳐 보였다. 석철이 벌떡 일어서며 말했다.

"성님. 아무래두 안 되겄슈. 지가 안 봤으면 몰러두 봤으니께 정수 어머니를 읍내까지 태워다 주구 와야지 마음이 편허겄슈."

성갑이 고개를 끄덕이며 말했다.

"그려. 고맙네, 고마워."

석철의 마음 씀씀이에 성갑은 자기 일처럼 고마워했다.

'어라!' 정류장을 출발하여 속도를 내던 버스가 갑자기 비상등을 켜며 길가에 우뚝 멈췄다. 버스가 멈췄어도 정수 어머니와 사이는 더욱 벌어져 150여 미터가량 되어 보였다. 버스가 정류장에서 50여 미터 더 달아난 셈이었다. 간혹 시골 노인들이 까무룩 졸다가 정류장을 놓치는 경우 차를 세우고 내려줄 때가 있긴 있었다. 인가 없는 곳은 버스정류장과 정류장 사이가 멀고 배차 간격이 길기 때문이다.

그런데 길가에 세워둔 버스에서 펄쩍 뛰어내린 사람은 노인이 아니라 파란 제복을 입은 버스 운전기사였다. 운전기사는 버스에서 뛰어내리자마자 단거리 선수처럼 달려가 정수 어머니가 머리에 인 광주리를 번쩍 받아 들고 같이 뛰었다. 버스에 다다르기 전에 정수 어머니도 운전기사도 많이 지쳐 갈지자로 비틀거렸다. 버스에 탄 승객들이 창문을 활짝 열어젖히고 밖을 내다보며 '으이싸' '으이싸' 함성을 지르며 손뼉을 쳐 주었다. 이윽고 정수 어머니와 운전기사가 광주리를 맞잡고 뛰어와 버스에 올랐다.

정수 어머니를 태운 버스가 사라진 산모롱이에서 검불 몇 가닥을 말아 올리는 회오리바람이 일었다. 회오리바람은 버스정류장 쪽으로 기세를 몰아가는가 싶더니 개울가에 이르러 부는 듯 자는 듯 소멸했다.

성갑이 돌아가자 석철은 성자를 두고 깊은 고민에 빠졌다. 농사밖에 모르는 석철은 다방 경영을 원하지 않았고, 다방 말고 해본 일이 없는 성자는 농사를 싫어했다. 성자는 다방을 포기할 생각이 없고, 석철은 농사를 포기할 마음이 없다. 다방을 차리고 돈을 쉽게 많이 벌려는 사람하고, 농사지어 자급자족하는 사람이 만나 행복할 수 없다는 생각이 들었다. 석철은 벌떡 일어나 푹신하게 깔린 갈대를 모두 모아 놓고 불을 붙였다. 타오르는 불꽃에 성자 얼굴이 어룽어룽 어룽거리다 불꽃으로 너울너울 사라졌다.

두더지 때려잡기

소나기가 한바탕 퍼붓고 지나간 뒤로 달포가 지났는데도 비 내릴 기미조차 보이지 않았다. 논에 가둬 놓은 물은 하루가 다르게 말라 갔다. 논물이 모두 마르기 전 어떻게든 잡아 두어야 했는데 그러려면 애벌갈이 해 놓은 논바닥을 맥질하듯 로터리를 쳐 물샐 틈을 막아 주어야 했다. 성갑은 이웃 논다랑이 물꼬를 조금씩 낮춰 물을 내리고 석철을 불러다 로터리를 치는데 '따다닥' '털커덕' 하더니 찌그럭 찌그럭 앞으로 나가던 트랙터가 우뚝 멈춰 버렸다.

못자리에 들어가 피, 방동사니, 둑새풀을 뽑아 주던 성갑이 소리를 내지르며 달려왔다.

"이 사람아, 트랙터가 왜 갑자기 멈추는 겨?"

운전석에서 펄쩍 뛰어내린 석철이 트랙터 밑으로 기어들면서 말했다.

"글쎄유. 아무래두 연결 볼트가 뿌러졌는개뷰."

한시가 급한 성갑이 논두렁에 쪼그리고 앉아 석철이 살펴보는 트랙터 부속에 눈길을 주면서 말했다.

"논바닥은 자꾸 말러가는디 이누무 노릇을 어티기 헐 겨. 도대체 자동차는 세계에서 제일 잘 맹글어낸다구 허던디 어째서 농기계는 어린애 장난감만두 못헌 겨?"

석철이도 답답한 건 마찬가지다. 배보다 배꼽이 더 크다는 말이 있다. 우리 농지 지형과 규모와 농기계를 두고 한 말인 듯싶다. 농기계는 대형이고 모두 갖추려면 수억 원에 이르러 소농(小農)은 그림의 떡이다. 대단위 농지가 있는 평야라면 모를까 시골 농촌의 소농은 호미로 막을 거 가래로 막는 꼴이고, 도끼로 닭 잡는 격이다. 도대체 우리나라에 농기계를 모두 갖추고 자기 땅에 마음껏 농사짓는 농가가 얼마나 될까.

우리 농촌 실정에 맞는 다양한 농기계가 없으니, 소농이나 대농이나 농지 규모와 관계없이 똑같은 농기계로 농사를 지어야 한다. 설령 소농은 농기계를 장만한다 해도 수명이 다할 때까지 농사를 지어봤자 농기계 값 반에 반조차 빠지지 않는다. 농번기에 단 며칠 쓰기 위해 수천만 원짜리 농기계를 사야 하기 때문이다. 그렇다고 농사를 안 지을 수 없어 농기계를 임대하여 지어야 하는데, 농기계 값이 비싸다 보니 임대료 또한 비싸다.

그나마 농기계를 수입해 일부 조잡한 부품으로 조립하여 본체에 들어간 부품이 빠지고, 부러지고, 휘어지고, 깨지고, 마모되고, 벌어지고, 나사가 풀리고, 배선이 늘어지고, 벗겨지고, 끊어지고, 기름이 새고, 호스가 터지고, 녹아내렸다. 그렇다고 제도적으로 자동차처럼 사후 관리를 받을 수 있게 되어 있지 않다. 도원면에 농기계 수리하는 곳이 단 한 군데도 없다.

성갑은 말라 가는 논바닥보다 더 애가 탔다. 트랙터 밑으로 기어들어 간 석철이 여기저기 더듬거리며 퉁명스럽게 한마디 툭 내뱉었다.

"쌀은 공산품 수출을 많이 해서 수입해다 먹어두 된다구 허던디 그런 늠들이 자동차나 신경 쓰지 농기계에 관심이나 있겄슈?"

농민들이 쌀시장을 개방하기 전 식량 자급대책을 마련해 달라고, 재주는 곰이 넘고 돈은 되놈이 받는 농산물 유통구조를 개선해 달라고 시위하다 경찰이 쏜 물대포에 맞아 죽어 가면서까지 저항했어도 막을 수 없었다. 지난날의 악몽이 되살아나 심기가 불편한 성갑은 석철이 남의 말 하듯 하자 벌컥 화를 냈다.

"뭐가 어쩌구 어째? 아니 공산품 수출은 수출이구 쌀농사는 쌀농사지. 우리가 농사지을 땅두 있구, 농사기술두 있구, 비료두 농약두 다 있는디 왜 우리 목숨 거튼 식량을 남의 나라에 매끼느냐 말여. 그걸 말이라구 혀?"

쌀을 수입해다 먹겠다는 사람치고 수입쌀 먹는다는 말은 들어 보지 못했다. 모두 국내산을 찾고 국내산 중에서도, 생산지와 유기농법으로 지은 햅쌀을 도정일자까지 확인하는 사람들이 하는 소리다. 아마 부족한 쌀을 수입한다면 국민의 밥그릇조차 둘로 갈라질 것이다. 트랙터 밑으로 기어들어 간 석철이 목을 밖으로 내밀며 소리를 버럭 내질렀다.

"아이구 참, 그게 그렇다는 얘긴디 왜 나헌티 그러신대유?"

석철이가 뭐라고 대꾸하든 화를 삭이지 못한 성갑이 되받아쳤다.

"아이구 참이구 뭐구, 그늠들은 주둥아리루 밥그릇 농사짓는 늠들이니께 쌀이 떨어져 메칠 굶어 봐야 식량이 중헌 줄 알지. 하여튼 그늠들이 뭐라구 지껄이든 쌀농사는 반드시 우리가 지어야 헐 텐디, 요즘 돌어가는 꼬락서니를 보면 그것두 참 힘들게 생겼어."

지난 군정(軍政) 시절엔 보릿고개를 벗어나자며 농민들에게 밥맛은 떨어져도 소출이 많이 나오는 통일벼를 심으라고 했다. 통일벼를 심지 않으면 공무원들이 모 심은 논에 장화 신고 들어가 자라는 벼를 무참히 짓밟아 버렸다. 이제 곳간에 쌀이 좀 남아도니까 소출은 떨어져도 밥맛 좋은 벼를 심으라고, 지시를 따르지 않은 농민의 벼는 수매할 수 없다고 했다. 그 말은 엄포가 아니었다. 정부에서 심으라는 벼를 심지 않으면 수매를 하지 않아 농민들은 벼농사를 지어도 팔아먹을 데가 없다.

한데 오늘따라 석철은 무엇에 꼬였는지 성갑이 말끝마다 볼멘소리로 염장을 질렀다.

"아따, 성님두 참 되게 답답허시네유. 농촌에 표가 읎는 걸 빤히 아는 늠들이 벼농사에 관심이나 있겄슈. 그늠들 싹바가지가 아주 노라니께 아예 그런 기대는 허덜 말어유."

농촌에 표가 없다는 것은 삼척동자도 안다. 젊은이들이 도시로 빠져나가 농촌에 노인들만 남았다는 것도 안다. 도원 초등학교는 1, 2, 3학년 학생이 없다. 한 해에 어린아이가 한 명도 태어나지 않은 지 여러 해 되었다. 도원면뿐만 아니라 인접한 석남읍에 있던 학교, 병원, 은행, 예식장만 문을 닫는 게 아니다. 버스터미널이 버스정류장으로 바뀌고, 도원면에 하나밖에 없는 파출소도 문 걸어 잠그고 용무가 있으신 분은 112로 신고하라는 안내문과 순찰함만 걸어 놓고 쉼터처럼 가끔 순찰 돌며 잠깐잠깐 들러 이용했다. 고개 너머 토끼골에 홀로 살던 할머니가 요양원에 들어간 뒤로 사람 그림자조차 찾아볼 수 없다.

석철이 여전히 남의 일처럼 빈정거리자 성갑이 벌컥 화를 내며 소리쳤다.

"아니, 농촌에 표 읎는 게 우리 탓이여?"

석철도 지지 않고 목에 핏대를 세우며 대꾸했다.

"그게 우리 탓이든 그늠들 탓이든 농촌에 표가 읎는 건 사실이잖어유. 그늠들은 자나 깨나 표 사기(詐欺) 처먹을 궁리만 허는 늠들이유. 뭘 지대루 알구 말씀허셔야지."

석철의 말대꾸에 심기가 뒤틀린 성갑이 끝내 참지 못하고 분통을 터뜨렸다.

"그늠들두 배고프면 밥 처먹어야지 표 처먹어? 누가 뭐래두 국민이 먹구사는 식량 주권(主權)이 가장 큰 국가 안보인 겨. 으이구 넋빠진 눔덜!"

세상에 뭐니 뭐니 해도 먹고사는 것보다 더 중한 게 어디 있단 말인가. 그걸 모를 리 없는 석철은 여전히 퉁명스레 대꾸했다.

"그늠들은 성님 같은 생각 절대루 안 헐 테니께 일찌감치 냉수 먹구 속 차려유."

성갑은 자신이 식량 위기를 걱정하는 것이 매우 초라하게 느껴져 더는 참을 수 없다는 듯 엉뚱한 데 화풀이했다.

"아니, 그늠들이구 저늠들이구 도대체 트랙터는 어트기 돼 가는 겨? 해 붙잡어 놨어? 뭘 그렇기 꾸물거려, 꾸물거리길?"

성갑이 심하게 몰아붙이자 석철은 더 이상 못 참겠다는 듯이 트랙터 밖으로 머리를 불쑥 내밀며 발끈했다.

"아따, 참말루 성님은 지가 뭘 그렇기 잘못했다구 자꾸 승질만 부리신대유. 쬐끔만 더 지둘러 봐유. 지금 똥줄기가 바짝바짝 타들어

가는 건 지두 마찬가지유."

석철은 다시 트랙터 밑으로 머리를 바짝 디밀고 한참 만에 중간이 뚝 부러진 볼트를 빼냈다. 교체하지 않으면 한 발짝도 움직일 수 없다. 석철은 논두렁에 앉아 연신 담배만 빽빽 빨아대는 성갑이 등 뒤에 대고 한풀 꺾인 목소리로 말했다.

"아무래두 농기계 수리센터에 갔다 와야겄슈. 금방 댕겨올 테니께 너무 걱정 말어유."

초장부터 심사가 뒤틀린 성갑은 여전히 담배만 억세게 빨아댈 뿐 석철이 뭐라고 하든 대꾸조차 없다. 자동차와 달리 작업 중 고장 난 농기계는 운전자가 고장 원인을 알아내 맞는 부품을 사다 정비해야 한다.

잠시도 지체할 수 없는 석철은 트랙터를 논바닥에 세워둔 채 타이탄을 몰고 이웃 동부면사무소 앞에 달랑 하나뿐인 만능농기계센터로 내달렸다. 만능농기계센터 부품창고를 다 뒤져도 먼지를 뽀얗게 뒤집어쓴 경운기 부품 몇 가지만 덜렁 얹혀 있을 뿐이다. 만능농기계센터를 나온 석철은 석남읍 선진농기계상사로 내달렸다. 선진농기계상사에 들어가 볼트는 겨우 찾아냈는데 부품창고를 모조리 뒤져도 볼트에 맞는 너트가 없다. 선진농기계상사에서 빈손으로 나온 석철은 다시 한참을 더 달려 21세기농기계백화점 앞에 차를 세우고 안으로 뛰어 들어갔다. 부품창고에 들어가 샅샅이 뒤져 겨우 너트는 하나 찾았는데 볼트가 없다. '그러면 그렇지. 됐다!' 석철은 너트를 사 들고 되짚어 선진농기계상사로 달려갔다. 석철이 예상은 여지없이 빗나갔다. 21세기농기계백화점에서 사 들고 간 너트가 선진농기계상사에 있는 볼트에 전혀 맞지 않았다. 모든 게 헛일이었다. 낙심

한 석철이 밖으로 나가는데 고철 더미에 시뻘겋게 녹슨 채로 방치된 트랙터가 눈에 띄었다. 정신이 번쩍 든 석철이 다짜고짜 트랙터에 달려들어 볼트를 빼냈다.

석철은 논바닥에 세워두었던 트랙터 밑으로 들어가 볼트를 교체하고 다시 털털거리며 로터리를 치기 시작했다. 트랙터는 30분을 채 버티지 못하고 다시 '털커덕' '따다닥' '뚝'하고 멈춰 버렸다. 성갑이 들고 있던 삽을 논두렁에 콱 내리찍으며 소리쳤다.

"아이구! 이 사람아, 그늬므 트랙터 믿다가 내 명에 못 죽겄어. 도대체 트랙터가 왜 또 스는 겨? 금방 볼튼가 뭔가 사다 갈어 끼웠잖어?"

트랙터에서 펄쩍 뛰어내린 석철이 부러진 볼트를 망연히 바라보며 말했다.

"만능농기계센터랑 선진농기계상사두 가 보구 쩌어기 읍내 끄트머리 다리 모퉁이에 있는 21세기 농기구백화점까지 갔었는디두 부품이 읎슈. 그래서 흔 트랙터 부품을 빼다 박었는디 그냥 힘없이 부러지네유. 죄송해유."

당장 속수무책인 석철이 죄인처럼 고개를 푹 떨구었다. 성갑이 손에 끼고 있던 시뻘건 고무장갑을 벗어 논두렁에 패대기를 치며 발끈했다.

"왜 자네가 죄송혀. 그게 자네가 죄송허다구 해서 될 일이여? 제미 씨부럴늠덜 선거 때만 되면 농기계를 반값에 구입허도록 해 주겄다, 농가 부채 탕감해 주겄다, 쌀값 보전해 주겄다, 농촌에 투자를 대폭 늘리겄다, 떠나는 농촌에서 돌어오는 농촌으로 만들겄다구 개나발이나 불지 말구 차라리 고장 난 농기계 수리라두 한 번 지대루 받을 수 있게 해 주지. 농촌에 수백 조를 쏟어부었다구 입 가진 놈들 모조리 펜 가진 놈들 싸그리 씨부렁대구 갈겨대든디, 도대체 그늬므 돈은 다 어디루 간 겨. 으이구 호랭이가 칵 물어 가두 시원찮을 늠덜. 도대체 요즘 귀신들은 뭘 먹구 사는지 도통 모르겄어!"

그동안 정부가 농산물시장을 개방하며 농촌에 수백 조를 퍼부었다는데 그 돈은 다 어디에 어떻게 쓰였는지 농사꾼들은 당최 실감하지 못했다. 굳이 꼽으라면 농촌을 온통 콘크리트로 한 꺼풀 발라 놓아 발바닥에 흙 한 점 묻히지 않고 다닐 수 있게 만들어 놓은 것이라고나 할까. 마을길은 물론 논두렁 밭두렁까지 콘크리트로 포장하는 것도 모자랐던지 개울 건너에 논도 없고, 밭도 없고, 인가조차 없는 곳에 거창한 콘크리트 다리를 놓았다. 도대체 개울 건너에 뭐가 있기에 다리를 놓았나 하도 궁금해 그 다리를 건너갔더니 아예 내디딜 길은 없고 이거나 보고 돌아가라는 듯 '입산 금지' 경고문 팻말이 떡하니 가로막고 있다. 농촌에 도로포장이 안 되어 사람이 떠나는 것도 아니고, 다리가 없어 돌아오지 못하는 것도 아니다. 성갑은 부들부들 떨리는 손으로 담배에 불을 붙여 물고 질겅질겅 씹었다.

고장 난 트랙터는 순정부품이 필요했다. 임시방편으로 가공하거나 다른 부품을 사용했다가 본체 암나사가 마모되면 두 번 다시 수나사를 끼울 수 없어 호미로 막을 것을 가래로도 막을 수 없다. 정신이 번쩍 든 석철은 트랙터에 붙은 상표를 보고 농기계 판매회사에 전화를 걸었다. 전화를 받은 직원이 가장 가까운 대풍농기계 대리점 전화번호를 불러 주고 위치를 물어볼 틈도 없이 전화를 뚝 끊어 버렸다. 석철이 다시 전화를 걸어 위치를 확인했다. 대풍농기계를 다녀오려면 자동차로 왕복 두세 시간은 족히 걸리는 거리였다. 이미 하루해가 저물었다.

석철은 다음 날 꼭두새벽에 일어나 직원들이 출근하기 전 대풍농기계 대리점에 도착했다. 회사 정문 앞에서 한참 서성거리다 출근하는 직원을 붙잡고 너트가 채워진 볼트를 샀다. 되돌아오는 길에 곰곰이 따져보니 품값, 기계 사용료, 자동차 기름값만 대충 계산해도 볼트값의 100배가 넘었다.

정수리가 팡 터질 만큼 열이 확 받쳤다. 무엇이든 눈에 띄는 대로 들이받아 버릴 태세로 눈을 부라리며 차를 억세게 밟아대는데 문구점 앞에 두더지 잡는 기계가 눈에 들어왔다. '꿩 대신 닭'이라고 차를 길가에 세운 석철이 동전 한 주먹을 움켜쥐고 두더지 잡는 기계로 달려가 빠든 망치로 튀어 오르는 두더지 대갈통을 대번에 '콰앙' 내리쳤다.

그동안 대선공약으로 농기계를 반값에 살 수 있도록 하겠다고 씨부렁거리고 당선된 자, 농가 부채를 탕감해 주겠다고 호언장담하고 당선된 자, 농촌에 수백조 원을 풀겠다고 선심 쓰고 당선된 자, 농민을 하늘같이 섬기는 머슴이 되겠다는 공약을 내걸고 당선된 자, 떠나는 농촌에서 돌아오는 농촌으로 만들겠다고 사탕발림 공약으로 당선된 자, 농업직불금을 곱빼기로 올려 주겠다는 공약으로 당선된 자 … . 허구한 날 주둥아리로만 농촌을 살리겠다고 씨부렁거린 자들이 떠오르는 대로 대갈통을 바숴 버릴 듯 내리쳤다.

우는 아이 젖 주듯 공익직불금을 올려 주겠다, 면세유를 지원하겠다, 농업인 수당을 대폭 올려 주겠다, 비료대를 지원하겠다는 등 미처 헤아릴 수조차 없이 수많은 미봉책을 쏟아내며 농사꾼을 어르고 빰친 장관들, 우리 토종 씨앗의 소유권이 외국기업으로 넘어가는 것조차 막아 주지 못하는 답답하고 한심한 정부, 농산물 값이 오를 만하면 배떼기로 수입하는 대기업들, 수입농산물을 국산으로 둔갑시켜 팔아먹는 장사꾼들, 쥐새끼 같은 밀수꾼들, 재주는 곰이 부리고 돈은 되놈이 번다고, 농산물 중간 상인들 주머니만 불리는 복잡한 농산물 유통구조를 외면하는 당국자가 떠오를 때마다 석철은 미친 듯이 망치로 두더지 대갈통을 내리쳤다.

도대체 어찌 된 노릇인지 밭에서 300, 400원 하는 배추가 대형마트로 들어가면 5,000, 6,000원에 불티나듯 팔렸다. 아니, 밭에서 300, 400원은커녕 수확하는 인건비조차 건질 수 없어 트랙터를 몰고 배추밭에 들어가 통째로 갈아엎어 버릴 때도 대형마트 가격은 요지부동이었다. 대기업이 농촌에 대형마트를 낸 뒤 전통시장을 아주 쑥대밭으로 만들어 놓았다. 도무지 농사를 지어도 제값 받고 팔아먹을 데가 없으니 농사지을 의욕도 없고 보람도 느낄 수 없다. 그 바람에 죽어 가는 골목상권 뒤에 판로를 잃고 '찍' 소리 한 번 내지르지 못한 채 시름시름 고사해 가는 석철 같은 농민들이 부지기수다.

선거 때만 되면 빈말이라도 소상공인, 자영업자는 입에 침이 마르도록 챙기면서 석철 같은 힘없는 소농은 입도 벙긋 안 한 지 오래되었다. 선거철이 돌아와도 후보들 코빼기조차 보이지 않으니 이맛살은 펴졌어도 도대체 여기가 어딘가! 딴 나라처럼 생각되었다. 우리의 농촌은 누구의 것도 누구의 아닌 것도 아니지 않은가.

두더지를 때려잡다 제 풀에 지친 석철이 망치를 훽 내던지고 입안에 가득 고인 가래침을 오지게 긁어모아 '퉤' 하고 멀리 뱉어 버렸다.

발부리로 돌부리를 걷어차 봐야 제 발만 아프다고, 망치질하고 나면 속이 좀 후련할 줄 알았는데 개뿔, 후련하기는커녕 개똥에 쭈르륵 미끄러져 쇠똥에 처박힌 기분이다.

석철은 다시 차에 올라 밟아댔다. 저 멀리 안개 속에 실루엣처럼 논에 나와 서성거리는 성갑이 보였다. 한결 다급해진 석철은 논머리에 차를 세운 뒤 볼트를 꺼내 들고 사타구니에서 요령 소리가 나도록 뛰었다.

성갑이 속은 오죽할까만 그래도 논에 나와 기다리고 있었다. 논바닥 물은 바라보기만 해도 말라가는 듯했다. 석철이 트랙터부터 수리하려고 달려들자 성갑은 들판이 쩌렁쩌렁 울리도록 소리를 버럭 내질렀다.

"에헤, 이 사람아. 사람이 다 먹구살자구 허는 일이니께 얼릉 밥부터 먹구 시작혀!"

성갑은 석철이 꼭두새벽에 일어나 볼트 사러 간 줄 알고 아침까지 싸 온 모양이다. 석철이 볼트를 논두렁에 내려놓으며 대답했다.

"성님은유?"

성갑이 해를 올려다보며 말했다.

"허허, 내가 아직꺼정 아침두 못 먹었을깨비? 나는 벌써 먹구 나왔으니께 자네나 어여 먹어. 사람은 그저 뭐니 뭐니 해두 밥심으루 살구 밥심으루 일허는 거 아닌가베."

성갑이 논두렁에 비료 포대를 깔고 보자기를 풀자 양푼에 밥이 그들먹했다. 뱃가죽이 등가죽에 달라붙게 된 석철이 덥석 달려들어 겉절이, 무생채, 산나물 등속을 모조리 쓸어 넣고 고추장에 밥을 썩썩 비벼 볼이 미어지게 퍼 넣고 우적우적 마파람에 게 눈 감추듯 먹어 치웠다. 어중간한 아침 식사를 뚝딱 해치운 석철은 트랙터 부품을 갈아 끼우고 아픈 손가락으로 아픈 상처 어루만지듯 겨우 로터리를 쳤다. 억지 춘향으로 로터리를 치긴 쳤어도 그날 해가 지기 전 논바닥이 갈라지기 시작했다.

우물이 말라붙고 저수지 바닥이 드러나 거북등처럼 갈라졌다. 농부들은 개울물을 퍼다 타들어 가는 못자리에 뿌려 주었다. 개울물도 마른다. 물고기가 물을 따라가듯 농부들이 물통을 들고 물웅덩이로 모여든다. 웅덩이 물도 얕고 작은 웅덩이부터 차례차례 마르고, 깊은 웅덩이 물만 남았다. 농부들은 밤잠 설쳐가며 깊은 웅덩이로 달려가 고이는 대로 물을 퍼다 못자리를 살리려고 안간힘을 썼다. 깊은 웅덩이도 가뭄이 길어지면 길어질수록 수위가 차츰차츰 내려가다 바닥을 드러냈다. 하늘은 여전히 맨송맨송하다.

농부들은 피가 마른다. 도시 사람들 식수 대책을 세우던 정부가 뒤늦게 여론에 떠밀려 농촌의 가뭄대책이랍시고 뱉어 놓은 것이 고작 농촌에 양수기 보내자는 운동이다. 세 살 먹은 어린애 장난하듯 달랑 불 끄는 소방차 한 대 동원하여 물 실어다 모닥불 끄듯이 타들어 가는 못자리에 뿌려 주는 사진 찍어 신문과 방송에 내보내 농부들 눈 뒤집히게 하는 것이다. 농촌에 관정을 뚫어 지하수를 끌어올리겠다는데 그건 행차 뒤 나팔이다. 성갑은 말라 가는 논바닥을 바라보자니 온몸에 피가 논바닥처럼 말라 간다.

아롱이다롱이

선돌이 다랑논 물꼬 보러 가다가 낭떠러지 아래로 떨어져 죽었다. 한밤에 내린 폭우가 창문으로 세차게 들이치던 밤이었다. 선돌이 자다 말고 벌떡 일어나 물꼬 보러 나간 뒤 돌아오지 않았다. 월남댁이 기다리다 못해 빗속을 뚫고 논으로 달려갔을 땐 이미 선돌이 머리를 다친 채 낭떠러지 밑에 누워 있었다. 두 사람이 모두 자다 말고 일어나 빈 몸으로 나갔기에 119에 신고조차 할 수 없었다.

월남댁은 겉옷을 벗어 선돌을 덮어 준 뒤 급히 집으로 달려가 돌배 영감에게 알리고 119에 신고하였다. 그러나 도시에 있는 병원으로 가는 길이 너무 멀어 피를 많이 흘린 선돌은 마지막으로 입술을 달싹이며 '길득이 누나!'를 되뇌다 숨을 거뒀다. 월남댁은 땅이 꺼지고 하늘이 무너지는 듯 눈앞이 캄캄했다.

선돌의 장례를 치른 뒤 친정어머니처럼 월남댁을 보살펴 주던 복골댁이 갑자기 돌변했다. 조금만 일찍 찾아 나섰더라면 살릴 수 있는 자식이 죽었다고, 현태가 안 보이면 월남댁 머리끄덩이를 휘어잡고 이리저리 질질 끌고 다녔다. 하루는 선돌이 밤에 물꼬 보러 가다 죽은 논에 들어가 피사리하던 복골댁이 피를 두고 벼를 뽑았다며 월남댁을 무논에 처박고 미친 듯이 짓밟았다. 외진 논 가운데서 단둘이 일하다 말고 일어난 일이니 말려 줄 사람도 없다. 논바닥에 처박혀 있던 월남댁이 겨우 일어나 잘못했다고 싹싹 빌어도 복골댁은 흙탕물이 줄줄 흐르는 월남댁 머리끄덩이를 움켜잡고 '생때같은 내 새끼가 죽어 갈 때 퍼질러 잠만 잔 년'이라고 '너도 죽으라'고 바락바락 악을 썼다. 그때마다 복골댁의 입에서 마술사가 불을 뿜어내듯 뜨거운 열기가 확확 뿜어져 나왔고 미친 여자처럼 눈자위에 파란 불꽃이 번득였다.

그 순간 월남댁은 온몸이 오싹하며 머리끝이 쭈뼛했다. 선돌이 죽은 뒤로 날이 갈수록 점점 실성한 여자처럼 변해 가는 복골댁의 학대를 도저히 버텨낼 재간이 없었다. 아니 '며느리 잘못으로 생때같은 자식이 죽었다'고 생각하는 시어머니와 한집에서 같이 살 수 없다는 생각이 들었다. 더욱이 오늘 같은 일을 현태가 볼까 두려워 복골댁과 한시도 같이 살 수 없다고 생각했다. 월남댁은 당장 집을 나가더라도 일손이 턱없이 부족한 비닐하우스 농장에 취업하는 것은 어렵지 않다. 비닐하우스 농사를 전문적으로 짓는 집은 외국인 노동자들에게 주거문제를 해결해 주고 장기고용했다.

문제는 현태였다. 현태를 두고 떠날 수도 없고 초등학교에 다니는 아이를 무턱대고 데리고 나갈 수도 없다. 설령 형편이 된다 해도 살날이 얼마 남지 않은 시부모가 자기 목숨처럼 생각하는 현태를 내줄리도 만무했다. 어찌할 바를 모르던 월남댁은 현태가 중학교를 졸업하면 기숙사가 있는 농업기술고등학교에 보내기로 한 생각이 떠올랐다. 물론 선돌이 살아 있을 때 내린 결정이었고 현태도 원했다. 대안시에 있는 농업기술고등학교는 자동차로 두 시간 거리에 있다.

현태뿐만 아니라 고등학교가 없는 농촌 지역 아이들은 기숙사가 있는 기술고등학교에 진학하는 것이 꿈이었다.

월남댁은 생각이 거기에 이르자 현태보다 먼저 그 지역으로 가서 자리를 잡고 기다려야겠다고 마음을 굳힌 뒤 논두렁에 앉아 날이 어두워지기를 기다렸다.

돌배 영감은 날이 저물어도 논에서 돌아오지 않는 며느리를 찾아 나섰다. 돈대에 올라서서 논다랑이를 살펴봐도 며느리는 보이지 않았다. 개울 건너 밭에도 없다. 돈대를 내려간 돌배 영감은 논두렁 밑에 진흙 덩어리가 되어 쪼그리고 앉아 있는 며느리를 보고 몸이 장승처럼 굳어졌다. 얼굴도 옷도 머리칼도 흙으로 빚어 놓은 것처럼 온통 진흙투성이였다. 사태를 짐작한 돌배 영감은 며느리에게 달려가 일으켜 세웠다. 월남댁은 마을 사람들 눈에 띌까 봐 돌아가지 못하고 어두워지기를 기다린다고 했다. 돌배 영감은 자기가 길목을 지키고 있을 테니 개울에 들어가 대충 씻고 나오라고 보냈다. 아내와 며느리 사이에 낀 돌배 영감은 땅이 꺼질 듯 한숨만 쉬었다.

월남댁은 개울물에서 씻고 나와 집에 들어가 다시 씻고 옷을 갈아입은 뒤 부엌으로 들어갔다. 마지막이 될지도 모르는 저녁이라고 생각하니 울컥해 부엌 바닥에 털썩 주저앉아 '꺽꺽' 울었다. 현태와 같이 살기 위해 잠시 헤어져야 한다고 아무리 독하게 마음을 다잡아도 복받치는 설움을 감당키 어려웠다. 집을 떠나기 전 시아버지에게 남길 말도, 현태에게 남길 말도 속으로 열 번이고 백 번이고 되뇌었다.

마음을 추스르며 저녁을 짓는데 안방에서 이상한 소리가 났다. 복골댁이 내지르는 소리였다. 월남댁은 낌새가 이상하다는 생각이 들었어도 낮에 논에서 본 복골댁의 살기 어린 눈빛이 떠오르자 온몸에 소름이 돋았다.

월남댁과 같이 집으로 돌아온 돌배 영감은 감나무 밑에 앉아 붉게 물들어가는 저녁노을을 바라보았다. 현태 방문도 굳게 닫혀 있다. 월남댁은 저녁을 하다가 조심스럽게 안방 문을 빼꼼히 열어 보았다.

복골댁이 물에 빠진 사람처럼 양손을 높이 쳐들고 알아들을 수 없는 소리를 내지르며 허우적거렸다. 월남댁은 복골댁이 잠을 자다 가위에 눌린 줄 알고 망설임 없이 문을 활짝 열고 뛰어 들어가 흔들어 깨웠다. 복골댁은 자는 게 아니었다. 마치 비탈에 넘어진 소처럼 월남댁을 흘겨보는 눈동자가 초점을 잃고 자꾸자꾸 옆으로 돌아갔다. 안방을 뛰쳐나온 월남댁은 돌배 영감에게 알렸다. 안방에 들어간 돌배 영감이 바로 119에 전화를 걸었다.

병원에 실려 간 복골댁은 노환에 영양실조라며 링거주사를 놔 주며 돌아가 식사 잘하고 안정을 취하라고, 그래도 안 되면 큰 병원으로 가 보라고 했다. 복골댁은 선돌이 죽은 뒤 입맛이 없다며 식사를 시답잖게 했고 그마저 굶기 일쑤였다. 병원에서 돌아온 월남댁은 현태를 위해서라도 위독한 복골댁을 두고 집을 나갈 수 없었다. 월남댁은 만사 제쳐 두고 우선 복골댁 곁을 지키며 병구완을 극진히 했다. 닭도 잡아 주고 밥보다 좋아하는 콩국수도 만들어 주었다. 건삼을 달여 주기도 했고, 흑염소가 좋다는 말을 듣고 흑염소도 잡아 밤낮 고아 주었어도 복골댁은 떼쓰는 아이처럼 입을 꾹 다물고 도리질을 했다.

하루하루 말라 가던 복골댁은 마른 나무젓가락 같은 손으로 월남댁 손목을 꼭 움켜쥔 채 숨을 거뒀다.

월남댁이 하늘처럼 믿고 의지하던 남편이 죽었을 땐 하늘이 무너지는 듯했어도, 자식을 잃은 시부모 앞에 실컷 울지도 못했다. 그동안 남편을 좀 더 일찍 찾아 나서지 못한 것을 자책하며 꾹꾹 억눌렀던 설움이 봇물 터지듯 터졌다.

돌배 영감이 죽은 마누라 손목과 며느리 손목을 싸잡고 넋두리를 퍼부었다.

"이제 구만 메느리 손 놔 주구 우리 선돌이 찾어가. 그렇기 허망허게 떠날 것을 메느리에게 왜 그리 몹쓸 짓을 했는가. 메느리가 무슨 죄가 있다구."

자식을 앞세운 어미가 실성하여 며느리를 쥐 잡듯 잡도리하는 것을 지켜보며 이러지도 저러지도 못했던 돌배 영감은 죽은 아내 손과 며느리 손을 싸잡아 쥐고 대성통곡을 했다.

두 달여 만에 연이어 줄초상을 치른 돌배 영감도 월남댁도 반쯤 넋이 나갔다. 집 안은 소 잃은 외양간처럼 썰렁했다. 논밭은 묵어 나자빠졌고 돌배 영감은 몸져누워 마른 삭정이처럼 말라 갔다. 죽은 자식도 자식이지만 앞으로 살아갈 며느리와 현태를 생각하면 가슴이 미어졌다.

현태는 아버지에 이어 할머니까지 세상을 떠나자 서리 맞은 호박잎처럼 풀이 죽었다. 엄마 얼굴도 할아버지 얼굴도 마주 보려 하지 않았다. 흰둥이가 꼬리를 치며 달려들어도 본체만체했고, 꽃을 쥐고도 향내를 맡지 않았다. 끼니때가 지나도 밥 달라는 말조차 하지 않았다. 자는 시간도 일어나는 시간도 종잡을 수 없다. 학교 갔다 집에 돌아와 내려놓은 가방은 한 번도 열어 보지 않은 채 다음 날 그대로 메고 나갔다.

어느 날 석철이 트랙터를 손보고 있는데 느닷없이 성갑이 탄원서를 들고 오더니 현태가 파출소에 잡혀갔다고 했다. 석철에게 그 말은 청천벽력이었다.

"야아? 현태가 잡혀가다니유. 무슨 일루 잡혀 갔슈?"

현태가 파출소에 잡혀가다니. 석철이 당황한 표정으로 성갑을 쳐다봤다. 성갑도 궁금한 표정으로 말했다.

"글쎄. 현태가 폐교된 도원고등핵교에 들어가 유리창이라는 유리창은 모조리 박살냈댜!"

성갑이 이발을 하고 나오는데 달서가 현태 멱살을 잡고 파출소로 질질 끌고 들어가는 것을 보고 뒤따라 들어가 알아보니 그 지경이었다. 석철은 차라리 현태가 아이들하고 싸웠다면 모르겠는데 폐교에 들어가 유리창을 모조리 박살냈다는 말은 도무지 이해할 수 없었다.

"폐교 유리창을 박살내다니유?"

성갑이 앞장서 성큼성큼 걸어가며 말했다.

"폐교 유리창만 박살냈으면 그나마 다행이게."

석철은 성갑이 뒤꽁무니를 바짝 따라붙으며 말했다.

"그럼 그거 말구 뭐가 또 있슈?"

성갑은 고개를 옆으로 돌리며 큰 소리로 말했다.

"돌멩이루 장독대에 있는 장항아리를 깨뜨리구 주인에게 덜컥 잡혀 버렸어. 그것두 장이 가득 들어 있는 것을."

석철은 폐교 유리창을 깨뜨린 것보다 남의 집 장독대에 있는 장항아리를 깼다는 게 더욱 충격적이었다. 농촌에서 장독대는 신성한 곳이다. 자식이 군에 갈 때, 가족 중 누가 먼 길을 떠날 때 장독대에 정화수를 올려놓고 평안을 빌었다. 병이 깊은 환자가 있을 때도, 환자에게 먹일 한약을 달일 때도 장독대에 정화수를 올리고 지성을 들이며 약을 달였다. 집안에 아이를 못 낳는 여인이 있으면 장독대에 정화수를 올리고 빌고, 아이가 태어나면 무병장수하라고 빌고, 시험에 합격하라고 빌고, 도시로 나간 자식이 잘되라고 빌고 또 빌었다. 장맛 좋은 집에 복이 많다는 말이 있어 장 담글 땐 부정 타지 말라고 장독에 금줄을 쳤다. 장독대는 항상 청결히 하고 거기선 미물도 살생하지 않고 온전히 내쫓거나 몰아냈다. 부엌과 장독대는 여성의 공간으로 인식되어 성인 남성은 들어가기를 꺼리기도 했다.

성갑이 뒤를 따라가던 석철이 무슨 일인지 알고 가야겠다는 듯 성갑이 팔뚝을 잡아채며 물었다.

"장항아리를 깨다니유. 아니 그게 누구네 집인디유?"

성갑이 발걸음을 늦추며 말했다.

"오름실 달서네 장독대에 있는 장항아리를 그랬어. 달서 성질머리가 좀 괄괄혀. 현태를 붙잡자마자 대뜸 땅바닥에 패대기를 치구설랑 복날 개 끌어가딕기 끌어다 파출소에 처넣었어. 그런 싸가지 읎는 새끼는 콩밥을 멕여야 헌다구. 허지먼 우리두 자식 키우는 사람인디 그냥 나 몰러라 헐 수 읎잖어.

애비두 읎구 맨날 골골허는 돌배 영감은 몸져누웠지, 아직꺼정 우리 말두 서툴구 관청에 드나든 경험이 읎는 월남댁 혼저 그걸 어티기 감당허겄어. 현태가 왜 그랬는지 알 수 읎지만 내가 지켜본 현태는 하늘이 두 쪽 나두 그럴 애가 아녀. 그러니께 잘못되기 전 우리가 어티기든 빼내야지. 자네가 달서허구 친허니께 잘 좀 달래 봐!"

시골은 대개 집성촌을 이루고 살 뿐만 아니라 면내에 초등학교도 하나, 중학교도 하나, 고등학교도 하나였기에 모두 동창 아니면 선후배로 연결된다. 동성동본끼리 결혼할 수 없어 타성바지와 결혼하면 사돈의 팔촌까지 이어진다. 시골 농촌 사람들은 대부분 태어난 마을에서 평생 함께 살아간다. 외지에 나가 수십여 년을 살다가 다시 돌아가도 낯익은 얼굴들이다. 그만큼 시골은 나가는 사람은 있어도 새로 들어오는 사람은 극히 적었다. 물론 10년이면 강산도 변한다지만 몰라볼 만큼 변하는 것도 아니다. 강산이 변한다 한들 고향의 추억은 변하지 않는다. 아마 고향을 떠난 사람들이 추억을 못 잊어 고향을 더 애틋하게 그리워하는지도 모른다.

달서는 석철과 중학교 동창이다. 무슨 일 때문에 그랬는지 알 수 없었으나 현태가 일을 저지른 건 확실한 모양이라고 생각한 석철이 어두운 표정으로 말했다.

"알었슈. 달서가 내 말 안 들으면 우리 집 장항아리를 몽땅 들어다 줄 테니께 그건 쬐끔두 걱정허지 말어유."

성갑이 걸음을 우뚝 멈추고 놀란 눈으로 석철을 바라보며 말했다.

"아하! 그거 참 좋은 생각이여. 나는 왜 진작 그런 생각을 못 했을까. 사람 사는 집에 장이 읎으면 어티기 살겄어. 그러니께 좌우지간에 우리 집 장두 좀 퍼다 줘. 우리 집에 다른 건 몰러두 장은 넉넉허니께."

달서는 겉으로 보기에 성질머리가 괄괄해도 속정 깊은 친구였다. 석철이 말했다.

"달서 문제는 지가 알어서 헐 테니께 성님은 걱정 마시라니께유."

성갑이 한시름 놓았다는 듯 말했다.

"그려. 그건 자네가 좀 알어서 혀."

한동안 말없이 성갑 뒤를 따라가던 석철이 이해할 수 없다는 듯 다시 물었다.

"근디 현태가 왜 하필이면 폐교에 들어가 유리창을 깼을까유?"

성갑이 갑자기 우뚝 걸음을 멈추고 뒤돌아 석철을 쳐다보며 말했다.

"글쎄. 아무리 생각해두 폐교 유리창을 왜 깼는지 그걸 모르겄어. 물어볼 새두 읎었구."

파출소 가는 길에 우선 폐교된 도원고등학교부터 가 보기로 했다. 도원고등학교는 성갑과 선돌의 모교였다. 현태도 도원고등학교가 선돌의 모교라는 걸 알고 있었기에 폐교된 뒤에도 자주 운동장으로 놀러 가곤 했다. 도원고등학교는 교문을 닫고 굵은 쇠사슬로 겹겹이 돌려 묶은 뒤 주먹만 한 자물쇠로 잠가 놓았는데 교문 기둥 옆으로 얼마든지 드나들 수 있었다. 아니 그동안 얼마나 많은 사람이 드나들었는지 풀 한 포기 없는 길이 반들반들했다. 언제부터인지 폐교가 요양병원이 된다는 소문이 돌았다.

교정에 서 있는 아름드리 은행나무들은 그대로인데 운동장엔 수풀이 우거지고 가꾸지 않은 화단에 나무와 풀꽃들이 제멋대로 자라 한낮인데도 음침했다. 철봉과 그네는 시뻘겋게 녹이 슬었고 시소는 망가졌다. 미끄럼틀 바닥은 멀쩡한데 올라가는 계단이 부서진 채 내려앉았다. 여기저기 나뭇가지에 날아가던 비닐이 너절너절 걸려 있어 눈살을 찌푸리게 했다. 운동장을 지나 틈새마다 오만 잡풀이 삐죽삐죽 올라온 계단으로 올라가 건물 안으로 들어갔다. 1, 2, 3층 교실 유리창이 성한 게 없다. 화장실과 복도 유리창까지 모조리 박살내 놨다. 깨진 유리 조각들이 그대로 널려 있어 발걸음을 옮길 때마다 자박자박 살얼음 밟는 소리가 났다. 도대체 현태가 학교 유리창하고 무슨 원한 관계가 있다고 저리 박살을 내놨을까 하는 생각이 들었다.

교실 벽은 낙서투성이고 먼지 쌓인 교실 바닥은 담배꽁초, 과자봉지, 타다 만 양초 도막이 나뒹굴고, 빈 소주병, 빈 맥주 캔, 음료수 병, 비닐봉지, 먹고 버린 통닭 뼈, 일회용 종이컵, 나무젓가락, 쓰고 버린 휴지가 어지러이 널려 있다. 누가 자고 나갔는지 신문지를 길게 겹겹이 깔아 놓은 곳도 있고, 공사장에서 쓰던 스티로폼이나 합판 쪼가리를 깔아 놓은 곳도 있다. 오래전부터 폐교에 학생들이 드나든다고, 배부른 미친 여자가 드나든다는 소문이 돌기도 했다. 어쨌든 현태 혼자 그 많은 유리창을 깨뜨렸다는 게 통 믿어지지 않았다.

석철이 성갑을 앞세우고 파출소에 들어서자, 어깨에 무궁화봉오리 3개의 계급장을 단 김경오 경장이 심문에 들어갔다.

"네 이름이 뭐냐?"

현태가 고개를 푹 떨구며 말했다.

"신현태인디유."

"어느 학교 몇 학년이지?"

"도원초등학교 4학년유."

"그런데 무슨 생각으로 폐교에 들어가 유리창이란 유리창은 모조리 박살냈냐?"

현태가 숙였던 고개를 번쩍 들고 말했다.

"지는 3층 복도 유리창만 깼슈."

김 경장이 두 눈을 부릅뜨고 큰 소리로 꾸짖었다.

"뭐야 이놈아. 네가 폐교에 들어가 유리창 깨는 걸 보고 신고한 사람이 있는데 너 말고 깬 사람이 또 있다고. 네 이놈. 자신이 저지른 잘못을 뉘우치지 않고 거짓말하면 죄가 더 무겁다는 거 몰라?"

파출소 순경이 주민 신고를 받고 출동 중이었는데 이미 폐교 유리창을 깨고 돌아가던 현태가 장항아리를 깨뜨리고 달서에게 붙잡혀 왔다. 김 경장의 꾸지람에도 현태는 주눅 들지 않고 또박또박 말했다.

"그짓말허는 거 아닌디유. 다른 애들이 깨는 걸 지가 직접 봤슈."

김 경장이 한결 누그러진 목소리로 물었다.

"그래. 그럼 말해 봐. 너 말고 또 누가 깼는지."

반에서 싸움을 제일 잘하는 백우가 늘 현태를 튀기 새끼라고, 깜둥이 새끼라고, 깜둥이 새끼는 세수하나 마나라고 놀려 대며 걸핏하면 두들겨 팼다. 현태가 백우 밑에 깔려 작신 두들겨 맞을 때 구경하는 아이들은 있어도 말리는 아이는 없었다. 폭행이 끝나면 아이들은 모두 백우 주위로 몰려들었다.

현태는 백우를 한 번만이라도 이겨 보고 싶었다. 백우에게 지는 게 부끄럽고 창피해서가 아니라 아이들 관심을 받고 싶어서다. 누군가 폭행을 말려 주었으면 하는 생각이 들기도 했다. 맞는 게 두려워서가 아니라 누구든 내 편이 단 한 사람만이라도 있었으면 하는 바람에서다. 현태는 맞으면 맞을수록 맞는 아픔보다 자기편도 없고 친구도 없는, 혼자만의 진한 외로움을 느끼며 점점 고립되었다. 혼혈아들은 편을 들어 주고 싶어도 겉으로 표현할 수 없다. 아이들이 '깜둥이 새끼들끼리 논다'고 '튀기 새끼들끼리 논다'고 '끼리끼리 까마귀끼리 논다'고 놀려 대고 여럿이 달려들어 몰매를 주기 때문이다. 숫자로 열세인 혼혈아들은 거대한 저수지에 떨어진 몇 방울의 기름처럼 언제 어디서나 겉돌 수밖에 없었다.

폭행은 하루 이틀에 끝나지 않았다. 도원초등학교는 한 반 학생 수가 정원에 못 미쳐 1학년에서 4학년까지 학년을 올라가도 백우와 내내 한 반이었다. 현태는 끝내 백우와 화해하지 못하고 책상 가운데에 금을 긋고 손이 선을 넘으면 가차 없이 때리기로 했다. 그만큼 백우는 현태가 자기 자리에 들어오는 것조차 싫어했다.

그러던 어느 날 현태는 무심코 자기 손과 백우의 손이 책상 위에 나란히 올려져 있는 것을 보고 자신도 모르게 손을 잽싸게 책상 밑으로 감췄다. 백우 손은 눈부시게 하얀데 자기 손은 백우 말대로 정말 깜둥이 손 같았다. 물론 현태도 제 손이 검은 줄은 알고 있다. 하지만 자신의 손과 백우의 손을 한눈에 바라본 현태는 못 볼 걸 본 것처럼 갑자기 숨결이 가빠지고 가슴이 쿵쾅쿵쾅 뛰었다. 그 뒤로 현태는 책상 위에 손을 올려놓고 공부할 수 없었고 깜둥이라고 놀려도 대꾸조차 하지 못했다.

그날도 현태는 아이들 앞에서 백우에게 일방적으로 폭행당하고 집으로 돌아가다 폐교에 들어갔는데 거기서 유리창 깨는 아이들을 보았다.

김 경장이 다그치자 현태는 몹시 화가 난 목소리로 말했다.

"지가 메칠 전 학교에 갔다 집으루 돌어가는 길에 폐교에 들어갔는디 거기에 고등학교 형들허구 누나들이 먼저 들어가 담배 피우며 유리창 깨는 걸 봤슈. 나는 못 본 체허구 얼른 되돌어 나오는디 누가 뒤에서 나를 부르대유. 안 갈 수 읎어 갔더니 몽딩이를 주면서 유리창을 깨라구 했슈. 내가 싫다구 했더니 안 깨면 때려죽인다구 허길래 유리창 몇 장을 깨니께 너두 유리창을 깨뜨렸으니 밖에 나가 말허지 말구 곧바루 집에 가라구 허대유. 그리구 그때 형들이 폐교 옆에 있는 빈집 장독대에 있는 장항아리에 돌을 던져 누가 먼저 깨뜨리나 내기를 했거든유. 형들이 먼저 깨구 나보구 던져 보라며 돌을 주기에 장독대루 던졌는디 그게 직방으루 장항아리에 맞아 '퍽' 허구 깨지더라구유. 그런디 그건 모두 빈 항아리였슈."

학교 옆 빈집 주인은 오래전 집을 정리하고 남은 세간살이를 모두 버린 뒤 도시 아파트에 사는 아들 집으로 이사를 했다. 귀 기울여 듣고 있던 김 경장이 누그러진 표정으로 물었다.

"그래. 그럼 걔들이 누군지 아냐?"

현태가 시무룩한 표정으로 말했다.

"몰러유."

김 경장은 잠시 틈을 주지 않고 다시 말했다.

"그럼 오늘도 그 애들이 시켜 또 유리창을 깨고 장항아리를 깼냐?"

현태는 김 경장이 묻자마자 짧게 대답했다.

"안유."

김 경장이 다시 날카로운 목소리로 추궁했다.

"왜 그랬어? 시키지도 않았는데."

김 경장이 거듭 닦달하자 갑자기 현태 얼굴이 붉으락푸르락하면서 목소리를 높였다.

"학교에서 집으루 가는 길에 폐교 앞을 걸어가는디 고등학생으로 보이는 애들이 우르르 지나가며 한 놈이 눈에서 불이 번쩍허두룩 주먹으루 내 뒤통수를 탁 치구 '야 이 깜둥이 새꺄 너 코시안이지' 그러니께 다른 놈이 '아냐 임마. 이 튀기새끼는 코시안이 아니구 다문화새끼 온누리안이래. 으하하 진짜 웃기지' 허구 또 뒤통수를 탁 치구 가대유. 나는 너무 아프구 분해 오두 가두 못허구 있었는디 맞은편에서 걸어오던 아주머니들이 지나가다 내게 손가락질허며 '월남댁은 팔자가 사나워 젊은 서방 잡어먹구 시에미까지 잡어먹었다'구 허대유. 그 소리를 듣구 나두 모르게 폐교루 뛰어 들어가 3층 복도 유리창을 모조리 박살냈슈."

'그랬구나.' 현태가 폐교 유리창을 왜 깼는지 성갑이와 석철은 그제야 알았다. 현태는 다른 아이들보다 피부가 까무잡잡하고 눈자위가 허여멀건 해 혼혈아라는 것을 금방 알 수 있었다. 피부가 검든 희든 그냥 다른 아이들과 똑같이 이름을 부르면 될 텐데 왜 코시안이라고, 코피노라고, 국제아동이라고, 온누리안이라고, 다문화가정아이라고 굳이 차별화하는지 이해할 수 없다.

김 경장의 심문은 계속되었다.

"그래. 그 아주머니들은 네가 아는 아주머니들이냐?"

현태가 고개를 살래살래 흔들며 말했다.

"몰러유. 지가 아주머니들을 어트기 알어유."

현태를 심문하던 김 경장이 무슨 생각을 했는지 문 앞에 앉은 이순규 순경을 불렀다. 그는 이 순경에게 '현태 처벌 여부는 폐교 주인과 장항아리 주인의 진술에 따를 수밖에 없으니 폐교 주인을 만나보라'며 밖으로 내보냈다. 김 경장은 석철에게도 '장항아리 주인에게 연락하라'고 했다. 석철이 밖에 나가 달서에게 연락하고 들어오자 다시 심문에 들어갔다.

"너 일어나!"

현태가 김 경장을 쳐다보다 고개를 숙이며 슬며시 일어났다.

"너 오줌 쌌지?"

김 경장이 갑자기 현태를 일으켜 세우더니 대뜸 '오줌 쌌느냐'고 물었다. 현태 바지가 축축하게 젖어 있었다. 성갑이도 석철이도 깜짝 놀랐다. 현태는 천연덕스럽게 말했다.

"야아. 쌌슈!"

김 경장이 소리를 버럭 내질렀다.

"야 이놈아, 오줌을 쌌으면 빨리 집에 가 옷부터 갈아입어야지. 집에 가다 말고 왜 남의 집 장 항아리를 깼어? 어엉!"

김 경장을 바라보던 성갑이 고개를 돌려 현태 얼굴을 보고 흠칫 놀랐다. 어린 현태 얼굴에 세상의 모든 감정이 담겨 있었다. 두려움, 불안, 분노가 얼버무려진 표정이었다. 현태가 입은 옷이 땀에 젖은 줄만 알았던 석철이 나직이 물었다.

"현태야, 늬가 증말루 오줌을 싼겨?"

모두 현태에게 눈길을 주었다. 무슨 생각을 했는지 한동안 말이 없던 현태가 작심한 듯 두 눈을 똑바로 뜨고 말했다.

"지가 3층에 올러가 몽딩이루 교실 복도를 걸어가며 왼쪽으루 탁 치니께 챙강 허구 유리창이 깨지구, 오른쪽으루 휘익 돌려쳐두 챙강 허구 깨지는 소리에 이끌려 몽딩이를 좌우루 휘두르며 유리창을 깨 나가는디 그때 챙강챙강 허구 유리창 깨지는 소리가 아득히 들리구 온몸이 공중에 부웅 떠가는 듯했슈. 그렇기 복도 끝까지 유리창을 모조리 깨구 나니께 더운 날 찬물에 들어갔다 나온 것맹키루 시원헌 느낌이 들었는디 언제 오줌을 쌌는지 바지가 척척허게 젖었더라구유. 젖은 바지를 벗어 꽉꽉 짜 입구 폐교를 막 나가는디 내게 손가락질허며 올러갔던 아주머니들이 다시 내려오는 걸 보구 나두 모르게 후다닥 교문 기둥 뒤로 들어가 숨었슈.

기둥 뒤에 숨어서 생각해 보니께 내가 왜 숨어야 허는지, 나는 언제까지 아무 잘못두 읎이 남에게 왕따 당허구, 멸시받구, 두들겨 맞으며 살어야 허는지, 아부지는 논에 물꼬 보러 가시다가 낭떠러지 밑으루 떨어져 돌어가시구, 어른들이 말씀허시길 할머니는 천수를 다 누리셨다구 했는디, 왜 엄마더러 팔자가 사나워 젊은 서방 잡어먹구 시에미까지 잡어먹었다구 허는지, 아무리 생각해두 그걸 모르겄더라구유.

아주머니들이 안 보이기에 폐교를 나와 그냥 터덜터덜 집으루 걸어가는디 발에 돌멩이가 툭 차이대유. 발에 차인 돌멩이를 무심코 집어들구 지난번처럼 눈에 띄는 장독대루 힘껏 던졌쥬. '퍽' 허구 장항아리 깨지는 소리를 들으며 다시 몇 걸음 걸어가다 두 번째 돌멩이를 막 집어들었는디 그때 어떤 아저씨가 달려오더니 나를 땅바닥에 패대기를 치구 마구 두들겨 패대유."

김 경장이 현태 얼굴을 보면서 말했다.

"이놈아, 네가 잘못해서 어른이 때리면 잘못했다고 하지 않고 왜 맞고만 있었어?"

현태가 울먹거리는 목소리로 말했다.

"그땐 아저씨가 누군지 왜 때리는지 몰렀구, 정신을 차릴 수 읎이 때려 아픈 줄두 몰렀슈!"

현태가 진술하는 동안 석철이도 성갑이도 눈시울이 뜨거워졌다. 현태를 심문하던 김 경장도 더 묻지 못하고 천장만 올려다봤다. 현태를 끌어다 파출소에 넘기고 나갔던 달서가 석철이 전화를 받고 들어왔다. 현태 얼굴은 온통 시퍼렇게 멍들었고 터진 입술이 퉁퉁 부어 있었다. 달서를 본 현태가 고개를 푹 숙였다. 달서 뒤를 따라 폐교를 매입한 사람을 만나러 나갔던 이 순경이 돌아와 김 경장에게 보고했다.

"폐교를 매입한 주인을 만나 봤는데 폐교는 곧 노인 요양병원으로 리모델링 공사에 들어간다며 깨뜨린 유리는 문제 삼지 않겠다는 진술을 받았습니다. 그리고….”

이 순경이 보고를 하다 말고 현태를 쳐다보며 말을 끊었다. 김 경장이 다그쳐 물었다.

“그리고 또 뭐야. 왜 말을 하다 말고 그래?”

이 순경이 중단했던 보고를 다시 이어갔다.

“폐교 주인이 폐교를 매입할 때도 유리창이 많이 깨져 있었다고 했습니다.”

김 경장이 보고를 받으며 고개를 끄덕였다. 이 순경 뒤를 이어 달서도 김 경장에게 말했다.

“아 글쎄 텃밭을 매구 있었는디 느닷읎이 퍽 허구 장항아리 깨지는 소리에 이어 장독대 위루 시뻘건 간장이 콸콸 흘러가는 것을 보구 너무 당황혀 앞뒤 가릴 처지가 아니었슈. 현태 얘기를 전해 듣구 나니께 덮어놓구 어린애를 두들겨 팬 지두 으른스럽지 못했슈. 우리 집 장항아리 깬 건 절대루 문제 삼지 않을 테니께 지를 봐서라두 현태를 한 번만 용서해 줘유. 앞으루 다시는 이런 일이 읎두룩 우리가 데리구 나가 단단히 타이를게유.”

달서가 현태를 용서해 주고 성갑이와 석철이 신원보증을 한 뒤 현태를 데리고 파출소를 나왔다.

저녁 먹을 시간이 지나 있었다. 성갑이 모두 데리고 순댓국집으로 들어갔다. 잠시 보이지 않던 달서가 들어와 현태에게 두부 한 모를 불쑥 내밀며 말했다.

“야 이늠아, 이 두부 먹구설랑 앞으루 당최 그러지 말어. 또 그러면 늬를 이 동네서 아주 내쫓어 버릴 테니께."

현태가 고개를 끄덕거리며 달서에게 잘못했다며 고개를 푹 숙였다. 달서가 두부를 뚝 떼어 현태 입으로 들이밀자 터진 비지 자루처럼 도로 삐져나왔다. 어떻게 알아냈는지 몸져누웠던 돌배 영감이 지팡이를 짚고 갓 태어난 송아지처럼 비척거리며 순댓국집으로 들어섰다. 성갑은 돌배 영감이 걱정할 것 같아 현태가 파출소에 들어가게 된 자초지종을 자세히 알려 주고 일이 잘 마무리되었다고 전했어도 순댓국집에 간다는 말은 미처 하지 못했다. 뒤이어 월남댁이 들어와 현태를 부둥켜안고 말없이 눈물만 주르르 흘렸다. 월남댁 품에 안겨 비죽비죽 울고 난 현태가 입이 아프다며 순댓국 몇 순갈을 뜨다 말고 수저를 내려놓았다.

현태가 수저를 내려놓자 모두 일어났다. 지팡이에 의지해 몸을 부들부들 떨며 일어서던 돌배 영감이 쓰러질 듯 비척거렸다. 현태가 잽싸게 할아버지 겨드랑이 밑으로 달려들어 곁부축했다. 월남댁은 현태 등에 진 가방을 벗겨 들고 순댓국집을 나왔다. 순댓국집을 나온 성갑이 달서와 석철이를 데리고 먼저 돌아갔다.

식당으로 들어갈 때 보이지 않던 둥근달이 두둥실 떠 있다. 돌배 영감은 현태 부축을 받으며 천천히 걸었다. 현태 가방을 받아 들고 앞서 걸어가는 월남댁의 치맛자락이 젖은 깃발처럼 펄럭거리며 휘영청 밝은 달빛 속으로 사라졌다.

현태는 할아버지를 부축하고 큰길을 걷다가 집으로 가는 갈림길로 들어섰다. 달빛을 받은 조붓한 논두길이 비닐을 씌워 놓은 밭고랑처럼 하얗다. 개울 쪽으로 듬성듬성 들어선 버드나무 밑둥치에 잔

가지가 다보록하게 올라왔다. 버드나무 새움을 바라보는 순간 마음이 울컥했다. 아버지는 버드나무 움으로 버들피리 만들어 부는 요령을 가르쳐 주었다. 보리피리를 만들어 부는 법도 가르쳐 주었다. 아버지는 버들피리도 보리피리도 잘 불었는데 그보다 풀피리를 더 잘 불었다. 버들피리나 보리피리는 만드는 데 시간과 정성이 들어가는데 풀피리는 나뭇잎이나 풀잎을 가리지 않고 손이 닿는 대로 뜯어 그대로 입술 사이에 넣거나 대고 불었다. 한지 만드는 닥나무껍질이나 자작나무 겉껍데기를 입술에 대고 불기도 했는데 그것도 풀피리라고 했다. 아버지는 무엇이든 입술에 닿으면 심금을 울리는 신비스러운 피리 소리를 냈다. 들일하다 쉴 참에 논두렁에 걸터앉아 불기도 했고 초저녁달이 뜨면 마당가 감나무에 기대서서 불었는데 피리 소리를 듣다 보면 왠지 모르게 자꾸자꾸 빠져들며 슬퍼졌다.

성갑이 아저씨도, 석철이 삼촌도 아버지가 부는 피리 소리를 들으면 애간장을 녹일 듯이 구성지다고 했다. 아버지는 당신의 운명을 알았기에 그토록 슬픈 피리를 불었을까! 현태는 땅바닥에 털썩 주저앉아 엉엉 울고 싶을 만큼 아버지가 그리웠다.

할아버지는 버드나무 여러 그루를 지나쳤는데 아무 말도 하지 않았다. 이미 야단맞을 각오가 되어 있던 현태는 할아버지의 침묵이 오히려 불안했다. 현태도 선불리 입을 열지 못했다. 멀리 성갑이네 밭머리에 감나무가 보였고 감나무 밑에 장정 서넛이 올라앉을 수 있는 너럭바위가 보였다.

감나무를 바라보며 걷던 현태는 홍시 따 주던 아버지 생각이 났다. 이른 봄 감꽃이 피고, 여름엔 무성한 감잎 사이로 땡감이 자라고, 가을이 오면 발갛게 단풍든 감잎에 싸인 붉은 감이 탐스러웠다.

다른 나무들은 단풍이 들어 잎이 떨어지면 앙상한 가지만 남는다. 감나무는 잎이 다 떨어져도 소담스러운 붉은 감이 그대로 주렁주렁 달려 있어 단풍보다 더 풍요로운 아름다움을 주었다. 마을 사람들은 감을 딸 때 까치밥으로 두서너 개를 꼭 남겨 두었다. 늦가을 모든 잎이 떨어진 감나무에 달린 까치밥은 바라보기만 해도 아버지 품에 안긴 듯 마음이 따뜻해졌다.

너럭바위까지 걸어온 할아버지가 바위에 걸터앉아 지팡이를 두 손으로 모아 잡고 굽은 허리를 곧추세웠다. 바위 밑에서 찌르륵찌르륵 풀무치가 울었다. '어라!' 반딧불이 한 마리가 반짝 눈에 띄더니 또 한 마리가 반짝거리며 앞선 놈을 따라갔다. 현태가 낭창낭창 늘어진 감나무 잔가지 사이로 눈을 깜빡이듯 반짝반짝 날아가는 반딧불을 가리키며 소리쳤다.

"할아부지, 반딧불 보셔유!"

돌배 영감이 처음으로 입을 열었다.

"그렇구나. 지금은 개똥벌레가 귀헌디, 내가 늬만 헐 적엔 저녁 먹구 바람 쐬러 밖에 나가면 개똥벌레가 하늘에 별만큼이나 많었어. 봄이면 강남에 갔던 제비가 돌어와 처마 밑에 집을 지었구, 산에는 꾀꼬리와 뻐꾸기가 울고, 논에 가면 뜸빅이가 뜸빅뜸빅 울었지."

돌배 영감 어린 시절만 해도 논에 가면 뜸부기가 자주 눈에 띄었다. 자신도 모르게 말문이 트인 현태는 불안했던 마음이 봄눈 녹듯 사라졌다.

"할아부지, 뜸부기는 어티기 생겼슈?"

현태는 음악 시간에 〈오빠 생각〉을 배운 뒤로 한동안 입에 달고 다녔다. 아버지가 돌아가신 뒤 〈오빠 생각〉을 부르다 문득 떠오른 아버지 생각에 목이 메어 훌쩍훌쩍 울기도 했다. 그런데 노랫말에 나오는 뻐꾸기 울음소리는 들어봤는데 매일 논둑길로 걸어 다녀도 뜸부기 우는 소리는 들어 볼 수 없어 못내 궁금했다.

개구리가 뛰어들었는지 달빛에 하얀 물비늘이 아지랑이처럼 반짝이며 흐르는 개울에서 '첨벙' 소리가 났다. 개울이 바람길이 되어 한줄기 바람이 풀잎을 가만히 쓰다듬듯 스치며 지나갔다. 돌배 영감은 하늬바람에 하늘거리는 갈댓잎을 바라보며 뜸부기 생김새를 말했다.

"뜸빅이는 여름에만 볼 수 있는 새인디 비둘기보다 조금 크구 닭보다 조금 작으니께 아마 그 중간쯤 될 겨. 그늠이 여름이면 벼 심은 논에 들어가 벼 포기 사이루 '뜸빅' '뜸빅' 울며 첨벙첨벙 돌어댕기니께 '뜸빅이'라구 부르는개 빈디, 뜸빅이 몸통은 검누른 갈색이구 검은색 날개에 아롱아롱헌 아롱무늬가 있어. 오리주둥이처럼 생긴 부리는 누렇구 몸띵이에 비해 길쭉헌 다리는 녹색이여. 그런디 언제부터인지 뜸빅이가 부인병에 좋다구 알려진 뒤루 귀해지기 시작했는디 논에 농약을 뿌려 대면서 아주 사러졌어."

뜸부기는 논 가운데로 들어가 벼 서너 포기를 싸잡아 놋대접만 한 둥지를 틀었다. 논두렁에 올라서면 머리 빠진 사람 정수리 모양 휜하게 보이는 곳은 영락없이 뜸부기 집이 있었고, 산란기에 메추리 알만 한 댓 개의 알이 둥지에 소복이 담겨 있는 것을 볼 수 있었다. 뜸부기 둥지는 항상 논두렁 높이보다 약간 높게 틀어 큰 장마에도 물에 잠기지 않았다. 아니 논두렁 높이보다 높기에 물에 잠길 수가 없다.

돌배 영감은 뜸부기가 아까운 벼 서너 포기를 싸잡아 집을 지었다고 둥지를 보는 족족 부숴 버리고 벼 포기를 원래대로 바로 세운 뒤 알은 대파 잎새 속에 넣어 구워 먹었다. 대파 잎은 대나무처럼 속이 텅 비어 있어 그 속에 뜸부기 알을 넣어 잿불에 구우면 잘 익었다. 뜸부기 알을 꺼내 먹으려고 일부러 찾아다니는 사람도 있었다. 뜸부기 알도 그렇고 벼 서너 포기라고 해 봐야 겨우 쌀 한 줌 나올까 말까다. 지금 생각해 보면 참으로 어리석은 짓이었으나 그땐 흔해 빠진 뜸부기는 안중에도 없었고 뜸부기보다 쌀 한 줌을 더 귀하게 여길 때였다. 소문대로 뜸부기가 부인병에 좋은지 어쩐지 알 수 없으나 그때부터 닭 값이나 비슷했던 뜸부기 값이 닭 예닐곱 마리 값까지 치솟기도 했다. 그 바람에 낚시꾼처럼 뜸부기 잡으러 다니는 사람도 있었다. 그만큼 뜸부기가 흔했다. 이제 논에 가도, 늪지에도, 어디에서도 뜸부기는 보이지 않는다.

뜸부기뿐만 아니라, 봄이면 어김없이 찾아와 처마 밑에 집을 짓던 제비도 돌아오지 않는다. 마당에 모깃불을 놓고 멍석에 누워 밤하늘을 바라보며 듣던 올빼미 울음소리도 아침에 일어나 이산 저산으로 폴폴 날아다니며 청량하게 울던 꾀꼬리의 아름다운 목소리도 들을 수 없다. 초저녁잠을 쫓아 주던 으스스한 솔부엉이 울음소리도 언제 들었는지 가물가물하다. 우수가 지나고 경칩이 돌아오면 들판을 부숴 버릴 듯 울어대던 개구리 울음소리마저 잠투정하는 아이처럼 시답잖아 잊고 산 지 오래되었다.

어느 날 돌배 영감이 마당에 앉아 있다가 눈을 떠 보니 병원이었다. 그는 깨어나서도 한동안 자신이 왜 병원에 왔는지조차 몰랐다. 돌배 영감이 퇴원하여 집으로 돌아와 마당으로 들어서는 순간 죽은 참새무리가 한눈에 들어오며 정수리 끝이 쭈뼛했다. 땅에 떨어진 참새는 다리를 쭉 뻗고 죽은 놈도 있고, 날아갈 듯 날개를 퍼덕이며 막 죽어 가는 놈도 있고, 뒤뚝뒤뚝 걷다 하늘을 향해 뒤로 발랑 나자빠져 죽어 가는 놈도 있다. 그건 모두 농약 때문이라는 걸 알았다.

그날 아침 선돌이 마당에 제초제를 흠뻑 뿌려 주고 남은 것을 고추밭 가는 길에 뿌려 주고 돌아왔을 때 돌배 영감이 마당에 쓰러져 있었다. 돌배 영감은 구급차에 실려 병원으로 갔다. 응급처치를 받은 뒤 다행히 깨어났다. 검사결과 돌배 영감 코와 가래침에서 제초제인 농약이 검출되었다. 돌배 영감은 농약을 만지지 않았고 뿌리지도 않았는데 농약이 검출된 것이다. 모두 귀신이 곡할 노릇이라고 했다. 의사는 원인 없는 결과 없다며, 그건 노쇠하고 병약한 돌배 영감이 제초제를 흠뻑 뿌린 마당에 쪼그리고 앉아 있는 동안 안개처럼 공기 속에 섞여 있는 농약을 호흡했기 때문일 것이라고 했다. 참새들도 돌배 영감이 병원에 있는 동안 마당에 들어가 먹이를 주워 먹고 몰살한 모양이다. 농부들은 논밭을 갈 때부터 땅속에 들어 있는 병충을 잡기 위해 땅이 흠뻑 젖도록 농약을 뿌리고, 씨앗을 뿌릴 때 뿌리고, 자라는 농작물에도 소방수가 불을 끄듯이 단계마다 농약을 수차례 뿌려 댄다. 과수원 과일나무에 소낙비 내리듯 농약을 봄부터 여름 내내 가을까지 뿌려 댄다. 채소밭에 안개 내리듯 농약을 수차례 뿌려 댄다.

제초제는 풀만 죽이는 게 아니다. 살충제는 농작물의 병충만 잡는 게 아니다. 농약을 주고 난 뒤 그 지역에 풀들은 모조리 말라 죽고, 메뚜기, 잠자리, 방아깨비, 나비, 벌들을 비롯해 죽은 곤충들이 널려 있고, 개구리, 땅강아지, 지렁이, 참새, 쇠박새, 곤줄박이, 들쥐, 산비둘기, 족제비, 까치, 까마귀가 죽었거나 죽어 가는 것을 볼

수 있다. 이 세상에 제초제와 살충제를 먹고 살아남을 생명은 아무 것도 없다.

돌배 영감이 양봉하는 사람들을 만나면 벌통의 꿀벌들이 자꾸 사라진다고 했다. 한두 번 들은 소리가 아니다. 집을 나간 꿀벌들이 돌아오지 않는다고도 했다. 벌통으로 돌아오지 않는 꿀벌을 찾아 가까운 산으로 들로 꽃밭으로 가 보았지만 보이지 않더라고 했다. 농사꾼이 농사 이야기하듯 양봉하는 사람이 꿀벌 이야기가 아니면 무슨 할 말이 있겠나 싶어 귓등으로 들었다. 아니 산지사방 산과 들로 꽃을 찾아 수십 킬로를 날아다니는 꿀벌들이 어떻게 모두 제집으로 돌아올 수 있나 하는 생각도 들었다.

어느 날 논밭에 제초제와 살충제를 뿌려 준 들판을 지나다 죽은 곤충들 사이에 새우처럼 허리를 바짝 꼬부리고 떼죽음을 당한 꿀벌들이 눈에 띌 땐 그 말이 떠올라 온몸에 소름이 돋았다. 그날은 밤나무 산지에 드론으로 농약을 뿌려 산야가 온통 농약이 안개처럼 떠다녔다. 대단위 논에도 과수원에도 드론으로 농약을 뿌렸다. 꿀벌뿐만 아니라 논두렁, 밭두렁에 깊숙이 땅굴을 파고 들어가 사는 땅벌조차 눈에 띄지 않은 지 오래되었다. 콩밭에도 참깨밭에도 꽃밭에도 꽃나무에도 꿀벌이 보이지 않는다. 울타리에 올린 호박꽃이 활짝 피어 있어도 호박벌이 오지 않고 마당가에 감꽃이 하얗게 펴도 꿀벌이 보이지 않는다. 아릿한 밤꽃이 피고 달착지근한 아카시아꽃이 필 때 온 동네에 꽃향기가 진동한다. 그때는 꿀벌들이 하늘에서 우박 쏟아지듯이 몰려들었다. 맑은 하늘에 별이 박혀있듯 꿀벌들이 흐드러지게 핀 아카시아꽃 송이 송이에 들어가 꿀을 딴다. 언제부터인지 밤꽃이 피고 아카시아꽃이 펴도 꿀벌을 지켜 서서 찾아보아야 겨우 몇 마리 보인다. 이제 양봉업자가 말을 안 해도 꿀벌들이 사라진다는 것을 언제 어디서나 실감할 수 있다.

언제부터인가 농촌에 양봉업자들이 꿀벌처럼 소리 소문 없이 하나둘 사라졌다. 그들은 벌통을 짊어지고 닭 울음소리도, 개 짖는 소리도, 발정 난 암소가 목이 쉬도록 울어도 들리지 않는 산속으로, 산속으로 들어갔다는 것을 나중에 알았다.

마을 어귀에 수령 400여 년 된 느티나무 두 그루가 연리지로 보듬고 자란 것을 사진에 담으려고 찾아오는 사진작가가 말했다. 들녘 길을 걷다가 예쁜 들꽃 한 송이를 발견하고 하루 종일토록 벌이 날아들기를 기다렸지만 결국 실패했다고. 농사는 사람만이 짓는 게 아니다. 농사는 하늘이 일곱 몫이고 농부가 세 몫이라고 한다. 농부가 땅을 갈고 파종을 해도 비를 내려 싹을 틔우고 바람으로 키우는 것은 하늘의 몫이기 때문이다. 한데 하늘과 농부가 합쳐 세 몫을 지으면 꿀벌이 일곱 몫을 짓는 농사가 수두룩하다. 우리 식탁에 오르는 호박, 오이, 고추, 가지, 수박, 참외, 참깨, 들깨, 사과, 배, 복숭아, 밤, 감, 산수유 등 모든 식물 수정은 암술의 씨방 안에 수술의 화분(花粉)이 들어가 이루어지는데 그 역할을 꿀벌이 하기 때문이다.

양봉업자가 말했다. '꿀벌이 40 프로 사라졌다'고! 농사꾼이 말했다. '수확량이 30 프로 줄었다'고! 급기야 농사꾼이 양봉업자에게 꿀벌을 벌통째 임대하였다. 봄에 임대한 꿀벌은 여름까지 살아남지 못했다! 꿀벌들은 농작물뿐만 아니라 자연생태계에 미치는 영향도 똑같다. 꿀벌이 사라진다는 건 지구가 사라진다는 것만큼이나 충격적이고, 눈앞이 캄캄하고, 모골이 송연하다.

그뿐만 아니라 산야를 걷다 보면 멧돼지, 너구리, 오소리, 족제비가 죽어 썩어 가는 것이 발견되기도 하고 언제 죽었는지 모를 짐승의 하얀 뼈를 만나기도 한다. 물론 흔한 일은 아닐지라도 산야가 점점 절간처럼 적막해 간다. 길가에 핀 꽃 한 송이 눈에 띄지 않는 마을 고샅길도 그렇다. 어쩌다 용케 살아남은 한 송이 들꽃을 만날 때가 있다. 눈이 번쩍 떠질 만큼 반갑다. 그 반가움은 오래갈 수 없다. 벌이 날아들지 않는 들꽃이 슬퍼 보이고 그 꽃에 벌이 오기를 오금이 저리도록 지켜보는 자신이 더 큰 슬픔에 빠진다.

돌배 영감은 선돌이 죽은 뒤로 마당에 농약을 주지 않았다. 그 뒤 알게 모르게 마당이 되살아났다. 아침에 일어나 마당에 자라는 잡초를 뽑아 주고, 울안에 자생으로 자라 얽히고설킨 다래나무 덩굴은 돌담으로 올렸다. 다래나무를 감고 올라간 나팔꽃 줄기도 으아리꽃 줄기도 그대로 두었다. 민들레 홀씨가 날아가다 돌담을 넘지 못하고 담 밑에 떨어져 싹을 틔우고 자란 갸름한 꽃대에 노란 꽃이 고즈넉이 피었다. 언제부터인지 울안으로 벌이 날아들고, 새가 쉬어 가고, 개미가 마당 구석구석에 집을 짓고, 나비가 나풀나풀 날아다니고, 빨랫줄에 잠자리가 내려앉고, 비 오는 날은 청개구리가 일기예보 하듯 새끼손톱만 한 턱을 볼록거리며 개골개골 울어대며 비설거지를 재촉하고, 곤충을 잡아먹는 굴뚝새가 날아들었다.

돌배 영감은 봄이면 돌담 밑에 박을 심었다. 돌담을 타고 올라가 무성하게 자란 박 넝쿨에 하얀 박꽃이 피면 벌들이 농약을 주지 않은 것을 용케 알고 날아와 박꽃 속을 들락거린다. 박꽃이 진 자리에 박이 숨바꼭질하듯 잎 사이에 송골송골 맺혀 있다. 하얀 달밤에 풀벌레 우는 소리를 들으며 하얀 박꽃을 보는 즐거움은 어디에 비길 데 없다.

가뜩이나 잠이 줄어든 돌배 영감은 자식을 가슴에 묻고 아내마저 보낸 뒤 잠을 이루지 못했다. 방 안은 무덤 속 같았고, 풀 한 포기 없는 마당은 삭막했고, 삶은 세월에 끌려가는 듯 무기력했다. 마당이 되살아난 뒤로 마당에서 들려오는 풀벌레 우는 소리에 잠이 들고 다래 덩굴에 앉아 맑게 우는 새소리에 잠이 깬다. 아침의 새소리는 잠만 깨우는 게 아니라 무기력한 삶도 일깨운다. 자연으로 되살아난 마당은 볼거리가 많아지고, 생각이 많아지고, 무한한 상상력을 주었다. 그 덕에 가끔 마루로 아주 흉물스러운, 전혀 돈이 떠오르지 않는 돈벌레가 꼬물꼬물 기어들어 현태가 질겁하더니, 이제 자연스럽게 쓰레받기로 유인하여 마당에 놓아 준다. 서리가 내릴 즈음 보름달처럼 둥근 박을 따다 흥부와 놀부처럼 슬근슬근 톱질하여 박을 켜고 삶아 속을 파내 무쳐 먹기도 하고 별미로 박속 연포탕을 만들어 먹는 호사를 누리기도 한다. 박을 심어 만든 바가지는 발로 밟지 않으면 10년을 써도 끄떡없다. 박을 많이 심을 필요도 없다. 가꿀 일도 없다. 그냥 담 밑에 한두 포기만 심어놓으면 싹이 나오고 담을 타고 올라가며 꽃을 피우고 박이 주렁주렁 열린다. 큰 바가지도 있고, 물 떠먹는 조롱박도 있고, 간장 종지만 한 것도 있고, 종류가 다양하다. 그렇게 얻은 바가지는 오만가지 용도로 편리하고 요긴하게 쓴다.

요즘은 농촌의 젊은이들조차 박을 보면서도 박을 알아보지 못한다. 전에는 농촌에서 사용하는 새끼, 가마니, 자루, 멍석, 구럭, 멱둥구미, 맷방석, 채반, 바가지, 수세미, 소쿠리, 돗자리, 고무래, 갈퀴, 도리깨, 지게 등 모든 연장이나 일상용품들을 자연에서 구해 만들어 쓰고 수명이 다하면 바로바로 자연으로 돌아갔다. 지금은 그런 것들을 모두 플라스틱제품이나 비닐을 사용한다. 플라스틱이나 비닐은 질기고 썩지 않는 게 장점인데 바로 썩지 않는 장점이 문제가 되고 있다. 논두렁이든 밭두렁이든 산야 어디를 가든 플라스틱 용기가 사방팔방에 널려 있고 날아다니는 비닐이 가로수나 수풀에 만국기처럼 걸려 있는 것을 볼 때마다 눈살을 찌푸리게 한다.

돌배 영감이 농약을 사용하기 전만 해도 논두렁이나 밭두렁이나 들판을 걸으면 메뚜기가 톡톡 튀어 달아나고, 방아깨비가 날고, 논물에 물방개, 소금쟁이, 거머리가 떠다니고, 우렁이, 지렁이가 기어 다녀 생동하는 생명력을 느꼈다. 농사짓는 농부의 마음속에도 농장이 있어 곡식이 자라고, 곤충이 날아다니고, 물방개가 떠다니고, 우렁이가 기어 다닌다. 들에만 풍년이 들고 흉년이 드는 게 아니다. 농부의 마음속에도 풍년이 들고 흉년이 든다. 농작물이 병들면 농부의 마음도 병들고 농작물이 잘 자라면 농부의 삶도 활기가 넘친다.

전에는 어른들이 들에 나갈 때 아이들을 데리고 다니는 것이 크나큰 즐거움이었다. 아이들도 어른들을 따라다니며 메뚜기도 잡고 방아깨비도 잡고 논에 떠다니는 물방개를 잡아다 대야에 띄워 놓고 해 지는 줄 모르게 놀았다. 농약을 준 뒤로 들에 나가면 꽃향기, 풀 향기 흙냄새는 사라지고 안개처럼 떠다니는 농약 냄새가 진동한다. 집집이 농약 주는 날이 다르다 보니 농약 냄새가 끊이질 않는다. 농약 주는 사람은 물론이고 지나다니는 사람들도 농약이 떠다니는 공기를 마셔야 한다. 집과 가까운 곳의 농작물에 농약 주는 날은 문밖으로 나가지 말아야 하고, 열어 놓은 장독대를 덮어야 하고, 아무리 더워도 방문은 꼭꼭 닫아야 한다. 마당에 널어놓은 빨래도, 멍석에

펴놓은 멍거리도, 비설거지하듯 모두 거둬들여야 한다.

궁금한 것을 참지 못하는 현태가 또 물었다.

"할아부지, 뜸부기는 어티기 잡어유. 총으루 잡어유?"

돌배 영감 젊은 시절만 해도 농촌 아이들이 등하굣길에 자주 볼 수 있었던 뜸부기를 이제는 사진으로 보고 책으로 배워야 한다. 돌배 영감은 지나가 버린 옛이야기가 되어 안타까워도 자신이 알고 있는 것을 현태에게 가르쳐 줄 수 있어 그나마 다행이라는 생각이 들었다.

"뜸빅이는 총으루 잡는 게 아니구 낚싯줄처럼 질긴 줄을 가지구 이슬비 내리는 날 즌기줄에 물방울 맺히딕기 아주 촘촘헌 올무를 동글동글허게 맹글어 뜸빅이가 넘어 댕기는 논두렁에 빈틈읎이 쫘악 깔어 놓는 겨. 뜸빅이가 논두렁 어디를 밟구 넘어 댕길지 모르니께. 그렇기 올무를 놓구설랑 낚시꾼이 낚시에 물괴기가 걸리기를 기다리딕기 뜸빅이가 걸려들기를 기다리는 거지. 어떤 때는 올무를 놓구 담배 한 대를 다 태우기 전에 뜸빅이가 쌍으루 걸려들기두 허지만 안 걸릴 때는 아주 한만 세월이여."

'찌익' 별똥별이 자로 재듯 들판을 가로질러 순식간에 사라졌다. 달이 기울자 풀벌레 울음소리도 잦아들었다.

'아버지만 살아 있어도!'

갑자기 가슴이 울컥해진 현태는 아버지 얘기만이라도 듣고 싶어 감나무를 올려다보며 물었다.

"할아부지, 이 감나무는 아부지가 고욤나무에 접목을 시켰다면서유?"

'선돌이만 살아 있어도!'

현태를 바라보는 돌배 영감은 죽은 선돌이 눈에 밟혔다. 돌배 영감은 앞으로 허물어지는 허리를 지팡이로 떠받치듯 짚으며 말했다.

"그랬지. 우리 선돌이 군대 갔다 제대허구 돌아온 이듬해였어. 그해 이른 봄이었는디 어디서 접목 기술을 배웠는지 소 외양간 옆에 있던 고욤나무를 베어낸 뒤 거기다 감나무 접목을 허구 몇 년을 가꾸었는디 한 줄기는 월하가 열리구 또 다른 줄기는 장둥이 주렁주렁 열리는 겨. 그걸 보는 순간 어찌나 신기허던지. 나는 그때꺼정 감나무 한 그루에 한 종류의 감만 열리는 걸루 알었지 두 종류의 감이 열린다는 건 도무지 상상두 못 했거든. 물론 보지두 못했구. 나는 하두 신기해 선돌이에게 도대체 어떻게 된 거냐구 물었지. 선돌이 싱글싱글 웃으며 허는 얘기가, 고욤나무에 감나무를 접목헐 때 두 종류의 감나무 줄기를 잘러다 양쪽으루 접목했다는 겨. 나는 고욤나무 한 뿌리에 여러 종류의 감나무를 접목헐 수 있다는 걸 그때 츠음 알게 되었지. 동네 사람들두 우리 감나무를 보구 신기허다며 선돌이를 보기만 허면 접목을 해 달라구 했어. 그래서 선돌이 날을 잡어 온 마을을 돌어댕기며 접목을 해 줬어."

돌배 영감은 이야기 중에 고욤나무를 베어내고 감나무 접목을 시키던 선돌이 눈에 선하게 떠올라 가슴이 묵직했다. 현태는 할아버지 얘기를 들으며 홍시 따 주던 아버지 생각에 눈물이 떨어질 것 같아 감나무를 아득히 올려다보며 또 물었다.

"할아부지, 접목은 어티기 해유? 지두 배우구 싶어유."

돌배 영감은 호기심이 많은 현태가 그렇게 물을 줄 알고 기다렸다는 듯이 바로 대답했다.

"우선 접목헐 감나무 품종을 선택해 그 줄기를 잘러다 놓구 고욤나무 밑동을 베어낸 뒤 밑동 거죽을 들추구 그사이에 감나무 줄기를 깊숙이 꽂어 접합시키구설랑 공기가 들어가지 못허게 야무지게 꼭꼭 싸매 두는 겨. 그러면 고욤나무 뿌리에서 수액을 감나무루 올려보내 감나무에서 움이 나오거든. 그러니께 다시 말허자면 감나무는 고욤나무 뿌리를 제 뿌리루 받어들이구 고욤나무는 감나무 줄기를 제 줄기루 받어들이는 거지. 접목은 그렇기 서루가 반반씩 희생허면서 온전히 한 몸으루 받어들여야 살어남을 수 있는 겨. 자기희생 읎는 접목은 있을 수두 읎구 있어 봤자 살 수 읎는 겨."

'흐음. 어느 겨를에.'

현태에게 접목 이야기를 들려주던 돌배 영감은 문득 떠오르는 생각에 갑자기 말문이 턱 막혔다.

어느 정부가 되었든 양극화와 갈등과 분열을 해소하고 화합하자고, 공생하자고, 상생하자고, 동반성장 하자고, 다 함께 더불어 잘 사는 나라를 만들자고, 같은 말을 아무리 다르게 골백번 떠벌려도 모두 공허한 말장난일 뿐이다. 어찌 접목하듯 자기희생 없이 말로 이룰 수 있단 말인가. 말로 떡을 하면 오병이어(五甁二魚)의 기적(奇蹟)을 넘어서 온 국민이 먹고도 남을 것이다.

어느새 갈매산 봉우리까지 올라간 달이 커튼을 치듯 산그늘을 내리고 있었다. 감나무 가지 사이로 내려온 달빛이 현태 얼굴을 환히 비추었다. 현태 얼굴은 그때까지 이스트 넣은 밀가루 반죽처럼 부풀어 있다. 달빛에 정면으로 드러낸 현태 얼굴을 바라보던 돌배 영감의 눈가에 파르르 경련이 일었다. 돌배 영감에게 현태는 누가 뭐래도 이 세상에 돈보다 귀하고, 금은보석보다도 귀하고, 자기 생명보다 더 귀한 손자였다. 돌배 영감은 이제 현태와 영원한 이별을 준비해야 할 때가 가까워졌다는 것을 생각하는 순간 가슴이 먹먹했다. 어느덧 달이 서쪽으로 많이 기울었다. 풀벌레 울음소리도 잦아들고 사위가 고요했다. 돌배 영감이 나직한 목소리로 물었다.

"현태야, 늬는 장차 뭐 해 먹구살 겨?"

현태는 주저 없이 대답했다.

"지는 과수원 허는 게 꿈인디유."

돌배 영감은 귀를 의심하듯 다시 물었다.

"뭐라구! 과수원 허는 게 꿈이라구?"

현태도 같은 대답을 되풀이했다.

"야아. 지는 나중에 꼭 과수원을 허구 싶어유."

돌배 영감은 현태가 과수원을 하고 싶다는 말에 정신이 아득히 빠져나갈 만큼 놀랐다. 선돌이 군에서 제대하고 돌아와 과수원이 꿈이라며 과수원을 하겠다고 했다. 과수원을 만들고 과일나무를 심고 가꾸어 수확하기까지 한두 해 걸리는 것도 아니고 투자하는 돈도 돈이지만 그동안 먹고사는 게 문제였다. 돌배 영감은 선돌이 말끝에 세상 물정 모르는 철딱서니 없는 놈이라고 과수원이 어린애 장난이냐고 호되게 야단을 쳤다. 그 뒤로 과수원 얘기는 두 번 다시 꺼내지 않았다.

돌배 영감은 선돌이 죽은 뒤 자식의 꿈을 도와주지 못할망정 좌절시킨 것을 평생 후회했다. 피는 못 속인다고 현태마저 과수원을 하겠다는 말에 선돌이 너무 보고 싶고 미안했다. 차라리 선돌이 과수원을 하겠다고 할 때 죽이 되든 밥이 되든 그냥 내버려 뒀더라면 밤에 물꼬 보러 가다 낭떠러지 밑으로 떨어져 죽지 않았을 것이 아닌가 하는 회한이 들었다. 그러나 그때는 그때고 지금은 지금이다. 지금은 현태를 위해 죽기 전 다만 몇 그루라도 과일나무를 심어야 한다. 돌배 영감이 무거운 목소리로 현태를 불렀다.

"현태야!"

현태는 할아버지가 드디어 야단치려는 줄 알고 기어드는 목소리로 대답했다.

"야아."

현태 대답을 듣고도 한동안 침묵하던 돌배 영감이 말했다.

"현태야, 내가 늬를 너무 힘들게 키워서 볼 낯이 읎다. 나는 늬가 몹시 힘들어 헐 때마다 물가에 내놓은 어린아이처럼 마음이 조마조마했어두 그냥 지켜볼 수밖에 읎었다. 그건 아무리 힘들어두 늬가 이겨내야 헐 늬 몫이니께. 그리구 사람은 아무리 좋은 가정, 좋은 부모에게 태어나두 모든 걸 다 가지구 태어날 수 읎는 겨. 살갗두, 생김새두, 건강두, 태어나는 곳두 제 의지와 상관읎이 태어나니께. 허지만 제 의지대루 살 수는 있는 겨. 살다 보면 언젠가는 국적이 다르구, 사는 곳이 다르구, 피부색이 달러두 차별 읎이 사는 날이 반드시 올 겨. 그러니 딴 맘 먹지 말구 딴 짓 허지 말구 차별과 시련을 잘 견뎌 내야 혀. 늬가 꿈을 잃지 않구 열심히 살다 보면 언젠가는 반드시 이루어지는 날이 올 테니께."

돌배 영감은 목이 메었다. 예상치 못한 할아버지 말씀을 들은 현태도 눈시울이 붉어졌다. 현태가 목이 멘 소리로 대답했다.

"야아. 할아부지."

돌배 영감이 감나무에 올라가 빨갛게 익은 감을 따던 날 선돌이 베트남 며느리를 데리고 들어오던 모습이 그렇게 좋아 보일 수가 없었다. 현태가 태어났을 땐 그야말로 온 세상을 다 얻은 듯했다. 생때같은 자식을 가슴에 묻고도 하늘이 맺어 준 인연이라 믿었던 아내를 먼저 저세상으로 보내고도 버틸 수 있었던 건 현태가 있기 때문이다. 돌배 영감은 무거운 짐을 내려놓은 사람처럼 깊은 숨을 몰아쉬며 말했다.

"현태야, 이제 고만 일어나 또 가 보자!"

"야아. 할아부지."

돌배 영감이 일어나 지팡이를 곧추 잡았다. 현태가 할아버지 겨드랑이 밑으로 들어가 겯부축하고 집 근처에 이르자 흰둥이가 '컹' '컹' 짖었다. '깨갱' '깨갱' 새끼들도 따라 짖었다. 돌배 영감이 흰둥이를 석철네 검둥이에게 보내 새끼를 들였다. 그로부터 초승달이 차오르듯 흰둥이 배가 점점 불러지더니 두 달이 지난 뒤 검둥이 두 마리, 흰둥이 두 마리, 검둥이 양 눈두덩 위로 동전만 한 흰 점이 달무리처럼 박힌 점박이가 태어났다. 강아지가 짖자 석철네 검둥이도 성갑이네 누렁이도 따라 짖었다.

월남댁이 마루에 등불을 환하게 켜 놓고 대문 밖에 나와 기다리고 있었다. 엄마를 본 현태가 할아버지 손을 놓고 달려가 엄마 품에 담쏙 안겼다. 현태가 엄마 손을 잡고 마당으로 들어섰다. 앞발로 개장을 짚고 올망졸망 일어선 아롱이다롱이가 앞발을 바동거리며 밖으로 나오지 못해 안달했다.

공무집행 방해

지난해 가뭄은 올해보다 더 심했다. 성갑은 하루에도 몇 번씩 아픈 자식 돌보듯 모를 낸 논에 들어가 논두렁을 살펴보고 잡초를 뽑아 주었다. 날이 가물어 잡초는 뽑아 놓기 무섭게 말라 죽었으나 벼 포기 끝은 불판 위에 익어 가는 새우 수염처럼 벌겋게 타들어 갔다. 논농사를 거의 포기할 즈음 장마철이 돌아왔다.

장마는 긴 가뭄을 벌충이라도 하려는 듯 초장부터 세차게 퍼붓자 성갑이네 논머리 하천 둑은 온데간데없이 사라져 버렸다. 다른 논은 비가 그치고 물이 빠지면 큰 피해가 없는데 하천 둑에 붙은 성갑이네 논바닥은 오글오글한 자갈 무더기로 변해 버렸다. 한 해도 거르지 않고 내리 3년째 하천 둑이 힘없이 터져 버렸다.

성갑은 면장을 찾아가 하천 둑을 막아 달라고 청원했다. 하천 둑이 터질 때마다 사진을 찍어 가고 피해조사를 해 간 면장은 '예산이 내려오지 않았다'고 했다. 성갑은 관에서 '예산이 내려오지 않았다'는 말을 들으면 마냥 답답하고 철벽을 마주한 듯 막막했다.

여름이 가고, 가을이 가고, 겨울이 지날 때까지 면장은 여전히 판에 박은 듯 '예산이 내려오지 않았다'고 예산 타령만 되풀이했다. 아니나 다를까. 성갑이 우려했던 대로 농번기가 돌아오자 건설회사 인부 두세 사람이 나와 장비 한 대 들이대고 죽어 가는 게 발 움직이듯 '덜그럭' '덜그럭' 논바닥에 자갈을 걷어내고 하천 둑을 막기 시작했다. 아무리 작은 공사라도 시작과 끝이 있을 텐데 제방공사를 언제 착공하고 언제 준공한다는 말도 없고 공사하는 동안 담당 공무원은 누구 한 사람 코빼기도 비치지 않았다. 하천 둑을 다 막기 전 다시 장마철이 돌아왔다. 마치 기다렸다는 듯 건설회사가 서둘러 막아 놓은 하천 둑은 여지없이 터져 나갔고, 논바닥은 다시 자갈 무더기로 변해 버렸다. 막아 놓으면 터지고, 피해 조사해 가고, 또 막아 놓으면 또 터지고, 또 피해 조사해 가고. 제방공사는 매번 같은 시기에 같은 회사가 같은 방식으로 다람쥐 쳇바퀴 돌 듯했다.

하천 둑이 터질 때마다 성갑이 속은 터지다 못해 문드러졌다. 열 일 제쳐 놓고 담당자를 찾아가 '하천 둑이 왜 자꾸 터지느냐'고 '언제부터 막을 거냐'고 물어보면 '피해보상을 해 주지 않았느냐'고 '예산이 내려오는 대로 막을 테니 돌아가 기다리라'고 했다. 공무원들은 피해보상만 해 주면 다 된다고 생각하는지 몰라도 농부의 마음은 농사에 있지 피해보상에 있는 게 아니다.

농사철을 앞두고 논에 들어가 오글오글한 자갈 무더기를 바라보던 성갑이 두 주먹을 불끈 쥐고 면사무소로 달려가 다짜고짜 면장실로 쳐들어갔다. 면장을 만나려거든 낚시터로 가라고 할 만큼 낚시광으로 알려진 면장은 어중이와 낚시가방을 챙기고 있었다. 성갑은 면장에게 같은 말을 되풀이하고 싶지 않아 단도직입적으로 들이댔다.

"면장님, 해마다 우리 논다랭이 하천 둑만 터지는 이유가 뭐유?"

성갑을 한 번 흘낏 쳐다본 면장은 여전히 낚시가방을 챙기며 퉁명스럽게 대꾸했다.

"그걸 몰라 묻습니까? 그건 천재지변이요, 천재지변!"

면장은 대수롭지 않다는 듯 천재지변이라고 했다. 그것도 내리 3년째 하는 말이다. 성갑이 따지듯 물었다.

"천재지변이라니유. 아니, 뭔 늬므 천재지변이 내리 3년째 그 자리에서만 일어난대유?"

면장이 싸라기밥을 먹었는지 반말로 언성을 높였다.

"글쎄, 천재지변을 나보고 뭘 어쩌라고?"

하천 둑이 터질 때마다 면에서 나와 피해조사는 꼬박꼬박 해 가면서도 천재지변이라고 우기는 면장이 참으로 한심해 보였다. 아니 수백 미터 하천 둑에서 해마다 성갑이네 논둑 몇 미터만 계속 터지는 게 천재지변이란 말인가. 성갑이 어이없다는 표정으로 말했다.

"아니 바다두 막구 댐두 건설허구 4대강 사업두 허는디 어트기 쬐끄만 하천 둑 하나를 해마다 터지게 막어 놓구 천재지변이라면 그게 말이 되는 소리유? 동네 개가 다 웃겄슈."

면장 말에 개가 웃다니. 성갑이 말이 떨어지기 무섭게 면장이 삿대질을 해대며 소리쳤다.

"뭐야? 천재지변이라면 천재지변으로 알 것이지 어따 대고 행패야. 당신은 지금 공무집행 방해하고 있는 거야. 공무집행 방해!"

성갑이 눈에서 파란불이 번쩍했다. 민원을 처리해 달라는데 공무집행 방해라니. 성갑이 참다못해 면장 앞으로 한 발 다가서며 목청껏 받아쳤다.

"공무집행 방해라니유. 아니 장마 오기 전 하천 둑을 막어 달라면 예산이 내려오지 않었다구 미루구. 장마에 막다 터지면 천재지변이라구 허구. 제에미 씨부랄거 이따위 낚시가방 챙기는 것두 공무유?"

성갑은 면장이 잡은 낚시가방을 낚아채어 번쩍 들어 올려 탁자를 내리쳤다. 낚시가방이 풍선 터지듯 팡 터지며 낚시도구가 자르르 흩어지고 탁자 위에 깔아 놓은 유리가 '와장창' 박살났다. 면장이 달려들어 성갑의 멱살을 잡았다. 성갑이도 면장 멱살을 맞잡았다. 어중이 달려들어 말렸다.

면장실이 소란해지자 면사무소 직원들이 우르르 몰려와 성갑을 떼어내 밖으로 끌고 나가 내동댕이쳤다. 악에 받친 성갑이 면사무소를 향해 바락바락 악을 쓰며 불끈 쥔 주먹으로 허공을 내지르다 제풀에 지쳐 돌아섰다. 해가 많이 기울었다.

동네 어귀까지 터덜터덜 걸어가던 성갑이 구멍가게 앞에 있는 평상에 올라앉아 소주를 마시기 시작했다.

"준호 아부지, 인자 술 좀 구만 잡슈. 워디 갔다 오는디 집에 안 가구 들입다 술만 퍼먹는댜. 나 원 참, 살다 살다 별꼴 다 보겄네. 통 안 그러던 양반이 도대체 오늘은 웬일이랴?"

가게 안에서 푸성귀를 다듬다 나온 덕산댁은 성갑이 술을 더 달라고 소리치자 빈 술병부터 치우며 나무랐다. 성갑은 덕산댁이 뭐라고 하든 아랑곳없이 술만 더 달라고 했다.

"아줌니, 수울 한 병만 더 줘유. 딱 한 병만 더 먹구 갈팅께."

덕산댁에게 술을 더 달라며 주춤주춤 달려드는 성갑은 몸을 제대로 가누지 못했다. 날은 이미 저물었다. 덕산댁이 소리쳤다.

"그 독헌 술을 멀국두 읎이 두 병이나 마시구 혀가 꼬부라져 말두 지대루 못 허는구먼. 술은 또 뭔 늬므 술여. 에헤, 지발 좀 구만 먹구 빨랑 집에 가라니께 그러네에."

덕산댁은 술 한 병만 더 달라고 내미는 손을 냅다 뿌리치며 성갑을 떠밀다시피 하여 올려 보낸 뒤 술병을 거둬 들고 가게 안으로 바람처럼 사라졌다.

성갑이 아내 순주는 좀 이상한 생각이 들었다. 점심상을 물린 뒤 감자밭 매러 가자고 거듭 말해도 성갑은 들은 척도 안 하고 논에 간다며 집을 나갔는데 해가 기울도록 돌아오지 않았다. 혼자 감자밭을 매던 순주는 설핏설핏 마음이 켕기고 공연스레 일손이 허둥거려졌다. 만날 둘이 붙어 다니며 일을 하다 혼자 하려니 일할 맛도 안 나고 능률도 오르지 않았다. 더욱이 멧돼지란 놈이 아직 알이 다 굵지 않은 감자밭에 들어가 들쑤시고 돌아다니며 쑥대밭을 만들어 놓아 더더욱 일할 맛이 나지 않았다. 멧돼지뿐만 아니다. 고라니는 고라니대로 콩밭, 팥밭, 고구마밭을 가리지 않고 닥치는 대로 스님 머리 깎듯 모조리 잘라 먹었다. 그놈들을 모조리 잡아 죽여도 시원찮을 판에 언제부터인지 꿩, 노루, 토끼, 고라니, 멧돼지, 뱀, 개구리도 잡지 말란다. 아니 잡다가 감시원에 걸리거나 누가 신고라도 하면 벌금을 내든지 징역을 살아야 한다고, 신세 조진다고 했다.

짐승들조차 만만한 싹을 봤는지 도무지 농사꾼을 무서워하지 않는다. 고라니와 토끼는 서로 경쟁하듯 대낮에 뜰 안까지 들어와 채마밭에 심어 놓은 강낭콩, 무, 배추, 상추, 고추, 아욱, 시금치까지 모지락스럽게 뜯어 먹고, 멧돼지란 놈은 부엌에 들어가 끼닛거리로 내놓은 고구마를 몽땅 먹어 치우고도 양이 덜 찼던지, 담 밑에 묻어 둔 감자 구덩이를 파헤치고 모두 파먹었다. 가뭄에, 장마에, 짐승에, 파먹히고 뜯겨 가며 피땀으로 농사지어 찌꺼기는 가려내고 좋은 것만 고르고 골라 시장에 내놔 봐야, 중간 상인들이 달려들어 짐승보다 더 무자비하게 뜯어먹었다. 이리 뜯기고 저리 뜯기고 품값도 안 되는 돈 몇 푼 받아 쥐고 집으로 돌아와 가려낸 찌꺼기로 밥상을 차리려면 사는 게 왜 그리 구차스럽고 서러운지. 감자밭을 매던 순주가 벌떡 일어나 손을 탈탈 털고 집으로 들어갔다.

혹시나 했는데 성갑은 그때까지 돌아오지 않았다. 순주는 부엌으로 들어가 심란한 마음을 추스르며 저녁 준비를 했다. 솥에 쌀을 안치고 저녁 국거리로 된장을 걸러 붓는데 여느 때와 달리 전화벨이 요란스럽게 울렸다. '뭔 늬므 즌화 소리가 저리두 방정맞은 겨.' 순주는 된장을 거르다 말고 비 맞은 중처럼 중얼거리며 마루에 올라가 전화부터 받았다.

"여보슈?"

"나여. 집에 있었구먼. 나는 즌화를 하두 안 받길래 집에 읎는 줄 알었어. 뭔 일 있남?"

구멍가게 덕산댁이었다.

"안유. 아무 일두 읎슈. 그냥 저녁 해유."

"그려. 뭐 맛난 거 혀?"

"건건이 거리가 신퉁찮은디, 뭘루 맛난 걸 헌대유? 퇴깽이처럼 풀만 먹어유."

"워디 아픈 디라도 있는 겨? 워째 목소리가 그렇티야."

"아픈 디 읎슈. 그런디 웬일루 아줌니가 즌화를 다 했대유?"

"으응, 준호 아부지가 술이 잔뜩 취해 가지구 방금 올러갔어."

"야아? 누구랑유?"

"혼자 왔었는디 내가 물어봉께 면에 갔다 오는 질이라구 했다가 논에 갔다 오는 질이라구 했다가 도무지 종잡을 수가 읎어. 그런디 쏘주를 두 병이나 마시구 더 달라는 걸 안 주구 등 떼밀어 올려 보냈으니께 아마 곧 들어갈 겨. 쬐끔만 더 지둘러 봐."

지금껏 남편이 낮술에 취해 다니는 걸 보지 못한 순주는 영 마음이 개운치 않았다. 무슨 일이 있는지 알 수 없으나 '곧 들어오겠지' '들어오겠지' 하면서도 눈길은 자꾸 대문 밖을 좇았다. 술에 취한 남편 속을 풀어 주려면 해장국이라도 끓여야겠는데 부엌을 모조리 뒤져도 해장국 거리가 나오지 않았다. 해장국 거리를 찾지 못한 순주는 다시 손을 재게 놀려 된장국을 안치며 연신 밖을 내다봤다.

가게를 나와 곧장 집으로 왔다면 벌써 들어올 시간이 한참 지났다. 순주는 마음이 불안하고 켕겨 더는 기다릴 수 없었다. 학교에서 돌아온 준호가 '배고파 죽겠다'는 걸 잠시 기다리라고 이른 뒤 대문을 나섰다. 스산한 바람이 가랑잎을 몰고 지나갔다. 몸살이 오려는지 으슬으슬 한기가 느껴졌다. 순주는 부르르 진저리를 치며 비닐하우스 앞을 막 지나치는데 갑자기 머리끝이 쭈뼛쭈뼛 곤두섰다. 한번도 느껴 보지 못한 참으로 괴이한 일이었다. 전날 비닐하우스에 들깨 모종을 하고 바람이 불 때마다 출입문이 덜거덕거려 철사로 잡아맸는데 또 열려 있다. 품이 많이 들고 잔손질이 자주 가는 비닐하우스 농사를 지으려면 집에까지 왔다 갔다 할 새가 없어 헌 냉장고를 갖다 두고 끼니를 이어 가며 잠깐씩 눈을 붙이는 자리를 마련해 놓았는데 비닐하우스가 비어 있는 틈을 귀신같이 알고 학생들이 가방을 멘 채 드나들었다. '그사이 또 학생들이 왔다 갔나?' 의아스럽게 생각한 순주는 길을 가다 말고 발길을 비닐하우스로 돌렸다.

사람이 들어갈 만큼 열린 비닐하우스 문을 다시 닫아걸려고 풀려

나간 철사 도막을 찾는데 안에서 희끄무레한 게 꿈틀거렸다. '아이고머니나!' 순주는 또 학생들이 부둥켜안고 있는 줄 알고 깜짝 놀라 뒷걸음질 치는데 버둥거리는 사람이 남편인 것을 알아채고 그만 기겁을 했다.

"아이구! 준호 아부지! 정신 차려유, 정신."

순주가 끌어안고 흔들어대던 남편에게서 농약 냄새가 물씬 코를 찔렀다. 순주는 남편을 냅다 밀치고 비닐하우스를 뛰쳐나가 사람 살리라고 목청껏 소리치며 집으로 달려갔다. 순주가 대문을 박차고 집 안으로 뛰어들자 준호가 덩달아 뛰어나오며 소리쳤다.

"엄마, 왜 그래유?"

순주가 부엌 쪽으로 달려가며 소리쳤다.

"준호야, 일일구 불러! 얼릉 일일구 불러!"

눈을 홉뜨고 바락바락 소리치는 순주는 이미 제정신이 아니었다. 준호가 벌떡 일어나 전화기를 집어 들자 순주가 부엌으로 뛰어 들어가는데 부엌 문짝 떨어져 나가는 소리가 요란했다. 순주는 다시 비닐하우스로 달려가 남편 입을 벌리고 된장국 끓이려고 걸러놓은 된장 물을 들이부었다. 남편은 된장 물을 꿀꺽꿀꺽 넘기다 말고 온몸을 들썩거리며 '웩' '웩' 토해내기 시작했다. 순주는 남편 등을 사정없이 두들겼다. 어지간히 토한 듯했다.

그사이 구급차가 들어오고 들일 마치고 돌아가던 마을 사람들의 도움으로 축 늘어진 성갑을 끌어내 싣고 읍내 한마음의원으로 내달렸다. 의원에 도착하자마자 위세척을 받았다. 위세척을 마치고 나온 의사가 '환자에게 된장 물을 먹여 바로 토하게 하여 살았다'고, '생명에 지장이 없다'고 했다. 순주가 된장 물을 먹이고 등을 두드린 것은 누가 시켜서 한 것도 아니고 알고 한 것도 아니었다. 음식을 잘못 먹으면 된장 물을 걸러 마시고 토하듯이 그냥 본능적으로 했을 뿐이다. 이튿날 새벽 긴 잠에서 깨어난 성갑이 순주 이야기를 듣고 기가 막혔다.

'내가 농약을 먹고 죽으려고 했다니!'

성갑은 그 전날 비닐하우스에 들어가 들깨 모종을 하며 마시다 남은 막걸리가 있었다. 만물가게를 나와 비닐하우스 앞을 지나가던 성갑은 전날 먹다 남은 막걸리가 생각났다. 그는 집으로 가다 말고 비닐하우스에 들어가 막걸리를 마신다고 마셨는데 하필 들깨 모종에 뿌려 주고 남은 농약을 마셔 버렸다. 성갑이 들깨 모종에 주고 남은 농약을 빈 막걸리병에 담아 놨는데 뒷정리하던 순주가 먹다 남은 막걸리인 줄 알고 냉장고에 넣어둔 모양이다. 저 독성 농약을 묽게 탔기에 망정이지 하마터면 농약 먹고 자살했다는 누명을 쓴 채 허망하게 죽을 뻔했다.

밤사이 온 마을에 성갑이 농약을 마시고 자살하려 했다는 소문이 파다하게 돌았다. 식전 댓바람에 병원으로 달려온 석철이 죽은 듯이 누워 있는 성갑을 붙들고 한바탕 눈물 바람을 피우며 넋두리를 퍼부었다.

"에이구 성님, 그래두 살어야지유. 죽을 결심으루 살어야지유. 개똥밭에 굴러두 이승이 좋다는디 그래두 살어야지유. 나라구 왜 성님 거튼 생각을 안 했겄슈, 나라구 왜 성님 해거튼 맘이 읎었겄슈. 우리네야 살구 싶은 마음보다 차라리 죽구 싶다는 생각이 더 많은디 성님 혼자 가 버리면 나는 워턱허라구유. 에이구우 성님, 그래두 살어야지유."

성갑이 농약을 먹었다는 소식을 전해 들은 석철은 눈앞이 캄캄했다. 평생 동기간처럼 살아온 것도 그렇지만 석철이 융자받을 때 성갑이 보증을 섰고 성갑이 융자받을 때 석철이 연대보증을 섰다. 석철이나 성갑이나 가진 재산을 몽땅 처분해도 융자 갚고 나면 별로 남을 게 없다. 석철은 자신이 죽어도 성갑이 죽어도 죽음만으로 끝날 일이 아니라는 생각에 아찔했다. 다행히 성갑이 생명에는 지장이 없다고 했다. '휴우' 석철은 죽은 듯이 누워 있는 성갑을 바라보며 천만다행이라고 생각하며 허청허청 병실을 나섰다.

석철 뒤를 이어 돌배 영감이 현태의 부축을 받으며 병실로 들어왔다.

"아이구! 이 사람아. 내가 죽으면 자네가 나를 묻어 줘야지, 이 무슨 해괴헌 짓이여. 처자식을 생각해서라두 어티기든 버텨내야지."

돌배 영감의 짓무른 눈에서 눈물이 질금질금 흘러내렸다. 혀와 목이 상한 성갑이 오만상을 찡그리며 술김에 물에 탄 농약을 막걸리로 알고 마셨다는 얘기를 떠듬떠듬 늘어놓았다. 돌배 영감이 허물어지듯 의자에 털썩 주저앉으며 말했다.

"그러면 그렇지. 자네는 마당바위에 꺼꾸루 매달아 놔두 살 사람이여. 이 사람아, 그래두 그만허기가 다행일세. 천만다행이여."

농약을 막걸리로 알고 마셨다는 성갑이 말을 들은 돌배 영감은 안도의 한숨을 길게 내쉬며 엉거주춤 일어섰다. 현태가 재빨리 달려가 할아버지 겨드랑이 밑으로 들어가 곁부축했다. 성갑은 현태를 보면 볼수록 근본이 바른 아이라는 생각이 들었다.

며칠 뒤 면사무소에서 걸려온 전화를 받았다. 전화를 건 사람은 자신이 공익직불제 담당이라고 했다. 그가 전화를 건 이유는 '논두렁은 벼를 심지 않으니 공익직불제 면적에서 빼겠다'는 거였다. 성갑은 잘못 들은 줄 알고 다시 물었는데 담당자에게 똑같은 대답이 돌아왔다. 성갑이 하도 기가 막히고 어이가 없어 '논은 논바닥보다 논두렁이 더 중요한 것 아니냐? 논두렁 없이 논농사를 어떻게 짓느냐? 논두렁은 농지세를 안 받아가느냐?'고 따져 보았지만 상부의 지시라며 '이의가 있으면 법대로 하라'고 했다.

사람 참 미치고 환장하여 팔짝 뛸 일이다. 성갑은 그길로 면사무소에 들어가 주민등록증을 내밀며 농지원부 한 통을 떼 달라고 했다. 공익직불금 면적에서 논두렁 면적을 뺀다는 기상천외한 발상의 결과를 확인해 보기 위해서였다. 담당 여직원이 주민등록증을 받아 들고 '어느 필지를 떼 달라는 거냐?'고 물었다. 지금까지 없던 일이라 되물었다.

"아니. 어느 필지라니유. 필지를 일일이 다 외우구 댕기나유. 내동 떼 주던 대루 내 농지원부 한 통 떼 줘유?"

담당 여직원이 단호히 말했다.

"안 돼요. 농지원부가 농지대장으로 바뀌어 필지별로 농지대장을 발급해 드립니다. 선생님이 가지고 계신 필지는 모두 열한 필지네요. 어느 필지를 떼 드릴까요?"

성갑이 농지가 열한 필지라는 말도 처음 들어보는 소리다. 그때까지 농지가 몇 평이냐는 질문은 들어봤어도 몇 필지를 가지고 있느냐는 질문은 들어 본 적도, 해본 적도 없다. 자본이 빈약한 시골 농부들은 규모가 작은 농지를 한 필지씩 사들여 필지 수는 많아도 면적은 적다. 이웃 밭이나 논을 사들여 합치면 밭 한 뙈기, 논 한 다랑이에 두세 필지가 들어가 있는 것도 적지 않다. 그런 농지는 측량을 해

봐야 지번(地番)을 알 수 있다. 하물며 논에 가고 밭에 갈 때 지번을 따라가는 것도 아니고 가족들 전화번호도 다 기억 못 하고 사는데 농지 지번을 어떻게 다 기억하고 다닌단 말인가. 성갑이 말했다.

"나는 농지원부 한 통 떼서 내 농지가 어티기 구성되었는지 알구 싶어 왔는디유."

담당 여직원은 컴퓨터를 또닥거리며 말했다.

"그러시면 농지대장 열한 통을 모두 떼셔야 해요."

농지대장 열한 통을 떼라니! 가족관계증명서를 떼면 가족이 열 명이라도 A4 용지 한 장에 안에 다 들어가 있다. 설령 가족이 아무리 많아도 두 장은 넘지 않을 것이다. 가족관계증명서를 가족대장이라는 이름으로 바꾸고 가족 수대로 가족대장을 떼어 가라는 것과 다르지 않다. 성갑은 듣고도 도무지 이해할 수 없어 다시 물었다.

"농지원부를 떼든 농지대장을 떼든 그 안에 모든 필지가 들어 있는 게 아닌가유?"

담당 여직원은 짜증스럽게 말했다.

"아니라니까요. 법이 그렇게 바뀌었어요. 떼실 거예요. 마실 거예요?"

성갑은 법이 그렇다는데 더 할 말이 없어 퉁명스럽게 말했다.

"그럼 어디 한번 모두 떼 줘 봐유."

담당 여직원이 한참 만에 농지대장 열한 통을 불쑥 내밀었다.

"한 통에 500원씩 5,500원이에요."

성갑이 수수료를 내고 두툼한 농지대장을 받아 들고 보니 참으로 난감했다. 예전의 농지원부는 A4 용지 한 장에 순번, 농지소재지, 공부지목, 실제지목, 경작면적, 경작구분, 기타 이렇게 한 장에 일

목요연하게 들어갈 건 다 들어가 있었고 합산된 총면적이 나왔다. 성갑이 받아 든 농지대장은 농지원부와 크게 바뀐 것도 없는데 스물두 장이었고 그 스물두 장의 면적을 합산해야 총면적을 알 수 있다. 경작면적도, 휴경면적도 그렇다. 성갑이 받아 든 농지대장을 도로 보여주며 말했다.

"이것 즘 봐유. 농지를 필지루 관리해두 농지대장에 필지 순서대루 연이어 나와야지유. 한두 장이면 충분헐 걸 스물두 장으루 떼 주면 낭비가 많을 뿐만 아니라 여간 불편헌 게 아니잖어유. 나는 500원이면 될 걸 열 배가 넘는 5,500원을 줘야 하구유. 이건 누가 봐두 주먹구구식 탁상행정 아니유. 탁상행정!"

담당 여직원이 발딱 일어나 성갑을 째려보며 소리쳤다.

"글쎄 법이 그렇다는데 왜 그렇게 말이 많으세요. 나는 법대로 했어요. 그러니까 불만 있으면 법대로 하세요. 법대로!"

성갑이 돌아서며 한마디 더 보탰다.

"나는 법을 모르니께 말루 물어보겄슈. 아니 나랏돈으루 월급받구 허는 일인디 뭔 늬므 수수료가 이렇기 비싸유. 동네 문방구에서 두 장 복사해두 100원 안팎이잖어유?"

담당 여직원이 쥐를 발견한 고양이처럼 노려본다. 면 직원들이 일손을 놓고 성갑을 지켜보고 있다. 성갑은 뒤통수에 따가운 눈총을 느끼며 면사무소를 나왔다.

교토사굴

고사성어에 교토삼굴(狡兎三窟)이란 말이 있다. 교활한 토끼는 3개의 굴을 파 놓는다는 뜻으로, 사람이 교묘하게 잘 숨어 재난을 피한다는 말이다. 석철이 파 본 산토끼 굴은 3개가 아니라 4개였다. 그 놈이 별난 놈이거나, 다른 놈보다 더 교활한 놈이거나, 아니면 그만큼 진화되었는지도 모른다. 하여튼 석철이 산토끼 굴을 발견한 것은 아주 우연한 기회였다.

논에 가는 길에 만덕산 덕암골을 바라보는데 수풀 사이로 지나가는 산토끼가 언뜻언뜻 보였다. 밭에 가든 논에 가든 산토끼나 고라니를 만나는 것은 대수롭지 않은 일이라 바로 눈길을 거뒀다. 다음 날도 논에 가는데 전날 본 그 길로 산토끼가 지나가는 것이 눈에 띄었다. 한두 번 산토끼를 보고 난 뒤 논에 갈 때는 자신도 모르게 그곳으로 눈길이 갔다. 물론 갈 때마다 보는 것은 아니지만 자주 눈에 띄었다.

산짐승들은 주로 다니는 길만 다닌다. 산토끼도 그렇다. 제 길만 고집하는 짐승은 그래서 죽는다. 사냥꾼들은 짐승이 다니는 길목에 덫이나 올가미를 놓고 함정을 파 놓기 때문이다.

석철이가 본 그 길이 산토끼가 지나다니는 길이라고 생각하면서도 이상한 것은 자귀나무 아래쪽으로 다보록한 다복솔이 다복다복 있는데 그사이로 들어가면 나가는 것도 나오는 것도 볼 수 없다. 그 자리에서 한참을 늘어지게 지켜봐도 산토끼는 다시 나타나지 않았다. 석철은 산토끼가 자취 없이 사라진 그 지점 어딘가에 토끼 굴이 있으라고 추측했다. 그때가 바로 산토끼가 새끼를 낳아 기를 시기였다. 토끼 굴이 있다고 짐작되는 그곳에서 몇 발짝만 더 나가면 바위 절벽이라 짐승조차 접근하기 어려운 곳이었다. 산토끼가 산세와 지형을 알아보고 굴을 팠다면 여간내기가 아닐 것이란 생각이 들기도 했다.

어느 날 석철이 발짝 소리를 죽여 가며 토끼 굴을 찾아보려고 산비탈을 타고 올라갔다. 어느 정도 올라갔다 싶기에 걸음을 멈추고 위를 올려다보다가 그만 털썩 주저앉을 만큼 놀랐다. 언제부터인지 몸을 옴쭉 낮추고 산비탈을 올라가는 석철을 노려보고 있는 산토끼가 눈에 확 들어왔기 때문이다. 석철이 경험으로는 그건 상상조차 할 수 없는 일이었다. 토끼가 제 방귀 소리에 놀란다고 생쥐 한 마리도 감당할 수 없는 산토끼는 미세한 인기척에도 혼비백산하여 달아나는 약하디약하고 순하디순한 짐승이기 때문이다.

상상할 수 없는 일이 일어났다는 것은 그만한 이유가 있을 것이다. 석철은 근처에 반드시 토끼 굴이 있고 굴속에 새끼가 들어 있을 것이라고 확신했다. 그 순간부터 석철이와 산토끼 사이에 서로 속고 속이는 머리싸움이 시작되었다. 석철이 별다른 반응을 보이지 않고 나뭇가지를 잡으며 같은 걸음으로 올라갔다. 후다닥 달아나야 할 산토끼가 오히려 마중 나오듯 석철을 마주 보며 비탈을 내려왔다. 석철은 속으로 몹시 당황했으나 겉으로 드러내지 않고 무심한 척 딴전을 피우며 몇 걸음 더 올라갔다. 산토끼도 바스락바스락 몇 걸음 더 내려오다 왼쪽으로 방향을 바꿔 달아났다. 사람이 두려워 혼비백산하여 달아나는 게 아니라 뛰어가면 잡을 수 있을 만큼 달아났다. 새끼를 잡아가려는 석철이도 어미를 노리는 척하고 그쪽으로 쫓아가다가 멈췄다. 산토끼도 멈추고 뒤를 돌아봤다. 아마 석철이 어디로 가나 확인하려는 게 아닐까. 석철이 다시 쫓아갔다. 산토끼도 다시 달아났다. 물론 산비탈을 올라갈 땐 뒷다리보다 앞다리가 훨씬 짧은 산토끼가 사람보다 열 배는 빠르다. 사냥꾼들은 토끼몰이 할 때 산 아래서 위로 모는 게 아니라 위에서 아래로 내리 몬다. 뒷다리가 길고 앞다리가 짧은 토끼가 다급할 땐 내리뛰지 못하고 바위가 구르듯이 고꾸라져 굴러간다. 산 위에서 산토끼가 굴러 내리면 산 밑에 있던 사람은 골키퍼가 굴러오는 공을 잡듯이 잡으면 된다.

석철이와 쫓고 쫓기며 산등성이를 지나서야 어디로 갔는지 산토끼는 보이지 않았다. 아마도 어딘가에 숨어서 석철이 길을 잃고 헤매다 그냥 돌아가기를 기다리며 지켜볼지도 모른다. 석철은 산토끼가 그렇게 믿으란 듯이 토끼굴을 확인하지 않고 잠시 헤매는 척하다 그냥 돌아섰다. 만약 석철이 토끼 굴을 알아냈다고 생각하면 산토끼는 제 새끼를 다른 곳으로 옮길 것이기 때문이었다. 산토끼는 새끼들을 살리느냐 죽이느냐의 절박한 싸움일 테고 석철에겐 자존심이 걸린 문제였다. 산비탈을 내려와 뒤를 돌아봐도 산토끼는 보이지 않았다.

다음 날 석철은 석남읍에 사는 장현수를 찾아갔다. 석철이 불알친구 현수가 망원경을 가지고 있기 때문이다. 석철은 그날부터 틈나는 대로 몸을 숨기며 빌려 온 망원경으로 지켜봤다. 산토끼는 좀처럼 망원경에 잡히지 않았다. 석철은 논에 가든 밭에 가든 어디를 가든 항상 망원경을 가지고 다녔다. 며칠 뒤 해가 산등성이 위로 한 발쯤 올라온 뒤 다복솔 밑에 앉아 있는 산토끼가 망원경에 잡혔다. 잠시 지켜보는 사이 산토끼는 걷는 듯 뛰는 듯 스리슬쩍 능선을 넘어갔다. 집토끼는 눈이 부실만큼 털이 하얀색이어서 얼른 눈에 띄는데 산토끼는 재색이라 주변 환경에 동화되어 잘 드러나 보이지 않는다.

다음 날 아침 해 뜰 무렵에 나가 자리를 잡고 앉아 그놈이 나오기를 기다렸다. 전날과 거의 비슷한 시간대에 산토끼가 모습을 드러냈다. 그날도 석철이 지켜보는 동안 다복솔 사이로 불쑥 나타난 산토끼는 다니던 길로 살금살금 능선 너머로 사라졌다. 석철은 망원경을 조준해 가며 이 잡듯 뒤져 그놈이 나온 굴을 발견했다.

토끼 굴은 다복솔과 다복솔 사이 비탈에 뻥 뚫려 있었다. 석철이 파 본 토끼 굴은 비가 내려도 빗물이 들어가지 못하도록 입구는 비탈에서 약간 위로 올려 뚫고 올라가다 아래로 꺾어지며 비스듬히 내려갔다. 빗물과 바람뿐만 아니라 굴 안의 공기가 밖으로 순환하도록 뚫려 있어 짐승이지만 그 지능에 매우 감탄했다.

석철은 그날부터 산토끼 새끼가 굴 밖으로 나오기를 기다렸다. 며칠 뒤 산토끼는 해가 한 발쯤 떴을 때 새끼들을 데리고 굴 밖으로 나와 잠시 노닐곤 들어갔다가 한참 만에 혼자 나와 산등성이를 넘어갔다. 산토끼 새끼들은 어미 없이 굴 밖으로 나오지 않았다. 굴 밖에 오래 머물지도 않았다. 석철은 어미가 한참 만에 굴 밖으로 나온 것은 그동안 새끼들에게 젖을 먹였을 거라는 생각이 들었다. 토끼는 다른 짐승과 달리 새끼에게 젖을 수시로 주지 않고 하루에 한두 차례만 주는데 주로 밖으로 나가기 전에 주고 돌아와서 주었다.

석철이 보아 온 짐승 중에 토끼는 교미를 참 희한하게 하면서도 싱겁게 끝냈다. 무슨 일을 야무지게 하지 못하고 하는 둥 마는 둥 시늉만

하고 끝내는 일을 두고 '똥 마려운 계집 국거리 썰듯 한다'고 '새 교미하듯 한다'고 했다. 그런데 토끼는 새보다 교미시간이 훨씬 짧다. 새는 수놈이 암놈을 잽싸게 올라타고 꼬랑지가 빠지게 격렬한 교미를 끝내고 포르르 날아가는데, 토끼란 놈은 입으로 '깩' 소리 한 번 내지르면 끝이다. 석철은 그게 무슨 소리인지, 언제 소리를 지르는지 몰랐다.

발정기가 오지 않은 암토끼는 수놈이 아무리 다급하게 들이대도 '날 잡아잡슈' 하고 목화송이 같은 꼬리를 내린 채 오도카니 앉아 있다. 성질머리가 몹시 급한 수놈은 무조건 암놈 등에 올라타고 미끄럼틀을 타고 내리듯 아래로 미끄러지며 아무 데나 사정했다. 수놈은 어린아이가 쏘는 물총보다 더 빨리 싸질렀다. 그건 정말 번갯불에 콩 구워 먹듯 하는 조루증도 번개 조루증이다. 그런데 발정한 암놈은 수놈이 다가가면 꼬리를 제치고 궁둥이를 살짝 들어 주었다. 수놈은 지렛대로 물건을 들어 올리듯 암놈 궁둥이 밑으로 제 사타구니를 잽싸게 밀어 넣고 뒤로 발랑 나자빠지며 밑에서 위로 찌르듯이 삽입하는 순간 바로 사정했다. 희한하게도 수놈이 뒤로 발랑 넘어지며 삽입하고 사정할 때 딱 한 번 '깩' 소리를 내질렀다.

사정이 빠른 만큼 교미하는 간격도 짧다. 한 번 교미하고 뒤로 발랑 나자빠졌다 '깩' 소리 한 번 내지르고 일어나 귀를 몇 번 톡톡 털고 다시 암놈에게 들이댔다. 그렇게 서너 번 교미를 끝내고 먹이를 찾아 먹었다. 토끼는 풀을 먹다가도 마치 아주 중요한 무엇을 깜빡 잊었다가 번뜩 생각났다는 듯이 먹던 풀을 내팽개치고 암놈에게 달려가 사타구니를 들이밀고 뒤로 발랑 나자빠지며 '깩' 소리를 내질렀다. 발정기가 돌아오면 토끼장에서 온종일 '깩' '깩' 소리가 들렸다.

토끼는 교미한 지 약 한 달이 지나면 털도 없고 눈도 안 뜬 빨간 새끼 대여섯 마리를 낳아 젖을 먹여 키운다. 토끼 새끼는 낳은 지 일주일이 지나면서 털이 나기 시작하고 한 열흘이 지나면서 눈을 뜬다. 산토끼 새끼는 다 큰 뒤에 굴 밖으로 나가 먹이 활동을 하는 게 아니다. 그 전에 마치 수영선수가 물속을 들락거리듯이 어미를 따라 수없이 굴 밖을 들락거리며 활동 범위를 넓혀 나간다.

석철은 산토끼 새끼를 몇 번 꺼내다 길러 보았다. 산토끼 새끼는 언제 꺼내오느냐가 아주 중요했다. 너무 일찍 잡아 오면 실패할 수 있고 너무 늦으면 모두 달아나 허탕 치기 일쑤였다. 산토끼는 집토끼보다 기르기가 여간 까다로운 게 아니었다. 왕릉처럼 봉우리를 만들어 놓고 울타리를 깊고 넓게 친 뒤 풀어놓으면 스스로 땅굴을 파고 들어가 새끼를 치며 산다. 다산을 상징하는 토끼는 번식률이 매우 높아 한 쌍을 넣어 두면 1년에 50여 마리로 불어났다.

석철은 매일 망원경으로 굴 밖으로 나온 산토끼 새끼들을 지켜보았다. 산토끼 새끼들은 하루하루가 다르게 활동 범위를 넓혀갔다. 석철은 새끼들에게 풀을 뜯어다 먹일 만큼 자랐다는 생각이 들자 잡아 와야겠다고 마음먹었다.

석철이 산토끼 잡으러 가는 날은 어두운 새벽에 일어나 전날 챙겨둔 괭이와 곡괭이와 구럭을 가지고 집을 나섰다. 집을 일찍 나선 건 산토끼 새끼는 물론 어미까지 잡을 생각이었기 때문이다. 석철은 토끼를 키워 병아리를 사고, 병아리를 키워 돼지 새끼를 사고, 돼지 새끼를 키워 송아지를 사다 키우겠다는 생각에 기분이 마냥 부풀었다. 석철이 구름 위를 걷는 듯 대치골 논둑을 걸어가며 실성한 놈처럼 혼자 싱글싱글 웃다가 걷다가 흥얼흥얼 흥얼거렸다.

석철이 유년 시절 학교에 갔다 집으로 돌아가는 길이었다. 대치골 논둑에서 쇠꼴을 베던 원골 머슴이 검지를 입술에 대고 입막음을 하더니 손짓으로 석철이를 가만가만 불렀다. 석철은 본능적으로 몸을 살짝 낮추고 살금살금 다가가 머슴이 가리키는 곳을 쳐다봤다. '앗!' 거기에 시뻘건 능구렁이 두 마리가 똬리를 튼 채 흘레붙고 있었다. 석철이 흘레붙은 능구렁이를 지켜보는데 머슴이 석철이 귓전에 입을 대고 속삭였다.

"석철아. 배암 수컷이 암컷을 유혹할 때 부르는 노래 들어봤냐?"

뱀이 노래를 부르다니! 석철이 한 발 뒤로 물러서며 화들짝 놀랐다.

"야아? 배암이 노래를 부른다구유? 지는 한 번두 들어본 적이 읎는디유."

머슴은 당연히 그럴 줄 알았다는 듯이 말했다.

"그렇지, 그럴 겨. 그럼 내가 배암이 부르는 노래를 가르쳐 줄 테니께 저기 살구나무집 바위샘에 가서 물 한 바가지만 떠와. 우물가에 엎어 놓은 물바가지가 있으니께."

석철은 뱀이 노래를 부른다는 말이 거짓말 같아 물을 뜨러 갈까 말까 망설이는데 머슴은 석철이 속마음을 꿰뚫어 보기라도 한 듯 진지한 표정으로 다시 말했다.

"늬가 물 한 바가지만 떠 오면 내가 배암이 부르는 노래를 들은 그대루 불러 줄 겨."

산모롱이를 돌아가면 가뭄에도 마르지 않는 살구나무집 바위샘이 있다. 큰 바위 밑에서 물이 솟아올라 바위샘이라고 부른다. 바위샘은 물 떠오기에 멀지도 가깝지도 않은 거리였다. 머슴은 살구나무집 바위샘을 바라보며 무슨 상상을 하는지 실실 웃었다. 석철도 어른들에게 들은 이야기가 있어 머슴이 왜 실실 웃는지 알 것 같았다.

살구나무집은 딸이 셋이었다. 전기나 수도가 없던 시절이라 어느 집이나 물동이로 우물물을 길어다 먹었다. 마을에서 부지런하기로 소문난 큰딸 봉선이 어두운 새벽에 일어나 물동이에 물을 찰랑찰랑하게 길어 머리에 이고 집으로 돌아가는 길이었다. 어둠 속에서 웬 놈이 불쑥 나타나 물동이를 이고 가는 봉선이 귀를 잡고 입맞춤을 했다. 원골 머슴 덕보였다. 봉선이 만세를 부르듯 두 손을 머리 위로 올려 물동이 귀를 잡고 있어 꼼짝없이 당할 수밖에 없었다. 봉선은 남자에게 손목만 잡혀도 그 남자에게 시집을 가야 하는 것으로 알고 있었다.

이른 새벽에 서로 귀를 마주 잡고 하는 입맞춤은 오래오래 이어졌다. 덕보가 나타나지 않으면 봉선은 날이 밝을 때까지 물동이 귀를 잡고 땀을 뻘뻘 흘리며 우두커니 서 있었다. 봉선은 새벽에 덕보가 나타나지 않은 날은 어둠이 내린 저녁에 물동이를 이고 나갔다. 봉선이 배가 물동이만큼 불렀을 때 덕보에게 시집갔다.

석철은 머슴의 말에 점점 호기심이 발동하여 갈까 말까 망설이다 '에라. 밑져 봐야 본전이겠지'라는 생각으로 숨차게 달려가 물 한 바가지를 떠다 줬다. 물바가지를 받아 든 머슴이 꿀꺽꿀꺽 달게 마시고 조금 남은 물을 흘레붙은 능구렁이에게 휘익 끼얹었다. 갑자기 물벼락을 맞은 능구렁이가 똬리를 풀며 제각각 스륵 스르륵 달아나는데 서로 붙었던 꼬리 부분이 빠개지듯 갈라지며 옆구리 구멍에서 불그스름한 고무줄 같은 뱀 고추가 슬며시 빠져나왔다. 뱀 고추는 가늘어도 길었다. 달아나던 능구렁이가 더는 아무 일도 일어나지 않자 국수 가닥 빨아들이듯 고추를 다시 빨아들여 똬리를 틀었다. 빈 물바가지를 풀숲 위로 풀썩 내던진 머슴은 여전히 실실 웃기만 했다. 석철이 머슴을 졸랐다.

"아저씨, 물 떠다 줬으니께 배암이 부른 노래를 얼릉 불러 줘유."

석철이 거듭 졸라도 머슴이 빈 물바가지를 가리키며 시큰둥하게 말했다.

"저기 저 물바가지 도루 갖다 놓구 와. 그러믄 배암이 부른 노래를 불러 줄 테니께."

갈증을 푼 머슴은 아쉬울 게 없다는 듯 낫자루 잡은 손바닥에 침을 퉤퉤 뱉고 다시 쇠꼴을 베기 시작했다. 석철은 머슴에게 속았다는 생각이 들었다. 뱀이 노래를 부른다고 할 때부터 확실히 믿은 건 아니었지만 속았다는 생각에 약이 오른 석철이 큰 소리로 말했다.

"싫어유. 배암이 부른 노래를 먼저 불러 주면 갖다 두고 올게유."

머슴은 숫제 석철이를 외면한 채 혼자 말하듯 했다.

"허허 참, 늬가 아직두 내 말을 못 믿는개 빈디 증말이라니께."

석철이 한 번은 속아도 두 번은 속지 않겠다는 듯 말했다.

"그러니께 배암 수컷이 암컷을 유혹헐 때 부르는 노래를 먼저 불러 줘유. 그럼 물바가지를 도루 갖다 둘 테니께유."

석철이 투덜거리자 논둑에 베어 놓은 쇠꼴을 한 아름씩 안아다 바지게에 담고 난 머슴이 잘 들어 보라며 노래를 부르기 시작했다.

"내 좆은 둘 내 좆은 둘 내 좆은 둘이라네에."

머슴이 노래를 속삭이듯 부르기 시작하더니 마지막 노랫말은 들판이 떠나갈 듯 냅다 "내 좆은 둘이라네에"라고 마치 수탉이 울듯 목을 길게 빼며 목청껏 내질렀다. 그러곤 메기주둥이 같은 입으로 헤벌쭉 웃으며 말했다.

"석철아, 이제 내가 배암이 부르는 노래를 들은 그대루 불러 줬으니께 얼릉 저 물바가지 도루 갖다 놔. 저녁 지으려구 물 뜨러 나올 겨."

뱀이 사람처럼 노래를 부르다니. 석철은 황당한 표정으로 머슴을 쳐다보며 빈정거렸다.

"에이그. 그런 그짓말이 어딨슈. 배암이 어티기 그런 노래루 암컷을 유혹해유. 오던 암컷두 달아나겄슈."

"뭐여, 이늠아."

석철이 말을 끝내기도 전 벌떡 일어선 머슴이 오른팔을 쭉 뻗어 뱀이 기어가듯 긴 팔뚝을 꾸불꾸불 꾸불거리며 말했다.

"배암 수컷이 그렇기 노래를 부르면 암컷이 꼬랑지를 파르르 떨며 스르륵스르륵 기어오거든. 수컷은 암컷이 다가오면 몸을 맞대구 나란히 기어가다 암컷 구멍에 제 좆을 잽싸게 밀어 넣구 암컷은 수컷 좆이 들어오자마자 달어나지 못허게 칭칭 똬리를 트는 겨. 너두 한번 생각해 봐. 세상천지에 수컷이 좆이 두 개라는디 안 넘어올 암컷이 워디 있겄어, 이늠아."

머슴이 느닷없이 석철에게 달려들어 와락 끌어안고 아랫도리를 찰싹 붙이며 뱀이 흘레붙는 시늉을 했다. 당황한 석철이 머슴 가슴팍을 힘껏 밀어냈다. 석철에게서 떨어져 나가는 머슴에게 비릿한 냄새가 물씬 풍겼다. 석철이 소리쳤다.

"그짓말 말어유. 좆이 두 개면 오줌을 어티기 싸유. 두 개루 싸유?"

석철이 내려놓은 가방을 집어 들었다. 머슴은 여전히 헤벌쭉 웃으며 말했다.

"이늠아, 내 말이 참말인 겨. 내가 배암이 오줌 싸는 건 보지 못했는디 배암은 좆이 두 개여, 두 개. 그러니께 배암은 좆 하나루 열두 시간씩 교대루 스물네 시간을 꼬박 흘레붙는 겨. 내 말이 믿어지지 않거든 내일 핵교 갈 때 다시 와 봐. 저놈들은 그때까지 붙어 있을 겨. 그러니께. 이제 그만 뜸 들이구 얼릉 물바가지부터 갖다 두구 오라니께 그러네."

머슴이 땅에 내려놓았던 낫을 다시 집어 들었다. 머슴에게 속았다고 생각한 석철이 가방을 둘러메며 소리를 빽 질렀다.

"내가 한 번 속지 두 번 속겄슈."

석철은 머슴이 도로 갖다 두고 오라는 물바가지는 거들떠보지 않은 채 집으로 내달렸다.

그날 밤 석철은 밤새 똬리를 틀고 흘레붙은 능구렁이가 눈에 밟혀 잠을 제대로 이루지 못했다. 설핏 잠들었다 깨 보면 어쩐 일인지 자신도 모르는 사이 고추가 막대기처럼 발딱 일어나 천막 치듯 속옷을 떠받치고 있었다.

다음 날 학교에 가던 석철은 호기심을 참지 못하고 전날 머슴하고 보았던 능구렁이 있는 곳으로 달려갔다. '어라!' 시뻘건 능구렁이는 그때까지 똬리를 튼 채 흘레붙고 있었다. 사방을 둘러봐도 머슴이 풀숲 위로 던져 놓았던 물바가지는 보이지 않았다.

그 뒤로 30여 년이 흘렀건만 석철은 그때 머슴이 불러 준 뱀 수컷이 암컷을 유혹한다는 노랫말은 신기하리만치 토씨 하나 잊지 않고 기억했다. 논둑길을 벗어난 석철이 흥얼거리며 봇도랑을 건너 덕암골로 들어섰다.

석철이 덕암골 산기슭에 이르자 새벽 여명이 밝아오고 있었다. 산토끼가 굴 밖으로 나갈 시간이 다가오자 바짝 긴장되었다. 토끼 새끼는 물론 어미까지 잡으려면 토끼가 굴 밖으로 나가기 전 굴을 모두 찾아 단단히 막아 놓아야 한다. 석철은 망원경으로 보아 둔 토끼 굴로 발소리를 죽이며 살금살금 기어 올라갔다. 다람쥐 굴보다 너더댓 배쯤 커 보이는 토끼 굴은 얼마나 들락거렸던지 반들반들 닳았다. 토끼가 굴 밖으로 드나들던 길도 선명하게 나 있다. 우선 어미 토끼가 달아나지 못하게 청솔가지를 꺾어다 석철이 보아 둔 구멍부터 막았다. 주변을 샅샅이 뒤져 토끼 굴 두 개를 더 찾아 청솔가지로 단단히 막아 놓은 뒤 망원경으로 보아 두었던 굴을 파고 들어갔다. 토끼는 돌과 나무뿌리를 피해 요리조리 파고 들어갔는데 석철은 돌을 파내고 나무뿌리를 잘라내지 않으면 굴을 파고 들어갈 수 없었다.

굴이 깊어 한나절이 가까워서야 진한 토끼 똥 냄새가 물씬물씬 올라왔다. 굴을 파는 괭이 소리가 '팍' '팍' 거리더니 '쿵' '쿵' 공간을 울리는 소리가 났다. 굴 막장까지 들어갔다는 생각에 석철의 가슴도 '쿵' '쿵' 뛰었다. 굴이 갑자기 무너지면 토끼들이 다치거나 압사할 위험이 있어 괭이질이 조심스러웠다. 굴속에 들어 있는 토끼들이 굴을 파고 들어오는 '쿵' '쿵' 소리를 들으며 얼마나 가슴 조이며 두려워할까, 라는 생각에 더더욱 조심조심 파고 들어가는데 '퍽' '콰르르' 하고 드디어 굴이 뻥 뚫리면서 토끼 새끼가 한눈에 들어왔다. 우선 어미 토끼가 달아나지 못하도록 청솔가지로 굴을 단단히 막고 손을 집어넣어 새끼를 한 마리씩 꺼내 구럭에 담고 달아나지 못하게 구럭 주둥이를 단단히 묶었다. 새끼는 모두 다섯 마리였다. 새끼를 다 꺼낼 때까지 어미는 어디에 있는지 나타나지 않았다.

어미는 석철이 굴을 파고 들어가는 동안 밖으로 달아나려다 청솔가지에 막혀 굴 밖으로 나가지 못하고 어느 굴인가에 들어가 있을 거라는 생각이 들었다. 아무리 3개의 굴을 파 놓고 재난을 피할지라도 굴 안에 들어간 토끼는 독 안에 든 쥐와 같다. 굴 안에 모닥불을 피우면 연기가 굴속으로 들어가 토끼는 매연에 갇히게 된다. 어느 정도 연기가 들어갔을 때 막아 놓았던 청솔가지를 빼내면 토끼가 만취한 사람처럼 매연 속에서 비틀거리며 밖으로 기어 나올 때 잡으면 된다. 석철이 모아 놓은 가랑잎에 불을 붙이려는 순간 겨드랑이 밑에서 무엇이 펄쩍 튀어나와 후다닥 달아는 바람에 '으악!' 소리를 내지르며 뒤로 발랑 나자빠졌다. 어미 토끼였다. 어미 토끼는 여느 때와 달리 뒤도 돌아보지 않고 산등성이 너머로 잽싸게 달아났다. 다행히 새끼는 구럭 속에 그대로였다.

석철이 정신을 수습하고 일어나 토끼 굴을 살펴봤다. 안쪽으로 들어가 똥 싸는 곳, 새끼를 잡아낸 곳은 우묵한 구덩이였는데 토끼들이 사는 방으로 보였다. 파고 들어간 굴 말고도 방 뒤와 옆으로 두 개의 굴이 있는데 석철이 청솔가지로 막아 놓아 끝은 보이지 않고 어두컴컴했다. 석철이 모닥불을 피우려고 쌓아 둔 가랑잎을 헤쳐 놓으려고 발로 밀었는데 왼쪽 벽에 굴 한 개가 더 눈에 띄었다. 석철이 밖에서 찾아내지 못한 굴이었다. 굴속으로 손을 넣고 팔을 뻗쳐도 끝이 닿지 않았다. 어미가 숨었던 굴이 밖으로 연결되었다면 그쪽으로 달아나지 사람에게 달려들지 않았을 것이다. 아무리 생각해도 그건 상식 밖의 일인지라 긴 막대기를 굴 안으로 밀어 넣어 보았다. 굴은 두어 발가량 들어가다 막혔다. 어미는 그 속에 들어가 죽은 듯이 숨어 새끼가 모두 잡혀 나가는 것을 지켜본 뒤 달아난 모양이다.

그러고 보니 토끼 굴 한 개는 밖으로 연결되지 않았을망정 3개가 아니라 4개였다. 어미는 새끼를 두고 혼자 도망갈 굴을 선택하지 않았다. 위급한 상황에 막힌 굴을 선택한 것은 끝까지 새끼를 지키려고 그랬을 것이다. 그렇지 않고서야 밖으로 뚫린 굴을 두 개나 놔두고 막힌 굴로 들어갔을 리가 만무하다. 석철은 뒤돌아 내려온 길을 올려다보았다. 묘를 이장한 듯 황량하게 파헤쳐진 토끼 굴 자리만 보이고 어미는 보이지 않았다.

하루아침에 새끼 다섯 마리를 모두 빼앗기고 굴까지 잃은 어미 토끼를 생각하는데 갑자기 왈칵 뜨거운 눈물이 볼을 타고 주르르 흘러내렸다. 하루아침에 교통사고로 돌아가신 부모님 생각이 떠올라서였다. 그날 석철이 곤한 잠에 빠졌을 때 방문을 두드리며 '물고추 싣고 장에 가던 엄마·아버지가 교통사고를 당해 모두 돌아가셨다'고 했다. 엄마·아버지가 석철의 학비를 마련하려고 전날 고추밭에 들어가 늦도록 따낸 물고추였다. 석철은 잠결에 부모님이 돌아가셨다는 말에 번개처럼 달아난 잠은 3일장(三日葬)을 치르던 날 밤까지 돌아오지 않았다. 잠은 삼우제를 지낸 날 밤에도 돌아오지 않았다. 급기야 석철이 잠 못 이루고 미쳐 갈 때 돌배 영감이 집으로 데려다 막걸리 두 대접을 먹인 뒤 가슴에 품어 재워 주었다.

석철은 그제야 토끼굴을 파헤치고 새끼를 잡아 온 것을 뉘우쳤으나 여리디여린 토끼 새끼를 산에 풀어놓을 수도 없었다. 어미 토끼는 어떻게든 살아갈 것이다. 석철이 집으로 돌아가는 길에 토끼가 좋아하는 칡잎을 한 잎 한 잎 차곡차곡 따면서 생각했다. 사람이 하지 말아야 할 것이 무엇인지를.

꿀벌이 사라진다

'까악' '까악' 토요일 아침, 현태는 까치 우는 소리에 잠이 깼다. 창문을 열고 까치집을 바라보던 현태는 집이 너무 조용해서 창문을 열어 둔 채 마루로 나갔다. 엄마도 할아버지도 보이지 않았다. '아차!' 현태는 그제서야 고구마 심는 날이라는 걸 기억했다. 지난밤 잠들기 전 할아버지가 내일은 고구마 심는 날이라고, 아침에 일어나자마자 차돌바위골로 오라고 하신 말씀도 떠올랐다. 차돌바위골 초입 양지쪽으로 현태네 비탈밭 한 뙈기가 있다. 비탈밭에 주로 메밀, 감자, 고구마, 마늘, 고추를 심었고, 때론 김장용 무 배추를 심기도 했다.

현태는 창문을 열어 둔 채 차돌바위골로 달렸다. 앞산 능선으로 즐비하게 들어선 소나무 사이로 할아버지 수염처럼 내려온 햇살에 얼굴이 근질거렸다. 길섶에 초롱초롱 맺힌 이슬이 영롱한 구슬처럼 빛났다. 꿀벌이 이른 아침부터 꿀을 찾아 손가락처럼 길쭉한 밤꽃 사이를 드나들었다.

어느 날 현태가 학교에서 돌아왔는데 어디에서 날아왔는지 감나무 밑둥치에 벌 한 무더기가 엉겨 붙어 붕붕거리고 있었다. 현태는 곧바로 콩밭 매는 할아버지에게 달려가 알렸다. 토종 꿀벌이었다. 할아버지는 쑥으로 빗자루를 만들어 꿀벌을 벌통으로 쓸어 넣었다. 현태는 꿀벌이 떼 지어 날아갈까 봐 조마조마했는데 날아갈 듯 날아갈 듯 붕붕 날면서도 할아버지가 끝내 찾아내 쓸어 넣은 여왕벌을 따라 모두 벌통 안으로 들어갔다. 근동에서 분봉한 것이 아니고 어디선지 모를 곳에서 날아든 토종 꿀벌은 먼저 발견한 사람이 주인이라고 했다.

벌통은 장독대 옆으로 조금 떨어진 둥글넓적한 바위에 올려놓았다. 꿀벌들이 서로 경쟁하듯이 앞다퉈 벌통을 드나들었다. 그날부터 현태는 눈만 뜨면 벌통에 빠져 살았다. 꿀벌들이 들락거리는 벌통을 들여다보는 동안은 다른 생각이 끼어들 틈이 없다. 해가 뜨는지 지는지 모른다. 밥 먹으라고 부르면 밥때이고 학교 가라면 학교 갈 시간이었다. 현태는 학교 갈 때도 벌통을 지켜보며 뒷걸음질로 집을 나섰고 학교에서 돌아오자마자 벌통으로 달려갔다.

며칠 뒤 벌통 앞에 커다란 두꺼비 한 마리가 앉아 있었다. 현태는 음흉한 두꺼비를 매우 싫어했고, 자그맣고 예쁘고 귀여운 청개구리를 아주 좋아했다. 청개구리는 물항아리 뚜껑, 창문 틈새, 나뭇잎, 개울가 물봉숭아 잎새, 그늘진 수풀에 많이 사는데, 어디에서든 카멜레온처럼 몸의 색깔을 바꾸는 게 신기했다. 청개구리가 파란 잎새에 붙어 있을 때는 파랗게, 나무에 앉아 있을 때는 나무색으로, 땅으로 내려오면 흙색으로 바뀌었다. 개구리는 사람을 만나면 팔짝팔짝 뛰어 달아나고, 청개구리는 몸을 바짝 움츠리고 죽은 듯이 앉아 있는데, 두꺼비란 놈은 사람의 발등에 앉은 파리를 보고 슬금슬금 눈치를 보며 기어와 날름 잡아먹는 아주 음흉한 놈이다.

현태는 청개구리를 만나면 손으로 잡아다 살기 좋은 감나무에 놓아 주고, 두꺼비를 만나면 발길질을 했다. 물론 죽으라고 걷어차는 발길질이 아니라, 꼴도 보기 싫으니 가까이 오지 말고 저리 가라고 밀어내는 발길질이었다. 현태가 발로 두꺼비를 걷어차면 할아버지는 이렇게 말했다.

"이늠아, 두꺼비는 재물복을 가져다주는 영물이니께 해코지허지 말구 그냥 내버려 둬."

할아버지는 두꺼비가 집안 어디를 돌아다니든 내버려 두었다. 현태는 두꺼비가 영물이라는 것도 재물복을 가져온다는 말도 도무지 믿을 수 없다. 집 안으로 기어든 두꺼비는 지나는 길에 쉼터에 들르듯 부엌으로 들어갔다. 그놈은 부뚜막에 돌멩이처럼 오도카니 앉아 날아드는 파리를 날름날름 잡아먹었다. 부뚜막은 건조해 두꺼비는 오래 있지 못하고 늘 음습한 물독 옆에 웅크리고 있다가 파리를 잡아먹을 때만 느릿느릿 기어 나와 부엌을 돌아다녔다. 처음엔 멋모르고 부뚜막에 앉던 파리도 천적을 알아보는지 두꺼비가 출몰하는 곳은 날아들지 않았다. 그래서인지 두꺼비는 한 장소에 오래 머무르지 않고 장소를 자주 옮겨 다니며 먹이 사냥을 했다.

어라! 벌통 앞에 앉아 있던 두꺼비가 벌통에서 나오는 꿀벌을 파리 잡아먹듯 날름 잡아먹었다. 두꺼비가 꿀벌을 잡아먹다니. 두꺼비가 꿀벌을 잡아먹는 것은 그때 처음 보았다. 현태는 한걸음에 달려가 두꺼비를 발로 걷어찼다. 워낙 큰 두꺼비인지라 '퍽' 하고 수박통이 땅에 떨어져 깨지는 소리가 났다. 공이 굴러가듯 저만치 데굴

데굴 굴러가던 두꺼비가 하늘을 향해 발딱 누워 움직이지 않았다. 두꺼비가 죽거나 말거나 재물복을 가져오든 말든 아랑곳하지 않고 벌통을 지켜봤다. 꿀벌들은 여전히 벌통을 들락거리며 꿀을 따 날랐다. 그래도 마음에 걸려 한참 만에 뒤를 돌아봤다. 언제 일어났는지 두꺼비가 감나무 밑으로 엉금엉금 기어간다.

현태는 두꺼비가 죽지 않아 다행이라고 생각하면서도 한 번 된통 당했으니 다시는 벌통 앞으로 오지 않겠지라는 생각이 들었다. 그건 잘못된 생각이었다. 현태가 방에 들어갔다 나온 사이 언제부터인지 두꺼비가 벌통 앞에 앉아 꿀벌을 날름날름 잡아먹었다. 당장 그놈을 잡아 죽여 땅에 묻어 버릴까 생각했다. 그러나 집 안으로 들어오는 짐승은 함부로 잡지 말라고, 두꺼비는 재물복을 가져오는 영물이라는 할아버지 말씀이 떠올라 망설여졌다. 한동안 두꺼비를 지켜보던 현태가 무슨 생각을 했는지 헛간에 들어가 들고 나온 망태기에 두꺼비를 담아 들고 집을 나섰다.

현태가 걸음을 옮길 때 망태기 안에 든 두꺼비가 엎어지고 잦혀지고 데굴데굴 뒹굴면서도 오뚝이처럼 발딱발딱 일어나, 마치 돌아갈 길을 알아 두겠다는 듯 커다란 눈을 껌뻑거리며 망태기 날 사이로 가는 길을 뚫어지게 지켜봤다. 텃밭을 지나고 논두렁 밭두렁을 지나 개울 건너 다랑논에 쏟아 놓았다. 뒤집힌 채로 논바닥에 떨어져 허공을 향해 사지를 버둥거리던 두꺼비가 다시 몸을 뒤집고 일어나 마치 두고 보자는 듯 현태를 말똥말똥 쳐다봤다. 현태는 두꺼비를 논에 풀어놓고 집으로 돌아오며 '이제 두꺼비는 벌통으로 영영 돌아가지 못하겠지'라고 생각했다. 현태는 해질 때까지 벌통을 지켜보았다. 두꺼비는 예상대로 나타나지 않았다.

다음 날 아침 벌통으로 가다가 눈을 의심했다. 아무리 보아도, 바짝 다가가 자세히 살펴봐도 개울 건너 다랑논에 두고 온 그놈이었다. 두꺼비란 놈도 나를 어쩔 거냐는 듯 현태를 빤히 쳐다봤다. 그놈은 잠도 안 자고 밤새 그 먼 길을 엉금엉금 기어온 모양이었다. 아니 다른 놈일지도 모른다는 생각이 들었다. 그날 밤 현태는 검정 크레용으로 두꺼비 등에 점을 찍어 뒷산 계곡으로 깊숙이 들어가 내려놓고 돌아왔다. 두꺼비를 어두운 밤에 내다 버린 것은 간 길을 모르면 돌아올 수 없을 거라는 생각이 들어서였다. 다음 날은 두꺼비가 눈에 띄지 않았다. 그다음 날도 두꺼비는 나타나지 않았다. 현태가 예상했던 대로 두꺼비가 영영 나타나지 않을 줄 알았다. 그것 역시 잘못된 생각이었다.

3일째 되던 날 아침 등에 검정 크레용 점이 찍힌 두꺼비가 현태보다 먼저 벌통을 지키고 앉아 꿀벌을 널름널름 잡아먹었다. 참으로 끈질긴 놈이었다. 현태는 생각다 못해 노끈으로 두꺼비 뒷다리를 꽁꽁 묶어 감나무에 매어 놓고 학교에 다녀왔다. 할아버지가 말했다.

"이놈아, 두꺼비 굶겨 죽일 겨? 다리를 그렇기 짧게 매 놓으면 어특혀. 줄을 길게 해서 파리 꾀는 닭장이나 개장 밑에 매어 놔!"

현태는 노끈을 길게 해서 닭장 밑에 매어 놓았다. 닭장 밑은 닭똥이 쌓여 있어 파리 떼가 새카맣게 몰려들었다. 닭장 밑으로 기어든 두꺼비는 죽은 듯이 앉아 있다가 달려드는 파리를 날름날름 잡아먹었다. 할아버지가 두꺼비는 햇볕이 쨍쨍 내리쬐는 곳에서는 살 수 없다고, 음습한 곳에 산다고 하여 괭이로 땅굴을 파고 돌을 가져다 네모지게 두꺼비 집도 만들어 주었다. 물론 바닥은 돌을 깔지 않고 축축한 흙바닥을 그대로 두었다. 두꺼비는 밤에 돌집으로 들어가고 낮에는 돌집을 들락거리며 파리를 잡아먹었다.

벌통을 드나드는 꿀벌을 바라보는 것만큼 두꺼비가 파리 잡아먹는 모습도 신기하고 재밌었다. 오래오래 지켜보는 동안 두꺼비가 눈에 익어서인지 음흉하다거나 흉측하다는 생각도 들지 않았다. 오히려 두꺼비를 오랫동안 보지 않으면 찾아 나설 만큼 궁금했다. 현태는 등 뒤에 누가 오는 것도 모르고 두꺼비가 파리 잡아먹는 것을 지켜보는데 할아버지가 '두꺼비 파리 잡아먹듯 한다'는 말과 '파리 목숨'이라는 말뜻을 들려주었는데 귀에 쏙쏙 들어왔다. 아닌 게 아니라 파리 목숨이었다. 할아버지 말씀을 듣는 동안에도 눈 깜짝할 새 두꺼비 입속으로 날름 들어가는 파리가 너무 허무하고 불쌍하게 여겨지기도 했다. 도대체 두꺼비 한 마리가 살기 위해 파리나 꿀벌이 얼마나 죽어야 하나, 라는 생각도 들었다. 현태는 파리가 자신에게 달라붙든 밥상으로 날아들든 보기만 하면 파리채로 때려잡았다. 파리채를 피해 달아난 놈은 끝까지 쫓아가 때려잡았는데 파리가 불쌍하게 여겨진 건 처음이었다.

두꺼비가 파리 잡아먹는 것을 지켜보던 현태는 문득 선생님이 들려준 약육강식이라는 말이 떠올랐다. 덧붙여 상대에게 잡아먹히지 않으려면 남보다 먼저 강해져야 한다는 말도 떠올랐다.

며칠 뒤 학교에서 돌아왔는데 두꺼비가 노끈을 어떻게 풀었는지 벌통 앞에서 꿀벌들과 싸움을 벌이고 있었다. 꿀벌과 두꺼비가 싸우는 것도 그날 처음 보았다. 두꺼비가 벌통 앞으로 가까이 가면 꿀벌들이 떼거리로 달려들어 쏘아대며 벌통 밖으로 쫓아냈다. 꿀벌 한 마리가 두꺼비를 이길 수 없지만 떼거리로 힘을 모아 달려들면 이길 수 있다는 것도 처음 깨달았다. 현태가 지켜보는 동안 두꺼비는 꿀벌들이 떼거리로 달려들면 앞다리로 막아 내다 귀찮다는 듯 몇 걸음 뒷걸음쳤다. 꿀벌에 쫓겨 얼마쯤 뒷걸음치던 두꺼비가 꿀벌들이 사라지면 잠시 쉬었다가 다시 어슬렁어슬렁 기어가 벌통에서 나오는 놈을 날름날름 잡아먹었다. 싸움은 끝이 없었다. 꿀벌들은 두꺼비를 얼마간 몰아낼 수 있어도 죽이지는 못했고 두꺼비는 먹이를 포기하지 않았다. 두꺼비와 꿀벌은 날이면 날마다 벌통을 가운데에 두고 먹고 먹히는 싸움을 거듭했다.

현태는 먹고 먹히는 싸움을 지켜보며 왠지 모를 슬픔을 느꼈다. 꿀벌은 떼거리로 맞서 보기라도 하지만 파리는 저항 한 번 못 해 보고 죽었다. 그 뒤로 두꺼비가 파리 잡아먹는 모습이 재밌지도 즐겁지도 않았다. 두꺼비 뒷다리를 다시 매어 놓고 싶지도 않았고 그대로 두고 볼 수도 없어 깊은 고민에 빠졌다.

며칠 뒤 현태는 학교 갈 때 두꺼비를 잡아 들고 가 교실 뒤 화단에 놓아주었다. 가끔 두꺼비가 나타나는 곳이었다. 두꺼비는 평소에 잘 보이지 않다가도 비 오기 전이나 비가 그친 뒤 어슬렁어슬렁 화단을 기어 다니며 먹이를 노렸다. 두꺼비는 날아다니는 파리나 꿀벌만 잡아먹는 게 아니라 땅 위를 꼬물꼬물 기어 다니는 벌레도 파리 잡아먹듯 날름 잡아먹었다.

그날 현태가 안심하고 집으로 돌아왔을 땐 그 많던 꿀벌들이 단 한 마리도 보이지 않았다. 벌통은 텅 비어 있었다. 그 순간 하늘과 땅 사이가 텅 빈 듯 허전했다. 꿀벌들은 두꺼비와 평생을 싸워도 이길 수 없다는 것을 깨닫고 안전한 곳을 찾아 날아간 모양이라고 생각했다. 꿀벌은 두꺼비처럼 강한 힘은 없어도 두꺼비가 갖지 못한 날아다니는 힘을 가지고 있다는 걸 깨달았다. 두꺼비를 하루만 일찍 옮겨 주었더라면 하는 후회와 하루를 더 참지 못하고 날아간 꿀벌이 야속하기도 했다. 현태는 꿀벌들이 어디로 날아갔는지 궁금했다. 선생님이 들려준 '세상은 약육강식이다'라는 말씀이 다시 떠올랐다. 무슨 이야기 끝에 그 말씀을 하셨는지 기억은 없으나 그 말은 뇌리에서 사라지지 않고 때때로 불쑥불쑥 떠올랐다.

그날 저녁 엄마가 닭곰탕을 끓여 주었다. 할아버지가 기운을 잃고 식사를 못하셔서 잡았다고 했다. 현태는 닭장에 닭이 떠올랐다. 병아리를 사 올 땐 수탉 두 마리와 암탉 열여덟 마리였는데 한 마리씩 잡아먹고 수탉 한 마리에 암탉 아홉 마리만 남았다. 암탉 아홉 마리가 매일 너더댓 개의 달걀을 낳았다. 현태는 닭장에 들어가 달걀을 꺼내오는 것을 아주 좋아했다. 달걀을 꺼내러 갔다가 암탉이 달걀을 낳으러 둥지에 들어가 있을 때도 있었다. 그때는 가만히 기다리고 있다가 암탉이 달걀을 낳고 둥지를 나오며 '꼬꼬댁' '꼬꼬댁' 울면 바로 달려가 꺼냈다. 금방 낳은 달걀은 엄마의 젖가슴처럼 따뜻했다. 현태가 가장 좋아하는 것도 달걀부침과 달걀말이였다.

닭고기도 좋아했는데 그날은 닭곰탕에 선뜻 숟갈이 가지 않았다. 현태는 저녁을 먹는 둥 마는 둥 끝내고 닭장으로 갔다. 아침에 달걀을 꺼내러 갈 때만 해도 열 마리였던 닭이 홰에 올라앉은 것은 모두 아홉 마리였다. 현태는 아홉 마리보다 저녁상에 오른 한 마리가 떠올랐다. 그 한 마리는 현태가 좋아하는 하얀 암탉이었다. 현태가 닭장 문을 열고 안으로 들어가자 횃대에서 후다닥 뛰어내린 닭들이 꼬꼬댁 푸드덕거리며 귀퉁이로 우르르 달아났다. 낮에 엄마가 닭 잡아가는 것을 보고 놀란 모양이라고 생각했다. 아홉 마리는 스무 마리

중에서 어떻게든 살아남은 놈들이었다. 현태가 다가가자 닭들은 서로 뒤에 서지 않으려고 했다. 엄마가 닭을 잡을 땐 크고 오동통하게 살이 오른 놈부터 잡는데 닭은 사람과 가장 가까운 뒷자리가 제일 위험하다고 생각하는 모양이다. 현태가 지켜보는 동안 뒤에 있던 놈이 위기를 느꼈는지 다른 곳으로 달아나 앞에 서고 뒤에서부터 차례로 따라갔다. 닭들은 현태가 닭장을 나올 때까지 서로 제일 뒤에 서지 않으려고 모였다 흩어지기를 반복하며 닭장을 뱅글뱅글 돌았다. 그 모습이 마치 약자의 슬픈 운명처럼 느껴지기도 했다.

선생님이 '약육강식'을 이야기할 때 그건 짐승의 세계로 생각했는데 세상에서 가장 강한 것은 두꺼비도 아니고 호랑이도 아닌 사람이라는 생각이 들었다. '남에게 잡아먹히지 않으려면 스스로 강해져야 한다'는 선생님 말씀이 떠나지 않고 자꾸 뇌리에 맴돌았다. 현태는 스스로 강해지지 못해 백우가 초등학교에 입학한 뒤로 하루가 멀다고 먼저 시비를 걸고 습관적으로 때렸다는 생각이 그제야 들었다. 현태는 늘 백우를 이길 수 없다는 생각에 단 한 번도 제대로 싸워 보지 못하고 때리는 대로 고스란히 맞았다. 백우에게 왜 맞는지 생각해 본 적도 없고 스스로 강해지려는 노력도 하지 않은 자신에게 분노가 치밀었다. 현태는 당장 태권도를 배워야겠다는 생각으로 주먹을 불끈 쥐고 닭장을 나와 방으로 들어갔다.

뒤따라 들어온 엄마가 하얀 종지를 주며 먹어 보라고 했다. 밤꽃 냄새가 났다. 그건 꿀벌이 모아 놓고 날아간 밤꿀이었다. 현태는 밤꿀을 먹기 전 엄마에게 '태권도장에 나가고 싶다'고 했다. 엄마는 '학교 성적이 떨어진다'고 '운동하다 다칠 수 있다'고 '운동하는 아이들과 어울려 다니며 무슨 일을 저지를지 모른다'며 반대했다. 현태는

'애들하고 싸우려는 게 아니고 남에게 만만하게 보이고 싶지 않아 태권도를 배우고 싶다'고 해도 엄마는 절대로 안 된다는 말만 되풀이했다. 엄마의 승낙을 끝내 받아내지 못한 현태는 포기하지 않고 할아버지에게 말했다. 현태 이야기를 듣고 난 할아버지가 '엄마가 걱정하는 일은 절대로 하면 안 된다'는 다짐을 받은 뒤 흔쾌히 허락해 주었다.

현태는 다음 날 태권도장에 등록했다. 태권도장에 반 아이들도 있어 현태가 태권도장에 다닌다는 것만으로도 이야깃거리가 되었다. 물론 현태가 태권도를 배우는 것은 반드시 백우를 이기겠다는 각오였지만, 자신을 지키기 위해 주먹을 옹골차게 키워 갔다.

현태가 고구마밭으로 가는 길가에 애기똥풀꽃이 피었고 너덜겅 밑에 웃자란 찔레나무에 금방이라도 터질 듯한 꽃봉오리가 포도송이처럼 송알송알 맺혔다. 찔레나무 밑동에서 통통한 새움이 올라왔다. 찔레다. 찔레는 봄에 한 번만 올라오는 게 아니고 새움을 꺾어 주면 꺾어 주는 대로 다시 새움이 연이어 올라왔다. 현태는 가던 길을 멈추고 조심스럽게 찔레를 꺾었다. 찔레는 연한 우듬지를 꺾어야 한다. 밑동은 세어 가시에 찔릴 위험이 있고 먹을 수도 없다. 찔레는 붉은 게 있고 뽀얀 것도 있는데 붉은 것은 땡감처럼 약간 떫은맛이 나고 뽀얀 것은 달착지근했다. 현태는 뽀얀 찔레를 꺾어 먹으며 걸었다. 현태가 고구마 심으러 가는 비탈밭은 원래 다랑논이었다.

저지난해 할아버지가 논에 가는 길에 '찔레꽃가뭄이 가장 두렵다'는 이야기를 들려주었다. 찔레꽃 필 무렵이 바로 모내기철이기 때문이다. 모심을 때가 한참 지난 다랑논에 둑새풀만 가득했다. 할아버지가 할 수 있는 일은 고작 비를 기다리며 양동이로 개울 웅덩이에 고인 물을 퍼다 못자리에 골고루 뿌려 주는 것 말고는 할 수 있는 게 아무것도 없다. 모는 벼 이삭이 나올 때가 가까웠는데 모를 심을 만큼 비가 내리지 않았다. 그해 가뭄은 30년 이래 최악이라고 했다. 돌아오는 길에 할아버지는 밤나무에 달린 어린 밤송이를 가리키며 말했다.

"옛 으른들은 찔레꽃가뭄이 길어지면 밤송이를 따 겨드랑이에 넣어 보기두 허구 대추를 따서 콧구멍에 넣어 보기두 했어."

작은 대추는 콧구멍에 들어갈 테지만 밤송이는 아무리 어려도 따가울 것 같아 코끝을 찡그리며 물었다.

"밤송이를 왜 겨드랑이에 넣어 봐유?"

길 위로 허연 그림자가 지나갔다. 하늘에 먹장구름이 낮게 떠야 큰비가 온다는데 하얀 구름이 높게 떠 지나가는 그림자였다. 할아버지는 망연히 하늘을 올려다보며 말했다.

"밤송이를 겨드랑이에 넣어두 따겁지 않거나 대추가 콧구멍으루 들어가면 모를 심어두 늦지 않다는 얘기지."

현태는 할아버지 이야기를 듣고 이해할 수 없다는 듯 고개를 갸우뚱거리며 말했다.

"밤송이를 겨드랑이에 넣어두 안 따거울 때가 있슈?"

할아버지가 밤송이를 가만가만 만져 보며 말했다.

"읎지. 더욱이 사람의 겨드랑이 피부가 가장 약헌 부분이니께."

현태가 여전히 알 수 없다는 표정으로 물었다.

"그런디 왜 으른들이 그런 그짓말을 해유?"

할아버지는 잠시 무얼 생각하다가 말했다.

"밤꽃이 떨어져 밤송이가 생기고 대추가 콧구멍을 들락거릴 때는 배동이 생길 때거든. 그때는 모를 심어두 싸라기나 좀 나올까 먹을 게 별루 읎어. 그러니께 절망에 빠진 사람들끼리 서루 위안을 주려구 그랬겄지."

옛 어른들은 들에 나가 자연이 변화하는 모습을 보고 절기를 가늠했는데 대추가 자라 콧구멍에 들어가지 않을 때까지 찔레꽃가뭄이 길어지면 두려움과 절망에 빠진다. 가난 구제는 나라도 못 한다고 찔레꽃가뭄이 길어져 흉년이 들면 이듬해 보릿고개에 살아남기가 어렵기 때문이다. 물론 지금은 관정(管井)을 뚫어 농사를 지을망정 하늘만 바라보며 농사짓는 사람은 거의 없다. 할아버지 뒤를 따라가던 현태가 또 물었다.

"배동이 뭔디유?"

할아버지가 갈라진 논바닥을 발로 꾹꾹 밟아보며 말했다.

"벼 이삭이 패기 전 볼록허게 알이 배는디, 그걸 배동이라구 허는 겨."

현태가 걱정스러운 표정으로 물었다.

"그럼 끝내 모를 심지 못허면 어턱해유?"

"모를 심지 못허면 메밀을 갈지. 절기로 보아 그때는 심을 수 있는 게 메밀밖에 읎거든. 그래서 메밀을 구황작물이라구두 혀."

메밀은 1년 농사 중 가장 늦게 파종하는 작물이다. 그해 가뭄에 할아버지는 개울물을 아래 논과 하루걸러 하루씩 나누어 대다 논 두 다랑이를 합쳐 밭으로 만들어 메밀을 갈았다. 현태는 개울물을 모두 아래 논으로 보내고 논을 밭으로 만든 할아버지를 이해할 수 없었다.

이듬해 현태가 밭에 가다가 밭 아래 논에 모심는 것을 보고 할아버지에게 물었다.

"할아부지, 저 사람들은 논에 벼를 심는디 우리는 논을 밭으루 맹글어 평생 감자나 메밀이나 잡곡을 심어야 허잖어유?"

돌배 영감이 대답했다.

"우리가 물을 대면 아래 논은 논농사를 지을 수 없어 먹구 살기가 힘들지. 장마나 지면 모를까 개울물을 격일루 나눠 대두 늘 모자라니께 어느 한쪽은 논을 밭으루 맹글어야 혀."

현태는 여전히 불만스럽게 말했다.

"그럼 아래 논을 밭으루 맹글어야지 왜 우리가 논을 밭으루 맹글어야 해유?"

돌배 영감이 현태를 타이르듯 조곤조곤 대답했다.

"우리 논은 밭을 맹글어두 되지만 아래 논은 땅이 질어서 밭을 맹글 수 읎지. 그럼 어티기 해야 되겄어. 우리가 손해를 보더라두 개울물은 아래 논에 양보허는 게 순리구 옳은 일이지. 옳은 일을 알면서두 내가 손해 보는 게 싫어서 하지 않으면 그건 사람의 도리가 아니여. 혹시 나중에 이 밭을 논으루 맹글구 싶은 마음이 들거든 그때 할애비가 왜 논을 밭으루 맹글었나 한번 생각해 봐."

현태는 고구마밭 아래 논에서 파랗게 자라는 못자리를 바라보며 그때나 지금이나 할아버지를 이해할 수가 없다. 올해는 그 밭에 고구마를 심기로 했다.

돈대에 오른 현태가 개울 건너 고구마 심는 밭을 바라보고 우뚝 멈췄다. 고구마밭에 할아버지가 구덩이에 물을 붓고, 엄마가 고구마순을 떼어 주고, 석철이 고구마순을 받아 구덩이에 심고 있었다. 그것은 아버지가 살아 있을 때 고구마 심던 모습이었다. 석철이 고구마 심으며 뭐라고 했는지 엄마가 뒤로 돌아 배를 잡은 채 하하 웃고 할아버지는 고개를 들고 하늘을 향해 허허 웃었다. 현태는 아버지가 돌아가신 뒤 엄마가 그렇게 활짝 웃는 건 처음 보았다. 할아버지 웃는 모습도 오래간만이었다. 고구마 한 고랑을 심어 나간 뒤 다음 고랑으로 자리를 옮겨 가던 석철이 현태를 발견하고 소리쳤다.

"야 이놈아, 주인이 일꾼보다 먼저 나와야지. 여태 뭘 허다가 이제 나오는 겨?"

석철은 생전에 아버지가 말하듯 했다. 아버지도 현태에게 '주인'이라고 했다. 할아버지도 그랬고 할머니도 그랬다. 주인이 부지런해야 일꾼도 부지런해진다고, 주인이 게으르면 일꾼도 게을러진다고, 곡식은 주인의 발소리를 듣고 자란다고, 논에 가거나 밭에 갈 때 늦잠 자는 현태를 깨워 데리고 다녔다. 현태는 정말 곡식들이 주인의 발걸음 소리를 듣고 자라는 줄 알고 쿵쾅쿵쾅 걸어가며 '집안에 어른들도 많은데 왜 자기에게 주인이라고 하는지' 궁금해도 왠지 머쓱해 묻지 못했다.

아버지가 돌아가신 뒤 그 말뜻을 어렴풋이 알았다. 땅은 그대로인데 주인만 바뀐다는 것을. 땅은 영원한데 땅 주인은 영원할 수 없다는 것을. 현태가 고구마밭으로 들어가며 아버지가 생전에 하던 것처럼 손가락으로 밭고랑을 가리키며 말했다.

"겨우 요거 심어 놓구 큰소리치는 겨?"

석철이 어이없다는 표정으로 말했다.

"똥 싼 놈이 성낸다구 이제 나온 놈이 요거라니. 벌써 세 고랑이나 심었구먼."

현태가 석철을 꾸짖듯 말했다.

"여태 세 고랑이 뭐야, 세 고랑이. 적어두 다섯 고랑은 심었어야지. 그렇기 일해 밥 먹구 살겄어? 밥 빌어다 죽두 못 쒀 먹어."

현태가 하는 짓을 지켜보던 석철이 허리를 펴고 일어나 껄껄 웃으며 말했다.

"늬는 어쩌면 그렇기 늬 아부지를 쏙 빼닮었냐."

아버지 흉내를 내다 속내를 들킨 현태가 멋쩍게 씩 웃었다. 밭고랑에 걸터앉아 현태를 지켜보던 돌배 영감은 늦가을 황금 들판을 바라보듯 흐뭇한 표정이었다. 고구마순을 떼어 주던 월남댁은 석철이 눈치를 보며 빙그레 웃었다. 현태가 할아버지에게 뚜벅뚜벅 걸어가 어른스럽게 말했다.

"할아부지는 밤나무 밑에 들어가 쉬셔유."

그렇지 않아도 힘에 부친 돌배 영감은 현태에게 조로(물뿌리개)를 넘겨주고 밭둑에 있는 밤나무 밑으로 들어갔다. 현태가 조로로 개울물을 퍼다 구덩이에 물을 주기 시작했다. 비 온 뒤 고구마를 심으면 물을 주지 않아도 되는데 비가 내릴 기미가 전혀 보이지 않자 더 늦기 전에 물을 주면서라도 심어야 했다.

콩 농사나 고구마 농사는 심고 가꾸는 것보다 토끼나 고라니가 들어오지 못하게 막아 주는 게 더 힘들었다. 토끼는 먹는 양이 적어 몇 포기 뜯어 먹다 돌아가는데 송아지만 한 고라니가 한 번 들어가면 몇 고랑씩 모조리 뜯어먹었다. 한 번 뜯어먹고 가는 것으로 끝나지 않았다. 중이 고기 맛을 보면 법당에 파리가 안 남아난다고, 한번 고구마순 맛을 보면 두고두고 밑동에서 새로 올라오는 새싹까지 모지락스럽게 뜯어먹었다. 더욱이 무슨 조화인지 토끼 개체 수는 눈에 띄게 줄어드는데, 고라니 개체 수는 폭발적으로 늘어나 해마다 그놈들과 전쟁을 치러야 하니, 서로 먹고살기가 참 힘들어졌다.

전에는 그놈들이 들어가지 못하게 밭 가장자리로 나무 울타리를 치거나 덫이나 올무를 놓기도 했는데, 요즘은 어부들이 사용하고 버린 폐그물을 얻어다 울타리 치는 사람이 많아졌다. 폐그물을 재활용한다는 장점뿐만 아니라 질기고 내구성이 좋아 울타리 치는 것도 간편했다. 그런데 물에 빠져 죽을 놈은 접시 물에 코를 박고 죽는다고, 폐그물로 울타리를 단단히 쳐 놔도 어디로 어떻게 들어가는지 모르게 들어가 고구마순을 실컷 뜯어먹고 빠져나가지 못한 채 잡히거나 스스로 죽는 놈이 있다.

그도 그럴 것이 고라니가 제 밭처럼 드나들던 고구마밭에 사람이 그물을 쳐 놓으면 포기하고 돌아서야 하는데 울타리 밖을 빙빙 돌며 들어갈 구멍을 찾는다. 어디로든, 어떻게든 고구마밭으로 들어가 고구마순을 실컷 뜯어먹은 고라니가 울타리 밖으로 나가야 하는데 비집고 들어간 구멍이 원래대로 닫혀 있어 찾지 못한다. 산골 비탈밭 울타리는 밖에서 보는 것하고 안에서 보는 것은 전혀 다르다. 설령 고라니가 자신이 들어간 구멍을 찾는다고 해도 들어올 때 자세와 나갈 때 자세가 지형에 따라 달라져 빠져나갈 수가 없다.

더욱이 고라니가 그물에 갇혔다고 판단하는 순간부터 공포와 두려움에 빠져 허둥지둥 날뛰다가 그물에 발이 걸리고 발을 빼려고 발버둥 치면 칠수록 점점 더 얽혀 결국은 죽거나 사람에게 잡히고 만다. 더러 고라니를 잡으려고 그물을 느슨하게 치는 사람도 있다. 고구마 농사 망치고 고라니 잡아 한 끼 잘 먹어 본들 무슨 소용인가 싶어 돌배 영감은 울타리를 탄탄하게 쳤다. 그게 다 함께 사는 길이라고 생각했다.

고구마밭이 갑자기 소란스러워졌다. 그물을 손질하던 돌배 영감이 왁자지껄한 소리에 고개를 돌렸다. 조로로 고구마 구덩이에 물을 주던 현태가 석철에게 조로를 들이대고 물을 뿌렸다. 석철은 소나기처럼 뿌려대는 물벼락을 피해 이리 뛰고 저리 뛰다 월남댁 뒤로 피했다. 현태는 두 사람을 싸잡아 마구 물을 뿌리다 조로가 바닥나자 빈 조로를 들고 개울로 달아났다. 돌배 영감은 마치 선돌이 살아 있을 때 일하다 말고 장난치던 모습을 보는 듯해 가슴이 저릿했다. 한바탕 물장난 끝에 월남댁은 아침 하러 집으로 돌아갔다.

며느리의 재혼

돌배 영감은 현태마저 집으로 돌려보낸 뒤 석철을 밤나무 밑으로 불러들였다. 석철이 옷은 함빡 젖어 있었다. 돌배 영감은 거두절미하고 물었다.

"자네는 언제까지 혼저 살 겨?"

석철이 생뚱맞은 표정으로 말했다.

"글쎄유. 지금 만나는 사람두 읎는디 그걸 어티기 안대유?"

돌배 영감은 여전히 구멍 난 그물을 꿰매며 넌지시 물었다.

"장가갈 마음이 있기는 혀?"

석철이 멋쩍게 웃으며 말했다.

"왜유? 중매허시게유?"

돌배 영감이 무슨 말을 할 듯하면서도 좀처럼 입을 열지 않다가 무겁게 입을 열었다.

"내가 중매헐 수 있으면 해야지. 그런디 자네는 내 메느리를 어티기 생각혀?"

돌배 영감이 단도직입적으로 들이대자 석철이 어리둥절한 표정으로 말했다.

"야아! 뭘 어티기 생각해유?"

돌배 영감이 손에 들었던 그물을 내려놓고 한숨을 쉬며 말했다.

"자네가 조금 전 고구마 심다 말구 현태허구 물장난치는 걸 보구 자네가 선돌이 자리로 들어왔으면 참 좋겄다는 생각이 들어 허는 말여."

돌배 영감은 자식을 가슴에 묻은 뒤를 이어 아내마저 죽자 자신이 죽으면 현태가 외톨이 신세가 될 것을 걱정하고 있었다. 일가친척 하나 없는 며느리도 다르지 않았다. 온종일 들일하고 돌아와 저녁 먹은 뒤 방에 한 번 들어가면 나오지 않는 며느리 방문을 바라보기가 여간 안쓰러운 게 아니었다. 젊은 며느리가 평생 혼자 살 수 없을 테고 어린 현태도 혼자 살 수 없다.

농사를 지어 먹고산다는 것도 그렇다. 농사를 지으려면 농기계를 장만해야 하는데 워낙 큰돈이 들어가 소농은 그림의 떡이다. 농사를 예전처럼 소를 길들여 지을 수도 없어 자연히 농기계를 임대하여 농사를 지어야 한다. 다행히 이웃에 사는 석철이 농기계를 가지고 있기에 논밭을 갈고 모를 심고 파종하는 것을 모두 맡겼다. 며느리도 석철이를 따라다니며 농사일을 열심히 했다.

선돌이 죽은 뒤로 돌배 영감과 석철은 주인과 일꾼 사이라기보다 한집 식구처럼 지냈다. 학교에서 돌아온 현태까지 들일에 끼어들면 선돌이 살아 있을 때 일하던 모습을 바라보는 듯했다. 그때마다 며느리 짝으로 석철을 생각해 보았으나 차마 입을 뗄 수 없었다. 돌배 영감이 덧붙여 말했다.

"나는 현태와 메느리를 그대루 두구는 죽어두 눈을 감지 못헐 것이네. 그렇다구 자네에게 억지루 떠맡기려는 건 아녀. 그래서 될 일두 아니구. 그런디 자네가 우리 현태와 메느리허구 잘 어울려 지내는 것이 내게는 너무 보기 좋아 허는 말이니께 부담 갖지 말구 그냥 편히 생각허구 말해 봐."

석철은 돌배 영감의 말뜻을 그제야 알아들었다. 손주 딸린 외국인 며느리 재혼을 주선하려는 돌배 영감 심정이 오죽할까 싶어 아릿한 연민을 느끼기도 했다. 석철이 월남댁과 같이 들일을 하다 보면 전에 없던 생각이 들 때가 있다. 월남댁 같은 아내가 있으면 참 좋겠다고. 그렇다고 '예' 하고 대답할 수 없었다. 그러기엔 현실적으로 걸리는 게 한둘이 아니었다. 현태는 곧 중학교에 들어갈 예민한 나이다. 지금까지 삼촌과 조카 사이로 살갑게 지냈는데 엄마의 재혼을 어떻게 받아들일지 의문이다. 만에 하나 현태가 엇나가기라도 한다면 모두 불행할 수밖에 없다. 월남댁 입장에서도 구순을 바라보는 돌배 영감을 혼자 두고 현태만 데리고 재혼할 수 없을 것이다.

석철이 한참 만에 입을 열었다.

"지두 선돌이 성님 결혼헐 때 했으면 현태만 헌 자식이 있겄지, 그런 생각이 들 때가 있슈. 허지만 형수를 아내루 생각해 본 적은 읎슈. 형수헌티 재혼 얘기는 해보셨슈?"

석철은 월남댁을 '형수'라고 불렀다. 돌배 영감이 말했다.

"이 사람아, 나는 자네보다 메느리가 더 어렵네. 자네만 좋다면 내가 직접 메느리에게 물어볼 테니께 자네 속마음이나 솔직히 말해 봐."

성인 남녀가 서로 좋은 인연으로 만나 같이 살겠다는데 남들이 뭐라고 하든 상관할 바가 아니라고 생각하면서도, 평생 함께 부대끼며 벌어먹고 살아가야 할 마을 사람들이 마음에 걸렸다. 잠시 생각에 잠겨 있던 석철이 말했다.

"지가 농기계를 가지구 온 동네 농사를 다 짓는디 마을 사람들이

지를 어티기 생각허겄슈. 다른 디루 이사가 살면 모를까 여기선 못 살 거 같은 생각이 들어유."

그건 그렇다. 돌배 영감 세대만 해도 여자가 한 번 시집가면 시댁 조상이 되는 걸 당연시했다. 시부모는 아들이 단명했더라도 며느리는 개가하지 않고 손주 뒷바라지하며 살길 바랐다. 며느리도 누가 보쌈해 가지 않는 한 재혼은 꿈도 꿀 수 없었다. 슬하에 어린 자식이 있으면 더더욱 그랬다. 그런데 세상은 알게 모르게 참 많이 변했다. 예전엔 '족보에서 빼겠다', '호적을 파겠다' '성을 갈겠다'는 말은 불상놈도 입에 담지 못할 가장 큰 치욕이고 수치로 여겼다. 지금은 마음만 먹으면 족보와 호적은 물론 성과 이름까지 갈아 가며 재혼할 수 있다. 이제 결혼, 이혼, 재혼을 똑같이 생각하는 세상이 되었다.

아무리 그렇다손 치더라도 며느리가 제 발로 간다면 모를까 시아버지가 어린 손자까지 딸린 외국인 며느리를 재혼시킨다는 것은 듣도 보도 못한 일이기에 여간 곤혹스러운 게 아니었다. 그렇다고 중이 제 머리 못 깎듯이 며느리나 석철에게 맡겨 놓으면 될 일도 안 될 것 같다는 생각이 들어 나서지 않을 수 없다.

돌배 영감이 다시 말했다.

"그렇기 생각헐 수두 있지만 내 생각은 좀 다르네. 우선 이 일은 당사자들 마음이 가장 중요혀. 만약 자네허구 메느리만 좋다면 소문 나기 전 내가 날을 잡어 마을 사람들에게 미리 알릴 겨. 대치골 사람들치구 우리 처지를 모르는 사람이 어딨나. 젊은 나이에 홀로된 메느리와 노총각인 자네가 혼인헌다면 적어두 대치골 사람들 십중팔구는 모두 자기 일처럼 축하해 줄 겨. 혼저 사는 중년 남자가 온 동네 돌어 댕기며 일허는 것두 좋아 보이지 않거든. 하여튼 자네만 좋다면 내가 메느리 의사를 물어볼 테니께 한 번 신중허게 생각해 봐.”

석철은 돌배 영감이 며느리 재혼을 직접 주선하고 마을에 날을 잡아 선수를 치겠다는 발상이 참으로 기발하다고 생각하면서도 월남댁이 따라 줄지 의문이었다. 석철이 말했다.

“아부지 말씀대루 당사자가 제일 중요헌디 형수가 재혼헐려구 허겠슈?”

돌배 영감은 석철이 적극적으로 나서지 않고 한발 뒤로 빼는 듯 대답하자 며느리와 결혼할 의사가 없는 것 아닌가 하는 생각이 들어 볼멘소리로 되물었다.

“우리 메느리가 싫어서 허는 소리여, 뭐여? 남 핑계 대지 말구 싫으면 싫다, 좋으면 좋다구 한마디루 딱 뿌러지게 말혀.”

석철이 아니라고 손을 내저었다.

“그게 아니라 우리가 멀리 떠나는 것두 아니구 여기서 어티기 우리찌리만 살겄슈.”

그제야 돌배 영감은 석철이 왜 그런 생각을 하는지 짐작이 갔다. 당사자끼리 아무리 좋아해도 며느리에게 딸린 자식이 있고 늙은 시아버지가 있어 그런 모양이라고 생각했다. 돌배 영감이 말했다.

“자네 혹시 현태를 자식으루 받아들이기 싫어서 허는 소린가?”

돌배 영감 말끝에 석철이 펄쩍 뛰었다.

“절대루 그런 건 안유. 물론 지가 아직꺼정 자식을 가져 보진 못했지만 현태는 지 자식이나 진배읎이 생각허구 있슈.”

돌배 영감이 석철을 꿰뚫을 듯이 바라보며 물었다.

“그럼 왜 그려?”

석철이 난감한 얼굴로 말했다.

"지가 현태를 자식으루 받어 준다구 형수가 나오겄슈. 아부지허구 같이 산다면 모를까."

돌배 영감은 며느리가 재혼하는 데 가장 큰 걸림돌은 자신임을 이미 오래전부터 생각하고 있었다. 돌배 영감이 자신의 속내를 털어놨다.

"나는 메느리가 현태 데리구 재혼허면 바루 요양원으루 들어갈 준비가 되어 있으니께 내 걱정일랑 조금두 허덜 말어."

석철이 고개를 흔들며 말했다.

"아직두 근강허신 아부지를 요양원에 보내 놓구 우리찌리 어티기 잘살겄슈. 형수나 현태두 아부지를 요양원으루 보낼 생각은 눈꼽만큼두 읎을 규. 지헌티 한 가지 좋은 방법이 막 떠올랐는디 아부지가 어티기 생각허실지 몰러 말씀을 못 드리겄슈."

돌배 영감이 무슨 소리냐는 듯 눈을 번쩍 뜨며 말했다.

"이 사람아, 내 생각은 내가 헐 테니께 어서 자네 생각이나 말혀. 그 좋은 방법이라는 게 도대체 뭐여?"

석철이 돌배 영감 눈치를 살피며 말했다.

"우리가 결혼허면 아버님이 우리 집으루 들어오시면 되쥬. 세상에 그보다 더 좋은 방법이 어딨겄슈?"

석철이 말을 듣고 돌배 영감이 그제야 껄껄 웃으며 말했다.

"이 사람아, 그건 안 될 말이구. 그보다 더 좋은 방법두 있네만 나두 말허기가 좀 그렇네."

석철이 놀란 표정으로 말했다.

"야아! 더 좋은 방법이 있으면 얼릉 말씀허셔야쥬. 뭔디유?"

돌배 영감이 웃는 얼굴로 석철이를 바라보며 말했다.

"메느리가 내 딸이라면 자네는 가족 읎이 혼저 사니께 우리 집으루 들어오라구 허겄는디 딸이 아니니께 나는 백 번 천 번을 생각해두 요양원으루 가는 게 맞어."

돌배 영감 속내를 알아차린 석철이 한참을 생각하다 말했다.

"무슨 말씀인지 알겄슈. 그런디 떡 줄 사람은 생각두 안 허는디 김칫국부터 마신다구, 이 일의 성사는 형수에게 달렸는디 우리찌리 이런 얘기 해서 뭐헌대유?"

석철이 말에 돌배 영감도 고개를 끄덕였다.

"그건 그려. 그러니께 자네가 우리 메느리허구 잘 좀 얘기해 봐."

석철이 허를 찔린 듯 몹시 당황한 표정으로 물었다.

"야아? 지가유?"

석철은 누가 중간에 다리를 놓아 줄 것으로 생각했던 모양이다. 돌배 영감은 당연한 것 아니냐는 듯 석철을 바라보며 말했다.

"그럼 당사자인 자네가 허지, 누가 혀? 자네허구 우리 메느리가 모르는 사이두 아니구 이 일이 성사되기 전 동네방네 소문낼 일두 아니잖은가."

그제야 석철이 마음을 누그러뜨리고 말했다.

"그건 그런디 갑작스러운 일이라 너무 당황스러워서유."

돌배 영감이 길게 이야기할 게 아니라는 듯 석철이 말을 잘랐다.

"나는 아침 먹자마자 현태 데리구 나갈 테니께 고구마 심으면서 메느리 속마음 좀 알어 봐. 당사자끼리 좋다면 다른 문제는 내가 다 알어서 헐 테니께."

석철은 고구마 심다 말고 자리를 피해 주려는 돌배 영감의 의중을 알아차리고 마음을 굳혔다.

"알었슈. 그런디 현태 데리구 워디 가시게유?"

돌배 영감은 그제야 한시름 놓았다는 듯 홀가분한 표정이다.

"나는 오늘 현태허구 해보구 싶은 일이 있어."

"그게 뭔디유?"

"그건 비밀여."

현태가 돈대에 올라서서 아침 식사하라고 소리쳤다. 석철이 못 들은 척하며 돌배 영감에게 슬며시 귀띔을 해줬다.

"현태가 불러두 못 들은 척해유?"

돌배 영감도 석철이 의중을 알아차리고 못 들은 척했다. 현태는 아침 먹으라고 거듭 소리쳐도 아무런 반응이 없자 징검다리를 펄쩍 펄쩍 건너뛰어 달려왔다. 석철은 현태가 가까이 다가오자 벌떡 일어나 양손 손가락을 호랑이 발톱처럼 만들어 냉큼 잡아먹을 듯 '어흥' 하고 달려들었다. 석철에게 속은 현태가 강짜를 부렸다.

"삼촌이 나를 속였으니께 내가 걸어온 만큼 업구 가야 혀."

석철이 재미있다는 표정으로 껄껄 웃으며 응수했다.

"속은 늬가 잘못이지. 누가 속으라구 했어?"

현태도 지지 않고 대꾸했다.

"삼촌은 누가 속이라구 했어? 속인 잘못이 더 크니께 얼릉 업구 가!"

석철이 현태와 옥신각신하다 못 이기는 척하고 등을 내주었다.

"등에서 땀 냄새날 텐디."

현태가 말타기하듯 석철의 등에 훌쩍 올라탔다.

"괜찮어. 아부지 등에서두 이런 냄새 났거든."

석철이 기다렸다는 듯이 말했다.

"그려. 그럼 이참에 나를 아부지라구 불러."

현태가 소리쳤다.

"삼촌, 미쳤어? 어티기 삼촌을 아부지라구 불러?"

석철이 더 큰 소리로 받아쳤다.

"이늠아, 내가 늬 아부지 허면 되지 안 될 게 뭐 있어?"

현태가 주먹으로 석철 등을 '쿵' 내리치며 맞받아쳤다.

"흥, 웃기시네. 그만 말 허려거든 당장 내려 줘. 걸어갈 테니께."

현태를 저렇게 석철이 등에 업혀 보내야 하나. 돌배 영감은 살아 생전에 며느리 재혼은 피할 수만 있으면 피하고 싶었다. 어미 소를 따라 우시장에 나가는 송아지처럼 현태를 생각하면 인생이 송두리째 뽑혀 나가는 듯 가슴이 뭉텅 무너져 내렸다.

석철이 뒤를 따라가던 돌배 영감은 현태와 한길을 걸어가면서도 다른 길을 가는 것처럼 비감했다. 사람이 사람으로 산다는 게 뭔지! 봄에 씨앗 뿌리고, 여름 내내 피땀 흘려 가꾸고, 가을에 눈코 뜰 새 없이 거두어들였다. 풍년이든 흉년이든 하늘에 부끄럽지 않게 살았다. 찔레꽃가뭄에 산골짜기에서 흘러내리는 개울물도 내 논에만 대지 않았다. 들에 나가 여럿이 둘러앉아 모둠밥을 먹을 때도 남보다 한 숟갈 덜 먹고 먼저 수저를 내려놓았다. 한평생 남에게 못할 짓 하지 않았고, 남의 것 탐내지 않았고, 한눈팔지 않고 부지런히 땅을 일궈 자급자족하며 살았는데 가슴에 서리가 내릴 만큼 회한만 가득했다. 도대체 어떻게 살아야 하나! 설령 답이 있다 한들 이제 그게 무슨 소용이란 말인가! 잿빛 구름 한 덩어리가 돌배 영감 가는 길에 회색 그림자를 드리우며 지나갔다.

돌배 영감은 아침 식사를 마친 뒤 현태에게 양동이를 들고 따라오라며 집을 나섰다. 현태는 우물가에 있는 양동이를 집어 들고 돌배 영감을 따라갔다. 돌배 영감은 근래 들어 부쩍 현태와 같이 있고 싶어 했다. 고구마나 밤을 구워 놓고 현태가 학교에서 돌아오기를 기다렸다. 현태가 학교에 갔다 돌아오는 시간에 맞춰 마중을 나가기도 했다. 식사 때 따로따로 먹던 것을 함께 먹으려고 시간을 당기거나 미루기도 했다. 물론 선돌이 학교에 다닐 때는 소작을 부치고 산전을 일구어 먹고살기 바빠 생각조차 못 해 본 일이었다. 현태도 아버지와 할머니가 연이어 죽은 뒤로 할아버지를 잘 따랐다.

돌배 영감과 현태가 빠져나간 고구마밭에 석철과 월남댁만 남았다. 두 사람이 네 사람 몫을 같이 나눠서 해야 했다. 석철이 괭이로 구덩이를 파고 월남댁이 물을 퍼다 준 뒤 다시 고구마를 심기 시작했다. 돌배 영감과 석철의 속내를 모르는 월남댁은 아침에 하던 대로 고구마순을 또박또박 떼어 주었다. 월남댁이 주는 고구마순을 받아 땅에 심는 석철은 말문을 열지 못해 똥 마려운 강아지처럼 끙끙거렸다.

농사일은 공장 일과 사뭇 다르다. 공장 일은 구성원들이 톱니바퀴 돌아가듯 같이 움직이는데 농사일은 개개인이 주체가 되어 혼자 한다. 고구마 심는 일은 네 사람이 할 수도 있고, 두 사람이 할 수도 있고, 혼자 구덩이 파고, 물 주고, 고구마 싹을 대야에 담아 들고 다니며 심어도 되는데 그러려면 일할 맛도 떨어지고 도무지 능률이 오르지 않는다. 그래서 품앗이를 한다. 농사일은 온종일 말 한 마디 안 해도 일에는 지장이 없다. 석철도 월남댁도 그랬다. 더욱이 월남댁은 한국말을 몰라 처음부터 말이 없었다. 월남댁이 한국말을 배운 뒤에도 습관이 되어 별로 달라지지 않았다.

석철은 무슨 말로 월남댁에게 자기 마음을 전해야 할지 마치 맞선 자리에 나온 것처럼 어색해 지금껏 하던 말도 안 나왔다. 한동안 말없이 고구마 한 고랑을 심어 나가는데 밭둑에 노란 민들레꽃이 활짝 피었다. 석철이 벌떡 일어나 민들레꽃 한 송이를 툭 꺾어다 월남댁에게 불쑥 내밀었다. 월남댁 양손에 고구마순을 쥐고 있어 우물쭈물했다. 아니 석철이 평소에 안 하던 짓을 해 당황했는지도 모른다. 석철이 민들레꽃을 월남댁 손에 올려 주며 생각지도 않았던 말이 불쑥 튀어 나갔다.

"선돌이 형님 얘기해두 괜찮어유?"

석철이 묻고 나서도 공연한 것을 물었나 하는 생각이 들었는데 의외로 월남댁이 건조한 목소리로 말했다.

"야아. 괜찮어유. 이제 현태 아부지 얘기 들어두 덤덤해유."

석철은 월남댁이 떼 주는 고구마순을 받으며 넌지시 물어보았다.

"형님 첫인상이 어땠슈?"

석철이 하필이면 죽은 선돌의 첫인상을 물어본 것은 선돌이 체격은 훤칠했고 얼굴도 호남형인데 자신은 체구도 작은 편이고 얼굴도 둥글넓적한 데다가 작은 납작코에 열등감이 있었기 때문이다. 물론 성격도 달랐다. 선돌은 과묵한 편이었고 석철은 붙임성이 좋다, 법 없이도 살 사람이라는 말도 듣지만 진중하지 못하다, 사람을 차별한다는 말도 듣는다. 평판이 다른 건 농기계를 가지고 온 동네일을 하기 때문이라고 생각한다. 부지깽이가 뛰는 세월이라는 농번기에 집집이 겹치는 농사 일정을 조정하며 일하려면 자신의 정체성이 혼란스러울 만큼 별의별 소리를 다 듣는다. 석철의 속내를 알 수 없는 월남댁이 자기 속내를 털어놨다.

"말두 마유. 현태 아부지를 처음 봤을 땐 세상에서 제일 잘난 사람인 줄 알었슈. 우리 엄마두 현태 아부지가 방으루 들어오니께 방 안이 환허다구 허셨거든유."

"그런디유?"

"한국에 오니께 현태 아부지가 세상에서 제일 못나 보이대유."

"왜유?"

"한국 여자들이 어찌나 이쁘든지. 그 많은 이쁜 여자들을 두구 베트남까지 와서 못생긴 나를 데려가니 참 못난 사람이라구 생각했쥬."

월남댁 속내를 알고 난 석철은 맥이 탁 풀렸다. 외모에 대한 열등감뿐만 아니라 주변머리조차 없어 혼자 늙어가는 자신이 죽은 선돌보다 더욱 초라하게 느껴졌기 때문이다. 사실 선돌이 베트남에 갈 때 석철에게 같이 가자고 여러 번 졸랐다. 석철은 선돌과 외모 차이가 너무 나기 때문에 맞선 자리에서 비교되는 게 싫어 같이 가지 않았던 것도 있었다. 물론 그때만 해도 석철 주변에 결혼을 적극적으로 권유하는 사람도 없었고 본인 스스로 절박한 마음도 없었다.

잠시 허리를 펴고 일어난 석철은 돌배 영감이 현태를 데리고 삿갓다랭이골로 올라가는 것을 바라보다가 문득 '아하! 월남댁도 외모에 열등감을 가지고 있구나' 하는 생각이 들어 말머리를 돌렸다.

"형수가 왜 못생겼어유. 나두 첫눈에 반했을 텐디유, 뭐."

석철은 진심으로 한 말이었다. 우스갯소리로 백 미터 미인이라는 말이 있다. 반대로 가까이 보면 볼수록 예쁘고 귀여운 사람이 있다. 월남댁은 피부가 검은 것 말고는 송아지 눈망울처럼 크고 맑은 눈동자에 짙은 눈썹은 이국적 정취가 있고, 특히 도톰한 입술에 하얀 이를 드러내며 샐쭉 웃는 모습은 따라 웃지 않을 수 없을 만큼 예쁘고 귀엽다. 요즘 적지 않은 사람들이 살과의 전쟁을 벌이는데 월남댁은 호리호리한 몸매에 가슴과 엉덩이는 풍만하고 잘록한 허리 곡선이 살아 있는 뒤태는 젊은 여성과 다를 바 없다.

무슨 생각을 했는지 월남댁이 석철에게 느닷없이 고구마순을 뚝 떼어 쥐어지르듯 불쑥 내밀며 톡 쏘아붙였다.

"그런 말 허려거든 입술에 침이라두 발러유."

월남댁 표정이 싸늘했다. 아마 석철이 자신을 놀리는 것으로 생각한 모양이었다. 몹시 당황한 석철이 형수는 보면 볼수록, 자세히 오래오래 볼수록 예쁘다고, 한국 여자가 갖지 못한 독특한 매력을 가졌다고, 도대체 한국 여자들 어디가 그렇게 예쁘더냐고, 진땀을 빼며 되물었다.

월남댁은 석철이 진심으로 예쁘다고 하자 마음이 풀렸는지 상기된 표정으로 고구마순을 얌전히 내밀며 말했다.

"한국에 처음 도착해 도시 풍경두 상점 안에 진열된 상품두 전혀 눈에 들어오지 않구, 한국 여자들 고운 피부와 하얀 얼굴만 보이대유. 지는 한국 여자들을 보면 볼수룩 나두 저렇기 한 번만이라두 이뻐 봤으면 소원이 읎겄다는 생각뿐이었슈."

월남댁은 어째서 자신의 예쁘고, 귀엽고, 잘생긴 것은 보지 못하고 주술에 걸린 듯 검은 살갗에서 헤어나지 못할까, 라는 생각에 다시 물었다.

"지금 소원두 그런가유?"

월남댁이 체념한 듯 또박또박 말했다.

"안유. 살아가는 디 전혀 도움이 안 되는 그런 생각은 버린 지 오래되었구유, 지금은 내 땅에 내 농기계루 농사 한번 원 읎이 지어 보구 싶어유."

옳다! 바로 그거다! 기회를 포착한 석철이 기다렸다는 듯 월남댁이 털어놓은 말을 냉큼 받았다.

"그 꿈 나와 함께 이루면 안 되겄슈?"

월남댁이 연장에 손가락을 베인 듯 흠칫 놀라며 물었다.

"야아? 그게 뭔 말유?"

석철이 주저 없이 또박또박 힘주어 대답했다.

"내 꿈두 그래유. 형수만 좋다면 그 꿈을 함께 이뤄 보구 싶어유."

월남댁이 한동안 석철을 바라보다 두루뭉술하게 얼버무렸다.

"세상에 젊구 이쁜 여자들이 쌔구 쌨는디 왜 하필 지헌티 그런 말을 해유?"

석철은 기회를 놓칠세라 자신의 속내를 분명히 말했다.

"형수는 아직 젊구 이뻐유. 그리구 꿈이 같은 사람허구 만나야 잘 살쥬. 그 꿈 나허구 함께 꼭 이뤄 봐유. 형수만 좋다면 나는 언제라두 좋아유."

월남댁은 선돌이 죽은 뒤 혼자 살아갈 앞날을 생각하면 막막할 때가 있었다. 시아버지가 있지만 너무 늙었고 현태는 아직 어렸다. 시아버지가 돌아가시면 고향에 있는 둘째 오빠를 데려올까 하는 생각도 했다. 오빠가 둘인데 모두 결혼하지 못했다. 문제는 농사 경험이 전혀 없다. 다른 기술도 없다. 체구가 건장하지도 않고 한국말도 모른다. 도시로 나간 아버지와 오빠는 시장에서 짐을 싣고, 내리고, 배달하는 일이 전부다. 그래도 그 일로 온 식구가 먹고산다. 아무래도 오빠를 데려오는 것은 무리라는 생각이 들었다.

물론 재혼 생각을 안 해본 것은 아니다. 남자의 인물이야 잘났든 못났든 마주 바라보고 이야기를 나누며 함께 살 수만 있다면 더 바랄 게 없다고 생각하면서도, 그보다 현태를 잘 키우는 일이 먼저였다. 월남댁이 나직한 목소리로 자신의 처지를 조곤조곤 말했다.

"속담에 누울 자리 보구 다리 뻗으라는 말이 있쥬. 지가 혼저 재혼헐 수두 읎구 현태만 데리구 나갈 수두 읎잖어유. 잘 아시면서 왜 그러신대유."

석철이 예상했던 대답이 돌아왔다. 월남댁은 늙은 시아버지를 홀로 두고 현태만 데리고 재혼할 수 없을 것이다. 그건 석철도 바라는 바가 아니었다. 돌배 영감 말대로 석철이 현태네 집으로 들어가든 돌배 영감이 석철네 집으로 들어오든 월남댁만 이해한다면 그건 별로 문제 될 게 없다는 생각에 석철은 진심으로 말했다.

"못나구 많이 부족허지만 나허구 현태를 잘 키우며 우리 꿈을 함께 이뤄 봐유. 물론 현태 할아부지두 내가 어티기든 책임질게유!"

월남댁은 처음 선을 본 선돌에게 강한 끌림도 있었지만 왠지 알 수 없는 불안도 있었다. 한국에 정착하면서도 알 수 없는 불안은 여전했다. 현태를 임신한 뒤에도 그랬고 낳은 뒤에도 불안은 늘 따라다녔다. 하늘같이 믿었던 선돌이 뜻밖의 사고로 죽었다. 자식을 잃은 시어머니에게 온갖 학대도 받아 봤다. 그 알 수 없는 불안과 두려움은 알 수 없는 인연을 맺고 끊는 데서 오는 것이라는 생각이 들었다. 월남댁이 마지막으로 보내야 할 인연으로 시아버지가 남아 있다. 시아버지와 인연이 끝난다 해도 차라리 혼자 살지언정 누구와 다시 인연을 맺는다는 게 몹시 두려웠다. 인연이라는 것은 한결같지 않았고 잠시도 머무르지 않고 흐르는 강물과 같았다. 월남댁이 고개를 좌우로 흔들며 말했다.

"삼촌이 못나구 부족허다니유. 지겐 너무 과분허지유. 허지만 재혼은 엄두가 나지 않어유."

월남댁 속내를 알아낸 석철이 화제를 돌렸다.

"야아. 그러시겄쥬. 나두 지금 결정해 달라는 게 안유. 그런디 워쩌면 그렇기 우리말을 나보다두 더 잘 허신대유. 전에는 안 그러셨잖어유?"

석철은 지금껏 월남댁과 단답형으로 소통해 왔다. 물론 월남댁이 한국에 정착한 지 10여 년이 지났다. 월남댁이 홀가분한 표정으로 말했다.

"읍내 야학당에 댕겨유. 야학당에 우리 고향에서 얼마 떨어지지 않은 곳에 살던 언니가 지보다 몇 년 먼저 읍내루 시집왔는디 거기서 우리말 가르치는 선생으루 있슈. 그 언니는 한국에 오기 전부터 한국말을 배웠거든유. 지두 현태가 초등학교에 들어가던 해부터 야학당에 나가구 싶었는디 현태 아부지가 밤에 나가는 것을 싫어해 못 갔슈. 현태 아부지가 죽구 시어머니까지 돌어가신 뒤 시아버님께 말씀드렸더니 참 좋은 생각이라구 당신두 거기 댕기셨다며 흔쾌히 허락해 주셔서 지금까지 댕기구 있슈. 그런디 지가 말을 책으루 배우구 티브이루 배우구 고향 사람들을 만나 배우다 보니께 비빔밥맹키루 말이 섞였지만 그래두 한국에 와서 처음 배운 충청두 말유."

언젠가 석철이 현태에게 '늬 엄마는 밤에 무슨 일루 읍내에 나가느냐'고 물어본 적이 있다. 현태는 대수롭지 않게 '고향 친구 만나러 간다'고 해 그런 줄만 알았다. 석철이 고개를 끄덕이며 입을 열었다.

"야아. 그러셨군유. 현태 할아부지두 뒤늦게 읍내 야학당에 댕기면서 고등학교 학력 검정고시에 합격허셨슈. 그건 알구 계시쥬?"

월남댁이 고개를 끄덕였다.

"그럼유. 야학당에 시아버님 사진두 걸려 있는디유, 뭐."

늦은 나이에 배움의 꿈을 이룬 돌배 영감은 야학당의 모범적 사례로 전해지고 있다. 돌배 영감이 야학당에 다닐 때만 해도 교통편이 없어 10여 리를 꼬박 걸어 다니며 초등학교, 중학교, 고등학교 학력 검정고시에 합격했다. 그 일로 일간지에 사진과 함께 인터뷰 기사가 실렸고 졸업생들과 함께 책을 내기도 했다. 석철이 물었다.

"야학당에 고향 분들이 많이 나오나유?"

월남댁이 고구마순을 만지작거리며 말했다.

"등록헌 사람은 많어두 아이 낳아 기르며 농사일에 집안 살림까지 해야 허니께 꾸준히 나오는 사람은 드물어유. 언니는 내게 자기보다 한국말을 더 잘헌다구 그만 댕기라구 허는디 지는 고향 사람들을 만나 책두 보구 공부두 헐 수 있어 계속 댕기구 있슈."

"혹시 거기서 재혼허라는 말은 안 해유?"

석철이 관심은 오직 월남댁 재혼이었다. 월남댁은 재혼에 초연한 듯 말했다.

"왜 안 허겄슈. 언니들이 '젊은 나이에 혼저 사는 세월이 너무 아깝지 않으냐', '예까지 와서 혼저 사는 게 억울허지 않으냐', '아직 인생 반두 못 살었는디 어티기 평생 혼저 살겄느냐'구 '한 살이라두 젊어서 재혼허라'구 허지유."

"그럼 그럴 땐 뭐라구 대답했슈?"

"지는 현태가 있다구. 현태를 다 키우구 나서 한번 생각해 보겄다구 그랬쥬."

"그러면 뭐래유?"

"그때는 너무 늦다구 그러쥬."

"형수는 늦다는 생각은 안 들어유?"

"그런 생각을 허는 사람들이나 늦다구 허쥬. 지는 현태허구 살다가 손주가 태어나면 손주 돌보며 노년을 보낼 생각이니께 늦구 말구가 읎쥬."

월남댁은 현태 결혼은 걱정하지 않았다. 초록은 동색이라고 야학당에 모이는 회원들끼리 서로 자녀들 결혼 정보를 주고받는다. 한국에서 태어난 2세들뿐만 아니라 베트남 현지 가족들도 중매에 도움을 주었다. 석철은 월남댁 말을 듣고 여러 번 고개를 끄덕이며 말했다.

"야아. 그건 그런디유. 지허구 살면서 현태두 태어날 손주두 잘 키우며 지금보다 훨씬 더 잘살 수 있슈. 이건 진심이유. 지금은 더 이상 말씀드리지 않을 테니께 잊지 말구 꼭 기억해 줘유. 지가 다시 말씀드릴 날이 꼭 올 테니께유!"

월남댁은 자신의 발밑을 내려다보며 또박또박 말했다.

"삼촌의 진실헌 마음을 지가 어티기 잊겄슈. 진심으루 고마워유. 허지만 시아버님이 사시면 얼마나 사신다구 목숨과 다름없는 현태를 데리구 재혼을 허겄슈. 그건 사람의 도리가 아니잖어유. 그러니께 시아버님이 계시는 동안 두 번 다시 꺼내지 말어유."

석철이 알았다는 듯 내려놓았던 호미를 집어 들며 말했다.

"무슨 말씀인지 알겄슈. 지헌티 진심을 말해 줘서 고마워유."

석철이 호미를 내려놓고 이야기하는 동안 월남댁 손에 쥔 고구마순이 시들어 축 늘어졌다. 삿갓다랑이골로 올라간 돌배 영감도 현태도 보이지 않았다. 월남댁은 시든 고구마순을 물에 담가 놓고 새로 한 줌 쥐고 돌아와 한 개씩 똑똑 떼어 주었다. 석철은 월남댁이 내미는 고구마순을 받아 엉덩이를 들썩이며 꾹꾹 눌러 심었다.

현태는 양동이를 들고 돌배 영감 뒤를 따라가면서도 어디로 무얼 하러 가는지 몰랐다. 돌배 영감은 현태를 데리고 삿갓다랑이골로 들어섰다. 현태가 물었다.

“할아부지, 이 고랑을 왜 삿갓다랭이골이라구 불러유?”

돌배 영감이 삿갓다랑이골 정자나무 밑에 있는 마당바위에 걸터앉았다. 정자나무는 느티나무였고, 둥글번번한 마당바위는 장정 10여 명이 올라앉을 만한 크기였다. 마당바위 밑에 성인 대여섯 사람이 들어가 소나기를 피할 수 있는 호랑이 굴이 있다. 사람들이 삿갓다랑이골에 들어가 농사를 짓기 전 호랑이가 새끼를 치며 살았던 호랑이 굴이다. 돌배 영감이 산전을 일굴 때 숲속에 몸을 숨기고 노려보는 호랑이 눈과 마주치기도 했다. 사람이 호랑이를 무서워하듯 호랑이도 사람을 무서워해 어린아이는 물어갔어도 성인을 만나면 우뚝 서서 지켜보거나 슬금슬금 달아났다. 언제부터인지 정확히 알 수 없으나 6·25 전쟁이 지난 뒤로 호랑이는 흔적조차 찾아볼 수 없다.

돌배 영감은 산전을 일구어 메밀을 갈고 고구마, 감자, 옥수수를 심고 거두어들일 때 복골댁과 점심을 가지고 나가 먹었고, 쉴 참에 계곡 물웅덩이에 들어가 목욕도 하고 머루, 다래, 포도, 딸기를 따다 먹기도 했고, 비가 오면 호랑이 굴에 들어가 비를 피했다. 음력 7월 칠석날은 호미씻이 철이라 하여 마을 사람들과 천렵을 하기도 했다. 겨울엔 모닥불을 피우고 감자나 고구마를 구워 먹으며 추위를 녹이던 추억의 장소이기도 했다. 돌배 영감이 가쁜 숨을 돌린 뒤 지팡이로 올라온 산자락을 가리키며 삿갓다랑이골 유래를 이야기했다.

“그러니께 말이다. 저 아래 산모롱이 밑에 있는 첫 논다랭이부터 이 골짜기 끝에 있는 마지막 논다랭이까지 모두 서른아홉 다랭이여.

그런디 논 주인이 모를 심구 세어 보니께 서른여덟 다랭이거든. 논 한 다랭이가 감쪽같이 사러진 거지.”

돌배 영감 이야기를 듣던 현태가 깔깔 웃으며 물었다.

“할아부지, 논다랭이에 날개가 달렸슈, 발이 달렸슈. 그게 어티기 감쪽같이 사러져유?”

돌배 영감이 말했다.

“그러게 말여. 그런디 논 주인이 그 길고 험헌 골짜기 밑에서 꼭대기까지 수없이 오르내리며 아무리 세어 봐두 한 다랭이가 읎는 겨. 해는 떨어지구 배는 고프고 지칠 대루 지친 논 주인이 어쩔 수 읎이 집에 가려구 삿갓을 집어 들었는디. 아 글쎄 그렇기 찾어두 읎던 논 한 다랭이가 삿갓 밑에 있었던 겨. 그 뒤루 여기 논다랭이를 삿갓다랭이라구 부르구, 이 골짜기를 삿갓다랭이골이라구 부르게 되었댜.”

삿갓다랑이골 유래를 듣고 깔깔거리던 현태가 바위에 대고 오줌을 갈겼다. 돌배 영감이 현태에게 소리쳤다.

“이늠아, 바위에 오줌을 주면 바위가 크냐. 나무에 줘야지!”

현태는 고추를 탈탈 털어 집어넣고 괴춤을 올리며 말했다.

“나무가 꼬추를 보면 안 되쥬.”

돌배 영감은 혼잣말처럼 중얼거렸다.

“허허, 꼬추를 가리는 거 보니께 다 컸구나.”

현태는 할아버지한테 다 컸다는 말을 듣고 씩 웃으며 어깨를 한 번 으쓱하더니 몇 걸음 걸어가 정자나무를 안아 보았다. 우산같이 곧게 올라가다 활짝 퍼진 정자나무는 현태가 두 팔 벌려 안아도 손끝이 서로 닿지 않았다. 현태가 정자나무를 올려다보며 물었다.

“전에 아부지가 이 정자나무는 할아부지가 심으셨다구 허셨는디,

참말유?"

선돌은 현태에게 정자나무를 가리키며 할아버지가 심은 거라고 했는데, 석철은 자기 아버지가 심은 거라고 했다. 돌배 영감이 정자나무를 바라보며 말했다.

"이놈아, 그렇다면 그런 줄 알지, 애비 말두 못 믿는 겨?"

현태가 정자나무 밑으로 걸어오다 말고 길 위에 알밤 떨어지듯 굴러든 돌멩이를 발로 툭 찼다. 떽데구루루 굴러가던 돌멩이가 박힌 돌에 툭 걸리며 톡 튀어 올라 개구리 뛰어들 듯 풀숲으로 쏙 들어갔다. 돌멩이를 바라보던 현태가 뒤로 획 돌아서며 말했다.

"석철이 삼촌은 자기 아부지가 심었다구 빡빡 우기던디유."

돌배 영감은 부친과 함께 삿갓다랑이골에 들어가 산전을 일궜다. 산전은 한 해에 다 일구지 못하고 산 밑에서 시작하여 해마다 산 위로 올라가며 몇 고랑씩 넓혀 나갔다. 거름 없이 연이어 산전을 부치면 땅 기운이 쇠하여 곡식을 키우지 못한다. 그때는 먼저 일군 땅을 묵혀 두고 새로운 땅을 개간한다. 물론 비료가 귀할 때 이야기다. 잠시 부친과 농사짓던 시절을 회상하던 돌배 영감이 자꾸 꼬부라지는 허리를 추스르며 이야기를 이어갔다.

"어느 해인가 마을 사람들끼리 다랭이논에 들어가 김을 매구 나와 여기 앉어 쉬구 있었는디 양갑 씨가 갑자기 벌떡 일어나 뭐라구 중얼거리며 개울을 근너가는 겨."

돌배 영감 이야기를 듣던 현태가 물었다.

"양갑 씨가 누군디유?"

"누군 누구여 아부지 친구지. 그런디 개울을 근너가는 양갑 씨 앞을 보니께 산사태가 난 자리에 어린 느티나무가 원뿌리는 모두 뽑히구 가느다란 실뿌리 한 가닥에 꺼꾸루 대롱대롱 매달려 있어. 개울가에 이른 양갑 씨가 아슬아슬허게 매달린 느티나무를 손으루 휘어잡드니 '에이구 이놈아, 늬 팔자나 내 팔자나 죽지 못해 사는 건 마찬가지여. 그렇기 사느니 차라리 죽는 게 낫지' 그러군 쑥 뽑어 개골창에 휙 던져 버렸어. 담배를 피우던 아부지가 그걸 보시구 '야 이놈아, 그것두 여태꺼정 안 죽구 살었는디 도와주진 못헐망정 아주 뽑어 버리면 워특혀. 너무 불쌍허잖어' 그러시더니 벌떡 일어나 개울물에 떠내려가는 느티나무를 건져다 지금 정자나무 자리에 심은 겨. 그 뒤루 한 해 두 해 크는 줄 모르게 크더니 10여 년이 지나니께 이 마당바위를 덮을 만큼 자라 정자나무가 된 겨. 아부지가 정자나무루 심은 것두 아닌디 그게 자라 정자나무가 된 거지.

아부지는 느티나무를 심어 놓은 뒤루 여기를 지나시다가 오줌이 마려우시면 느티나무 밑에 누셨어. 그때만 해두 오줌은 귀헌 거름이었으니께. 그런디 어느 해 봄 다랭이논에 들어가 가래질을 허는디 정자나무가 잎을 피우다 말구 시들시들 시들어 가는 겨. 그날은 힘든 가래질허는 날이라구 새참에 막걸리를 내왔는디 아부지가 막걸리 한 대접을 들구 정자나무 밑에 가셔서 큰 소리루 '가려거든 술이나 한잔 허구 가'라며 부어 줬어. 그리구 나서 모심는 날 아부지허구 올러가 보니께 거참 희한허게두 정자나무가 가기는커녕 잎사귀가 무성허게 피어 있는 겨. 그보다 더 이상헌 건 내동 아무렇지도 않다가 여기를 지나가려면 오줌이 마려운 겨. 그때부터 나두 삿갓다랭이골을 오갈 때마다 아부지처럼 정자나무 밑에 오줌을 눴지.

그런디 아부지가 서너 달 시름시름 앓다가 돌어가셨거든. 아부지가 앓는 동안 정자나무두 시들시들 시들더니 아부지 장례를 치루고 올라가 보니께 죽었어. 대치골 사람들이 죽은 정자나무를 가리키며 아부지를 따러갔다구 했어."

돌배 영감은 우연이라고 생각했지만 우연치고는 너무 맹랑하기도 했다. 현태가 정자나무를 가리키며 말했다.

"그럼 정자나무를 다시 심은 사람이 할아부지유, 석철이 삼촌 아부지유?"

돌배 영감은 앞산 능선을 길게 바라보며 이야기를 이어 나갔다.

"그러니께 내 말을 끝까지 들어 봐. 어느 장날 장에 갔다 왔는디 읍내서 무슨 나무뿌리 공예를 헌다는 사람들이 어티기 알었는지 삿갓다랭이골에 들어가 죽은 느티나무 둥치를 베어 가구 뿌리까지 캐 갔다는 겨. 한걸음에 올러가 봤더니 아닌 게 아니라 죽은 느티나무 둥치를 베어 가구 뿌리까지 캐 간 자리가 포탄이 떨어진 자리처럼 움푹 파였어. 몹시 화가 났지만 죽은 나무를 캐 갔으니 어쩔 수 읎었지.

그해 다랭이논에 모를 심다가 여기 앉어 쉬는디 정자나무를 캐낸 자리가 너무 황량허구 쓸쓸허기에 내가 괭이를 들구 나섰지. 다시 느티나무를 캐다 심으려구. 산에 올라가 괭이자루만큼 굵은 느티나무를 캐 오니께 석철이 아부지가 땅을 평평허게 고르구 심을 자리에 구딩이를 파 놓구 기다리구 있더라구. 그래서 같이 심었어. 그니께 저 정자나무는 나 혼저 심은 게 아니구 석철이 아부지와 같이 심은 겨."

현태가 돌배 영감을 말똥말똥 쳐다보며 물었다.

"그럼 할아부지가 돌어가시면 이 정자나무두 따러 죽을까유?"

돌배 영감은 망연한 표정으로 하늘을 올려다보며 대답했다.

"글쎄 아부지는 뿌리가 완전히 뽑혀 죽을 수밖에 읎는 느티나무를 다시 심어 살려 준거구. 나는 멀쩡헌 느티나무를 캐다 옮겨 심었으니께 아무리 잘 키웠어두 설마 내가 죽을 때 따러 죽기야 허겄어?"

돌배 영감은 그날의 아버지 모습이 눈에 밟혔다. "부모는 반 팔자"라는 말이 있다. 반상(班常)이 명확하게 갈라져 있던 사회에서는 더욱 그랬다. 돌배 영감은 종의 자식으로 태어나 종의 신분으로 죽은 부친에게 단 한 번도 자신의 팔자 한탄하는 것을 들어 본 적이 없다. 저승으로 갈 때까지 누구의 땅이든, 누가 먹을 것이든, 마치 소처럼 근면하고 성실하게 농사를 지었다.

현태가 무슨 생각이 들었던지 생글생글 웃으며 말했다.

"정자나무 얘기를 들어 보니께 제비 다리 고쳐 준 흥부와 놀부 생각이 나유."

하 이런! 돌배 영감 평생에 잘한 일은 느티나무를 캐다 심어 정자나무로 키운 것인데 현태가 놀부와 빗대어 말하니 당황스러웠다. 아니 현태에게 놀부 같은 할아버지로 기억하게 할 순 없으나 딱히 변명하기가 궁색했다. 부친은 완전히 뿌리 뽑혀 버려진 나무를 땅에 심어 살려 준 거고, 자신은 멀쩡한 제비 다리를 분질러 고쳐 준 놀부처럼, 잘 자라고 있는 느티나무를 캐다 옮겨 심었으니 말이다. 부친의 마음을 이어받아 한 일일지라도 행위가 다르다. 마음이 같아도 행위가 다르면 결과도 다를 것이다. 아무리 그럴지라도 놀부라니.

돌배 영감이 핀잔하듯 말했다.

"예끼 이늠아, 그럼 이 할애비가 놀부란 말여? 아부지는 흥부와 같은 마음씨루 그와 같은 일을 허셨지만 그렇다구 내가 놀부는 아녀. 나만을 위해 심은 게 아니니께. 정자나무두 내가 여기루 옮겨 심지 않었으면 이 너른 땅을 혼저 다 차지허구 마을 사람들 사랑을 받으며 이렇기 잘 컸겄어. 누가 베어 가든 벌써 베어 갔겄지. 앞으루 이 정자나무는 지 명대루 살 겨."

돌배 영감의 정자나무 이야기에 별 흥미를 느끼지 못했는지 현태가 개울 옆에 자란 소나무를 유심히 살펴보며 말했다.

"할아부지, 저 소나무는 왜 곧게 올러가다가 기역자루 꺾어졌슈? 사람이 꺾어 놓은 것은 아닌 것 같은디 꼭 우리 헛간에 걸어 놓은 소 멍에 같어유."

현태가 가리킨 나무는 아닌 게 아니라 소 멍에감으로 훌륭해 보였고 맷손감으로도 안성맞춤이었다. 아마 예전에 쓰던 쟁기, 써레, 멍에, 워낭을 버리기 아까워 헛간에 걸어 둔 것을 현태가 본 모양이다. 돌배 영감이 말했다.

"그렇지. 예전 같으면 저걸 베어다 소 멍에로 썼을 겨. 맷손을 맹글어 썼을지두 모르구."

산은 가까이 보면 나무가 보이고 멀리 보면 숲이 보인다. 도시 사람은 나그네의 눈으로 숲을 보고 시골 사람은 주인의 눈으로 나무를 본다. 숲을 보려면 거리를 두어야 하고, 나무를 보려면 가까이 보아야 한다. "굽은 나무가 선산을 지킨다"는 말이 있다. 산에 나무를 심고 가꾸고 산에서 자급자족했던 돌배 영감은 달리 생각했다. 물론 그 말뜻을 모르는 것은 아니나, 굽은 나무를 보고 '너는 쓸데가 없어 베어 가는 사람이 없다'는 비아냥거리는 소리로도 들린다. 그도 그럴 것이 시골 사람들은 숲에 들어가 나무의 사용 가치를 본다. 곡식을 키우려면 잡초를 뽑아 주어야 하듯이, 쓸모 있는 나무를 키우려면 먼저 굽은 나무부터 베어 가거나 땔감으로 사용하기 때문이다.

물론 나무가 어떻게 생겼든 어느 것 하나 귀하지 않은 것이 없고 필요 없는 것은 없으나, 농경사회에선 나무로 집을 짓고, 불을 때고, 산에서 원목을 채취하여 살림도구나 농기구를 만들어 썼기에 우선 쓰임새부터 생각할 수밖에 없었다. 산에 나무를 보고 기둥, 대들보, 서까래감은 곧게 자란 원목을 쓰기 위해 솎아 주고, 곁가지를 쳐 주었고, 주변에 굽은 나무부터 베어 냈다. 소 멍에나 맷손감은 굽은 나무를 살리고 곧은 나무를 베어 냈다. 지난 시대에 가장 많이 사용했던 지게감은 지겟가지만 남겨 놓고 다른 곁가지는 모두 쳐 냈다. 쟁기, 써레, 도리깨채, 도리깻열, 작대기, 용두레, 물홈통, 넉가래, 고무래, 바지랑대, 장대, 절구통, 절굿공이, 구유, 함지박, 도마, 각종 연장 자루 하나하나까지 그 생김을 알아보고 그렇게 키우고 쓰임새를 봐 가며 가려 썼다. 물론 사람은 나무를 가리지만 산은 차별이 없고, 등급이 없고, 굽은 나무가 선산을 지킨다는 어쭙잖은 말도 내뱉지 않는다. 나무는 있는 그대로 모두 어울려 숲이 된다. 현태가 정자나무를 바라보며 말했다.

"할아부지, 지금은 삿갓다랭이골 농사를 안 지니께 이제 정자는 필요 읎잖어유?"

하 이런! 정자가 필요 없다니. 현태가 묻는 말에 화들짝 놀란 돌배 영감은 세대 차이를 느끼며 옛 추억이 아슴아슴 떠올랐다. 티브이나 라디오가 없던 예전엔 시골에서 갈 곳은 사랑방과 정자뿐이었다. 사랑방은 젊은 또래들이 밤이면 볏짚 한 단 들고 들어가 밤새 이야기를 나누며 새끼를 꼬고, 멱둥구미 만들고, 팔씨름하고, 내기 화투판을 벌이거나 윷놀이를 했다. 지는 편은 남의 밭에 들어가 과일이나 오이, 수박, 참외를 서리해다 먹었다. 옥수수, 감자, 고구마를 캐다 쪄 먹기도 했다. 동짓날은 마을을 돌아다니며 팥죽을 쒀 장독대에 올려놓은 것을 양푼째 들어다 먹기도 했고, 고사 지내는 날은 고사떡을 가져다 먹기도 했다. 냉장고가 없던 시절이라 먹고 남은 음식을 서늘한 장독대에 두었기 때문이다.

남의 닭, 토끼, 개를 끌어다 잡아먹기도 했다. 닭, 토끼, 개 중에 잡아 오기 쉬운 건 토끼였다. 닭은 잡으려면 꼬꼬댁거리고, 남의 집 개는 잡으러 간 사람을 되레 잡아먹을 듯 앙칼지게 짖어대며 달려들어 힘든데, 토끼는 토끼장에 들어가 귀를 잡아 들고 나와도 찍소리조차 내지 못한다. 물론 닭을 잡으러 갈 땐 두 사람이 플래시를 갖고가 한 사람이 닭 눈에 집중적으로 플래시 불빛을 비추고, 다른 사람이 닭장 문을 열고 들어가 닭을 잡아 울지 못하게 모가지를 홱 비틀어 쥐고 나왔다. 문제는 닭을 잡을 땐 불빛에 꼼짝 못 하던 닭들이 나올 때 목이 터지게 울어대 잠자던 주인이 방문을 벌컥 열어젖히고 뛰쳐나온다. 살쾡이가 잡아가는 줄 알고 자다 말고 뛰쳐나온 주인은 닭을 잡아 들고 달아나는 놈들 뒤에 대고 소리를 버럭 내질렀다.

"야 이놈들아, 닭은 잡어가더라두 문은 닫어 놓구 가야지. 그냥 가면 워특혀!"

주인은 닭장 문을 닫아 걸은 뒤 방으로 들어갔다. 물론 닭 주인은 마을 젊은이들이 닭서리 왔다는 걸 금방 알아차리고도 잡을 생각도 안 하고 찾으러 가지도 않았다.

예전엔 소를 훔쳐 가면 모를까 팥죽이나 떡을 가져다 먹고, 닭 한두 마리 서리해 가는 놈을 도둑놈이라고 부르지 않았다. 설령 옥수수를 따다 주인에게 들켜도 주인은 "아직 영글지 않었을 텐디. 들 영글었을 겨"라거나 고구마 캐다 들키면 남의 이야기하듯 "밭 꼭대기에 심은 게 밤고구마구 거기 심은 건 물고구마여"라고 하곤 그냥 지나갔다.

물론 남의 것을 서리할 때도 지켜야 할 도리가 있다. 옥수수 딸 때는 대가 부러지지 않게 조심해 따고, 고구마나 감자를 캘 때도 뿌리째 캐는 게 아니라 밭두둑 옆구리를 후벼 파고 굵은 놈만 골라 요기할 만큼만 캤다. 고구마를 캔 구덩이는 원래대로 복구해 놓는다. 물론 한 집 것만 거듭 서리하지도 않는다. 배가 제아무리 출출해도 정말 가난한 집 밭에는 들어가지 않았다. 수박, 참외, 오이를 서리할 때도 줄기나 어린 놈들이 다치지 않도록 조심조심 또 조심해 따냈다. 그래야 남은 것들이 다시 열매를 맺어 영글고 속이 차고 익는다. 술추렴을 하기도 했다.

세도가들이 사는 원골은 머슴들이 술추렴할 맛이 나지 않는 동네다. 물론 어느 동네나 부자는 있게 마련이어서 원골 머슴들은 복골 머슴 사랑방으로 모여들었다. 머슴이라고 머슴끼리만 어울리는 게 아니다. 머슴들과 함께 일하는 마을 젊은이들도 같이 어울려 술추렴을 했다. 어느 날 술추렴이 한창인데 방문이 빼꼼히 열리며 삶은 고구마가 가득 담긴 소쿠리가 슬며시 들어왔다. 그때 누군가 '야아, 우리 돌림빵 한번 허자'며 고구마 소쿠리를 들고 있는 손목을 잡아 안으로 왈칵 끌어당겼다. 고구마 소쿠리는 윗목으로 날아가고 한 처녀가 나무토막처럼 두 다리를 쭉 뻗은 채 방바닥으로 넘어졌다. 안집 부엌데기 천월순이었다.

월순은 얼굴이 반반하고 성격이 활달해 눈독 들이는 마을 총각들이 여럿이었으나 도무지 씨가 먹히지 않았다. 한 놈이 기다렸다는 듯이 다짜고짜 월순이 배 위에 올라타고 적삼을 양쪽으로 쫙 제쳤다. 가슴에 하얀 대접을 엎어 놓은 듯 탐스러운 젖통이 눈에 확 들어왔다. 누구랄 것도 없이 우르르 달려들어 월순이 손목을 잡고 발목을 잡고 치마를 홀떡 걷어 올렸다. 모두 제정신이 아니었다. 그때

월순이 앙칼지게 소리쳤다.

“잠깐만! 늬들이 나를 돌림빵허면 바루 주인 영감에게 일러바치구 우리 동네 우물에 빠져 죽을 겨. 그럼 늬들 어티기 되겄어?

온 동네 사람들이 길어다 먹는 우물에 빠져 죽겠다는 말에 거나했던 술기운이 싹 달아났다. 실제로 그런 일이 일어나 동네가 발칵 뒤집혔고 논란 끝에 그 우물을 메우고 자리를 옮겨 새로 팠다. 모두 멈칫하는 사이 월순이 서릿발 같은 목소리가 이어졌다.

“그러니께 뒈질 짓 허지 말구 늬들찌리 가위바위보를 혀. 지는 놈이 나올 때마다 밖으루 내보내구 문 걸어 잠근 뒤 다시 혀. 그리구 마지막 남은 한 놈만 오늘 밤 나허구 같이 보내. 이제 알었으면 빨랑빨랑 시작혀.”

방 안의 주도권은 이미 월순에게 넘어갔다. 모두 꿀 먹은 벙어리처럼 팔뚝을 걷어붙이고 가위, 바위, 보를 시작했다. 지는 놈이 나왔다. 진 놈이 옆에서 구경만 하겠다며 문밖으로 나가지 않으려고 했다. 월순은 지는 놈이 나올 때마다 밖으로 내보내고 반드시 문을 걸어 잠그고 다시 하라고 했다. 이긴 놈들은 진 놈을 밖으로 내보내고 문을 걸어 잠그고 다시 했다. 탄성과 탄식 속에 여섯 놈이 지고 밖으로 나갔다. 마지막까지 남은 돌배 영감이 문을 걸어 잠그고 돌아섰다. 그때 월순이 입에서 추상같은 호통이 떨어졌다.

“내 몸에 손대지 마! 손대구 싶으면 늬 부모님 허락받구 날을 잡구 데려가!”

참새가 죽어도 짹 한다는데 돌배 영감은 월순이 앞에 침 먹은 지네 모양 찍소리도 못 냈다. 무안해진 돌배 영감이 물었다.

“가위바위보를 해서 진 놈을 왜 밖으로 내보낸 겨?”

월순이 그것도 모르겠냐는 듯 돌배 영감을 빤히 쳐다보며 퉁명스럽게 말했다.

"나를 겁탈허려구 눈깔이 뒤집힌 놈들을 내가 어티기 믿어. 그놈들이 변심해 다시 겁탈허지 말라는 법 있어?"

월순의 의중을 깨닫지 못한 자신이 너무 어리석다는 생각에 돌배 영감이 다시 물었다.

"만약 마지막으루 진 놈이 나가지 않구 같이 겁탈허려구 했으면 어티기 헐 겨?"

월순이 참으로 한심하다는 듯 톡 쏘아붙였다.

"마지막으루 이긴 놈은 나를 지 거루 생각허구 목숨 걸구 지키겄지."

자존심이 상할 대로 상한 돌배 영감이 안간힘을 다했지만 졌다. 월순을 고이 돌려보낸 뒤 집으로 돌아온 돌배 영감은 아버지에게 자초지종을 말씀드렸다. 아버지는 그해 가을로 날을 잡아 주었다. 돌배 영감은 꿈을 꾼 듯했다. 하늘이 맺어 준 인연이라 생각했다. 그날 사랑방에서 돌배 영감이 나이가 제일 많은 노총각이었다. 찬물도 손위가 있다고 술잔을 주는 대로 받아 마신 뒤 벽에 등을 붙이고 꾸벅꾸벅 졸던 중에 일어난 일이었다. 물론 월순을 겁탈할 마음은 추호도 없었다. 가위, 바위, 보도 무얼 내겠다고 마음먹고 낸 것도 아니고 전혀 기대하지도 않았다. 술에 취해 졸다 일어나 알딸딸한 기분에 안 할 수 없어 나가는 대로 냈다.

나중에 복골댁이 말했다. 총각 놈들이 잔머리 굴리며 가위, 바위, 보를 할 때 마음속으로 '신제신이 이기라'고 빌고 또 빌었다고. 돌배 영감은 평생 복골댁에게 큰 소리 한 번 내지 않고 하늘같이 떠받들며 살았다.

개를 서리해다 먹는 건 불가능할 것 같지만 의외로 쉽다. 개를 걸고 내기에 진 놈이 제집 개를 제가 끌어다 넘겨주기 때문이다. 개를 끌고 나올 때 개장 문을 열어 놓아 달아난 것처럼 위장해도 아버지는 자기도 젊은 시절 경험했던 일인지라, 지난밤 초저녁에 집을 나갔다 새벽에 돌아온 자식이 한 일이라는 걸 금방 눈치챈다. 대문간에 있는 개가 주인이 들어오는 걸 모를 리 없고 아들은 개가 없어진 걸 모를 리 없는데 아무 말이 없는 것도 그렇다. 머리 굵은 자식이 밖에 나가 친구끼리 한 일을 나무랄 수도 없고 그렇다고 없는 일처럼 그냥 넘어가면 아버지 체면이 서지 않는다. 아버지는 아침 밥상머리에서 아들에게 한마디 했다.

"늬는 지난밤에 몸보신 잘했을 테니께 오늘 뒷간 똥 몽땅 퍼다 보리밭에 줘!"

농사일에 어느 것 하나 쉬운 일은 없겠지만 겨우내 온 식구들이 싸지른 뒷간의 똥을 퍼다 보리밭에 뿌려 주는 게 가장 고통스럽고 힘들다. 아들은 친구들과 밤새 벌인 내기에 지고, 개 한 마리 잃고, 제가 기른 것이기에 개고기 한 점 못 먹었어도 찍소리 한 번 내지 못하고 하루 종일토록 똥장군을 져야 했다.

요즘과 달리 예전에는 아무리 못 배우고 가난하게 살았어도 부자간의 도리가 서슬 푸르게 살아 있어 서로 존중하며 법도를 지키려고 노력했다. 젊은 사람이 어른 앞에서 술을 마실 땐 고개를 돌리고 마셨다. 어른이 젊은이에게 술을 권하기도 했는데 담배는 달랐다. 젊은 사람은 어른이 보는 데서 담배는 피울 수 없었다. 타지에 가서도 담배 피우다 어른을 만나면 슬며시 뒤로 숨겼다. 담뱃대 길이도 달랐다. 어른의 긴 담뱃대는 장죽(長竹)이라고 했고 젊은 사람들의 짧은 담뱃대는 곰방대라고 했다. 어른들은 여봐란듯이 장죽을 손에 쥐고 다니고 젊은 사람들은 호주머니에 넣고 다녔다. 신분을 나타내기도 했다. 양반은 아랫목에 앉아 윗목에 있는 화롯불에 담뱃불을 붙일 만큼 길었고 상놈은 늙어도 쥐뼘만 한 곰방대였다. 하물며 아들은 제아무리 불상놈이라도 담배는 아버지가 안 보는 데서 피웠다. 돌배 영감은 근본 없는 종놈이라고, 상놈이라고 제대로 사람대접을 받아 보지 못해 더욱 그러했는지도 모르겠다.

문제는 부자가 들일을 나갔는데 아들이 담배를 깜빡 잊고 나갔을 때다. 그땐 아버지가 눈치채고 먼저 담배 한 대 태우고 담뱃대와 쌈지와 부싯돌을 그대로 놓아둔 채 뒷간에 다녀오겠다며 자리를 피해 주었다. 엄마는 아들의 담배가 떨어지면 아버지 것을 덜어 주었다. 물론 아버지도 그러려니 했다. 돌배 영감이 18세 되던 해 아버지가 사 온 곰방대와 부싯돌과 담배를 어머니가 손수 만든 쌈지에 담아 주었다. 그건 부모가 자식을 성인으로 인정한다는 뜻이기도 했다. 돌배 영감은 어머니로부터 쌈지 받은 날 몰래 숨어 피운 첫 담배의 설렘은 잊을 수 없다.

정자(亭子)도 그렇다. 시골의 정자와 사랑방은 같으면서도 조금 다르다. 닫힌 사랑방은 남녀가 유별하니 같이 들어갈 수 없어도 열린 쉼터인 정자는 남녀가 둘러앉아 점심 먹고, 새참 먹고, 좀 떨어져 등을 돌리고 앉아 쉬기도 했다. 남정네는 정자에 아낙이 있으면 그냥 지나갔고 아낙도 남정네가 먼저 가 있으면 외면하고 지나쳤다. 먼저 가 있던 남정네는 아낙들이 오는 걸 보면 쉬었다 가라는 듯 슬그머니 일어나 자리를 비워 주기도 했는데 아낙네도 그랬다. 뭐니 뭐니 해도 삿갓다랑이골 정자나무는 대치골과 복골 사는 청춘남녀들이 밤에 은밀히 만나는 만남의 장소이기도 했다.

두 손바닥을 옆으로 붙인 듯 나란히 붙은 대치골과 복골의 젊은 연인들은 갈 곳이 없다. 더러 호밀밭이나 갈대밭 속으로 숨어들기도 하지만 처음부터 그럴 순 없다. 그들에게 만남의 장소가 필요했다. 대치골이나 복골 연인들이 가장 선호하는 곳이 바로 삿갓다랑이골 정자나무 밑 마당바위였다. 돌배 영감도 혼사를 앞두고 그사이를 못 참고 정혼한 복골댁을 하루가 멀다고 은밀히 불러냈다. 어느 마을이나 정자나무는 사방에서 잘 보이고 접근하기 쉬운 길가에 있다. 마찬가지로 삿갓다랑이골 정자나무도 대치골 어느 곳에서나 한눈에 올려다보였다. 대치골 옆 동네 복골도 마찬가지였다.

삿갓다랑이골 정자로 가는 길은 큰길에서 조금 떨어져 있고 산모롱이를 돌아 갈지자처럼 나 있는 길로 조금 올라가야 한다. 정자에 올라가 앉으면 앞이 탁 트여 있고 길이 외길이어서 대치골이나 복골에서 올라오는 사람이 한눈에 들어왔고 뒤로는 산에서 내려오는 길도 빤히 보였다. 정자 옆으로 계곡물이 흐르고 주변에 아름드리 노송과 기암괴석이 즐비하게 들어서 있어 설령 누가 접근하더라도 나무나 바위 뒤로 몸을 숨기기에 안성맞춤이었다. 만남의 장소는 그렇다손 치더라도 시간이 문제였다.

돌배 영감 젊은 시절만 해도 대치골이나 복골에 괘종시계든 손목시계든 시계 있는 집이 없었다. 그 시절에 만나자고 약속하려면 앞산에 해 뜰 때, 아침 먹고 바로, 오전 새참 때, 점심때, 오후 새참 때, 해가 뒷산을 넘어갈 때, 저녁 먹고 바로, 달이 뜰 때 만나자고 했다. 물론 집마다 자는 시간이나 일어나는 시간이 다르고, 밥 먹는 시간도 다르고, 달 뜨는 시간이 달라도 시계가 없으니 달리 약속할 방법이 없다. 젊은 남녀의 만남도 그랬다. 낮에 만날 수 없으니 밤에 은밀히 만나야 했다. 만남의 장소는 언제나 삿갓다랑이골 정자나무 밑 마당바위였고, 만남의 시간은 저녁 먹고 어두워지면 나갈게, 달 뜨면 나갈게, 아예 첫닭이 울면 만나자고 약속한다.

약속도 약속이지만 그 약속을 지키기란 여간 힘든 게 아니었다. 아버지가 저녁상 물리기 무섭게 밖으로 나가려는 아들에게 새끼 꼬아라, 멍석 만들어라, 가마니 짜라, 삼태기 만들어라, 코뚜레를 만들고 소 멍에를 깎아 다듬어 놓으라고 했다. 혹시라도 자식이 밖으로 나돌며 나쁜 아이들과 어울려 다니며 투전판에 들어가 놀음하거나 주색잡기에 빠질까 염려되어 미리 잡도리했다. 그 시절은 부모님의 말씀이 곧 법이었으니 안 할 도리가 없다. 부모님이 잠들기를 기다리며 하는 시늉이라도 해야 했다.

딸을 둔 부모도 다르지 않았다. 다 큰 처녀가 밤에 나돌아 다니면 혼삿길 막힌다고 저녁 먹은 뒤 달 뜨기만을 애타게 기다리는 딸내미에게 바느질감을 내놓으며 바느질해라, 다림질해라, 내일 아침밥에 넣을 감자 한 바가지 까 놓으라고 단속했다. 안 할 수 없다. 제 방에 들어가 마음은 콩밭에 두고 달이 뜨기 전 바느질을 끝내야 한다. 만나기로 한 달빛이 창문을 비추면 안절부절못하는데 개가 '컹컹' 짖는다. 어른들이 눈치 못 채게 등잔불을 끄고 슬며시 일어나 문틈으로 밖을 내다본다. 달 뜨면 만나기로 약속한 총각이 삿갓다랑이골 정자로 올라가는 게 보인다. 온몸이 불덩이처럼 달아오르고 가슴이 '콩닥콩닥' 뛴다. 바늘이 제대로 손에 잡히지 않는다. 안방에 등잔불은 좀처럼 꺼지지 않는다. 부모님이 잠들기를 기다리며 하는 바느질에

죄 없는 손가락만 자꾸 찌른다. 시간은 속절없이 흐른다. 앞산에서 떠오른 달이 정수리를 지나고 차가운 밤이슬이 내린다.

드디어 불 꺼진 안방에서 고대하던 코 고는 소리가 들린다. 방에 불을 끄고 도둑고양이처럼 방을 나가 마당을 빠져나가는데 눈치 없는 개가 '컹컹' 짖는다. 달 뜨기 전 도둑고양이처럼 정자에 올라가 이제나 올까 저제나 올까, 목 빠지고 눈 빠지게 기다리던 총각 놈이 개 짖는 소리 뒤에 처녀가 올라오는 것을 보고 가슴이 마치 자갈밭에 마차 굴러가듯 쿵쾅거렸다. 이윽고 처녀와 총각이 만나 애타는 가슴을 끌어안고 새벽이슬 내릴 때까지 마당바위를 뜨겁게 달군다.

이렇듯 돌배 영감이 지나온 젊은 시절의 시골 사랑방과 정자는 마을 사람들의 정신적 고향이고 마음속에 옹달샘 같은 추억의 장소다. 그러기에 정자를 잃는다는 것은 고향을 잃는 것만큼이나 쓸쓸하다. 돌배 영감은 예전의 정자나무 이야기를 현태에게 해 준들 그것이야말로 아무 소용이 없다는 생각에 건성으로 대답해 주었다.

"늬들에겐 삿갓다랭이골 정자나무가 필요 읎을지 몰러두 예전 사람들은 그냥 바러보는 것만으로두 애틋헌 정이 가는 추억의 장소여."

아니나 다를까. 현태는 정자나무에 흥미 없다는 표정으로 말했다.

"볼 것두 먹을 것두 헐 것두 읎는 정자나무가 뭔 추억의 장소유?"

돌배 영감이 멋쩍은 웃음을 지으며 말했다.

"늬는 몰러두 뎌. 나는 그런 게 있으니께 더는 알려구 허지 마."

할아버지 얘기에 흥미를 잃은 현태가 양동이를 번쩍 들고 말했다.

"근디 왜 지보구 양동이 들구 따러 오라구 허셨슈?"

그제야 돌배 영감이 현태에게 양동이 들고 따라오라고 한 이유를 말해 주었다.

"개울에 들어가 가재 잡으려구."

현태가 생뚱맞다는 표정으로 물었다.

"가재유? 가재는 잡어서 뭐 해유?"

"뭐 허긴. 즘심에 라면 끓여 먹지."

"야아. 가재루 무슨 라면을 끓여유?"

"이늠아, 가재 잡어다 라면을 끓이면 둘이 먹다 하나가 죽어두 모르는 겨."

"왜유?"

"왜는 왜여. 그만큼 맛이 좋다는 얘기지. 그러니께 그만 일어나 어서 개울루 들어가."

"지가유?"

"그럼, 늬가 들어가야지 늙은 할애비가 들어가랴?"

"지는 가재가 어디 있는지 모르는디유."

"그건 걱정 말어. 내가 가르쳐 줄 테니께."

"가재가 어디 있는지 할아부지가 그걸 어티기 알어유?"

"이늠아, 할애비가 핫바지여? 공연히 요리조리 핑계 대지 말구 어여 들어가."

현태는 마지못해 돌배 영감이 시키는 대로 바짓가랑이를 허벅지까지 걷어 올리고 개울로 들어갔다. 개울로 들어가는 현태를 지켜보던 돌배 영감이 개울가로 한 발 내려서며 가재가 사는 곳을 일러 주었다.

"가재는 돌 밑에 사는 겨. 그러니께 물속에 있는 납작납작헌 돌을 들추면 가재가 보이니께 눈에 띄었다 허면 잽싸게 잡어야 혀."

현태가 물속을 들여다보며 물었다.

"그냥 잡으면 되지 왜 잽싸게 잡어야 해유?"

돌배 영감이 현태가 하는 짓을 지켜보며 가재 잡는 요령을 가르쳐 주었다.

"이늠아, 가재가 널 보구 날 잡어 잡슈 허구 기다리겄냐. 걸음아 날 살려라 허구 달어나지. 그러니께 가재가 눈에 띄었다 허면 잽싸게 잡어야 혀."

현태가 개울 바닥에 깔린 돌을 부지런히 들춰도 가재는 한 마리도 눈에 띄지 않았다. 돌배 영감은 현태를 지켜보기만 했다. 현태가 허리를 펴고 일어나 말했다.

"할아부지, 가재 읎슈?"

돌배 영감이 장난스럽게 말했다.

"이늠아, 가재가 장 보러 갔겄냐 소풍을 갔겄냐. 읎긴 왜 읎어. 읎는 돌만 들추니께 읎지."

현태도 지지 않고 대꾸했다.

"가재가 어항 속에 들어 있는 것두 아니구, 돌 밑에 있는 걸 지가 어티기 알구 잡어유?"

현태를 놀려 주고 싶은 돌배 영감이 바로 대답해 주지 않았다.

"내가 지금 가르쳐 주면 재미 읎으니께 가재가 나올 때까지 돌을 들춰 봐!"

현태는 다시 개울 바닥에 깔린 돌을 모조리 뒤집어도 가재 새끼 한 마리 눈에 띄지 않았다. 가재가 너무 잡히지 않으면 가재 잡는 재미가 없다. 물론 너무 자주 잡혀도 재미가 적다. 돌배 영감이 지켜보다 못해 지팡이 끝으로 현태가 올라선 돌을 톡톡 치며 들춰 보라고 했다. 현태가 힘겹게 돌을 들어 올렸다. 흙탕물이 일었다. 돌배 영감이 말했다.

“흙탕물이 가러앉을 때까지 움직이지 말구 그대루 있어. 움직이면 가재가 달어나니께.”

가재도 흙탕물이 일면 앞을 보지 못해 달아나지 못한다. 흙탕물이 제아무리 짙어도 맑은 물이 끊임없이 들어가면 반드시 맑아지는 것은 자연의 이치다. 물론 사람 사는 사회도 다르지 않을 것이다. 맑은 계곡물이 들어오며 흙탕물이 서서히 맑아지자 현태가 소리쳤다.

“우와! 가재다. 할아부지 가재 한 마리 잡었슈. 이거 봐유?”

가재를 잽싸게 잡아 들어 보이던 현태가 “아악!” 비명을 내지르며 손을 냅다 허공으로 뿌리쳤다. 힘들게 잡은 가재가 허공에 포물선을 그리며 멀리멀리 날아가 풀숲에 뚝 떨어졌다. 그때까지 가재 앞발이 현태 손가락을 물고 있다. 현태가 가재를 뿌리칠 때 몸통에서 떨어진 집게발이다. 가재는 한 번 물면 발이 떨어져 나가도 놓지 않는다. 돌배 영감이 쩔쩔매는 현태를 바라보며 껄껄 웃었다.

현태가 소리쳤다.

“할아부지 가재에게 물렸잖어유. 가재가 무니께 조심허라구 일러 줬어야쥬?”

돌배 영감이 현태 손가락을 물고 있는 집게발을 떼어내며 말했다.

“이늠아, 가재를 잡으려면 가재에게 물릴 각오는 되어 있어야지. 웬 호들갑이여. 그리구 할애비가 조심허라구 일러 줬다구 가재가 안 물겄어. 잡힌 가재는 살기 위해 본능적으로 무는 겨. 이제 가재에게 한 번 물려 봤으니께 어티기 잡어야 안 물릴까 생각해 봐.”

현태는 가재에게 물린 손가락을 입으로 가져다 연거푸 빨아 대며 소리쳤다.

"싫어유. 이제 가재 안 잡을규."

돌배 영감이 물가로 내려서며 혀를 끌끌 차며 말했다.

"이런 녀석 봤나. 가재에게 한 번 물렸다구 가재를 안 잡어? 그럼 늬는 가재에게조차 지는 겁쟁이가 되는 겨. 지금부터 내가 하나하나 가르쳐 줄 테니께 허라는 대루 한번 해봐. 가재 잡는 재미가 아주 쏠쏠헐 테니께."

돌배 영감이 지팡이 끝으로 물속에 들어 있는 납작한 돌을 가리키며 물었다.

"저기 저 돌 밑에 뭐 이상허게 보이는 거 읎냐?"

현태는 돌배 영감이 가리킨 돌을 한참 유심히 들여다본 뒤 말했다.

"개미가 굴을 파면서 나온 흙을 굴 앞에 쌓아 놓은 것처럼 보여유."

돌배 영감이 활짝 웃으며 말했다.

"그렇지. 아주 잘 봤어. 그러니께 그 안에 가재가 들어 있다는 증거여. 개미가 굴을 파듯기 가재두 돌 밑에 들어가 집을 지으며 바닥에 깔린 모래를 밖으루 밀어 내놓은 거거든. 그러니께 저 돌 밑에는 틀림읎이 가재가 들어 있을 겨. 물론 가재마다 모두 새 집을 짓구 사는 건 아녀. 자연적으루 생긴 굴이나 돌 틈에 들어가 살기두 허니께 돌을 모조리 들춰 봐야 혀. 이제 저기 저 돌을 흙탕물이 일지 않게 드는 듯 마는 듯 슬며시 들춰 봐!"

현태가 조심스럽게 물속으로 손을 집어넣어 돌배 영감이 가르쳐 준 돌을 살며시 들어 올렸다. 아닌 게 아니라 거기에 가재 한 마리가 웅크리고 있었다. 현태는 가재를 보고도 두려운 듯 선뜻 손을 내밀지 못했다. 돌배 영감이 가만가만 말했다.

"가재는 앞으루 달어나는 게 아니구 납작헌 꼬리루 깝죽깝죽 물갈

퀴질을 허면서 뒤루 달어나거든. 그러니께 가재를 앞으루 잡지 말구 뒤에서 양쪽 집게발 밑 몸통을 잽싸게 잡어야 물리지 않는 겨. 달어나기 전에 얼릉 잡어."

현태는 돌배 영감 말이 떨어지기 무섭게 물속으로 손을 잽싸게 집어넣어 그놈을 잡아냈다. 얼결에 잡았을 테지만 몸통을 제대로 잡았다. 가재는 집게발 밑 몸통을 잡으면 물 수가 없다. 현태가 두 번째 잡은 놈은 처음에 잡은 놈보다 작았다. 돌배 영감이 말했다.

"네 손가락을 그놈에게 다시 한 번 물려 봐."

현태가 펄쩍 뛰었다.

"싫어유."

돌배 영감이 현태를 타이르듯 말했다.

"이늠아, 아무려면 할애비가 허튼소리 허겄어? 그놈에겐 물려두 별거 아녀. 그러니께 손가락을 한 번 슬쩍 대 줘 봐."

현태가 망설이는 표정으로 검지를 가재에게 슬며시 대 주었다. 가재가 기다렸다는 듯이 꼭 물었다. 현태가 입을 딱 벌렸으나 '악!' 소리는 내지르지 않았다. 돌배 영감이 현태 표정을 살피며 물었다.

"워뗘. 좀 아프긴 해두 참을 만허지. 그러니께 그만헌 놈들은 아무 디나 잡히는 대루 잡으면 되는 겨. 그리구 아까처럼 큰 놈은 반드시 집게발 밑 몸통을 잡어야 안 물리는 거구. 자 이제 내가 일러 줄 것은 거지반 일러 줬으니께 개울을 슬슬 올러가며 잡어 봐."

물속을 들여다보던 현태가 엎드린 채 말했다.

"할아부지, 여기 미꾸리 있는디 잡을까유?"

돌배 영감이 고개를 흔들며 제지했다.

"아서. 오늘은 그냥 가재만 잡어. 가재두 쬐그만 놈은 그냥 놔 줘."

현태는 마치 먹이를 노리는 물새처럼 물속을 노리며 가재를 곧잘 잡아냈다. 더러 큰 놈에게 물리면서도 가재는 독이 없다는 걸 알고 개의치 않았다. 현태가 가재 큰 놈에게 물리고 쩔쩔맬 때 돌배 영감이 한마디 더 보탰다.

"가재 큰 놈에게 물렸다 허면 바루 다리를 똑 부러뜨리거나 물속에 푹 집어느면 가재가 물에 닿는 순간 발을 빼내 뒤루 헤엄쳐 달아나. 그때 다시 다리 밑 몸통을 잡으면 되는 겨. 가재를 잡다 보면 누가 가르쳐 주지 않어두 자연스레 알게 되는 거지만."

현태가 돌을 들추다 말고 일어나 허리를 펴며 물었다.

"할아부지, 가재는 왜 뒤루 달아나유? 꼬리에 눈두 더듬이두 읎는디유?"

돌배 영감은 가재가 왜 뒤로 달아나는지 알 수 없으나 현태에게 담력과 자신감을 심어 주고 싶은 생각에 자신의 경험담을 들려줬다.

"그러니께 말이다, 시골길을 걷다 보면 느닷없이 개가 달려들 때가 있어. 그땐 당황해 뒤루 돌어 달어나거든. 그런디 달어나 봤자 허사여. 사람이 개보다 빠를 수 읎으니께. 몇 발짝 달어나기 전에 개가 달려들어 뒷다리를 콱 물어 버리지. 어차피 달어나 봤자 소용이 읎을 땐 가재처럼 불끈 쥔 두 주먹을 높이 치켜들구 벼락 치딕기 냅다 소리를 내지르며 당당허게 맞서면 개가 우뚝 멈춰 거리를 두구 짖거든. 개가 멈췄다구 돌어서면 절대루 안 되는 겨. 등을 보이는 순간 개가 순식간에 달려들어 덥석 물어 버리니께. 그럴 땐 두 눈을 부릅뜨구 개를 노려보며 뒷걸음질루 서서히 그곳을 벗어나야 혀. 가재는 아무리 위급해두 뒤루 돌어 도망치지 않거든. 뒤루 돌어설 시간에 집게발을 번쩍 쳐들구 상대를 위협허며 꼬리로 헤엄쳐 잽싸게 위기를 모면허지. 그러니께 가재가 아무리 다급해두 등을 보이며 달어나지 않는 건 상대에게 허점을 보이지 않으려는 거겠지. 사람두 위기에 맞닥뜨렸을 때일수록 절대루 당황허거나 허점을 보이지 말구 가재처럼 당차게 대처해야 혀."

돌배 영감 이야기를 듣고 난 현태가 상기된 표정으로 물었다.

"그래두 개가 달려들면 어특허쥬?"

돌배 영감이 눈을 부릅뜨고 산이 쩌렁 울리도록 큰 소리로 말했다.

"이늠아, 어특허긴 뭘 어특혀. 그럴 땐 죽기 살기루 싸워야지. 막다른 골목에 이르면 쥐가 고양이를 무는 겨. 그럼 누가 이기겄어?"

현태가 정답을 알고 있는 아이처럼 바로 대답했다.

"그야, 보나 마나 고양이가 이기겄쥬."

돌배 영감은 현태에게 틀렸다고 고개를 살래살래 저었다.

"아녀. 쥐가 고양이에게 달려드는 순간 이미 싸움은 끝난 겨. 피 한 방울 흘리지 않구 쥐가 고양이를 이기는 거지."

현태가 당황한 목소리로 물었다.

"야아? 쥐가 어티기 고양이를 이겨유?"

돌배 영감은 서두르지 않고 차근차근 대답해 주었다.

"사람두 고양이두 너처럼 생각허지. 쥐는 절대루 고양이를 이길 수 읎다구. 쥐는 고양이 밥이라구. 아마 천지 만물을 창조허신 하느님두 쥐가 고양이에게 달려드는 걸 보시면 깜짝 놀래실 겨. 바로 그거여. 막다른 골목에 이른 쥐가 하얀 이빨을 드러내구 펄쩍 뛰어오르며 달려드는 순간 허를 찔린 고양이는 혼비백산혀 달어나거든. 어느 놈은 얼이 빠져 옴짝달싹 못 허구 오줌을 질금질금 싸. 그 순간 쥐는 고양이 다리 밑으루 잽싸게 달어나지. 그러니께 옛 으른들이

'하늘이 무너져두 솟어날 구멍이 있다'구 '호랭이에게 물려 가두 정신만 차리면 산다'구 말씀허셨어. 이제 무슨 말인지 알겄어?"

할아버지 이야기를 듣는 동안 번뜩 백우가 떠올랐다. 현태는 늘 백우 앞에 쥐었다. 백우는 하루가 멀다고 현태를 수시로 집적거리고 시비를 걸며 두들겨 팼다. 현태는 백우의 주먹을 피하지도 않았고 때리는 대로 고스란히 맞았다. 현태는 초등학교에 입학하고부터 튀기 새끼라고, 깜둥이 새끼라고, 깜둥이 새끼는 세수하나 마나라고 놀림을 당해도 아무런 대꾸조차 하지 못했다. 다른 아이들도 신체의 특징이나 이름이나 행동을 보고 별명을 지어 불렀기에 그랬는지도 모르겠다.

현태가 달라진 건 아무 잘못도 없으면서 말 한 마디 못 하고 두들겨 맞는 자신에게 분노하면서부터였다. 아무리 골백번을 생각해도 자신이 아이들에게 놀림받아야 할 이유도, 맞아야 할 이유도 없었다. 문제는 자신이 백우를 이길 힘이 없다는 거였다. 힘을 길러야 했기에 태권도를 배우고 있다. 백우도 현태가 태권도장에 나간 뒤로 태도가 달라졌다. 현태도 예전처럼 말 한 마디 못하고 때리는 대로 고스란히 맞지 않았다. 백우가 '야 이 새꺄' 하고 시비를 걸면 '왜 이 새꺄' 하고 맞받았다. 백우가 '어쭈구리. 이런 좆만 한 새끼' 하면 '늬 좆이 그렇게 커?' 하고 대꾸하며 싸움이 시작됐다.

현태는 백우 주먹을 피하며 허점이 보이면 같이 주먹을 날렸다. 일방적으로 맞을 때와 달리 맞붙으면 싸움은 더욱 격렬했고 더 많이 맞았지만 때릴 때 주먹에서 전해져 오는 짜릿한 쾌감은 맞은 것을 상쇄하고도 남았다. 어느 날 현태의 주먹을 정통으로 맞은 백우가 비틀거렸다. 그때 자신도 모르던 자기 주먹의 힘을 알게 되었다. 아이들도 현태가 백우에게 맞았다고 하지 않고 싸웠다고 했다. 백우에게 맞았다고 할 때는 꿀리는 기분이었는데 반에서 싸움을 제일 잘하는 백우와 맞서 싸웠다고 할 땐 지고도 당당할 수 있었다. 현태는 백우를 멋지게 때려눕힐 날이 얼마 남지 않았다는 자신감이 생겼다.

할아버지 물음에 주먹을 불끈 쥔 현태가 자신만만하게 말했다.

"할아부지 말씀을 듣는 동안 지두 모르게 주먹이 불끈 쥐어지내유."

돌배 영감은 자신의 말귀를 금방 알아듣는 현태가 어른스러워 보였다. 현태를 따라 개울가로 나란히 걸어가던 돌배 영감이 말했다.

"저기 인동(忍冬) 덩굴 밑에 있는 납작헌 돌 들춰 봐."

현태가 주변을 두리번거리며 말했다.

"인동덩굴이 어딨슈?"

돌배 영감이 지팡이 끝으로 인동덩굴을 들추며 말했다.

"이게 인동이여. 그러니께 자세히 봐. 인동이 어티기 생겼는지."

현태가 인동덩굴을 자세히 살펴보고 나서 말했다.

"할아부지, 인동 잎은 으름 나무 잎새처럼 동글동글허구 길쭉헌디 줄기에 솜털이 있슈."

돌배 영감이 고개를 끄덕이며 말했다.

"그려. 잘 봤구먼. 인동 잎은 갸름허구 줄기에 보드라운 갈색 털이 보송보송 나 있는디, 여름이 시작되면 하얀 꽃이 피었다가 노란색으루 변해서 떨어지거든. 꽃이 떨어진 자리에 파란 열매가 맺는디 가을에 까맣게 익는 겨. 예전엔 인동덩굴을 걷어다 종기, 해열, 이뇨 약재루 쓰기두 했는디, 지금은 약이 흔허니께 거들떠보지두 안혀. 그런디 실처럼 가느다란 인동덩굴이 혹독헌 겨울 추위에 얼어 죽지 않구 용케 살어 이른 봄 마디마디에 하얗게 피었다 노랗게 변해 떨어지는 인동꽃이 아주 이뻐. 나중에 눈여겨봐."

현태가 돌배 영감이 지팡이 끝으로 가리킨 인동덩굴 밑에 있는 납작한 돌을 들췄다. 돌을 들어 올리자마자 큼지막한 가재가 꼬리로 깝죽깝죽 헤엄치며 달아났다. 현태가 돌을 팽개치고 물속으로 풍덩 들어가 그놈의 양 집게발 밑 몸통을 잽싸게 잡아 들고 소리쳤다.

"우와! 엄청 커유. 지가 잡은 것 중에 제일 커유."

가재를 들어 보이던 현태가 다시 소리쳤다.

"할아부지, 가재 꼬리에 알이 소복허게 실었슈."

돌배 영감이 현태가 보여 주는 가재를 보고 말했다.

"으음. 알배기구나. 얼릉 놔 줘."

알이 밴 큰 가재를 잡고 감격에 겨웠던 현태가 당황한 표정으로 말했다.

"야아! 알배기를 놔 주다니유?"

돌배 영감이 엄한 표정으로 타일렀다.

"새끼 든 짐승은 잡는 게 아녀. 가재두 마찬가지여. 가재 한 마리 먹자구 새끼 수백 마리를 죽일 겨? 알이 떨어지기 전에 어여 깊은 물에 놔 줘!"

현태가 놓아 준 가재는 눈 깜짝할 사이 물속으로 사라졌다. 못내 아쉬운 눈길로 물속을 들여다보던 현태가 응석을 부렸다.

"할아부지, 이제 가재 구만 잡어유. 잡기 싫어졌슈."

현태는 크고 알을 밴 가재를 놓아 주고 다른 건 눈에 들어오지 않는 모양이었다. 돌배 영감이 양동이를 추슬러 보다가 현태에게 내밀며 고개를 끄덕였다.

"그러자. 이것만 가져두 되니께 더 잡을 필요 읎겄다."

양동이를 받아 든 현태가 앞장섰다. 현태가 길바닥으로 굴러 내린 돌을 길옆으로 치웠다. 언제부터인지 돌배 영감 뒤를 따라다니던 현태가 험한 길은 앞서가며 나뭇가지나 돌을 치웠다. 사람이 자주 다니지 않아 장마에 굴러 내린 돌이 그대로 있었다. 발목이 빠지는 얕은 개울을 건너갈 땐 돌배 영감 발이 젖지 않게 돌을 굴려다 징검다리를 놓아 주기도 했다.

비탈진 다랑논은 논바닥보다 논두렁 면적이 더 넓다. 물론 다랑논은 형체만 남아 있을 뿐 오래 묵혀 두어 칡덩굴, 망개나무, 오리나무, 참나무, 소나무, 찔레나무, 버들개지, 잡풀 잡목들이 우거져 덤불숲이 되었다. 현태가 앞서가다 말고 뭘 유심히 쳐다보다 뒤로 돌아서며 돌배 영감에게 말했다.

"할아부지."

"왜?"

"저기 저 소나무가 너무 불쌍해유."

"뭐가 불쌍혀?"

"칡덩굴이 감구 올러가 소나무를 덮었잖어유. 엄청 무거울 거 같어유."

현태가 가리킨 곳에 칡덩굴이 소나무를 감고 올라가 푹 덮어 버렸다. 소나무는 앞으로 몇 년 버티지 못하고 죽을 것이다. 돌배 영감은 현태 표정을 살피며 말했다.

"칡덩굴은 혼저 설 수 읎으니께 소나무를 감구 올러가는 거지."

현태가 어두운 표정으로 말했다.

"소나무는 필요 읎는 무거운 칡덩굴을 평생 짊어지구 살어야 허잖어유?"

돌배 영감이 한동안 칡덩굴에 싸인 소나무를 바라보았다. 소나무와 칡덩굴은 서로 피할 수 없는 자연현상이다. 결국은 소나무는 죽어 거름이 될 것이고 거름을 먹은 칡덩굴은 더욱 기승을 부리며 다른 나무로 옮겨갈 것이다. 그러나 살아 있는 모든 생명은 수명이 있고 한계가 있다. 칡은 나무보다 수명이 현저히 짧다. 칡 한 뿌리가 온 산을 덮을 수도 없고 수명이 다하면 흙으로 돌아가 거름이 될 것이다. 돌배 영감은 깊은 생각 끝에 무겁게 입을 열었다.

"그렇지. 늬 말대루 소나무는 자신에게 아무 소용 읎는 칡덩굴이 무거운 짐이지만 칡덩굴은 소나무가 꼭 필요허지. 내게 필요 읎는 짐이 될지라두 나를 필요루 허는 상대에게 자신을 내주는 게 사랑이여. 그런디 늬가 사랑을 알어?"

현태가 돌배 영감을 빤히 쳐다보다가 말했다.

"남자, 여자가 만나 사귀는 거잖어유?"

돌배 영감이 고개를 끄덕이며 말했다.

"늬 말이 아주 틀린 말은 아닌디, 나중에 늬가 으른이 되거들랑 내가 지금 헌 말을 다시 한번 생각해 봐. 사랑은 남녀 간에만 허는 게 아니거든. 할애비가 편안히 걸어갈 수 있두룩 늬가 앞서가며 돌이나 나무를 치우구 징검돌을 놔 주는 것두 사랑이구, 남을 위해 돌을 치우구 징검돌을 놔 주는 것은 더 큰 사랑이지. 그런디 알면서 실천허기 어려운 것두 사랑이여!"

현태가 알쏭달쏭한 표정으로 뒤로 돌아 다시 옛 논둑길을 내려간다. 예전과 달리 농기계가 들어갈 수 없는 농지는 농사를 지을 수 없다. 다랑논뿐만 아니라 마당가에 있는 텃밭도 예전처럼 쟁기나 괭이나 쇠스랑으로 지을 수 없다. 이제 농사는 크게 짓든 작게 짓든 농기계로 갈고, 두렁을 짓고, 비닐을 씌워야 하는 것으로 안다.

돌배 영감이 말했다.

"예전엔 다랭이논에 가래질을 허구설랑 밤에 횃불을 들고 나가 비춰 보면 가재가 옴닥옴닥(바글바글) 했어. 하룻밤에 가재를 양동이에 그들먹허게 잡었으니께."

현태가 놀란 표정으로 물었다.

"가재가 논에서두 살었슈?"

돌배 영감이 지팡이를 짚으며 게처럼 옆걸음으로 언덕을 한 발 한 발 내려서며 숨찬 목소리로 대답했다.

"그럼. 가재는 맑은 물이면 어디든 살지. 그런디 가재란 놈이 논두렁에 구멍을 내어 논물이 빠져나가니께 잡어야 허지만 또 그놈이 가뭄에 논물이 마르면 물길을 찾어 구멍을 뚫구 들어가거든. 그러면 그 구멍에서 물이 나와 마른 논을 적셔 주지. 그래서 삿갓다랭이를 가재다랭이라구 허구, 삿갓다랭이골을 가재다랭이골이라구두 혀."

가재다랑이골은 너무 작아 소를 몰고 들어가 쟁기로 갈 수조차 없는 다랑논이 수두룩하다. 그나마 제때에 비가 오면 다행인데 찔레꽃 가뭄이 길어지면 하루하루 애가 탄다. 희한한 건 찔레꽃가뭄에도 물이 졸졸 흘러나오는 곳이 있어 물줄기를 따라가며 파 보면 영락없이 가재가 웅크리고 있다. 현태가 신기하다는 표정으로 물었다.

"가재가 어디서 물이 나올지 어티기 알구 물구멍을 뚫어유?"

돌배 영감은 여전히 게처럼 옆걸음질 치며 말했다.

"글쎄다. 무슨 조화인지 이 세상에 태어난 생명은 다 제 살길 찾어

가지, 가만히 앉어 죽는 생명은 못 봤어."
현태가 걸음을 멈추며 물었다.
"그런디 지금은 논에 왜 가재가 읎슈?"
돌배 영감도 게걸음을 멈추고 허리를 한 번 곧게 편 뒤 숨찬 목소리로 대답했다.
"예전엔 논에 가재뿐만 아니라 미꾸리, 우렁이, 송사리, 붕어, 메기, 갈겨니, 고둥, 물방개, 소금쟁이, 땅강아지, 지렁이, 물장군, 물자라, 메뚜기, 방아깨비, 웅어 … . 하여튼 별의별 게 다 살었는디 농약을 주면서 논에 살던 생명은 씨가 말렀어."
농약으로 농사를 짓기 시작하고부터 문밖의 생명이 자꾸자꾸 사라진다. 농약으로 농사를 짓는 논밭 사이로 흘러가는 개울물에 가재는 물론 어느 생명도 살아남지 못한다. 가재를 보려면 농사처가 없는 계곡으로 깊숙이 들어가야 한다. 밭을 갈아도 개미 새끼 한 마리 보이지 않고 지렁이 한 마리 나오지 않는다. 땅을 파도 농약 냄새가 물씬물씬 올라올 뿐 흙냄새를 맡을 수 없다. 현태가 눈을 깜박이며 궁금한 표정으로 말했다.
"제비두 농약 때문에 안 온다던디 그게 참말유?"
예전엔 음력 9월 중구(重九, 9월 9일)에 강남으로 갔던 제비가 이듬해 3월 삼짇날에 돌아온다고 해서 봄의 전령사라고 매우 반겼다. 근래에 제비를 보았다는 사람도 없고 잊고 산 지 오래되었다.
돌배 영감이 길게 한숨을 내쉬며 말했다.
"어디 제비뿐이 간디. 농약 묻은 낟알을 먹거나 농약 먹구 시름시름 죽어 가는 벌레나, 죽은 벌레를 주워 먹은 새들두 죽을 수밖에 읎지. 또 죽은 새나 쥐를 먹은 너구리, 오소리, 족제비, 올빼미도 죽을 수밖에 읎는 겨. 만물이 서루 먹이 사슬루 얽혀 있으니께."

돌배 영감이 현태와 두런거리며 내려오다 보니 다시 삿갓다랑이골 초입 정자나무에 이르렀다. 해를 올려다보니 아침나절 새참 때였다. 자식을 맞선 자리에 내보낸 것처럼 돌배 영감 마음은 온통 고구마밭에 가 있다. 며느리와 석철이 혼사가 원만하게 이루어진다고 해도 현태가 목에 가시처럼 걸렸다.

돌배 영감이 마당바위에 걸터앉으며 말했다.

"현태야, 고구마 구덩이에 물을 주다 말구 왜 석철에게 뿌린 겨?"

현태가 멋쩍은 듯이 말했다.

"삼촌이 엄마가 떼 주는 고구마순을 받으며 엄마 손가락을 잡길래 뿌리기 시작했는디 뿌리다 보니께 재밌어서 한 통 다 뿌렸슈."

돌배 영감은 '아하, 이놈이 벌써 질투를 하는구나. 이성에 눈뜰 때가 되었구나'라는 생각이 들어 에둘러 물어보았다.

"고구마순을 떼어 주구 받다 보면 손이 닿을 수 있구 손가락을 싸잡어 쥘 수두 있는디. 그게 그렇기 심술이 난 겨?"

현태가 멋쩍은 듯 히이 웃으며 대답했다.

"심술이 났다기보다 그걸 보는 순간 나두 모르게 그랬슈."

돌배 영감이 나직한 목소리로 물었다.

"석철이가 아부지 같다는 생각은 안 들었구?"

돌배 영감의 뜻밖의 질문에 현태가 당황한 표정으로 말했다.

"석철이 삼촌을 볼 때 아부지 생각이 난 적은 있어두 아부지루 생각헌 적은 읎는디유."

돌배 영감이 고개를 끄덕이며 다시 물었다.

"그럼, 늬 학교에 엄마가 재혼하여 새아부지허구 같이 사는 친구는 읎어?"

현태가 바로 대답했다.

"있쥬. 그런디 왜유?"

돌배 영감은 현태에게 석철이 이야기를 어디까지 해야 하나 고심 끝에 물었다.

"그려. 이건 내 생각인디 만약 늬 엄마가 재혼허면, 늬는 어티기 헐 겨?"

현태가 망설임 없이 대답했다.

"어티기 허긴 뭘 어티기 해유. 지는 할아부지허구 살쥬."

돌배 영감이 잠시 틈을 뒀다가 다시 말했다.

"내가 늬랑 오래오래 같이 살 순 읎잖어?"

현태는 마치 그럴 줄 알고 기다렸다는 듯이 말했다.

"그래두 지는 할아부지허구 사는 날꺼지 살 규. 내년이면 중학생인디유 뭐."

세상에 무슨 놈의 팔자가 이리도 기구하단 말인가! 눈에 넣어도 아프지 않을, 아니 목숨을 주고 떠나도 아깝지 않을 손자를 재혼하는 며느리에게 딸려 보내려니 가슴이 미어졌다. 돌배 영감은 고구마 밭에 있는 며느리와 석철이 떠오르자 현태에게 솔직히 털어놓을 수밖에 없다는 생각이 들었다.

"현태야, 만약 내가 읎을 때 늬 엄마가 석철이와 재혼허면 어티기 헐겨?"

엄마 재혼 상대가 석철이라는 것을 알고 난 현태가 잠시 당황스러운 모습을 보이다가 그늘진 표정으로 대답했다.

"그래두 지는 따러가지 않을 규."

돌배 영감이 현태 표정을 살피며 말했다.

"왜 그렇기 싫은 겨?"

현태가 볼멘소리로 말했다.

"삼촌을 좋아허는 엄마나, 엄마를 좋아허는 삼촌이나 그냥 다 싫어유."

돌배 영감이 고개를 끄덕이며 말했다.

"그래. 앞으루 그런 일이 있거들랑 그때 잘 생각해 보구 늬 마음 가는 대루 혀. 그리구 지금 헌 얘기는 내 생각이니께 누구헌티 말허지 말구 늬 속으루만 알구 있어."

현태가 갑자기 시무룩한 표정으로 대답했다.

"야아. 할아부지."

자리를 털고 일어난 돌배 영감은 현태가 나이보다 일찍 철이 들었다는 생각이 들었다. 아무래도 일찍 아비를 잃고 연이어 할미마저 보낸 뒤로 감당하기 어려운 슬픔과 시련을 잘 견뎌 내며 조숙해진 모양이라고 생각했다. 집에 돌아온 돌배 영감이 현태에게 물었다.

"현태야, 지금 몇 시냐?"

현태가 마룻바닥을 무릎으로 엉금엉금 기어가 방문을 열고 벽시계를 쳐다보며 말했다.

"11시 33분인디유."

돌배 영감이 무거운 짐을 내려놓은 표정으로 말했다.

"그럼, 오늘 즘심으루 라면을 끓이자. 늬는 다른 건 몰러두 라면은 잘 끓이지?"

돌배 영감 말이 떨어지기 무섭게 현태가 부엌으로 들어갔다.

"그럼유. 라면은 눈 감구두 끓일 수 있슈. 몇 개 끓일까유?"

"몇 개 있는디."

"다섯 개 들어 있는 한 봉지허구 두 개가 더 있슈."

"그럼 일곱 개 다 끓여."

"야아. 일곱 개를 누가 다 먹어유?"

"걱정 말구 끓여. 그것두 모자를 테니께 두구 봐."

현태는 두말없이 가재를 씻어 넣고 라면을 끓이기 시작했다. 돌배 영감은 석철이와 며느리가 어떻게 하고 있는지 궁금해 가만히 앉아 있을 수 없다. 현태에게 고구마밭에 간다고 이른 뒤 집을 나섰다. 길가에 핀 할미꽃이 눈에 띄자 죽은 복골댁이 떠올라 울컥했다. 할미꽃은 첫날밤 복골댁처럼 다소곳이 고개를 숙이고 있다. 돌배 영감은 쪼그리고 앉아 손끝으로 고개 숙인 할미꽃을 들춰 올리며 중얼거렸다.

'에이구 무정한 사람. 두억시니 같은 장정 예닐곱 놈을 꼼짝 못 하게 호령하던 그 강단은 다 어디루 가구….'

오늘따라 복골댁 없는 자리가 너무 크게 느껴졌다. 돌배 영감은 자기보다 여덟 살이나 적고 평생 감기 한 번 걸린 적이 없던 복골댁이 먼저 죽는다는 것은 상상조차 못 했다. 자기가 죽더라도 복골댁이 며느리와 오래오래 현태 곁을 지켜 줄 줄 알았다.

돈대 위에 올라서자 고구마 심는 석철이와 며느리가 한눈에 들어왔다. 무슨 이야기를 하는지 두런두런 두런거리는 소리도 들렸다. 며느리가 고구마순을 떼어 주고 석철이 받아 심는 두 사람 일손이 척척 맞아 돌아갔다. 돌배 영감은 마치 살아 있던 선돌이와 며느리를 보는 듯해 다시 아픔이 도졌다.

석철이 고랑 끝까지 심고 나오자 한참을 지켜보던 돌배 영감이 소리쳤다.

"석철이. 구만 즘심 먹구 혀."

석철이 일어나 하늘을 올려다보며 말했다.

"벌써 즘심때가 됐슈?"

돌배 영감이 버럭 소리를 내질렀다.

"시간 가는 줄두 모르구 여태꺼정 뭐 했어?"

석철이 활짝 웃으며 대답했다.

"뭐 허긴 뭐 해유. 고구마 심었쥬."

돌배 영감이 싱겁게 웃으며 알았다는 듯이 말했다.

"알었어. 알었으니께 어여 즘심 먹구 혀."

석철은 의기양양한데, 며느리는 잘못하고 담임선생 앞에 불려 온 학생처럼 서 있다. 대충 감을 잡은 돌배 영감은 다시 오던 길로 돌아섰다. 천만다행이라고, 좋은 징조라고 생각하면서도 어쩐지 하늘에 뭉글뭉글 떠가는 뭉게구름조차 처연했다.

돌배 영감이 집으로 돌아왔을 때 현태가 마루에 두레 소반을 내다 펴고 있었다. 현태가 돌배 영감 뒤를 쳐다보며 말했다.

"엄마는유?"

돌배 영감이 마루로 올라앉으며 말했다.

"곧 올 겨. 그런디 라면은 다 끓인 겨?"

현태가 부엌으로 들어가며 말했다.

"그럼유. 벌써 다 끓였지유."

현태가 큼지막한 라면 그릇을 쟁반에 받쳐 들고 나오는데 석철이 마당으로 들어섰다. 뒤를 이어 들어온 월남댁은 바로 부엌으로 들어갔다. 월남댁은 현태가 점심으로 라면 끓인 것을 알고 열무김치를 들고 나와 상에 올려놓았다. 상 위에 라면 그릇이 4개가 올려졌다. 지금껏 월남댁은 시아버지와 한 상에서 같이 밥을 먹어 본 적이 없다. 물론 석철이하고도 그랬다. 월남댁은 자기 라면 그릇을 들고 일어났다. 돌배 영감이 말했다.

"라면 붇는다. 그냥 거기 앉어 먹어라."

월남댁이 현태 옆에 라면 그릇을 내려놓고 앉았다. 돌배 영감이 먼저 젓가락을 들자 모두 젓가락을 들었다. 라면을 한 입 먹어 본 뒤 모두 눈이 왕방울만 해졌다. 가재를 우려낸 국물 맛이 시원하고 개운한 감칠맛이 났다. 아닌 게 아니라 라면 맛이 둘이 먹다 하나가 죽어도 모를 만큼 기가 막혔다.

돌배 영감이 말했다.

"내가 이 나이 먹두룩 이렇기 맛있는 라면은 츠음 먹어 보네."

석철이도 그랬다. 월남댁도 직접 라면을 끓여 낸 현태도 라면 맛에 놀랐다. 모두 말 한 마디 없이 라면 먹기에 열중했다.

현태는 마치 코끼리가 코로 풀을 휘감아 입에 넣듯 쉴 새 없이 젓가락으로 라면을 건져 올려 입에 넣었다. 라면 한 그릇을 게 눈 감추듯 뚝딱 먹어 치운 석철이 소가 뜨물을 들이켜듯이 국물을 후룩 후루룩 마셨다.

"할아부지는 가재 라면을 언제 잡숴 보셨슈?"

돌배 영감이 라면 국물을 두서너 모금 마신 뒤 이야기했다.

"그러니께 그때가 언젠지 가물가물헌디 논에 물을 대려구 개울에 들어가 보를 막는디 여기저기서 가재가 기어 나오는 겨. 그래서 눈에 띄는 대루 몇 마리 잡어 깡통에 넣었지. 예전 같으면 가재를 잡는 대루 모닥불에 구워 먹거나 소죽 쑬 때 아궁이 불에 구워 먹었거든.

그날은 모닥불 피울 일두 읎구 소죽 쑬 일두 읎었으니께 그냥 부엌에 갖다두었지.

다음 날 늬 할미가 내 생일이라구 즘심에 특별식으루 라면을 끓였는디 그 맛이 어찌나 좋던지 깜짝 놀랬어. 그래서 라면에 뭘 넣구 끓였기에 이렇기 맛이 좋으냐구 물었지. 늬 할미가 허는 말이, 라면을 끓이는디 가재란 놈들이 밖으루 나가려구 깡통을 어찌나 시끄럽게 긁어 대던지 참을 수가 읎어 그만 끓는 라면에 푹 집어넣었다는 겨. 그러니께 참 오래된 얘기여."

현태가 돌배 영감을 빤히 바라보며 물었다.

"그 뒤로는 왜 가재 라면을 안 끓여 잡수셨슈?"

돌배 영감이 깊은 한숨 끝에 말했다.

"글쎄. 우리 거튼 시골 사람들은 라면이 언제부터 나왔는지두 모르구, 알구 나서두 라면 값이 비싸 사 먹을 엄두도 못 냈어. 요즘이나 라면 값이 싸졌지, 그때는 비싸기두 했지만 돈 한 푼 맹글 방법이 읎었거든. 맨날 밤낮읎이 농사지어 봤자 우리 식구 먹을 양식조차 안 나왔으니께. 라면은 고사허구 선돌이 공책 한 권 연필 한 자루 사 주는 것도 쉬운 일이 아니었어."

라면이 처음 나왔을 때 끓이면 국물 위에 노란 기름이 동동 떠 푸성귀만 먹던 시골선 몸보신용이라고도 했고, 특별한 날이나 먹을 수 있었다. 현태가 고개를 갸웃거리며 물었다.

"그런디 오늘은 어트기 가재 잡어다가 라면 끓일 생각을 허셨슈?"

돌배 영감이 감나무를 올려다보며 무슨 생각을 하는지 한참 만에 입을 열었다.

"늬 아비가 갑자기 죽구 나니께 떠오르는 추억이 아무것두 읎는 겨. 나는 늬 아비가 무엇을 헌다구 허면 안 된다, 허지 마라, 공부는 밤에 허지 낮에 일 안 허구 뭔 늬므 공부냐, 주경야독두 모르는 정신 나간 놈이라구 야단쳤지. 이거 해라, 저거 해라, 내 말대루 해라, 왜 내 말을 안 듣느냐. 오늘은 콩밭 매는 날이니께 핵교 갔다 오는 대루 콩밭으루 와라, 모심는 날은 핵교에 가지 마라, 비 오면 비설거지해라, 눈 오면 눈 쓸어라, 한시두 노는 꼴을 못 보구 머슴 부려 먹딕기 일만 시켰지. 나허구 같이 해본 건 소처럼 일헌 것 말구는 아무것두 읎어. 온 식구가 매달려 죽을 둥 살 둥 농사지어 봤자 지주에게 소작료 주구 나면 늘 우리 식구 먹을 것조차 부족했으니께.

그런디 말이다. 내가 어제오늘 아무리 생각해두 늬허구두 해본 게 읎는 겨. 이게 무슨 꼴인가. 한평생 헛살었구나 싶어 내가 살어 온 지난날을 곱씹어가며 곰곰이 생각해 보니께, 내 인생에서 늬 할미에게 가재 라면 한 그릇 받은 생일상이 가장 호사스런 상이었어. 그래서 생각난 김에 만사 제쳐 놓구 당장 늬허구 가재 잡으러 간 거지. 하여튼 나중에 내가 죽거들랑 격식을 차린다구 제사상에 홍동백서니, 조율이시니, 메, 국, 갱, 잔, 전, 적, 탕, 채, 포, 어, 육, 이런 거 다 차릴 필요 읎어. 그냥 살어 있을 때 저녁상 차리딕기 김치 한 보시기에 가재 라면 한 그릇 잠시 올려놨다가 붇기 전 늬들찌리 맛나게 먹어. 좋아허지두 않구 먹지두 않는 음식 잔뜩 차리지 말구."

돌배 영감이 하는 말을 가만히 듣고 있던 현태가 장난스럽게 생글생글 웃으며 물었다.

"가재를 못 잡으면 어특해유?"

돌배 영감이 투박한 목소리로 말했다.

"이놈아, 가재는 게 편이라는 말두 못 들은 겨? 가재를 못 잡으면

게 라면 끓이면 되구 게 라면 읎으면 새우 라면 끓이면 되지. 그러니께 무엇에 얽매이지 말구 늬 형편에 맞게 분수대루 허면 되는 겨. 다른 사람들은 어티기 생각허는지 몰러두 제사는 산 사람의 도리지 죽은 사람허구 무슨 상관이 있겠어."

돌배 영감은 자기가 죽더라도 제사 지내지 말라는 유언을 남기고 싶었지만, 그날만이라도 자손들이 모여 우애 있고 화목하기 바라는 마음에 그 말만은 참았다.

현태가 국물 한 방울도 안 남긴 빈 그릇을 내려놓으며 말했다.

"야아. 할머니 제사 때두 꼭 가재 라면을 올려 드릴게유."

이야기 중에 현태가 벌떡 일어나더니 부엌에 들어가 가재 한 양푼을 들고 나왔다. 라면 끓일 때 넣었다가 건져낸 것이다. 가재 몸통은 대부분 뼈다귀라 먹을 것도 없고 맛도 별로인데 라면 국물이 배어 있어 그냥저냥 먹을 만했다. 모두 가재를 한 마리씩 집어다 먹다보니 그것도 금방 동났다.

월남댁이 빈 상을 들고 나가자 돌배 영감이 큰 소리로 말했다.

"현태야, 나허구 팔씨름 한판 허자. 석철이 자네는 이리 와 심판 보구."

석철이 싱글싱글 웃으며 현태를 쳐다봤다. 현태가 자신 있다는 듯 말했다.

"할아부지두 참. 아무려면 지가 할아부지를 못 이기겠슈?"

돌배 영감이 호기롭게 말했다.

"이늠아, 질구 짧은 건 대 봐야 아는 겨. 어여 이리 와."

돌배 영감이 팔뚝을 훌떡 걷어붙이고 나섰다. 현태가 웃으며 돌배 영감 손을 잡았다. 석철이 두 사람 손을 잡고 중심을 잡은 뒤 '시작' 하자마자 현태가 수월하게 이겼다. 돌배 영감은 팔씨름에 지고 나서 큰소리쳤다.

"석철이 봤지? 우리 현태가 이 정도야. 어험."

돌배 영감은 지고도 눈물이 글썽해질 만큼 좋아 어쩔 줄 몰랐다. 석철이 소리쳤다.

"현태야, 나랑 팔씨름허자. 내가 늬 손목 잡어 줄 테니께."

현태가 발끈했다.

"손목이라니! 당당허게 맞잡구 해야지."

참새가 죽어도 짹 한다고 현태가 손목 잡아 주는 건 싫다고, 정정당당하게 한판 붙자고 티격태격하다가 이윽고 둘이 정식으로 팔씨름을 시작했다. 월남댁도 부엌에서 설거지하다 말고 나와 지켜봤다. 심판으로 나선 돌배 영감이 시작하자마자 현태 얼굴이 시뻘겋게 달아오르고 목에 핏줄이 터질 듯 부풀어 올랐다. 석철이 손을 잡은 현태 팔이 파르르 떨렸다. 돌배 영감이 현태에게 힘내라고 마루가 쩌렁 울리도록 소리를 질렀다. 현태 엉덩이가 들리는 순간 석철이 손이 넘어갔다. 돌배 영감이 벼락 치듯 '이겼다!'고 소리칠 때 현태가 용수철처럼 발딱 일어서며 말했다.

"삼촌, 일부러 졌지? 솔직히 말혀."

석철이 싱글싱글 웃으며 말했다.

"솔직히 늬를 이길 수 있어두 늬처럼 기를 쓰며 이기기 싫었어. 그런디 말여. 늬 팔 힘이 의외루 짱짱혀 얕볼 상대는 아니었어. 아마 내년에는 내가 온 힘을 다해두 질 겨."

석철은 이심전심으로 돌배 영감 속마음을 알고 현태에게 팔씨름

하자고 했다. 물론 이기려고 하자는 게 아니었다. 현태에게 져 주려고 일부러 손목을 잡아 주겠다고 했다. 팔씨름에 이기고도 졌다고 생각한 현태는 '내년은 무슨 내년이냐'고 '올가을에 다시 한판 붙자'며 씩씩거렸다.

돌배 영감은 석철이 마음 씀씀이가 고마웠다. 석철이 알았다며 싱글싱글 웃으며 먼저 일어나 고구마밭으로 갔다.

돌배 영감이 말했다.

"현태야, 나는 석철이허구 고구마밭에 먼저 갈 테니께 좀 쉬었다가 엄마랑 같이 나와."

"야아. 할아부지."

현태가 제 방으로 들어갔다.

돌배 영감은 석철이 뒤를 따라 고구마밭으로 갔다. 먼저 간 석철이 한낮 햇살에 시든 고구마순을 물에 담가 밤나무 그늘 밑으로 옮겨 놓았다. 돌배 영감이 궁금해 견딜 수 없다는 듯 자리에 앉자마자 석철이를 불러 앉혀 놓고 물었다.

"워티기 우리 메느리허구 얘기 좀 해봤어?"

석철이 다소 상기된 표정으로 말했다.

"야아. 지는 허구 싶은 얘기는 다 했슈."

석철의 말끝에 돌배 영감이 잠시도 틈을 주지 않고 다그치듯이 물었다.

"우리 메느리가 뭐라구 혀?"

"재혼헐 생각은 읎구 농사 열심히 지어 가며 현태 잘 키우는 게 꿈이라구 허대유."

"그래서?"

"그래서 지허구 같이 농사지며 현태를 잘 키우자구 했쥬."

"그랬더니?"

"그랬더니 글쎄 똑같은 얘기를 되풀이허대유. 지금은 현태 잘 키울 생각뿐이라구유. 그러니께 아버님은 이제 우리 일은 우리에게 매끼시구 한시름 놓으셔유. 어차피 형수허구 되든 안 되든 논 갈구 밭 갈구 파종허는 것은 지가 허던 대루 계속헐 테니께 농사 걱정두 마시구유."

돌배 영감이 눈을 지그시 감고 생각하더니 무겁게 입을 열었다.

"그렇지. 그래야겄지. 무슨 말인지 알겄네."

돌배 영감은 나름대로 짚이는 게 있어 더 이상 묻지 않았다.

현태가 언덕에서 깡충깡충 뛰어오고 돈대를 넘어오는 월남댁이 보였다. 주변보다 약간 높은 지대에 자리 잡은 현태네 집에서 밖으로 나가려면 돈대를 지나야 했다. 석철이 호미를 집어 들며 밭으로 들어오는 현태에게 큰 소리로 말했다.

"현태야, 늬가 늬 엄마 대신 고구마순을 떼 줘. 내가 받어 심을 테니께."

돌배 영감도 월남댁도 왜 갑자기 일손을 바꾸는지 어리둥절한 표정으로 석철을 쳐다보는데 현태가 깔깔 웃으며 소리쳤다.

"내가 물 주다 말구 또 물장난 칠까 봐 겁나서 그러지?"

석철이 멋쩍게 웃으며 말했다.

"아녀, 이늠아."

현태가 석철이를 말똥말똥 쳐다보며 물었다.

"그럼 왜 엄마가 허던 일을 나보구 허래?"

석철은 그것도 모르겠느냐는 듯 말했다.

"키 큰 늬 엄마는 내게 고구마순을 떼 줄 때마다 허리를 구부렸다 폈다 해야 허니께 허리가 많이 아프지. 늬는 허리를 안 구부려두 되구. 그걸 꼭 말을 해야 알겄어? 척 보면 알어야지. 그려, 안 그려?"

월남댁은 자신을 아껴 주는 석철이 말을 듣고 방그레 웃었다. 돌배 영감은 고개를 끄덕였다. 현태는 남의 밭에 들어가 무 뽑다 들킨 놈처럼 뾜쭘한 표정으로 말했다.

"그건 그려. 그럼 왜 아침에 나 안 시켰어?"

석철이 호미를 잡고 밭고랑에 걸터앉으며 말했다.

"아침엔 늬가 늦게 나왔잖어."

밤나무 밑에 들어가 현태를 지켜보던 돌배 영감이 소리쳤다.

"현태야, 입으루 고구마 심을 겨? 부지런히 심어야 오늘 다 심지."

현태는 그제야 고구마순을 뚝 떼어 석철에게 불쑥 내밀며 말했다.

"삼촌, 부지런히 심어야 오늘 다 심지. 입 다물구 얼릉 심어."

현태 말이 떨어지기 무섭게 석철이 받았다.

"이늠아, 고구마순을 줘야 심지?"

이번엔 석철이 말이 떨어지기 무섭게 현태가 되받아쳤다.

"달라구 해야 주지. 내가 안 주면 온종일 그냥 앉어 있을 겨?"

현태는 오늘따라 석철에게 한 마디도 지지 않으려고 했다. 돌배 영감은 그물을 펴 놓고 구멍 난 곳을 찾아 손질했다. 월남댁이 고구마 심을 구덩이에 물을 부어 나가고 현태와 석철이 실랑이를 벌이며 고구마를 심기 시작했다.

석철이 먼저 "현태야, 한눈팔지 말구 빨랑빨랑 떼 줘" 하면 현태는 할아버지하고 일하며 들은 대로 "삼촌은 빨랑빨랑 심을 생각만 허지 말구 정성 들여 심어야지 날림으루 심는 겨"라고 했고, 그러면 석철이 "고구마순을 아무렇게나 불쑥불쑥 디밀지 말구 릴레이 선수가 바통을 넘겨 주딕기 내 손에다 척척 대 줘야지"라고 했다.

현태가 석철이 말을 받아 다시 "삼촌은 고구마를 눈 감구 심는 겨. 주는 대루 얼릉얼릉 받어 심기나 혀" 그랬다. 현태가 손에 있던 고구마순을 다 떼어 주고 물에 담가 놓은 고구마순을 다시 가지러 가는 뒤에 대고 석철이 "현태야, 젊은 놈의 걸음걸이가 죽어 가는 가재 발 움직이딕기 걸어가는 겨. 발바닥에서 먼지가 일어나두룩 퇴깽이처럼 뛰어갔다 와야지" 그러면, 현태가 고구마순을 뚝 떼어 주며 "남의 일에 감 놔라 배 놔라 허지 말구 빨랑빨랑 심어야지. 해는 붙잡어 놓은 겨?"라고 입에서 나오는 대로 대꾸했다.

월남댁은 묵묵히 귀로 들으며 고구마 구덩이에 물을 부어 나가고 석철과 현태는 서로 지지 않으려고 경쟁하다 보니 일이 생각보다 일찍 끝났다.

돌배 영감이 뒷일을 마무리하는 월남댁에게 말했다.

"우리는 고구마밭에 그물을 치려면 좀 늦을 테니께 석철이 저녁까지 혀!"

원래 일꾼에겐 점심과 새참만 주었다. 식전 일이 반나절 일이라는 말이 있듯이 석철이 제집 일처럼 새벽 댓바람에 달려와 어둡도록 일하고 돌아가는 날은 삼시 세끼를 모두 차려 주었다. 월남댁이 "야아. 아버님" 그러곤 연장을 챙겨 들고 먼저 집으로 갔다.

돌배 영감은 좀이 쑤셔 잠시도 가만히 있지 못하는 현태와 석철을 데리고 울타리를 치며 '말뚝을 좀 더 깊이 단단히 때려 박아라', '말뚝 간격이 너무 넓다. 좀 더 촘촘히 박아라', '그물이 쫙 펴 팽팽하게 바짝 잡아당겨 쳐라', '입 좀 다물고 힘껏 잡아당겨라', '장난질 그만 하고 그물을 밭두렁 끝까지 끌고 가라', '그물을 말뚝에 싸잡아 매라', '남은 그물은 자르지 말고 사려 말뚝에 매어 놓으라'고 하는 사이 해가 떨어지며 일도 끝났다.

돌배 영감이 석철을 데리고 집으로 갔을 땐 마루에 푸짐한 저녁상이 차려져 있었다. 마당가에 손 씻을 물도 준비해 놓았다. 돌배 영감은 물통에 받아 놓은 물을 바가지로 퍼내 대야에 붓고 세수하고, 손 씻고, 발을 씻은 뒤 대야를 들고 나가 채마밭에 뿌려 주었다. 석철도 그랬고 현태도 따라 했다. 우리 옛말에 흔하게 쓰는 걸 두고 '물 쓰듯 한다'고 했는데, 근검절약이 몸에 밴 돌배 영감은 흘러가는 물 한 바가지도 요긴하게 썼지 헛되이 쓰지 않았다. 마루에 오른 돌배 영감이 부엌에 대고 소리쳤다.

"메늘아가. 여기에 왜 늬 밥그릇이 읎냐? 어여, 밥그릇 들구 나와 같이 먹자."

밥그릇을 들고 부엌을 나온 월남댁이 현태 옆에 자리를 잡고 앉아 먹기 시작했다. 석철이 손바닥에 상추 잎을 두세 장씩 펴 놓고 밥을 싸 볼이 미어지도록 밀어 넣고 우적우적 먹어 댔다. 현태도 질세라 따라 했다. 석철이 어른 손가락만 한 풋고추를 시뻘건 고추장에 꾹 찍어 입에 넣고 어석어석 먹었다. 현태가 석철이 고추 먹는 것을 쳐다보며 물었다.

"삼촌, 꼬추 매워?"

석철은 고추가 매운지 하하거리며 말했다.

"나는 그냥저냥 먹을 만 헌디 늬는 매워 못 먹을 겨. 나중에 더 크거든 먹어."

현태가 무슨 소리냐는 듯 큰소리쳤다.

"누굴 어린애로 아나. 나두 먹을 수 있거든."

그러곤 제일 큰 풋고추를 집어 고추장에 푹 찍어 입에 넣고 와삭와삭 먹다가 우물우물 삼켰다. 현태는 보는 사람이 안타까울 만큼 얼굴이 고추장처럼 새빨개졌는데도 내색하지 않고 참아냈다. 석철이 보란 듯이 고추장에 밥을 비비자 지켜보던 현태가 갑자기 벌떡 일어나 부엌으로 들어갔다. 부엌에서 양푼을 들고 나온 현태가 밥을 그릇째 쏟아부었다. 열무김치, 호박나물, 부추겉절이에 고추장을 한 숟갈 푹 퍼 넣었다. 석철이 비비던 밥도 양푼에 넣고 같이 비볐다. 지켜보던 월남댁이 부엌에 들어가 밥 한 사발과 참기름을 가져다주었다. 현태가 밥과 기름을 넣고 다시 비벼 그들먹한 비빔밥 양푼을 상 가운데에 놓고 서로 한 숟갈씩 떠먹었다. 물론 처음 있는 일은 아닌데도 현태는 오늘따라 밥 먹는 것조차 석철에게 지지 않으려고 마지막 한 숟갈까지 양보하지 않고 싹싹 긁어 먹었다.

저녁상을 물린 석철이 짐승들 밥 줘야 한다며 바로 일어났다. 현태는 석철이 산토끼 새끼 다섯 마리를 잡아다 기른다는 말을 듣고 따라갔다.

적막이 감도는 마루에 돌배 영감 홀로 앉아 달빛 바라기를 하고 있다. 흰둥이가 늘어지게 누워 있고 새끼들은 올망졸망 살을 맞대고 둥그렇게 모여 있다. 돌배 영감은 설거지를 마치고 방으로 들어가는 며느리를 불렀다.

"얘 메늘아가, 이리 와 앉거라."

월남댁이 앞치마에 손을 씻으며 마루에 올라앉았다. 돌배 영감은 며느리도 잊은 듯 여전히 앞산 마루 위로 두둥실 떠오른 달을 바라본다. 월남댁도 기운 데 없이 둥근달을 바라봤다. 돌배 영감은 만감이 교차했다. 월남댁은 시집온 뒤 처음으로 시아버지와 가까이 마주 앉았다. 처음에는 한국말을 몰라 말을 못 했다. 꼭 해야 할 말도 가령 식사시간이 되어 상차림을 다 해놓고도 '진지 잡수세요'라는 말을 몰라 방문을 똑똑 두드렸다. 말을 배운 뒤에도 시아버지에게 직접 할 말은 별로 없었고 설령 할 말이 있어도 남편을 통해서 했다. 남편이 죽은 뒤로 그 역할을 현태가 했다. 시아버지도 며느리에게 꼭 해야 할 말만 했고 월남댁은 듣고 '야아' 하고 대답 한 마디면 끝이었다. 감나무 가지 사이로 떠오르는 달을 바라보던 돌배 영감이 눈길을 며느리에게 돌리며 입을 열었다.

"편히 앉거라. 고단허지 않으냐?"

월남댁이 자리를 고쳐 앉으며 말했다.

"안유. 지는 갠찮어유."

돌배 영감은 며느리를 불러 놓고도 한참 만에 입을 열었다.

"늬가 우리 선돌이 죽은 뒤루 그 모진 날들을 어티기 다 견뎌 냈느냐. 내가 줄곧 지켜봤다만 참으루 장허다. 오늘은 늬허구 그동안 허지 못헌 이야기를 나눠 보구 싶구나. 무슨 말이건 어려워 말구 편히 얘기해 보거라."

뜻밖에 시아버지 말을 듣고 보니 아닌 게 아니라 참으로 모진 세월이었다. 그 모진 세월을 현태가 있기에 견뎌 낼 수 있었다. 월남댁이 달빛이 내려앉은 마룻바닥을 바라보며 입을 열었다.

"현태 아부지가 죽었을 땐 눈앞이 캄캄했슈. 더욱이 어머님이 '내 자식 잡어먹은 년'이라구 '내 자식이 죽어 갈 때 퍼질러 잠만 잔 년'이라구 지 머리끄댕이를 잡구 진흙탕 논에 처박구 발루 짓밟을 땐 그대루 벌떡 일어나 달어나구 싶었슈. 지 잘못으루 현태 아부지가 죽었다구 생각허시는 시어머니와 평생 같이 살 수 읎다는 생각이 들었으니께유. 헌디 현태를 두구 떠날 수가 읎어 진흙탕에 무릎 꿇구 싹싹 빌었쥬. 어머님은 끝내 지를 용서허지 않으셨슈. 그날 지 혼저라두 떠나야겄다구 굳게 결심허구 집에 들어갔는디 어머님이 너무 위중허셔서 집 나갈 생각을 포기허구 병구완을 해드렸지만 결국 돌어가셨잖어유. 남들은 지를 보구 박복허다구 팔자가 사납다구 손가락질헐 때 아버님만은 지를 위로해 주시구 감싸 주셔서 견뎌 낼 수 있었슈. 지가 증말루 남들이 얘기허는 것처럼 박복허구 팔지가 사납다면 어티기 아버님을 만나구 우리 현태를 낳았겄어유."

돌배 영감 눈에서 흐르는 눈물이 턱밑까지 흘러내렸다. 생때같던 자식을 가슴에 묻고 아내마저 보낸 뒤 살아가는 노년의 세월은 참으로 모질었다. 돌배 영감도 며느리 앞에 가슴에 쌓여 있는 속마음을 털어놨다.

"선돌이 죽은 것은 네 책임이 아니다. 병원이 너무 멀어서 가다가 죽어잖느냐. 지난해 읍내에 있던 석남종합병원이 문을 닫지 않았다면 길에서 죽었겠느냐. 그러니 자책하지 말거라. 나두 선돌이 그렇기 죽구 연이어 늬 시어미마저 세상을 떠났을 땐 더 살구 싶은 마음이 읎었다. 자식을 가슴에 묻구 아내를 보낸 고통보다두 내가 너무 늙어 아무것두 헐 수 읎다는 게 더 견딜 수 읎었다. 그래두 내가 죽지 못헌 건 늬 말대루 현태가 있기 때문이구, 그 모진 일들을 겪으면서두 꿋꿋이 견뎌 내는 늬를 지켜보며 나두 버틸 수 있었다. 그런디 내가 차마 입이 안 떨어져 네게 못헌 말이 있는디, 나는 이제 살날이 얼마 안 남었다. 늬게 재산은 물려주지 못허구 가려니 참으루 미안허구나."

월남댁은 가슴이 철렁했다. 근래 들어 하루가 다르게 기력을 잃어 가는 시아버지가 잠자리에서 조금만 늦게 일어나도 마음이 조마조마해 일손이 제대로 잡히지 않았다. 월남댁에게 시아버지는 재산보다 더 든든한 울타리고 버팀목이다. 재산은 지금껏 한 번도 부족하다고 생각해 본 적이 없다.

"아버님, 지는 재산이 부족허다구 생각허지 않어유. 지가 현태 아부지를 처음 만나 물어본 말이 '한국에 가면 헐 일이 있느냐'구 물었슈. 그러니께 현태 아부지가 '일은 평생 해두 못 다 헌다'는 말을 듣구 결심했슈. 지는 대치골보다 더 가난헌 빈민촌에 태어나 자구 일어나두 헐 일이 아무것두 읎었슈. 아부지와 오빠들이 도시루 나가 막노동으루 벌어다 주는 돈으루 남은 식구들이 먹구살었으니께유. 한창 젊은 나이에 헐 일이 읎다는 건 살어두 사는 게 아닌 생지옥이나 뭐가 다르겄슈. 자구 일어나 일만 헐 수 있다면 어디라두 가구 싶었으니께유.

그런디 우리는 농사처가 있잖어유. 지가 부지런히 농사를 지으면 우리가 배불리 먹구 살 수 있잖어유. 오늘 고구마 심은 밭에 고추두 심구 마늘두 심어 우리가 먹구 남는 건 시장에 내다 팔어서 현태 공부두 시킬 수 있구유. 지는 부지런히 농사지어 현태는 대한민국 국민으루 당당허구 떳떳허게 대접받는 사람으루 키우구 싶어유. 그러니께 아버님은 조금두 미안허게 생각 마시구 우리 곁에 오래오래 계셔 주셔유."

며느리에게 저런 면이 있었던가! 돌배 영감은 며느리를 몰라도 너무 모르고 있었다는 생각이 들었다. 모진 세월 견뎌 내는 동안 쭉정이는 모두 날려 보내고 남은 알곡처럼 도무지 흠잡을 데 없는 며느리였다. 아무리 그렇다손 치더라도 낮에 석철이와 나눈 이야기가 있어 한마디 더 보태지 않을 수 없었다.

"내가 말루 형언헐 수 읎을 만큼 고맙다. 그런디 한 가지만 더 물어보마. 늬는 젊으나 젊은 나이에 평생 혼저 살 수 있겄느냐? 나두 생각이 있어 어렵게 허는 말이니 시아부지 앞이라구 생각허지 말구 늬 생각을 있는 그대루 말해 보거라."

월남댁은 마치 기다리기라도 한 듯이 말했다.

"아버님, 지는 앞으루 현태 잘 키우며 원 읎이 농사 한번 지어 보구 싶다는 생각은 했어두 재혼 생각은 안 해 봤어유."

돌배 영감은 며느리의 재혼은 결국 며느리가 판단해 할 일이라고 생각했는데 막상 재혼 생각이 없다는 말에 불현듯 불쌍하고 가련하다는 생각이 들었다. 며느리만 허락한다면 자신이 죽기 전 어떻게든 석철이와 짝을 지어 주고 싶었다.

"나는 늦은 나이에 늬 시어머니를 만났다. 그때 양가의 형편은 말이 아니었으나 그것도 한평생 살어 보니 어려울 때 이루어진 인연은 하늘의 뜻이라는 생각이 들더구나. 늬두 하늘의 뜻이라구 생각되는 사람을 만나거든 신중허게 생각해 보거라."

월남댁은 문득 하늘의 뜻이라는 사람이 석철이 아닐까 하는 생각이 들었다. 석철의 갑작스러운 청혼도 그렇고 낮에 고구마 심다 말고 시아버지가 현태를 데리고 자리를 비운 것도 예삿일이 아니라는 생각이 그제야 들었다. 시아버지와 석철이 무슨 생각을 하든지 자기의 뜻을 분명히 밝혔기에 마음에 두지 않기로 했다.

석철네 검둥이가 컹컹 짖었다. 흰둥이가 일어나 석철네를 향해 짖었다. 강아지들이 일제히 일어나 어미 곁으로 옹기종기 모여들며 따라 짖었다. 월남댁이 고개를 숙이며 나직이 말했다.

"야아. 아버님 말씀 명심헐게유."

돌배 영감은 무거운 짐을 내려놓은 듯 홀가분한 표정으로 물었다.

"메늘아가. 나는 오늘 너와 처음 많은 이야기를 나누면서 새로운 사실을 알게 되었다."

월남댁이 고개를 번쩍 들며 반문했다.

"야아. 그게 뭔디유? 지가 뭘 잘못했나유?"

돌배 영감이 활짝 웃는 얼굴로 말했다.

"아니다. 나는 한집에 살면서두 늬가 그토록 우리말을 잘허는지 몰렀다."

월남댁은 돌배 영감 칭찬에 수줍어하면서도 기뻐하는 목소리로 말했다.

"아버님이 읍내 야학당에 댕기라구 허락해 주신 덕분이어유."

돌배 영감은 며느리가 야학당에 나가겠다고 한 그날이 언제였던가 아득했다.

"그랬구나. 그런디 아직두 더 배울 말이 있느냐?"

월남댁이 진지한 표정으로 말했다.

"지금은 책두 읽구 우리말 속담허구 고사성어를 배우구 있슈."

월남댁이 한국에 와서 제일 고통스러웠던 건 글을 모르고 말을 못 알아듣는 것이었다. 말을 모르니 사람 만나는 게 두려웠다. 간혹 누구를 만나면 표정부터 살폈다. 누가 웃으면서 하는 말은 모두 좋은 말인 줄 알았다. 그래서 상대가 웃으며 하는 말은 못 알아들었어도 그냥 벙글벙글 따라 웃었다.

그게 아니었다. 말을 못 알아듣고 따라 웃으면, 그들은 '욕을 해도 따라 웃는 미친년'이라고, '쓸개 빠진 년'이라고, '오죽이나 팔자가 사나우면 청상과부가 되었겠느냐'고 한 말이라는 것을 복골 호안 언니에게 전해 들었다. 그런 날은 하루 종일토록 서러웠다. 두고두고 서러웠다.

그 뒤로 월남댁은 호안 언니를 찾아가 품앗이를 해 가며 한국말을 배우기 시작했다. 호안 언니는 베트남 호이안에서 월남댁보다 먼저 한국으로 시집왔다. 한국에 오기 전부터 한국말을 배운 호안 언니는 호이안에서 가운데 '이'를 빼고, 시어머니 양 씨 성을 따라 '양호안'이라고 한국 이름을 지었다.

월남댁은 호이안에서 자동차로 한 시간 거리에 있는 미선이 고향이다. 요새와 같이 산으로 둘러싸인 미선은 종교도시로 세계 문화유산으로 지정된 곳이다. 월남댁이 한국 이름을 지을 때 성은 한국의 앞 자를 따고, 이름은 고향 지명인 미선을 넣어 '한미선'이라고 지었는데, 불러 주는 사람이 없다. 현태가 태어난 뒤 '현태 엄마'라고 부르기도 하지만 여전히 한미선을 월남댁이라고 불렀다. 월남댁은 남에게 무시당하지 않으려면 자신이 먼저 말과 글을 배워야 한다는 걸 깨달았다. 물론 현태를 키우며 해 주지 못한 말을 손주에게 해 주고 싶은 마음에 더더욱 열심히 배우고 있다.

돌배 영감은 며느리를 대견스럽게 바라보며 말했다.

"아주 큰일을 해냈구나. 참말루 장허다. 앞으루두 야학당에 열심히 댕기며 현태와 자주 이야기를 나누거라."

돌배 영감 칭찬을 받은 월남댁이 수줍은 듯 말했다.

"야아. 아버님."

돌배 영감이 안도의 한숨을 길게 내쉬며 말했다.

"오늘 힘들었을 테니 이제 구만 들어가 쉬어라."

월남댁이 고개를 숙이며 말했다.

"야아. 아버님두 편히 주무셔유. 아참 그리구 오늘 가재 라면 증말루 맛있게 잘 먹었어유. 지두 평생 못 잊을 거여유."

돌배 영감이 고개를 끄덕이며 말했다.

"그래. 앞으루 현태허구 가재 라면두 끓여 먹구 좋은 추억 많이 만들거라."

월남댁이 활짝 웃는 얼굴로 대답했다.

"야아. 아버님."

월남댁이 일어나 뜰로 내려서는데 석철네 갔던 현태가 마당으로 들어서며 소리쳤다.

"할아부지, 퇴끼 새끼 읃어 왔슈. 한 쌍이래유."

현태가 마루에 주먹만 한 산토끼 새끼 두 마리를 내려놓았다. 돌배 영감이 말했다.

"이늠아, 퇴끼를 키우려면 집부터 지어야지. 집두 읎이 덜렁 퇴끼만 들구 오면 워특혀. 석철네 퇴끼장에 도루 갖다 두었다가 집 짓구 다시 가져와."

석철이도 토끼집부터 짓고 가져가라고 했다. 자기가 토끼집도 지어 주겠다고 했다. 토끼 새끼를 잘 키워 모두 산으로 돌려보내겠다고 약속해야 줄 수 있다고도 했다. 산토끼 새끼를 보고 첫눈에 빠져든 현태는 막무가내로 품에 안고 석철네 집을 나왔다. 돌배 영감 말끝에 현태가 펄쩍 뛰었다.

"안 돼유. 퇴끼집은 내일 지을게유."

돌배 영감이 뜨악한 표정으로 현태를 바라보며 물었다.

"그럼 오늘 밤은 어디다 재울 겨?"

현태가 투정하듯 대꾸했다.

"헛간 구유에 넣어 두면 되잖어유?"

소를 키우던 외양간을 헛간으로 개조했는데 통나무로 만든 구유는 그대로 두었다. 현태 대답을 들은 돌배 영감이 아니라는 듯 고개를 흔들며 말했다.

"구유에 두었다가 괭이 좋은 일만 시킬 수 있어. 어미가 보호해 주지 않으면 저녁 추위에 죽을지두 모르구. 정이나 보내기 싫으면 멱둥구미에 담어 늬 방에 두구 자든가."

토끼 새끼는 비를 맞아도 죽고, 새벽 추위에도 죽을 수 있다. 그제야 현태가 토끼 새끼를 마루에 내려놓고 헛간으로 달려가며 대답했다.

"야아. 할아부지."

현태가 멱둥구미를 찾아다 토끼 새끼를 담아 들고 제 방으로 들어갔다. 돌배 영감은 현태 뒷모습을 바라보며 선돌이 눈에 밟혔다. 과수원을 하고 싶어 했던 선돌은 집토끼를 유난히 좋아했다. 집토끼든 산토끼든 토끼풀보다 콩잎, 칡잎, 자귀나무잎, 아카시아 나뭇잎을 더 좋아해 학교에서 돌아오는 선돌이 가방에는 늘 토끼 먹이가 가득 차 있었다. 돌배 영감은 앞으로 현태 가방에 가득 찰 토끼 먹이를 상상하며 방문을 열고 들어가 긴긴 하루를 닫았다.

산밤나무

마당을 나와 만덕산을 바라보던 돌배 영감이 소리를 버럭 내질렀다.

"저런 저, 쳐 죽일 놈들."

만덕산 밤나무골 산기슭에 돌배 영감의 조상 산소가 있다. 복골댁 무덤도 선돌이 무덤도 있다. 밤나무골 산기슭 한 자락은 대치골 사람들이 죽으면 묻는 공동묘지다. 그런데 어느 놈들이 만덕산 밤나무골에 들어가 선돌이 무덤을 파헤치며 산밤나무를 캐고 있다. 산밤나무는 묘지 사태방지용으로 여러 그루 심어 놓은 것이다. 어느 가문이든 조상 산소를 훼손하는 것은 그 가문을 얕잡아 보고 무시하는 행위다. 돌배 영감은 온몸이 부들부들 떨리고 가슴이 벌렁거려 도저히 달려갈 수 없어 텃밭에 들어가 있는 석철을 불렀다. 석철의 부모 산소도 밤나무골 공동묘지에 있다. 석철과 품앗이하던 성갑도 달려왔다. 돌배 영감이 가리키는 만덕산 감나무골을 올려다보던 석철이 말했다.

"저 사람들은 밤나무골뿐만 아니라 만덕산에 있는 밤나무라는 밤나무는 모조리 캐 가든디유 뭐. 벌써 여러 날 됐슈."

여러 날 되다니. 돌배 영감이 의아한 눈초리로 석철을 바라보며 말했다.

"그걸 알고도 왜 내게 말 안 했나?"

석철이 대수롭지 않다는 듯 말했다.

"그때는 저기가 아니라 만덕산 밤나무골 안고랑에 들어가 캐 갔으니께 그냥 그런가 부다 했쥬. 저기서 캐 가는 걸 봤으면 지가 가만히 있었겄쥬. 당장에 쫓아가 닭 며가지 비틀 듯 대번에 며가지를 홱 비틀어버리지."

그건 그렇다. 자기 조상 산소 주변에 심어 놓은 밤나무를 캐는 것을 보고 가만히 있을 리 없다. 그럼에도 돌배 영감은 고개를 갸웃거리며 다시 물었다.

"그런디 저놈들은 왜 아무 쓰잘머리 읎는 산밤나무를 캐 가는 겨?"

산밤나무는 밤이 열리지 않는다. 더러 밤이 열어도 콩만 해 쥐나 먹으면 모를까 사람은 먹을 수 없어 산밤나무를 쥐밤나무라고도 했다. 아이를 낳지 못해 소박맞고 쫓겨 가는 여인의 운명처럼, 산밤나무는 숲에서 베어져 부지깽이로, 바지랑대로, 작대기로, 외양간이나 뒷간을 지을 때 기둥으로, 대들보로, 서까래로, 말뚝으로, 농기구로, 땔감으로 어느 곳에서나 약방에 감초처럼 요긴하게 쓰이면서도 쥐밤나무라는 딱지를 붙여 천덕꾸러기 취급을 했다. 복골댁은 살아생전에 밤꽃이 피면 방문을 열어 놓고 지낼 만큼 밤꽃 향기를 좋아했다. 선돌도 어미를 닮았는지 밤꽃 향기를 좋아했다. 돌배 영감은 동병상련(同病相憐)의 심정으로 산밤나무를 심었는데 그걸 모조리 캐 가는 것은 도무지 이해할 수가 없다. 물론 남의 무덤을 훼손하는 것은 산밤나무든 왕밤나무든 그게 문제가 아니다. 석철이 고개를 갸웃갸웃 흔들며 말했다.

"글쎄유. 그건 지두 모르겄슈. 누군지 몰러두 안고랑에서 산밤나무를 여러 차 캐 갔슈. 잠깐만유. 지가 차를 가져올게유."

돌배 영감이 몇 걸음 걷지 않아 헐떡거리며 뒤처지자 석철이 집에 들어가 타이탄을 몰고 나왔다. 언제부터 캐기 시작했는지 선돌이 무덤에 있는 산밤나무뿐만 아니라 복골댁 무덤에 심어 놓은 것까지 모두 캐내 차에 싣고 있었다. 차에 실리는 산밤나무를 바라보던 돌배 영감이 노기 찬 목소리로 말했다.

"내 이늬므 자식들 다리몽댕이를 분질러 놓을 겨."

석철이 만덕산 밤나무골 밑에 차를 세우며 말했다.

"아버님은 가만히 계슈. 다리몽댕이를 분질러두 지가 분지르구 며가지를 비틀어두 지가 비틀 테니께유."

석철이 만류해도 돌배 영감은 차에서 내리자마자 만덕산이 쩌렁 울리도록 냅다 소리를 내질렀다.

"야! 이늠들아. 늬늠들은 조상두 읎구 부모두 읎냐. 우리허구 무슨 철천지웬수가 졌다구 남의 산소를 마구 파헤치며 산밤나무를 모두 캐낸겨?"

산밤나무를 캐던 인부 중 원골 이장이 작업관리로 나와 있었다. 원골 이장은 만덕 김 씨 종친이었다. 이장이 퉁명스럽게 말했다.

"우리는 모르겄슈. 원골 마님이 캐다 심으라구 해서 캐는 규."

원골 99칸 기와집 마님은 만덕 김 씨 종가(宗家) 종부고 만덕산은 김 씨 종중 선산이다. 웅장하고 광활한 만덕산은 3개 도(道)에 걸쳐 있고, 도 안에 수십만 평의 농지로 둘러싸여 있다. 그 안에 만덕 김 씨 종중 땅이 있고 원골 마님 땅이 있다. 물론 모든 관리는 종가가 했다. 만덕산 아래 삼정승 육판서를 배출한 원골 99칸 기와집은 왕권에 버금가는 권세의 상징이었다. 만덕산 기슭에 수십여 가구의 소작인들이 대대로 소작을 부치며 살아가고 있다.

돌배 영감은 일제강점기 원골 99칸 기와집에서 대대로 종노릇을 하던 종의 자식으로 태어났다. 종의 신분을 벗어난 건 8·15 광복이라는 거대한 역사의 흐름을 타고 종에서 머슴으로 바뀌었고, 농경사회에서 산업사회로 이동 중 인분과 퇴비로 짓던 농사를 비료로 짓고, 머슴의 일을 농기계에 빼앗겨 머슴살이를 면했다. 종살이든 머슴살이든 스스로 벗어난 게 아니어서 이미 체화된 종의 근성을 벗어나지 못했다.

돌배 영감은 원골 마님이 시켰다는 말에 입술만 달싹거렸다. 누가 시키고 누가 캤든 이미 산밤나무는 모조리 캐내어 차에 실려 나갔다. 공동묘지 주변은 물론 만덕산 비탈이 포탄에 맞은 듯 산밤나무를 캐 간 자리가 벌집처럼 움푹움푹 파였다. 산밤나무를 가득 실은 화물차는 꽁무니를 털썩털썩 터르르르 털썩거리며 비탈길을 내려갔다. 산밤나무가 곧게 자랐든, 굽었든, 가지가 많든 적든, 하여튼 밤나무란 밤나무는 가리지 않고 모조리 캐 갔기에 어디에 쓸 건지 매우 궁금하기도 했다.

차라리 소나무나 잣나무나 자작나무를 캐 갔다면 그저 그러려니 했을 것이다. 원골 마님 막내아들 일제가 서울에 주택을 짓고 정원 조경용으로 아주 멋진 소나무를 여러 차 캐 갔기 때문이다. 소나무는 '소나무 재선충병 방제 특별법'으로 채취는 물론 이동을 엄격히 금지하는데도 대낮에 호송차를 앞세우고 버젓이 싣고 나갔다. 일제 형 일산이 서울 근교에 별장을 지을 땐 소나무는 물론 자작나무와 편백나무, 잣나무 수백 그루를 캐 갔다. 기암괴석도 여러 차 채취하여 실어 갔다.

돌배 영감이 묘지를 둘러보는 동안 석철과 성갑이 삽과 괭이를 들고 올라가 산밤나무를 캐낸 묘지 주변의 구덩이를 다시 메웠다. 구덩이를 메워도 생토(生土)와 달라 메운 흙은 장마 기간 내내 스펀지처럼 빗물을 머금고 있어 산사태가 날 수 있다. 돌배 영감은 밤나무골을 내려가면서도 원골 마님이 밤도 딸 수 없고, 정원수로도 쓸 수 없는, 그야말로 아무짝에도 쓸데없는 그 많은 산밤나무를 왜 캐갔는지 짐작조차 할 수 없었다.

봄이 가고 여름이 오고 장마가 졌다. 우려했던 대로 산밤나무를 캐간 밤나무골에 산사태가 일어나 공동묘지 10여 기가 뭉텅 떨어져나가 산비탈에 시신이 나뒹굴었다. 돌배 영감은 이틀 만에 토사에 묻힌 복골댁과 선돌이 시신을 찾아냈다. 복골댁도 선돌이도 완전히 육탈되지 않았다. 돌배 영감은 시뻘건 선돌이 시신을 보자마자 실신하고 말았다. 그날 밤 대치골 사람들은 밤나무골에 화톳불을 피워놓고 시신을 지켰다. 이승에서 남루하게 살다 간 사람은 유택마저 초라했다. 별빛이 소낙비처럼 내리는 밤 상주들의 눈에서 눈물이 밤새 볼을 타고 지질지질 흘러내렸다.

다음 날 대치골 이장이 원골 마님을 찾아가 밤나무골에서 산밤나무를 모조리 캐내고 구덩이를 그대로 두어 장마에 산사태가 일어나 공동묘지가 훼손되었다고, 공동묘지 복구작업을 요청했으나 한마디로 거절당했다.

"이런 미친놈 봤나. 야 이놈아. 내가 우리 선산에 공동묘지를 맹글라구 했냐. 내 허락두 읎이 대치골 놈들 맘대루 맹글었잖어. 그리구 장마에 산사태가 일어난 건 하늘이 헌 일인디 그걸 왜 내게 말혀. 그놈들에게 당장 공동묘지를 한 기두 냉기지 말구 몽땅 파 가라구 혀."

왕조시대부터 내려온 공동묘지를 당장 어디로 옮기란 말인가. 이장이 혹 떼러 갔다 되레 혹을 붙이고 나오자 대치골 사람들이 모여 합동으로 장례를 치러야 했다. 산사태 피해는 묘지뿐만이 아니었다. 밤나무골에서 흘러내린 토사가 산 아래 논밭을 휩쓸고 내려가 대치골 사람들의 소작 농사를 모두 망쳐 버렸다. 한 해 농사 망쳤다고 소작료를 깎아 주지 않았다.

어느 날부터인지 석남읍에 산단(국가산업단지)이 들어온다는 소문이 퍼졌다. 오래전부터 장날 읍내에 들어가 보면 갑자기 부동산중개업소가 우후죽순처럼 생겨나고, 고급승용차가 들락거리고, 때 아닌 묘목이 한 차씩 들어갔다. 정작 현지인들은 아무것도 모르는데 외지인들이 뻔질나게 드나들었다.

돌배 영감이 마당에서 만덕산을 바라보며 서성이는데 자동차 소리가 들렸다. 석철이 타이탄을 몰고 오는 소리였다. 돌배 영감이 대문 밖으로 나갔다. 석철이 차를 세우고 옆문 유리를 내리며 말했다.

"워디 가실려구유?"

돌배 영감이 타이탄 짐칸을 들여다보며 말했다.

"그냥 답답혀 나왔어. 그런디 빈 차루 워디 가는 겨?"

석철이 차에서 내리며 말했다.

"현수가 포클레인 좀 봐 달라구 혀 가는 규."

대치골에 살던 석철이 친구 현수가 중고 포클레인을 한 대 사서 석남읍으로 들어갔다. 현수는 포클레인에 이상이 있으면 트랙터를 오래 다뤄 본 석철에게 도움을 청했다. 돌배 영감이 고개를 끄덕이며 말했다.

"걔는 요즈음 어디서 뭘 혀?"

석철이 별로 대수롭지 않다는 듯 말했다.

"일제네 농지에 나무 심구 농막 짓구 우물 파구 도랑 치구 온갖 잡일 다 헌대유."

석철이 입에서 일제라는 말이 나오자 돌배 영감이 눈을 번쩍 뜨며 말했다.

"일제라니. 원골 마님 막내아들 일제를 말허는 겨?"

"야아."

돌배 영감이 뜨악한 표정으로 물었다.

"아니 걔가 거기 무슨 농지가 있어?"

석철은 여전히 관심 없다는 듯 대답했다.

"현수가 그러는디 일제가 농지 수천 평을 사들였다구 허던디유."

돌배 영감이 매우 놀란 표정으로 말했다.

"그럼 일제가 아니구 일제 형 일산이겠지. 일산이 토성건설 회장이라구 허던디 거기다 태양광을 설치허려구 샀나 벼."

어느 날 난데없는 사람들이 장비를 몰고 마을 앞산으로 올라가 울창한 소나무, 참나무, 낙엽송, 벚나무, 자작나무 등 나무란 나무는 스님 머리 깎듯 모조리 베어냈다. 마을 사람들은 산림청에서 대대적인 조림사업으로 수종을 바꾸려는 줄 알았다. 그것도 아니었다. 나무를 베어낸 산으로 대형 불도저가 올라가 뭉텅뭉텅 깔아뭉개 버리고 아주 볼썽사납고 흉물스러운 태양광을 설치했다.

태양광은 시커먼 조립식 패널을 가져다 설치하는 데 시간이 오래 걸리지 않았다. 뒷산도 태양광으로 덮어 버렸다. 산에 이어 논을 메우고, 밭을 뒤엎고, 사람 사는 마을까지 마치 불가사리가 쇠를 먹어 치우듯 잠식해 들어왔다. 더욱이 정부 지원을 받아 설치하는 태양광 사업은 누구나 할 수 있어 아무 곳에나 설치해 자고 나면 하나씩 생겼다. 도무지 이해할 수 없는 것은 농업진흥지역은 농사 말고는 아무것도 할 수 없는데 태양광만은 설치할 수 있었다. 심지어 마을 앞 논밭에 병풍을 치듯 태양광으로 막아 버렸다. 주민들이 흉물스러운 그 꼴을 밤낮 어떻게 보고 사느냐고, 그 꼴을 보며 사는 것은 살아도 사는 게 아니라고, 관에 탄원서를 내고 결사반대했어도 정부의 신재생에너지 정책에 막혀 끝내 막아 내지 못했다.

엎친 데 덮친다고 장마에 태양광 설치한 자리에 산사태가 일어나 앞산 뒷산이 반 토막으로 잘려 나가 마을 지형도 경관도 흉하게 바꿔 놓았다. 돌배 영감이 일제가 아니고 일산일 거라고 하자 석철이 펄쩍 뛰었다.

"아이구! 참. 현수가 아무려면 일산이 모르구 일제를 모르겄슈."

원골 마님은 아들이 둘이다. 큰아들 일산은 원골서 초등학교를 졸업한 뒤 서울에서 토성건설회사를 경영하던 작은아버지 집에 들어가 학교에 다녔다. 토성건설회사 설립 당시 일산의 아버지가 대주주라는 말이 있었다. 마님은 일산이 대학을 졸업하던 해 결혼시켜 살림을 내주었고, 그 이듬해 일제를 올려 보냈다.

공대를 나온 일산은 토성건설 상무로 입사했다. 재무구조가 탄탄했던 토성건설이 하루아침에 부도가 났다. 고의적인 부도라고 들끓던 여론이 잠잠해지자 일산이 거저 줍다시피 토성건설을 인수한 뒤

정부에서 발주하는 대형 국책공사를 연이어 수주하면서 사세를 확장했다. 일산은 건설공사로 벌어들인 돈으로 제조업에서 금융업까지 사세를 넓혀 재벌그룹에 올랐다. 물론 그사이 여느 재벌 회장처럼 정경유착으로 여러 번 검찰청에 불려 다녔고, 재판을 받고 구속되기도 했고, 집행유예로 풀려나기도 했다.

일산이 동생 일제는 원골 마님이 낳은 7남매 중 막내다. 맏아들 일산이 밑으로 내리 딸만 다섯을 낳고 일제가 태어났다. 술 잘 먹고, 소리 잘하고, 팔난봉인 바깥 영감이 초저녁에 가슴이 답답하다며 일찍 잠자리에 들었는데 영영 깨어나지 못했다. 일제가 겨우 백일을 넘긴 뒤였다. 마님은 영감이 죽은 뒤 더욱 일제에 집착했다. 병약했던 일제는 잔병치레가 잦아 캥거루 새끼 모양 마님 품에서 초등학교에 들어가던 해까지 젖을 먹었다. 마님은 젖을 떼기 위해 소태나무 껍질을 벗겨다 진하게 삶은 물을 젖꼭지에 바르기까지 했다.

일제는 자라면서 마님을 믿고 안하무인으로 머슴들과 부엌데기들을 제 몸종처럼 부려 먹는 것도 모자라 제 마음에 들지 않으면 손찌검하고, 욕하고, 심술부리고, 천방지축으로 온갖 못된 짓만 골라 하던 천하의 둘도 없는 말썽꾸러기였다. 그 말썽꾸러기가 서울로 올라가 가정교사를 수없이 바꿔 가며 중고등학교를 나오고 대학을 나와 국가공무원이 되었다.

돌배 영감은 눈을 감아도 일제는 잊을 수 없다. 일제가 일산이네 집에서 학교 다닐 때였다. 겨울방학에 내려왔던 일제가 서울로 올라가는 날이었다. 며칠 전부터 준비한 꿀, 조청, 인삼, 대추, 곶감, 송화다식, 한과 등속을 바리바리 싸서 돌배 영감에게 차부까지 가져다주라고 했다. 차부로 가는 길은 빙판길이라 몹시 미끄러웠다. 집을 나와 앞장서 걸어가던 일제가 갑자기 뒤로 돌아서더니 들고 가던 가방을 돌배 영감에게 불쑥 넘겨주고 빈 몸으로 걸어갔다. 돌배 영감은 일제가 차표를 사려고 서둘러 가려는 줄 알았다. 차표를 사려면 줄을 서서 기다려야 하는데 늦게 가면 갈수록 한데서 오래 기다려야 하기 때문이다. 차부까지 한참 더 걸어가야 했다.

돌배 영감은 지게를 지고 한 손에 가방 들고 한 손으로 작대기를 짚으며 엉금엉금 기어갔다. 차부까지 거의 다 갔는데 일제가 되돌아오며 '너 때문에 막차를 놓쳤다'며 주먹으로 돌배 영감 머리통을 콱 쥐어박은 뒤 손에 들고 있던 가방을 툭 채어 들고 먼저 집으로 갔다. 지게에 짐을 지고 걸어가다 엉겁결에 당한 돌배 영감은 기가 막혔다. 돌배 영감이 대문에 들어서자마자 기다리고 있던 마님이 '손주들이 송화다식을 기다리고 있는데 네놈 때문에 일제가 막차를 놓쳤다'며 다듬잇방망이로 어깻죽지를 후려갈겼다. 돌배 영감은 '일제가 가방만 떠맡기지 않았다면 막차를 놓치지 않았을 거'라는 말이 목구멍까지 올라왔는데 열린 대문 밖에서 두 눈을 부릅뜨고 지켜보는 선돌을 보고 그만 말문이 컥 막혔다.

다음 날 돌배 영감은 새벽에 다시 일제 짐을 지고 차부에 가 버스에 실어 주었다. 일제가 버스에 오르기 전 돌배 영감에게 '어제 서울 가기 싫어 되돌아갔는데' 그러곤 잽싸게 버스에 올랐다. 마님 사랑을 독차지하던 일제가 서울 가기 싫으니까 막차가 떠났다고 거짓말한 거였다. 돌배 영감은 버스에 오르는 일제를 대번에 끌어내려 닭 모가지 비틀 듯 모가지를 확 비틀어버리고 싶을 만큼 얄미웠다.

일제를 본 건 그게 마지막이었다. 돌배 영감이 마님댁을 나온 뒤로 일제가 관청의 높은 자리에 있다는 이야기는 원골로 일 다니는 사람을 통해 들을 수 있었다. 돌배 영감이 한참 만에 무슨 생각이 들었는지 고개를 끄덕이며 말했다.

"일제는 고위 공무원이라는디 미치지 않고서야 갑자기 농지 수천여 평을 사들이구, 엎드리면 코 닿을 원골에 99칸짜리 기와집이 있는디 농막을 지었다는 게 말이 되는 소리여?"

돌배 영감이 진지하게 말해도 석철은 여전히 관심 없다는 듯 시큰둥하게 받았다.

"글쎄유. 일제가 땅을 사든 농막을 짓든 뭔 개지랄을 허건 우리허구 무슨 상관이래유. 그렇기 궁금허시면 오늘 읍내 장이니께 겸사겸사 한 번 가 보시지유 뭐."

장꾼들이 경운기에 장짐을 싣고 지나갔다. 초장에 가는 사람들은 대개 좌판을 벌이는 아낙네들이었다. 그렇지 않아도 여러 파수 거른 돌배 영감은 어정쩡한 대답을 했다.

"초장에 가서 뭐 허나. 가더라두 이따 낮에 가야지."

장에 간다는 건지 안 간다는 건지 도통 알 수 없는 대답이다. 어른의 의뭉스러운 속내를 알아내려면 스무 고개 맞혀 나가듯 해야 한다. 석철이 다시 물었다.

"장에 볼일은 있슈?"

"쇠스랑을 하나 사긴 사야겄는디, 당장 급헌 건 아녀."

당장 급한 게 아니라 안 가겠다는 건지, 미리 사다 놓겠다는 건지, 그 속내도 알 수 없다. 석철이 다시 물었다.

"언제 쓸 건디유?"

돌배 영감이 여전히 시큰둥한 표정으로 말했다.

"글쎄. 당장 쓸 게 아니더라두 사다 두면 쓰겄지. 얼갈이 헐 때두 곧 돌아오니께."

얼갈이용 쇠스랑이 따로 있는 건 아니다. 쇠스랑은 여러 종류가 있는데 흙을 곱게 고르고 자잘한 씨앗을 얕게 묻어 주는 데 쓰는 쇠스랑은 갈퀴처럼 이빨이 짧고 여러 개다. 석철은 끝내 장에 간다는 건지 안 간다는 건지 모른 채 말했다.

"얼갈이 헐 쇠스랑은 있잖어유?"

대치골 사람들은 이웃집 쇠스랑뿐만 아니라 밭에 콩을 심었는지 팥을 심었는지, 논에 심은 벼가 찰벼인지 메벼인지, 벼가 도열병에 걸렸는지, 잎집무늬마름병에 걸렸는지, 닭장 속에 수탉이 몇 마리고, 암탉이 몇 마리인지, 살강에 있는 부엌살림까지 훤히 알고 있다. 돌배 영감이 느릿느릿 말했다.

"쇠스랑이 하나 있긴 있는디, 하두 오래 쓰다 보니께 이빨이 빠지구 자루가 삭어 쓸 때마다 부러질까 봐 아주 조마조마 혀."

예전엔 낫자루, 쇠스랑자루, 도끼자루, 괭이자루는 물론 모든 연장 자루는 산에서 주로 매끈한 물푸레나무, 박달나무, 자작나무를 베어다 맞춰 썼다. 요즘은 연장에 제재소에서 원목을 기계로 깎아 길이도 굵기도 똑같은 자루를 끼워 판다. 사람은 남녀노소가 다르고, 체형이 다르고, 손이 다른데 하나같이 똑같은 자루를 끼워 놓으니, 자루를 보고 무슨 연장인지 알아볼 수 없다. 연장 자루가 쉬이 부러지기도 했다. 물론 예전에는 도끼, 낫, 호미, 괭이, 따비, 살포 등 쇠붙이 연장이 닳으면 대장간에 가서 벼려다 썼다. 농기계와 농약으로 농사를 짓기 시작한 뒤로 연장이 닳도록 쓸 일도 없고, 농촌에 있던 대장간도 문을 닫아 연장을 벼려다 쓰는 일은 없다.

석철이 별일 아니라는 듯 말했다.

"쇠스랑을 매일 쓰는 것두 아니니께 우리 쇠스랑 갖다 쓰시면 되잖어유?"

석철이 말끝에 돌배 영감이 말했다.

"이 사람아, 그게 몇 푼 간다구 쓸 때마다 빌리러 댕기나. 하나 사다 놓으면 오래 쓸 걸."

농기계로 농사를 지으면서 재래식 연장은 그야말로 똥값이 되었다. 낫, 호미, 쇠스랑, 괭이는 물론 짜장면 한 그릇 값조차 안 되는 연장이 수두룩하다. 아니 그런 걸 만들어 가며 밥을 먹고 사는 게 참 용하다는 생각이 들었다. 석철이 장에 갈 건지 말 건지 결론지어 말했다.

"그럼 차비 버리구 따루따루 갈 거 읎이 지금 저랑 같이 가유. 가는 길에 현수두 만나 보구 바람두 쐴 겸 산단 한 바퀴 비잉 둘러보구 철물점에 댕겨오시면 되잖어유?"

돌배 영감이 그제야 고개를 끄덕이며 말했다.

"그럴까. 그럼 쬐끔만 지둘러. 안에 들어가 잠바때기 하나 걸치구 나올 테니께."

석철이 대문 안을 아무리 기웃거려도 월남댁이 보이지 않는 걸 보니 집에 없는 모양이다. 옷을 갈아입고 나온 돌배 영감이 차에 올랐다. 석철이 물었다.

"형수는 어디 갔슈?"

돌배 영감이 안전띠를 매며 말했다.

"고구마밭에 간나 벼. 그런디 아직두 형수라구 부르는 겨?"

아닌 게 아니라 호칭이 문제였다.

석철은 월남댁이 형수라는 호칭을 싫어해 어떻게 불러 주는 게 좋으냐고 물어보았다. 월남댁은 한미선이라고 지은 한국 이름은 호적에만 올라 있지 불러 주는 사람이 없다며 이름을 불러 달라고 했다. 석철이 겸연쩍은 표정으로 말했다.

"우리끼리 있을 땐 서루 이름을 불러유."

돌배 영감이 고개를 끄덕이며 말했다.

"그려. 우리 현태허구는 어티기 잘 지내는 겨?"

현태는 근래에 월남댁과 석철이 사이에 끼어들어 일쑤 말썽을 피우며 어깃장을 놓아 골머리를 앓고 있다. 석철이 슬며시 브레이크를 밟고 속도를 늦추며 말했다.

"현태 마음을 얻으려구 함께 노력허구 있슈."

돌배 영감이 알겠다는 듯 머리를 끄덕이며 말했다.

"그렇지. 그럴 겨. 현태는 한참 크는 애니께 몸이 크는 만큼 마음두 달러질 겨. 조급허게 생각 말구 느긋허게 마음먹구 좀 더 지둘러 봐."

돌배 영감 말끝에 석철이 맞장구쳤다.

"야아. 우리두 그렇기 생각해유. 그런디 현태가 나중에 과수원을 허겄다구 허기에 그러라구 했는디 아버님 생각은 어떠신지유?"

아버님 생각은 어떠시냐니! 그 말을 왜 석철에게 들어야 하나. 나중이라는 말은 돌배 영감이 이 세상에 없을 때일 것이다. 돌배 영감이 모르는 사이에 현태와 며느리와 석철이 한집 식구가 되고 거꾸로 자신은 개밥에 도토리 신세라는 생각이 들었다. 물론 자신이 주선한 일이고 예상했던 일이기에 달리 내색할 수 없었다.

"내가 이제 와 뭘 더 바라겄나. 그저 무탈허게 지가 허구 싶은 일 허며 살면 되지."

석철이 돌배 영감과 이야기를 나누면서 마을을 빠져나왔다. 마을 앞 버스정류장에 대치골 정수 어머니를 비롯해 마을 아주머니 예닐곱이 장짐을 내려놓고 버스를 기다리고 있었다. 모두 시장 입구에 좌판을 벌일 장짐이었다. 석철이 무슨 생각을 했는지 정류장을 지나 한참을 가다 말고 우뚝 멈추더니 되돌아가 정류장에 차를 세우고 말했다.

"지 차는 사람은 태울 수 읎어두 짐은 실을 수 있슈. 장짐을 실어다 드릴게유."

석철이 차에서 내렸다. 석철이 속내를 알아차린 돌배 영감도 내렸다. 석철이 짐칸으로 올라갔다. 아주머니들이 장짐을 하나하나 들어다 올려 주고 석철이 받아 실었다. 자루는 큰데 가벼운 마른고추, 접으로 묶은 마늘, 함지박에 담은 가지, 오이, 깻잎, 호박, 열무, 배추, 산나물, 잡곡들이었다. 돌배 영감도 거들었다.

장짐을 싣고 차에서 내린 석철이 말했다.

"차 앞자리에 한 사람은 더 탈 수 있으니께 연세가 많으신 정수 어머님이 타시쥬. 장짐을 시장에 내려놓구 지켜야 허니께유?"

석철이 차에 올랐다. 돌배 영감도 정수 어머니도 올라탔다. 정수 어머니가 말했다.

"고맙네. 고마워."

석철이 안전띠를 매며 말했다.

"고맙기는유. 어차피 가는 질인디유 뭐."

정수 어머니는 다시 진심으로 고맙다는 말을 했다.

"아닐세. 오늘따라 장짐이 많어 버스 운전기사가 태워 줄지 말지 걱정들 허구 있었거든."

석철이가 고개를 돌려 정수 어머니에게 물었다.

“운전기사가 안 태워주다니유?”

정수 어머니가 신세 한탄하듯 늘어놓았다.

“에이구, 말두 말어. 장날은 버스 운전기사가 정류장에 내놓은 장짐을 보구 내리는 사람이 읎으면 스지 않구 그냥 지나가 버려. 아예 정류장을 훌쩍 지나친 뒤 버스를 세우구 승객을 내려주기두 허구. 우리는 그 버스를 타야 허니께 장짐을 들구 죽자 사자 쫓어가 보았자 허사여. 못 본 체허구 달어나니께. 닭 쫓던 개 지붕 쳐다보딕기 달어나는 버스 꽁무니를 쳐다보려면 온몸에 맥이 쭉 빠져. 서럽기두 허구. 허기사 태워 주지 않는 운전기사 탓 헐 수 읎지.”

석철이 사거리 신호등에 노란불이 깜빡깜빡 깜빡거리다가 빨간불로 바뀌자 정지선에 차를 세우며 말했다.

“아니, 장날 장짐을 안 실어 주면 도대체 장꾼들은 어쩌라는규. 걸어갈 순 읎잖어유?”

정수 어머니가 이마 위로 흘러내린 머리칼을 쓸어 올리며 말했다.

“그건 그런디 서루 입장을 바꿔 놓구 생각해 보면 운전기사두 그럴 만헌 사정이 있어. 왜냐허면 장날 장짐을 실어 주면 사람 태울 자리가 읎구, 버스 운행시간은 정해졌는디 노인들이 장짐을 가지구 올러타구 내리는디 마냥 굼뜨지, 자칫허면 사고가 나니께. 장짐을 가진 노인들 태우는 것을 꺼릴 수밖에 읎지.”

“버스에 짐칸이 있잖어유?”

창밖을 물끄러미 내다보던 정수 어머니가 말했다.

“버스 옆구리에 짐칸이 따루 있기는 혀. 그런디 운전기사가 귀찮어서인지 아니면 안 실어 줘두 되는 건지 그것도 아니라면 짐칸에 실을 수 있게 장짐이 포장되어 있지 않어서인지, 하여튼 막무가내루 안 실어 주는디야 어떡허나. 일일이 싸워 봤자 버스는 화물차가 아니라구, 맘대루 타구 댕기려거든 자가용 타구 댕기라구, 당신이 운전기사냐구, 태우구 안 태우는 건 운전기사 맘이라구 별의별 소리 다 들어. 엿장수 맘대루니께. 그렇다구 어디다 하소연헐 디두 읎잖어. 허긴 차에서 내려 직접 장짐을 실어 주는 운전기사두 있긴 있는디 그런 운전기사 만나는 건 꿈에 떡 맛보듯 혀."

돌배 영감이 머리를 끄덕이며 말했다.

"그류. 그런디 저렇기 한 광주리 이구 장에 가시면 얼마나 팔어유?"

정수 어머니가 한숨을 푹 내쉬며 말했다.

"대중 읎슈. 운수 좋은 날은 한 2만 원어치 파는디 대개 만 원 안팎이유. 어떤 날은 마수걸이두 못 허구 생돈 들여 버스 타구 오기두 허는디유 뭐."

운수 좋은 날은 2만 원, 평일은 만 원 안팎이라는 말에 석철은 귀를 의심했다. 최저임금 시급이 만 원에 육박했기 때문이다. 아니 업종에 따라 힘든 일은 만 원 이상 주어도 사람을 구할 수 없다고 했다. 그 일이 어떤 일인지 알 수 없으나 세상에 광주리장사보다 더 힘든 일은 없을 것 같았다.

광주리장사라고 밑천이 안 드는 것도 아니다. 무, 배추, 상추, 고추, 오이, 호박, 가지, 시금치, 아욱, 깻잎, 파, 마늘, 감자, 고구마, 옥수수, 강낭콩, 동부, 잡곡들을 내다 팔려면 봄부터 여름 내내 농사를 지어야 한다. 하다못해 산에 들어가 고사리, 두릅, 도라지, 더덕, 버섯, 취나물을 뜯어 한 광주리를 채우려면 몇 날 며칠 온 산을 이 잡듯 뒤져야 한다. 열 푼 먹고 한 푼 벌이도 안 되는 게 광주리

장사지만 전기료, 교통비, 약값, 병원비, 농약, 비료나 농자재를 사려면 돈이 필요해 열 번 죽었다가 깨나는 재주가 있어도 돈 없으면 살아갈 수 없다.

정수 어머니는 몇 년 전까지만 해도 날품을 팔았는데 몸이 늙어 품팔이도 못하고 힘닿는 데까지 텃밭 농사지어 가며 광주리장사를 하고 있다.

돌배 영감이 앉은 자리를 바짝 조이며 말했다.

"지는 몸 하나 건사하기두 힘든디 그래두 정수 어머니는 참 대단허시네유."

정수 어머니는 돌배 영감이 조여 준 자리로 엉덩이를 궁싯궁싯 밀어 넣으며 다시 넋두리를 쏟아냈다.

"글쎄유. 그렇기 대단헐 건 읎지만 장날만 그런 게 안유. 평일에두 새벽에 일어나 내다 팔 물건 준비해 시간 맞춰 정류장으루 나가 기다려야쥬, 버스 출입문을 붙잡구 운전기사랑 태워 달라구 못 태워 준다구 서루 옥신각신 실랑이를 벌여야쥬, 다행히 버스를 타두 승객들 틈에서 눈치 보며 부대껴야쥬, 버스에서 내려 시장골목까지 다시 장짐을 이구 한참 더 걸어가야쥬, 그나마 잘 팔리면 이 장사두 그냥저냥 헐 만헌디, 늦두룩 안 팔린 것은 머리에 이구 읍내를 돌어댕기며 되는 대루 떨이를 허려구 목이 쉬두룩 소리를 질러두 대형마트에 댕기는 사람들은 숫제 거들떠보지두 않츄, 안 팔린 물건을 도루 이구 집으루 갈 수두 읎구, 가지구 가 봐야 우리가 다 먹을 수두 읎구, 시간이 지나면 채소는 시들거나 상허니께 좌판 자리에 쏟어 놓츄. 아무나 그냥 갖다 먹으라구유. 버스 타구 집으루 가는 길에 창밖으루 좌판 자리를 내다보면 금방 쏟어 놓은 채소가 잎사귀 한 잎두 읎슈. 그사이 누가 기다리구 있었던 것처럼 싹 쓸어 간 거쥬. 빈자리를 보는 순간 '참 다행이다'라는 생각이 들기두 허지먼 한편으루 '그렇기 가져갈 거면 떨이라구 외치구 돌어댕길 때 차비라두 좀 주구 먹지' 허는 생각이 들기두 해유.

창밖을 내다보던 일행이 '팔다가 남은 건 좌판 자리에 쏟어 놓지 말구 쓰레기통에 버리라'구 그래유. '사서 먹을 사람이 공짜루 먹으니께 장사가 더 안되는 거'라구. 설령 그 말이 맞는 말이라구 해두 지 손으루 온 정성을 다해 마련한 먹거리를 차마 쓰레기통에 못 버리겄더라구유, 어떤 날은 막차를 놓치구 밤새 걸어서 집에 갈 때두 있슈."

석철은 정수 어머니 얘기를 들으며 그동안 남의 일이라고 무심코 보아 넘긴 일들이 하나하나 떠올랐다. 시내버스를 타고 다니다 보면 정수 어머니 말대로 운전기사가 장짐을 실어 주지 않으려고 했다. 평일은 버스가 텅텅 비는데 장날은 승객보다 장짐이 더 많다.

포장되지 않은 함지박이나 광주리에 담은 호박, 가지, 오이, 고추, 감자, 고구마 같은 것들은 운행 중 물건이 쏟아져 사방으로 굴러다니고 섞이기 때문에 짐칸에 실을 수도 없다. 자루가 풀려 속에 든 곡물이 쏟아지기도 했다. 무슨 장짐이든 짐을 실으면 통로가 막혀 사람을 태울 수 없을 뿐만 아니라 타고 내리는 데 지장을 주고 운행시간을 지연시킨다. 그렇다고 규정에 없는 짐값을 산정해 받을 수도 없다.

냄새 나는 장짐도 있는데 운전기사가 일일이 냄새를 맡아 가며 실어 줄 수도 없는 노릇인데, 시장에서 파는 깻잎장아찌, 마늘장아찌, 무장아찌, 김장철에 젓갈이나 액젓을 실었다가 차 안에 엎지르거나 쏟아지면 버스 안은 순식간에 아수라장으로 돌변했다. 장꾼과 달리 운전기사는 승객들에게 욕먹는 것으로 끝나는 게 아니다. 버스운행을 중지하고 특수세차를 해야 한다. 더욱이 노인들이 힘에 부치는 장짐을 가지고 올라타고 내릴 때 굼뜬 건 차치하더라도 사고가 난다. 자연히 운전기사와 장짐을 가진 승객들 사이에 실랑이를 벌일 수밖에 없다.

정수 어머니 얘기를 들은 석철은 운전기사 탓할 게 아니라 자신이 직접 장짐을 마을에서 시장까지 실어다 줘야겠다는 생각이 들었다. 물론 장날마다 장짐을 시간 맞춰 실어다 준다는 것이 쉬운 일은 아니다. 시간과 노동과 비용이 들고 늘 사고의 위험이 따르기 때문이다. 그렇다고 못 할 일도 아니다. 석철이 깊은 생각 끝에 자동차 속도를 줄이며 말했다.

"정수 어머님, 죄송해유. 지가 진작 장날만이라두 장짐을 실어다 드렸어야 했는디 그걸 미처 생각 못 했슈. 오늘이라두 알었으니께 다음 장부터 버스정류장까지 가시지 말구 모두 대치골 마을회관 앞으루 나오시면 지가 장터까지 장짐을 실어다 드릴게유."

석철이 말을 듣고 있던 정수 어머니가 당찮다는 듯 펄쩍 뛰었다.

"아이구! 이 사람아, 자네가 죄송헐 게 뭐 있나. 이렇기 만날 때마다 실어다 주구 태워 주는 것두 고마운디, 어티기 장날마다 실어다 준다는 겨. 말만 들어도 고맙네."

정수 어머니가 그럴 수 없다고 말렸는데도 석철은 굽히지 않았다. 석철은 일찍이 부모를 잃고 이웃의 온정으로 살았는데 그 어른들이 하나둘 세상을 떠나셨다. 물론 꼭 그분들이 아닐지라도 마을 주민들을 위해 무언가 도움이 되는 일을 하고 싶은 생각을 늘 가지고 있던 차에 떠오른 생각이었다. 석철이 마음을 굳히고 말했다.

"지가 헐 수 있으니께 헌다는 거쥬. 그 일은 지가 감당헐 수 있슈. 그러니께 아무 걱정 마시구 지 말대루 해유."

돌배 영감도 석철이를 거들고 나섰다.

"석철이 생각이 그렇다면 한 번 그래 보시지유 뭐."

정수 어머니가 말했다.

"그럼 한두 번 해보다가 힘들면 언제라두 좋으니께 안 해두 뎌."

석철이 분명히 말했다.

"그건 걱정허지 마시구 다음 장부터 짐 부피가 크든 무겁든 냄새가 나든 닭이나 강아지나 퇴끼나 돼지 새끼나 하여튼 무슨 짐이든 전혀 상관읎으니께 얼마든지 내다 놔유."

석철이 읍내로 들어가 시장 초입에 차를 세우고 내렸다. 정수 어머니도 돌배 영감도 내렸다. 석철은 돌배 영감이 차에 올라가 밀어 주는 장짐을 받아 정수 어머니가 가리키는 길가에 징검다리 놓듯 군데군데 놓아 주었다. 대치골 아주머니들이 벌일 좌판 자리였다.

정수 어머니와 장짐을 내려 준 석철이 시장을 벗어나 현수를 만나러 갔다. 가는 길에 '국가산업단지 결사반대' 구호가 적힌 현수막이 만국기처럼 걸려 있다. 길가의 전봇대에도 담벼락에도 도배하다시피 붙여 놓았다. 농민들이 농기계를 끌고 나와 길을 막고 시위하고 있었다. 석철은 우회도로로 들어섰다. 읍내는 어느 길로 가나 '국가산업단지 결사반대' 현수막이 사방에 걸려 있고 전단이 덕지덕지 붙었다. 산단은 백현리, 판교리, 대장리로 이어졌다. 그곳은 야산을 중심으로 보리 갈고, 메밀 갈고, 고구마나 감자 심던 밭이었다. 물론 단지 안에 논도 있다.

오랜만에 들어가 본 판교리는 말 그대로 상전벽해였다. 단지 안에 온갖 과일나무를 빽빽하게 심어 놓고 군데군데 농막이 눈에 띄었다. 농촌 사람들은 비닐하우스는 지을망정 농막을 지어 놓고 농사를 짓지 않는다. 농막이 많은 것은 그만큼 외지인이 들어왔다는 것을 증명하는 것인데 도대체 그 많은 외지인이 대장리에 무슨 농사를 짓겠다고 들어왔단 말인가. 석철이 판교리를 지나 대장리로 들어섰다. 현수가 석철이 차를 알아보고 달려왔다. 석철이도 현수가 달려오는 것을 보고 차를 세웠다. 현수가 차에 탄 돌배 영감을 보고 활짝 웃으며 반갑게 인사했다.

"아이구! 아버님, 오늘 어려운 걸음 허셨네유."

대치골 사람들은 언제 어디서건 그냥 만나기만 해도 반갑다. 돌배 영감이 말했다.

"으응, 그려. 자네가 여기서 일헌다는 얘기는 오면서 석철이에게 들었어. 자네 자당 어른 무릎 관절은 좀 워뗘?"

현수가 돌배 영감 옆자리로 올라타며 말했다.

"엄니는 맨날 고만고만허신디, 아버님 해수병은 좀 워뜌?"

돌배 영감이 체념한 듯 말했다.

"내 병은 죽어야 나을 병인디 뭐어."

현수가 걱정스러운 표정으로 다시 물었다.

"그래두 병원은 꼬박꼬박 댕기시쥬?"

현수의 걱정스러운 질문에 돌배 영감 대답은 천하태평이다.

"웬만허면 안 가. 나는 내 병허구 친구처럼 지내니께."

현수가 싱긋 웃으며 말했다.

"울 엄니두 몸이 아프다가 안 아프면, 오히려 그게 더 이상허다구. 아프지 않으면, 심심혀 어티기 사느냐구. 아무 걱정 말라구 허시거든유."

돌배 영감이 허허롭게 웃으며 말했다.

"그건 그려. 나두 그 마음 알 것 같구먼. 병두 오래되면, 질이 드니께."

석철이 산단 외곽으로 한 바퀴 도는 동안 현수가 차를 세워 가며 원골 사람들이 매입한 토지와 평수와 농막과 빽빽하게 심은 과일나무들을 마치 숲 해설가처럼 설명했다. 단지 안에 과일나무만 심은 것도 아니었다. 아기 소나무, 향나무, 전나무, 가시오가피, 헛개나무를 심은 곳도 있었다. 무슨 나무를 심었든 나무가 자랄 공간을 두지 않고 빽빽이 심어 놓았다.

현수가 손가락으로 가리키며 말했다.

"저기 저 끝에 농막이 보이는 땅이 일제가 사들인 농지유."

일제가 매입한 수천여 평의 농지에 우뚝 선 농막 한 채가 보였다. 돌배 영감이 콧방귀를 뀌었다.

"아니 볼썽사납게 농막이 뭔 늬므 농막이여. 엎드리면 코 닿을 원골 아흔아홉 칸 기와집에 마님 혼저 사는디."

현수가 손사래를 치며 목청을 높였다.

"아이구, 말두 마유. 원골 마님이 일제에게 제발 농막만은 짓지 말라며 극구 말렸거든유. 농지에 나무를 심는 건 그렇다손 치더라두 원골에 아흔아홉 칸짜리 기와집을 두구 농막을 지면 지나가는 개가 웃을 일이라구. 그런디 일제가 마님 말을 듣는 놈이 아니잖어유. 일제는 기어이 마님이 심어 준 밤나무를 뽑어 버리구 농막을 지었슈.

그 일루 마님이 일제허구 단단히 틀어져 앞으루 원골은 얼씬 거리지 말라구 혀 지난 명절 때 못 내려왔다는디유 뭐."

석철이 이야기를 듣는 돌배 영감 뇌리에 지난 일들이 주마등처럼 지나갔다.

일산이 신혼여행에서 돌아오던 날이었다. 일산이 처가 뒷간에 들어갔다가 비명을 내지르며 뛰쳐나오다가 나동그라졌다. 일산은 물론 밖에 있던 사람들이 달려갔다. 일산이 처는 허리춤을 올리지도 못한 채 뒷간 문 앞에 엎어져 있었다. 돌배 영감이 제일 먼저 뒷간 문을 열어젖히고 안으로 뛰어 들어갔는데 아무것도 눈에 띄지 않았다. 일산이 처를 방으로 데려다 두고 나와 말했다. '생전 처음 뒷간에 들어가 볼일을 보다가 첨벙 소리에 아래를 내려다봤는데 엉덩이 밑에 구더기가 바글바글하는 것을 보고 그만 놀라서 뛰쳐나오며 비명을 질렀다'고. 그날 일산은 원골에서 자지 않고 처를 데리고 서울 자기 집으로 돌아갔다. 그 뒤로 일산이 처는 명절이나 시아버지 제사에 내려와도 그날로 돌아갔다. 나중에 재래식 뒷간을 현대식 화장실로 바꿨어도 그랬다. 손주들을 낳은 뒤로는 아이들 핑계로 명절은 물론 시아버지 제사에도 내려오지 않았다. 그건 작은 며느리도 마찬가지였다.

하루는 원골 마님이 무슨 맘을 먹었는지 새벽 댓바람에 큰아들 집으로 들이닥쳤다. 일산이 집을 짓고 집들이에 다녀온 뒤로 처음이었다. 만공 도인이 집터를 잡고 입택일(入宅日)을 잡아 주어 공사가 완전히 끝나기 전에 들어가 집들이를 했는데 사방에 가림막을 높다랗게 설치하여 거대한 창고 같았다. 마님이 일산이 집에 들어서자 그때와 판이하다. 한강이 내려다보이는 대저택에, 넓디넓은 정원에 노송이 즐비하게 들어섰고, 곳곳에 세워진 조각품에, 맑은 물이 풀풀 솟구치는 풀장에, 여러 대의 고급승용차, 운전기사, 관리인들, 가정부들이 아침에 아이들 깨워 씻기고, 밥 먹이고, 옷 입혀 차 태워 학교 보내고, 시간 맞춰 나가 데려오고, 가정교사에게 공부시키고, 방문객을 맞이하고, 재벌 사모님 자격으로 공식행사에 참석하고, 외국어 가르치는 원어민 선생이 오고, 원어민 선생과 외국어로 막힘없이 대화를 나누는 며느리가 매우 낯설었다. 마님은 며느리를 지켜보며 '재벌 사모님은 아무나 하는 게 아니로구나!'라는 생각에 한 파수를 넘기지 못하고 일산이 집을 나와 원골로 돌아가는 마음은 천근만근이었다.

일산은 원골 99칸 기와집을 '토성건설 역사관'으로 리모델링하겠다고 벼르고, 일제는 99칸 기와집을 자기에게 물려달라고, 자기가 문화재로 등록시켜 영원히 보존하겠다고 조르고, 다섯 명의 딸들은 딸들대로 손을 벌렸다. 원골에 사는 동안 문중 일을 받들지 않을 수도 없고 99칸 기와집을 무 자르듯 뚝뚝 잘라 나눠 줄 수도 없다. 어느 자식에게 물려줘도 종갓집 종부 노릇 할 며느리는 없고 모두 제 삿밥에 눈이 멀었다. 일제강점기 천년만년 갈 줄 알았던 세도가의 상징인 99칸 기와집은 친일의 상징으로 전락하였다. 원이 나오고 삼정승 육판서를 배출한 세도가의 종부로 평생 긍지와 자부심으로 살아온 마님이 서울 큰아들 집에 갔다가 우물 안의 개구리와 다를 바 없는 자신이 너무 참담했다.

산단을 둘러본 돌배 영감이 현수에게 물었다.

"여기 심은 밤나무들은 모두 만덕산에서 캐온 거지?"

현수가 고개를 끄덕이며 말했다.

"그렇츄. 만덕산이 아니면 이렇기 큰 밤나무를 어디서 캐오겄슈."

한동안 말없이 듣기만 하던 석철이 언덕 중턱에 있는 우물을 가리키며 말했다.

"뭔 늬므 우물이 언덕배기에 있어. 백두산 꼭대기서 물이 나오구 한라산 꼭대기서두 물이 나오니께 아무 디나 파면 물이 나오는 줄 아는개 빈디 저기서두 물이 나오긴 나오는 겨?"

우물은 대개 언덕 아래 낮은 곳에 파는데 비탈밭 중턱에 우물이 보였다. 현수가 멋쩍게 웃으며 말했다.

"안 나오지. 그냥 콘크리트관 몇 개 묻은 뒤 뚜껑으루 덮어 놓구 단단히 잠가 둔 겨. 감정사들이 우물 개수나 세지 우물 속까지 들여다 보간디. 밤나무두 산밤나무인지 왕밤나무인지 모르니께 그냥 밤나무루 조사해 가거든. 농막두 모양만 갖추구 겉만 번지르르허지 사람이 살려구 지은 게 아녀. 안에 들어 있는 세간살이두 보상이 끝나면 바루 죄다 쓰레기장으루 갈 것들인디 뭐."

석철이 어이없는 표정으로 말했다.

"그럼 저기 논둑에 박혀 있는 관정은 진짜여, 가짜여?"

관정은 얕게는 수십 미터, 깊게는 수백 미터를 뚫어야 하고 비용도 웬만한 농막 한 채 짓는 것보다 더 많이 들었다. 현수가 말했다.

"가짜두 있구 진짜두 있는디 남의 것은 어떤 게 진짜구 가짜인지 몰러. 파이프 몇 개 박어 놓구 양수기 설치하면 진짜나 가짜나 똑같으니께. 관정 두세 개 맹글어 놓으면 집 한 채가 떨어진다는디 그놈들이 안 허겄어? 허구두 남을 놈들이지."

관정 하나면 충분할 땅에 두세 개가 있기도 했다. 석철이 차를 세우며 말했다.

"감정사들이 감정헐 때 문제 되잖어?"

현수가 멋쩍게 웃으며 말했다.

"지주들은 감정사들이 언제 왔다 가는지두 몰러. 그들은 그냥 지번을 찾어 지나가면서 사진만 찍어 간댜. 그러니께 형체만 있으면 되지 뭐."

석철도, 돌배 영감도 농업용 관정마저 가짜라는 말에 아연실색했다. 관정은 전기를 연결하고 마중물을 붓고 펌프를 가동해야 하는데 감정사들이 일일이 찾아다니며 할 수 있는 게 아니었다. 돌배 영감이 탄식조로 중얼거렸다.

"깨진 독에 새는 바가지여. 이러구두 나라가 거덜 나지 않는다면 그게 더 이상허지."

돌배 영감 중얼거림으로 차 안이 조용해졌다. 석철은 돌배 영감을 일제네 농막으로 들어가는 입구에 내려 주었다. 현수가 차에서 내리는 돌배 영감 손을 잡아 주며 말했다.

"모처럼 만에 오셨는디 우리 집에서 즘심 드시구 가시쥬? 엄니두 반가워허실규."

돌배 영감이 손을 저으며 말했다.

"아녀. 나 아침 먹은 지 얼마 안 됐어."

현수가 아쉬운 표정으로 말했다.

"야아. 그럼 지들 먼저 가 볼게유."

돌배 영감이 고개를 끄덕이며 말했다.

"그려. 바쁜디 어여 가봐."

석철이 포클레인 좀 살펴보고 오겠다며 현수를 따라갔다. 일제네 농지를 바라보던 돌배 영감은 만감이 교차했다.

조상 대대로 물려받은 땅조차 팔아 치우던 원골 사람들이 백현리, 판교리, 대장리에 농지를 사들여 밤나무, 감나무, 호두나무, 사과나무, 배나무, 대추나무, 은행나무, 헛개나무, 오가피나무, 구기자, 맥문동, 블루베리를 비롯해 오만 잡동사니를 빽빽이 심어 놓았다. 농막도 지었고 축사도 지었다. 농막으로 개조한 녹슨 컨테이너 몇 동도 눈에 띄었다. 현수 말대로 어느 것이 진짜고 가짜인지 알 수 없는 우물도 관정도 수두룩했다.

수개월째 신문은 물론 텔레비전 뉴스 시간마다 고위 공직자들이 개발정보를 미리 빼돌려 땅 투기했다고, 고양이에게 반찬가게 지키라고 맡긴 격이라고 보도했다. 물론 시골 무지렁이가 뭘 알겠느냐만 그래도 텔레비전이 있고 신문이 있으니 세상 돌아가는 물정은 알 만큼 안다.

돌배 영감은 자기 이름조차 읽고 쓸 줄 모르던 무학이었다. 어느 날 텔레비전을 보다가 자막을 읽을 줄 몰라 아이에게 물어보는 사이 화면은 이미 바뀌었다. 그때 옆에서 지켜보던 복골댁이 '자기 이름 석 자도 모르는 사람이 무슨 남자 구실을 하겠느냐'고, '농사는 내가 지을 테니 공부하라'고 하여 야학을 결심하게 되었다.

돌배 영감은 낮에 일하고 밤에 10여 리가 넘는 야학당에 다니면서 초등학교, 중학교, 고등학교 학력 검정고시에 합격했다. 그 뒤로 책을 구해 읽으며 글을 쓰기 시작했다. 시사 월간지도 주간지도 정기 구독했다. 신문은 배달이 안 되는 외딴 지역이어서 읍내 신문보급소에 모아 달라고 부탁하여 가는 길에 한꺼번에 가져다 본다. 야학당

졸업생들의 작품을 모은 작품집도 몇 권 냈다. 예전엔 농사짓는 데 필요한 연장이나 생활용품은 주로 밤에 만들어 썼는데, 농기계로 농사를 짓기 시작하고부터 책을 읽거나 글을 쓰는 것 말고는 딱히 할 일도 없다. 어쩌다 보는 텔레비전마저 근래 들어 자주 채널을 돌리거나 아예 꺼 버리기 일쑤였다.

돌배 영감은 석철과 다시 만나기로 한 일제네 농막을 향해 걸었다. 일제네 농막이라니. 원골 99칸 기와집에 홀로 사는 마님이 떠올랐다.

돌배 영감이 원골 마님댁을 나올 때 새경으로 쌀 한 톨 받지 못하고 쫓겨났다. 99칸 기와집 바깥채에서 먹고살았다는 이유였다. 돌배 영감이 비어 있던 바깥채에서 산 것은 맞으나 마님댁 머슴을 살았고 복골댁은 자나 깨나 선돌을 업고 다니며 마님댁 부엌데기로 살았는데도 거저 밥 먹여 주고 재워 준 것처럼 말했다. 마님은 빈손으로 나가는 돌배 영감에게 선심 쓰듯 장리쌀을 주겠다고 했다. 쌀 한 톨 융통할 수 없었던 돌배 영감은 당장 먹고살아야겠기에 장리쌀을 받을 수밖에 없었고, 그 장리쌀을 벗어나는 데 꼬박 5년이라는 세월이 걸렸는데, 그 5년 동안 도로 마님네 일을 하면서 갚아 나가야 했다.

장리쌀을 벗어난 뒤 다시 10년이 지나 논 한 마지기를 샀다. 장리쌀을 벗어났을 땐 지옥에서 천당에 오른 희열을 맛보았고, 송아지 한 마리를 샀을 땐 천하에 둘도 없는 보물을 얻은 듯했다. 논 한 마지기를 샀을 땐 생애 처음으로 느껴 보지 못한 주인의식을 가지게 되었고, 천석꾼, 만석꾼이 부럽지 않았다.

돌배 영감은 자신의 논 한 마지기를 가진 뒤로 생각도 마음도 영혼도 그 땅에 심었다. 그는 흙장난을 좋아하는 어린아이처럼 매일 눈만 뜨면 자신의 땅에 들어가 살았다. 땅을 떠난다는 것은 뿌리 뽑힌 나무와 같다고 생각했다. 누가 밥 한 사발을 달라면 줄 수 있어도 흙 한 사발을 달라는 말은 어림없는 소리다. 김을 맬 때 풀뿌리에 엉겨 붙은 흙을 탈탈 털어 낸 뒤 버렸다. 장마에 흘러내린 흙은 도로 긁어 들였다. 돌배 영감은 상전이 시키는 대로 농사짓는 종이 아니라 당당한 지주로서 스스로 날을 잡아 땅을 갈고, 파종하고, 거름 주고, 김매고, 거둬들여 자신의 곳간에 차곡차곡 들여쌓는 주인이다. 곳간 열쇠를 쥔 복골댁도 주인이다. 부모가 주인이면 자식도 주인이다. 누구네 집 종이 아니고, 종의 여편네가 아니고, 종의 자식이 아닌 것을 땅이 증명해 주었다. 한 해 농사가 흉작이어도 땅을 탓하지 않았다. 자기 땅에 들어가 있으면 그날이 첫날처럼 몇 년이 흘러도 하루만 같았다.

돌배 영감이 처음 농지를 매입할 당시만 해도 농지에 마차는 고사하고 손수레조차 다닐 수 없었다. 부모 없이는 살아도 소 없이 못 산다고 했던 그 시대는 소를 몰고 다니며 농사를 지었기에 천석꾼, 만석꾼이라도 직접 농사를 지을 수 없는 먼 거리의 농지는 아예 넘보지 않았다. 원골 사람들은 주변의 땅을 불가사리가 쇠를 먹어 치우듯 나오는 족족 사들였다. 가뭄과 장마로 흉년이 든 이듬해 마을 사람들이 보릿고개에 원골로 장리쌀을 얻으러 가면 그들은 곳간 문을 잠가 놓고 이렇게 말했다.

"장리쌀은 줄 수 읎으니께 땅을 팔어."

땅을 두고 굶어 죽을 수 없어 그것도 그들이 주겠다는 헐값에 꼼짝없이 팔아넘길 수밖에 없었다. 땅이 원골 사람들 손에 한 번 들어가면 그들이 죽어도 대물림되면 되었지 매물로 나오지 않았다.

세월이 지난 뒤 모든 땅은 야금야금 원골 사람들의 손으로 넘어가고 주변 농민들은 빈털터리가 되어 도로 그들의 문전을 기웃거리며 소작을 부치며 날품팔이를 해야 했다. 소작인들은 소작을 부쳐도 소작료가 높아 소작을 벗어날 수 없었다. 보릿고개에 지주의 곳간은 차고 넘치는데 1년 동안 뼈 빠지게 농사지은 소작인의 집엔 쌀 한 톨 없다. 지주는 소작을 주어도 한 사람에게 몰아주지 않았다. 한 사람에게 소작을 몰아주면 그가 지주가 될 수 있고 지주가 되면 소작 부치는 사람이 없어지기 때문이다. 장리쌀을 주어도 가마니로 주지 않았다. 장리쌀을 가마니로 주면 갖고 달아날까 봐 먹는 대로 가져가라며 두서너 말씩 줬다. 소작인은 다람쥐 쳇바퀴 돌 듯 지주의 장리를 얻어먹고 소작을 부치며 높은 소작료를 내야 했다. 아니 말이 소작인이지 지주의 종노릇을 해야 했다.

생전에 장리에서 벗어날 수 없고 종노릇 면할 길이 없다는 것을 깨달은 소작인은 야반도주하거나 아주 깊은 산속으로 들어가 화전을 일궈 먹고살았다. 아마 그래서 부자 한 집이 생기려면 열 동네가 망한다는 말이 생겼나 보다.

시대가 바뀌어 마을길도 넓어졌고, 대단지 농지 주변으로 농로가 새로 나고 자동차로 이동하다 보니 거리 불문하고 알짜배기 땅은 농부가 아닌 돈 있는 사람의 것이 되어 갔다. 땅은 사 두기만 하면 값이 올랐다. 논을 사도 오르고, 밭을 사도 오르고, 산을 사 두어도 올랐다. 농지는 씨앗을 심어 농산물을 생산하는 게 아니라 돈을 심어 돈을 열 배, 백 배 수확하는 투기장이 되었다. 그들은 하나같이 말했다. 돈을 땅에 묻어 놓으라고. 물밀듯이 몰려드는 도시 자본 앞에 농촌 자본은 자본이랄 것도 없이 지리멸렬했다. 해가 더할수록 농촌의 땅값은 투기꾼들이 올려놓아 농사꾼들은 땅 살 엄두도 낼 수 없게 되었다. 농민들은 땅 한 평 늘리지 못하고 이미 가지고 있던 땅에 농사지어 먹으며 근근이 살아간다.

일제네 농막으로 들어가는 길 양쪽 밭으로 눈에 익은 산밤나무가 눈에 들어오자 산사태로 무너져 내린 묘지에서 쓸려 나온 아내와 선돌이 시신이 떠오르며 정신이 아득해지고 다리가 후들후들 떨렸다. 쇠심줄만큼이나 질긴 게 사람의 목숨인 줄 알았는데 자식 놈은 어찌 그리 허망하게 세상을 떠났는지.

돌배 영감은 무너지듯 일제네 농막 마당가에 털썩 주저앉았다. 펄럭펄럭 빨랫줄에 널어놓은 빨래가 바람에 펄럭였다. 마당가에 개장도 닭장도 있는데 개도 닭도 보이지 않았다. 농부를 알려면 그가 쓰는 연장을 보라고 했다. 농부의 연장은 농부의 거울이라고도 했다. 참 농부의 연장은 녹슬 새가 없고 연장 자루는 닳고 닳아 반들반들했다. 일제네 농막 추녀 밑에 시뻘겋게 녹슨 채로 걸려 있는 낫, 호미, 괭이, 쇠스랑이 눈에 띄었다. 그것들은 마치 카페 천장에 붙여 놓은 한옥 문짝처럼 보였다.

추녀 밑에 세워 놓은 대나무 빗자루 끝에 허연 거미줄이 쳐 있다. 부엌문 앞에 잡풀이 길게 자랐다. 등 뒤에서 까치 한 쌍이 바람에 날리듯 날아와 농막 뒤로 빨려들듯 사라졌다. 검은 고양이가 밤나무 밑에서 마당으로 살얼음 딛듯 사부작사부작 걸어오다 돌배 영감과 눈이 마주치자 오도카니 앉아 사람을 처음 본다는 듯 말똥말똥 쳐다봤다. 고양이는 돌배 영감에게서 전혀 위협을 느끼지 못했는지 앞발로 콧등을 두어 번 문지르고 이내 개장 뒤로 사라졌다. 단지 밖에서 농민들이 현수막을 내걸고 산단 유치 결사반대 구호를 외치는데 이미 보상에 들어간 단지 안은 적막했다.

현수에게 갔던 석철이 한참 만에 돌아왔다. 돌배 영감이 지나가는 말처럼 물었다.

"마당에 빨래가 걸린 걸 보니께 농막에 누가 살긴 살었던개 벼?"

석철이 시큰둥한 목소리로 대답했다.

"살긴 누가 살어유? 저 빨래는 현수가 입던 작업복을 널어놓은 거구유. 저기 마당가에 있는 개장두 닭장두 현수네 있던 거 가져다 놓은 거래유. 개장 안에 그들먹허게 싸질러 놓은 개똥두 현수네 개가 싸지른 걸 치우지 않구 그대루 갖다 놓은 거라니께 말 다 했쥬 뭐."

농지 수천여 평을 사들여 산밤나무를 캐다 빽빽하게 심은 것도 모자라 농막을 짓고, 우물을 파고, 관정을 뚫고, 빨래를 널어놓고, 닭장, 개장에 개똥까지 그대로 있다. 개똥은 돌덩이처럼 굳었고, 빨랫줄에 널어놓은 검정 빨래가 희읍스름하게 바랬다.

돌배 영감은 시장통에 내려 준 정수 어머니와 장짐을 떠올리며 무엇에 홀린 듯했다. 어찌 같은 하늘 아래 이럴 수가 있나.

석철이 돌배 영감 옆으로 털썩 주저앉으며 뜬금없는 얘기를 불쑥 꺼냈다.

"이 땅 팔어 먹은 사람은 얼마 전에 농약 먹구 죽었대유."

돌배 영감이 눈을 번쩍 뜨며 물었다.

"농약을 먹다니. 아니 왜?"

돌배 영감은 자식과 아내를 연이어 잃은 뒤로 죽는다는 말만 들어도 가슴이 덜컥 내려앉았다. 석철이 한숨을 쉬며 말했다.

"왜는 왜겠슈. 돈 때문이쥬."

석철이 얘기를 듣고 있던 돌배 영감이 퉁명스럽게 툭 내뱉었다.

"이 사람아, 돈 때문에 죽을 것 같으면 세상 사람 남어 나겠어?"

석철이 돌배 영감 옆으로 털썩 주저앉으며 현수에게 들은 이야기를 털어놨다.

"그러니께 이곳 대장리 일대 농사꾼들은 너 나 헐 거 읎이 지지리두 가난허니께 자식들은 모두 도시루 나갈 수밖에 읎었쥬. 자식들이 집을 나간 뒤루 나이 많은 농사꾼들이 농사를 지으려구 해두 힘에 부쳐 다 지을 수 읎으니께, 겨우 먹구살 만큼만 짓구 나머지는 그냥 묵어 나자빠지는 거쥬. 농지를 묵혀 두는 것두 한두 해지 여러 해 묵히다 보면 잡풀이나 잡목이 우거지구 칡덩굴 가시덩굴이 서루 얽히구설켜 다시 농사를 지으려면 개간을 해야 허는디, 그게 여간 힘든 게 아니잖어유. 그렇다구 그걸 부동산에 내놔 봐야 논두 아니구 밭두 아닌 어정쩡헌 농지를 누가 거들떠나 보겠슈.

이러지두 저러지두 못허구 그저 아침저녁으루 쳐다보며 속만 부글부글 끓는디 어느 날 거간꾼이 찾어와 그 땅을 팔라구 허더래유. 그때는 꿈이냐 생시냐 했겠쥬. 더욱이 주변 시세보다 몇 푼 더 쳐 준다니께 얼씨구나 허구 홀딱 팔어 치웠쥬. 땅을 판 이듬해 대장리 일대루 거간꾼들이 드나들면서 토지 거래가 본격적으루 이뤄졌는디 하루가 다르게 땅값이 천정부지루 치솟는 거쥬. 나중에 석남읍 일대에 국가산단이 들어간다구 신문과 방송에서 발표했을 땐 이미 땅값이 열 배, 백 배 오른 뒤였슈.

그 바람에 도시에 나간 뒤루 콧빼기두 디밀지 않던 자식들이 신문과 방송을 보구설랑 득달같이 달려와 땅을 팔려구 했는디 이미 애비가 홀랑 팔어 치운 걸 알구부터 부자지간이 웬수지간처럼 싸우는 거쥬. 그도 그럴 것이 자식 놈은 시골서 배운 것두 가진 것두 읎이 도시루 나가 남들처럼 번듯헌 직장 하나 못 잡구 영세한 하청업자 작업장 맨 밑바닥에서 언제 죽을지두 모르는 위험천만헌 일을 해 가며 온갖 설움과 괄시를 받다가 대장리, 판교리, 백현리 일대 땅값이 천정부지루 치솟자 백만장자의 꿈을 안구 집으루 한걸음에 달려왔는디, 애비가 땅값이 오르기 전에 홀딱 팔아 치운 걸 알었을 때 그 절망감이 얼마나 컸겄슈.

그렇지 않어두 애비는 하늘이 돕고 조상님 덕으루 땅을 판 줄 알었는디 팔구 나니께 산단이 들어온다, 배후도시를 건설한다, 아파트를 짓는다, 상가가 들어선다면서 땅값이 열 배, 백 배 치솟자 하루하루 속을 쇠갈퀴로 긁어대는 거맹키루 쓰리구 아픈디, 명절 때조차 코빼기 한 번 디밀지 않던 자식들이 갑자기 나타나 상처 입은 짐승처럼 대장리 땅을 안 팔구 가지구 있었으면 돈벼락 맞었을 거라구, 왜 아부지 마음대루 팔었느냐구 미치구 환장헌 놈처럼 눈깔을 벌겋게 까뒤집구 바락바락 악을 쓰며 대드니 '에이, 똥보다두 더 드러운 늬므 세상 더 살어 뭐 허나' 허구 농약을 훌쩍 마시구 세상을 하직헌 거쥬. 이 땅 팔어 먹은 사람 말구두 그렇기 농약 먹구 죽은 사람이 또 있대유. 그러니께 뭐니 뭐니 해두 강아지두 안 처먹는 그 드럽구 드런 놈의 돈이 웬수 아니겄슈?"

돌배 영감이 혀를 끌끌 차며 말했다.

"자네는 아무 상관읎다더니 왜 그렇기 화를 내구 그려?"

석철이 잠시 생각하더니 볼멘소리로 말했다.

"글쎄유. 그건 내 일이 아니라는 생각을 허다가두 남의 일 같지 않구 자꾸 화가 나구 불끈불끈 분노가 치밀어유."

돌배 영감이 석철의 속마음을 알겠다는 듯이 고개를 끄덕이며 말했다.

"그려. 이 세상일들이 모두 남의 일 같으면서두 그게 남의 일이 아니니께 그런 겨."

돌배 영감은 늙은 아비가 농사지을 수 없어 묵히던 땅을 팔아 치운 것은 잘못한 게 아니라고 자신이라도 그렇게 했을 것이라는 생각이 들었다. 고향 떠난 자식이 돌아와 농사지어 먹고살 수 없을 것이라고, 자식이 아이들 공부시키며 먹고살 만큼 땅을 가지고 있었다면 애당초 도시로 나가지 않았을 거라고, 아비가 죽으면 자식이 돌아와 땅을 팔아야 하는데 농촌 물정에 어두워 그나마 헐값에 팔아 치울 수밖에 없을 거라고 판단했기 때문이다. 다만 아버지가 도시로 나간 자식에게 알리지 않고 땅을 팔고 고향을 떠난 자식이 명절 때조차 오지 못한 것은 가족의 문제이긴 하나 대부분 농촌 가족들이 그렇게들 산다.

해마다 명절이 오면 원골은 고급승용차가 뻰질나게 들락거린다. 도시에 나가 크게 출세한 자식들이 내려오는 게 아니라 승용차와 비서를 보내 부모님을 모셔 가기 때문이다. 대치골 사람들은 명절이 돌아오면 버스정류장에 나가 온종일 눈 빠지게 자식들 기다리다 막차를 보내고 대부분 혼자 돌아온다. 명절 때마다 허탕 치다 보면 남들이 보는 눈이 부담스러워 집 안에서 방문을 열어 놓고 멀거니 대문만 바라본다. 부모는 제대로 배우지 못하고 가진 것 없이 도시로 나간 자식이 더럽고, 힘들고, 위험하고, 남이 쉴 때 쉴 수 없는 일을 해가며 근근이 살아가고 있으니 마음은 굴뚝같아도 오도 가도 못 한다.

석철이 일제네 농막을 빠져나오는데 어디선가 사이렌 소리가 났다. 사이렌 소리는 점점 크게 들렸다. 석철이 대장리 입구에 도착했을 때 구조대원들이 시위 현장에서 119 구급차에 환자를 싣고 있었다. 잠시 뒤 119 구급차가 사이렌을 울리며 시위 현장을 빠져나갔다. 석철이 유리문을 내리고 무슨 일이냐고 물었다. '시위 중에 노인이 쓰러졌다'고, '석남읍 구급차는 출동하여 다른 지역 구급차가 왔다'고, '시간이 많이 지체되어 걱정된다'고 쉰 목소리로 말했다. 시위 현장에 시위하는 사람들 말고는 아무도 없었다.

대장리를 빠져나온 석철이 시장통으로 들어갔다. 장터는 한낮인데도 파장처럼 썰렁했다. 정수 어머니는 마수걸이도 못 했는지 장짐이 아침에 내려놓은 그대로였다. 석철은 주유소에 다녀오겠다며 돌배 영감을 내려 주었다.

예전엔 너나없이 장날 장에 가는 재미로 산다고 장날이 없으면 무슨 재미로 사느냐고 했다.

그도 그럴 것이 장날이면 약장수가 장터를 부숴 버릴 듯 북 치고, 장구 치고, 꽹과리 치고, 여가수가 잘록한 허리에 흐벅진 엉덩이를 우 삼삼 좌 삼삼 살랑살랑 돌리며 유행가 가락을 간드러지게 불러 젖히고, 만담에 재담에 기기묘묘한 익살에 구경꾼들 배꼽이 쏙 빠지도록 헬렐레 웃겨 놓은 뒤 약장수는 약 팔고, 소매치기는 호주머니 털어 가고, 햇볕은 쨍쨍 내리쬐고, 땀에 전 수건으로 머리를 질끈 동여맨 엿장수가 가위를 철커덕철커덕 쳐대며 장타령을 구성지게 뽑아대고, 장꾼들이 웅성웅성 웅성거리며 엿치기를 하고, 이긴 놈이 엿판을 돌며 덩실덩실 춤을 추고, 윷판이 신명나게 벌어지고, 인생은 도 아니면 모라고 고래고래 소리 지르고, 옳다 개다, 개 잡아라, 돼지 업어라, 걸로 달아나라, 윷이다, 한 번 더 던지라고 소리치고, 야바위꾼이 흘끔흘끔 장꾼들 눈치 봐 가며 맞으면 다섯 배라고, 돈 놓고 돈 먹기라고 외치며 숫자가 적힌 팽이를 엄지와 검지로 배배 비벼 돌리며 사기 치고, 대낮에 눈 벌겋게 뜨고 사기당하고, 맞을 듯 맞을 듯 맞을 거 같은데 우라질 놈의 팽이가 우라지게 안 맞고, 내기 장기 두다 장기판을 훌떡 엎어 버리고 벌떡 일어나 훈수꾼 멱살을 움켜잡고, 중국의 8대 기서를 달달 외운다는 이야기꾼은 구름처럼 모여든 장꾼들에게 이야기를 들려주다 절정에 이르러 갑자기 이야기를 뚝 끊은 뒤 쓰고 있던 모자를 훌떡 벗어 들고 장내를 돌아다니며 푼돈 거두고, 솥땜장이 불 피우며 솥 때우고, 신기료장수 쪼그리고 앉아 신발 꿰매고, 칼갈이꾼 숫돌에 엉덩이를 들썩이며 칼 갈고, 장짐을 가득 실은 손수레꾼이 '비켜유. 얼릉 비켜유. 짐이유 짐' 소리치며 삐거덕삐거덕 지나가고, 솜사탕이 체머리 흔들듯 빙글빙글 돌아가며 눈덩이처럼 불어나고, 아이는 솜사탕 사 달라고 어미 치맛자락 잡아당기며 떼쓰고, 어미는 다음 장에 꼭 사주겠다고 달래는데, 느닷없이 '뻥 이요 뻥' 하고 뻥튀기하고, 만개한 벚꽃이 봄바람에 흩날리듯 사방으로 튀밥이 날아가고, 조무래기들이 튀밥 따라 우르르 몰려다니고, 강아지가 땅바닥에 코를 처박고 킁킁거리며 싸돌아다니고, 쇠전에서 송아지가 강제로 끌려 나오며 '음매애 음매애' 애타게 어미를 부르고, 어디선가 시도 때도 모르는 낮닭이 청승맞게 울고, 가마솥에선 시래기국밥이 속을 훌렁훌렁 뒤집으며 펄펄 끓고, 국밥집 아주머니가 문턱을 넘어서는 장꾼 괴춤을 움켜잡고 장마다 외상은 안된다고 국밥 장사는 흙 파서 하는 줄 아느냐며 다시 끌어들이고, 엉덩이가 푸짐한 밥집 아주머니가 밥그릇 국그릇 반찬 그릇 젓가락 숟가락을 빈자리 없이 빡빡하게 차린 쟁반을 경주 불국사 석가탑보다 더 층층이 포개 머리에 이고 장터거리를 요리 씰룩 조리 씰룩 잘도 누비고, 땅딸막한 배불뚝이 아줌마가 젓 냄새를 풀풀 풍기며 걸걸한 목소리로 냅다 젓 사시유 젓을 사, 새우젓, 오젓, 육젓, 추젓, 토하젓, 돈배젓, 게젓, 어리굴젓, 대구아가미젓, 진석화젓, 중하새우젓, 해삼창자젓, 조기속젓, 명란젓, 창란젓, 오징어젓, 낙지젓, 꼴뚜기젓, 한치젓, 멸치젓, 꽁치젓, 갈치젓, 풀치젓, 전어젓, 밴댕이젓, 황석어젓, 청어알젓, 까나리젓, 곤쟁이젓, 가리비젓, 멍게젓, 성게알젓, 쫄깃쫄깃 탱글탱글 짭쪼름헌 속초 갈치속젓부터 새벽 댓바람에 비행기 타구 날어온 제주도 자리젓까지 하여튼 처녀 젖 빼구 젓이라는 젓은 다 있으니께 거기 서 있는 아저씨 마른 입맛만 쩍쩍 다시지 말구 얼릉얼릉, 싸게싸게, 빨랑빨랑 이리와 이것 좀 맛보지유, 그러곤 이쑤시개로 어리굴젓 한 점을 콕 찍어 입에 넣어 주고, 생선 장사가 '떨이요, 떨이' 외치는 소리가 새색시 방귀 뀌듯 목구멍에서 사라질 땐 해가 서산으로 뉘엿뉘엿 넘어가는 파장이었다.

돌배 영감은 장마당 안에 있는 철물점에 들어가 달랑 쇠스랑 한 개를 사 들고 장터거리를 갈지자걸음으로 시부적시부적 걸어 나왔다. 예전엔 빈 몸으로 다니기조차 힘들던 시장바닥을 석철이 자동차를 몰고 거침없이 들어왔다. 돌배 영감이 쇠스랑을 짐칸에 던져 놓고 올라타자 석철이 말했다.

"즘심때두 얼추 되었는디 국밥 한 그릇 잡숫구 가시쥬?"

돌배 영감이 소태 씹은 얼굴로 말했다.

"나 즘심 생각 읎어. 입맛, 밥맛, 살맛까지 아주 뚝 떨어졌는디 뭐."

석철이 서서히 출발하며 말했다.

"아이구! 참. 그늠들은 그늠들이구 우리는 우리쥬. 영란 법인가 광란 법인가를 달구 댕기는 늠들이 뜨끈뜨끈헌 국밥 한 그릇의 행복을 알겄슈?"

돌배 영감이 한숨을 후우 내쉬며 말했다.

"실상은 그러리."

석철이 맞장구를 쳤다.

"그러믄유. 참새가 어티기 방앗간을 그냥 지나간대유. 오늘 거튼 날은 입맛이 읎으시면 막걸리라두 한잔허셔야쥬."

돌배 영감이 더는 말이 없자 석철이 시장통 안에 있는 장터국밥집으로 차를 몰았다. 장터국밥집은 돌배 영감의 30여 년 단골 식당이었다. 물론 장날마다 장에 가는 것도 아니고 갈 때마다 들르는 것은 아니지만, 갈 일이 생기면 다른 집은 안 가고 꼭 장터국밥집으로 갔다. 점심 먹기에 좀 이른 시간이라 그런지 예닐곱 개의 식탁이 모두 텅 비어 있었다. 주방에서 빼꼼히 내다보던 은산댁이 밖으로 쪼르르 나오며 호들갑을 떨었다.

"아이구! 영감님이 오늘은 무슨 바람이 불었댜. 내일은 해가 서쪽이서 뜨겄슈."

은산댁은 6·25 전쟁에 남편을 잃고 시부모가 하던 장터국밥집을 물려받아 3대째 이어오고 있다. 돌배 영감이 은산댁을 뜨악하게 바라보며 말했다.

"그사이에 누가 댕겨갔나. 은산댁 얼굴이 달덩이처럼 활짝 폈네그려."

은산댁이 돌배 영감 옆구리를 쿡 찌르며 말했다.

"세상에 이렇기 주름진 달덩이두 있슈. 영감님 기다리다 눈 빠질 뻔했구먼."

돌배 영감이 허허 웃으며 한마디 툭 던졌다.

"왜 영영 못 볼깨비?"

은산댁이 돌배 영감을 나무라듯 말했다.

"으이구 망칙헌 소리. 하두 안 오시기에 워디가 아프신가 했쥬."

시골 국밥집은 뜨내기손님은 별로 없다. 사람의 입맛은 쉬이 바뀌지 않아 한 번 단골은 영원한 단골이 되었다. 은산댁이 젊었을 땐 남편 없이 시부모 모시고 자식들에게 신경 쓰며 먹고살기 바빠 누가 오면 오는가 보다 가면 가는가 보다 했다. 나이가 든 뒤로 어려울 때 먹고살게 해 준 단골손님들을 생각하면 할수록 새록새록 고맙고, 그들의 발길이 뜸하면 어디가 아픈가, 혹시 잘못된 건 아닌가 하는 걱정이 앞섰다. 단골손님이 끝끝내 오지 않고 하나둘 세상을 떠났다는 소식을 들으면 자신이 늦가을 고목처럼 느껴지기도 했다.

석철이 음식을 주문했다.

"여기 국밥 두 그릇허구 우선·막걸리부터 한 병 줘유?"

돌배 영감은 석철이 따르는 술잔을 받으며 물었다.

"요즈음 원유 가격이 떨어진다구 허던디 기름값은 좀 떨어졌어?"

석철이 술잔을 채우며 투덜거렸다.

"아직두 예전 가격 그대루유. 기름값 올릴 때는 번개처럼 올리구 떨어질 땐 굼벵이처럼 내리거든유."

돌배 영감이 이해할 수 없다는 듯이 고개를 갸웃거리며 말했다.

"내가 뭘 모르는지는 몰러두 주유소 기름은 끊임읎이 돌구 도니께 원유 가격이 오르거나 내리면 그때마다 올리거나 내리는 게 상식이잖어. 올리든 내리든 항상 이문은 붙여 파니께."

석철이 말했다.

"기름탱크 재구 때문에 그렇다는디, 이늬므 세상이 어디 상식이 통허는 세상인가유."

이야기 중에 은산댁이 국밥을 내왔다. 돌배 영감이 은산댁에게 말했다.

"풍산철물점 옆댕이 문금옥은 문 닫은 겨? 오다 보니께 장사 안 허는 집 같던디."

은산댁은 다른 손님이 없자 돌배 영감 옆자리에 너부죽한 엉덩이를 내려놓으며 말했다.

"거기 문 닫은 지가 언젠디유. 나는 우리 아들이 농사지은 거 갖다 쓰구 내 집에서 내가 직접 허니께 그냥저냥 버텨 내지 그렇지 않었으면 나두 벌써 문 닫었을 규."

돌배 영감이 석철이 따라 주는 막걸리를 받으며 말했다.

"많이 힘들겄구먼."

은산댁이 텅 빈 홀을 둘러보며 말했다.

"아이구! 말두 마유. 그 빌어먹을 대형마튼가 뭔가 거기서 농산물, 축산물, 수산물은 물론 동네 철물점에서 파는 온갖 공산품까지 죄다 팔잖어유. 심지어 걸레, 장갑, 빗자루, 떡볶이, 순대, 김밥, 빵, 피자, 통닭, 한식, 일식, 양식, 중식까지 눈 벌겋게 까뒤집구 인정사정 볼 것 읎이 팔어 젖히는디유 뭐. 그래두 예전엔 코흘리개두 장터 구경을 못 해 안달했는디, 요즘 애들은 이십사신가 이십오신가 하여튼 편의점에 댕기지 전통시장은 안 가는 게 아니라 숫제 피해 댕겨유. 그러니 우리에게 무슨 희망이 있겠슈. 쥐꼬리만 헌 희망이라두 보인다면야 어티기든 버텨 보겠는디, 도무지 희망이 보이지 않어유. 길가에 목 좋은 디나 하루하루 버텨 내지 뒷골목마다 쪼로니 들어섰던 가게들은 거지반 문을 닫었는디 그걸 워티기 말루 다 헌대유. 그나저나 영감님은 왜 국밥은 한 숟가락도 안 드시구 자꾸 막걸리만 마신댜. 국밥 다 식는구먼."

은산댁이 직접 국밥을 말아 줘도 돌배 영감은 수저는 안 들고 막걸리 잔을 비우며 말했다.

"그래두 대장리에 산단 들어오면 은산댁은 돈벼락 맞을 텐디 뭐."

은산댁이 눈을 치켜뜨며 쐐기 박듯 잘라 말했다.

"산단이 들어오면 지는 그날루 문 닫을 규."

돌배 영감이 술잔을 기울이다 말고 뜨악한 표정으로 말했다.

"아니 왜?"

은산댁이 체머리 흔들듯 머리를 흔들며 입을 열었다.

"우리야 입맛 장사를 허는디 밥맛 찾어댕기는 사람들이 국밥을 쳐다보기나 허겄슈?"

돌배 영감은 여전히 모르겠다는 듯 멀뚱멀뚱한 눈으로 은산댁을 바라보며 말했다.

"그게 뭔 말여. 나는 도통 못 알어듣겄는디?"

은산댁이 한숨 끝에 심란한 표정으로 말했다.

"산단에 외지인들이 천 명이 오든 만 명이 오든 초록은 동색이라구 그들은 끼리끼리 구내식당이나 구내상점을 이용허구 더 필요헌 게 있으면 대형마트루 가겄쥬. 농촌 사람들두 좋아허지 않는 전통시장엘 가겄슈, 국밥집을 오겄슈? 춘향이 가면 향단이 따러가딕기 산단 주변으루 거기에 걸맞은 자본가들이 파리 떼처럼 달려들어 현대식 건물을 새루 짓구 문을 열면 오던 손님들마저 그리루 가겄쥬.

우리같이 몸으루 벌어먹구 사는 졸때기 자영업자들은 평생 자본에 눌려 허리 한 번 펴 보지 못허구 점점 쪼그러들다 쪽박 차기 십상이쥬 뭐."

돌배 영감이 안주로 김치 쪼가리를 입에 넣고 우물거리며 말했다.

"그래두 대형마트는 한 달에 이틀은 문을 닫는다며? 그러면 좀 낫잖어?"

돌배 영감은 낮술에 취했는지 눈치 없이 은산댁 부아를 돋우는 말만 골라 했다. 은산댁이 붉으락푸르락한 얼굴로 말했다.

"아이구! 참, 영감님두 오늘따라 뭘 잘못 드셨나 왜 이러신댜! 남 복장 터져 죽는 줄 모르구. 아니 그들이 자동차가 읎슈? 냉장고가 읎슈? 대형마트가 아예 문을 닫는 것두 아니구 한 달에 겨우 첫째 주와 넷째 주 일요일을 정해 놓구 문을 닫는디, 그들이 전통시장을 가겄슈? 국밥집에 오겄슈? 어쩌다 사정이 있어 가는 사람두 더러 있겄지만 그건 풍요로운 황금 들판을 쳐다보다 깡그리 걷어 간 빈 논에 들어가 이삭 줍는 거나 뭐가 다르겄슈. 으이구, 터져터져, 속 터져, 이늬므 속을 누가 알어주겄슈."

장꾼 서너 명이 들어왔다. 은산댁이 벌떡 일어나 그들의 주문을 받아 들고 주방으로 들어갔다. 돌배 영감은 석철과 국밥집을 나왔다. 석철이 말했다.

"가는 질에 신문보급소에 들렀다 가셔야쥬?"

"으응. 그려."

석철이 차를 세우자 돌배 영감이 신문보급소에 들어가 신문을 안고 나왔다. 신문은 돌배 영감이 말 안 해도 석철이든 성갑이든 읍내에 나갈 일이 있으면 누구나 보급소에 들러 찾아왔다.

석철은 돌배 영감을 대문 앞에 내려 주었다. 석철을 보내고 마루에 올라앉은 돌배 영감은 신문을 펴 들었다. 정부가 그동안 부동산 투기 사건 수사 결과를 발표했다.

정부는 늘 그랬듯이, 건국 이래 최대의 불법 부동산투기를 뿌리 뽑기 위해 법과 원칙에 따라 성역 없는 수사를 하겠다며 이름도 거창한 '정부합동 특별수사본부'를 설치하고 전문인력을 총동원하여 여야 국회의원, 장·차관급 관료들, 정부산하기관 고위층, 기업인 등 6,000여 명을 수사했다. 그들 중 4,000여 명(구속 64명)을 검찰로 송치했는데, 그 안에 공직자가 600여 명이고 공직자 친인척이 200여 명이었다고 발표했다. 미꾸라지 한 마리가 한강 물을 다 흐린다고 수천여 명의 투기자들이 전 국토를 부동산 투기장으로 만들어 놓았다.

돌배 영감은 신문을 내려놓으며 '태산명동(泰山鳴動) 서일필(鼠一匹)'이고, '용두사미'(龍頭蛇尾)라며 고개를 무겁게 저었다.

부동산투기자 명단에 일제와 일산이 사위는 물론 원골 사람들은 들어가 있지 않았다. 오뉴월 똥통에 거꾸로 처박아도 시원찮을 그놈들은 개발계획이 세상에 나오기 전 '제 논에 물 대듯' 투기하여 아예 법망에 걸려들지 않았다. 법망에 걸려든 놈들은 언제나 막차 탄 피라미들이었다.

선장들

농촌 외국인인력사무소의 외국인 근로자 명단에 네팔인, 태국인, 중국인, 베트남인이 있었다. 성갑은 계절노동자로 베트남 부부를 선택했다. 남편 이름은 '씽라이'고 아내 이름은 '바비엄'이다. 본격적으로 비닐하우스 농사를 지으려면 고정 인부가 필요하기 때문이다. 인력사무소 소장이 말했다. 공동생활을 하며 출퇴근하는 일용직은 일당을 많이 주는 곳으로 먼저 가기 때문에 낭패를 볼 수 있다고. 계절노동자는 일당으로 지급하는 것이 아니라 월급으로 주는 조건이기 때문에 근로자 마음대로 결근하거나 일자리를 옮길 수 없다고.

'베트남' 하면 성갑이 뇌리에 언뜻 떠오르는 것은 월남전이고, 맹호부대다. 성갑이 사촌 형은 맹호부대로 참전했다가 출국한 지 1개월여 만에 전사했다. 수많은 전사자와 팔을 잃고, 지뢰를 밟아 발목을 잃었다. 고엽제 피해자도 있고, 허리를 다쳐 휠체어를 타고 다니는 상이용사도 적지 않다. 월남 전쟁터로 보내는 마음도 떠나는 마음도 이기고 돌아오라고, 무찌르고 돌아오겠다고, 비장하게 떠났지만 졌다. 전쟁에서 지고 역사에서도 졌다.

한국과 베트남의 어두웠던 관계는 세월이 가면서 조금씩 달라지고 있다. 성갑은 동갑내기들과 부부 동반으로 베트남 여행을 갔다. 현지 가이드는 두 명이었는데 한 명은 한국인이고 다른 한 명은 베트남인이었다. 베트남인 가이드가 한국말을 하도 잘해 물어보았다. 도대체 한국관광회사에 몇 년을 근무했기에 한국말을 그렇게 잘하느냐고. 그는 뜻밖에 한국의 명문대 국어국문학과를 나온 학사였다. 그는 여행을 좋아해 장래 여행사를 차리는 게 꿈이라고 했다. 현지 해설은 주로 한국인 가이드가 했는데, 민감한 부분은 즉석에서 베트남인 가이드의 견해를 묻기도 했다.

베트남이 개방정책을 펴고 한국과 우호적인 관계로 발전하면서 우리 정부가 우리 돈으로 베트남에 학교를 지어 주고 우물을 파 줄 때 그들은 병 주고 약 주느냐는 듯 시큰둥한 반응이었다고, 베트남 관광 초기엔 우리 관광객들이 환영받지 못했다고 했다. 베트남 국민이 한국을 다시 보게 된 건, 우리 기업인이 베트남에 들어가 투자를 하고 일자리를 제공하며 많은 젊은이에게 꿈과 희망을 주면서였다고 했다. 한국 젊은이들에게 '세계는 넓고 할 일은 많다'고 했던 김우중 대우 회장은 베트남에서 살아 있는 경영의 신으로 추앙받고 있었다. 그 뒤로 우리 기업이 베트남으로 많이 들어갔다.

성갑이 베트남에 갔을 때는 마치 서울을 옮겨 놓은 듯 우리 기업들의 간판이 즐비했고, 출퇴근 시간이면 오토바이와 자전거가 쏟아져 나오는 거리에, 회사명과 목적지를 한글로 표시한 한국 기업의 출퇴근 버스가 줄을 이었다. 성갑이 길을 가다 잠시 멈춰 서 있는 동안에도 여기저기 눈에 띄는 자동차는 한국산이고 상점 안에 한국상품이 차고 넘쳤다. 베트남 관광지 어디를 가도 한국인을 만날 수 있었고 한국의 어딘가 싶게 한국인들의 말소리가 들렸다.

한국 축구 국가대표팀 감독이던 박항서 감독이 베트남 축구 국가대표팀 감독으로 취임한 뒤 승승장구하면서 베트남 국민의 영웅으로 떠올랐다. 가이드가 말했다. 베트남에서 박항서 모르면 간첩이라고. 성갑이 동갑내기 중에 박준서가 있다. 성갑이 일행들이 베트남에 도착하자마자 가이드가 여행자 명단을 보고 박준서가 누구냐고 물었다. 준서가 손을 번쩍 들고 앞으로 나서자 가이드가 깜짝 놀라며 '어! 박항서랑 많이 닮았네' 그랬다. 언뜻 보면 까무잡잡한 운동장의 박 감독과 여름 내내 논밭에 들어가 살다시피 하는 준서의 얼굴이 닮았다.

가이드가 우리 관광이 끝나는 하루 전날 베트남과 중국의 축구 국가대표팀 경기가 있다고 그날은 일정을 일찍 마치고 다낭에서 제일 큰 술집에 간다고 했다. 그날 우리가 극장 같은 술집에 도착했을 땐 축구경기장 관중석처럼 먼저 들어가 자리 잡은 손님들로 꽉 차 있었다. 우리는 예약된 자리에 겨우 비집고 들어가 앉았다. 축구경기는 시작되기 전이었으나 중계방송은 진행하고 있었다. 자리에 앉아 바라본 화면에 낯익은 박항서 감독이 보이고 콩나물시루처럼 소복하게 들어찬 관중이 와르르 쏟아질 것만 같았다.

드디어 전반전이 시작되었다. 축구장 관중들과 술집 시청자들이 일진일퇴를 거듭할 때마다 발정 난 야생마처럼 날뛰다가 베트남 선수가 날린 골이 중국 골망을 찌르고 들어가는 순간 박항서 감독보다 먼저 술집 시청자들이 벌떡 일어나 양손을 번쩍 들고 미친 듯이 흔들어대며 소리치고, 옆 사람을 와락 얼싸안고 팔짝팔짝 뛰고, 밖에선 축포가 팡팡 터지고, 안에선 샴페인이 분수처럼 솟구쳐 오르고, 여기저기서 술병 따는 소리가 뻥뻥거리고, 술잔 부딪는 소리가 쨍강거리고, 술집은 순식간에 광란의 도가니가 되었다.

그날의 열기는 2002년 월드컵 경기 때 서울의 모습을 방불케 했다. 광란의 열기는 베트남이 중국을 이기고 끝날 때까지 계속되었다.

축구경기가 끝나고 선수들이 운동장을 빠져나가면서 열기가 식어갈 즈음 한국 가이드가 무대로 나갔다. 그는 여권을 높이 들어 올리며 여기 박항서 동생 박준서가 왔다고 하자, 장내는 일순간 숨이 멎은 듯 고요했다. 사회자가 가이드에게 여권을 넘겨받아 확인하고 박항서 동생이 맞다고 박준서를 무대 위로 불러냈다. 준서가 무대 위에 오르자마자 마치 꺼져가는 불꽃에 기름을 부은 듯 일제히 '와아!' 하고 함성을 내지르며 박수로 환영했다. 박준서는 축구장의 박항서 감독과 쌍둥이처럼 닮아 보였다. 하물며 베트남 사람들의 눈에는 똑같이 보였을 것이다. 무대에 오른 준서가 일요일의 남자 송해 흉내를 내며 '여러분 안녕하세요' 하고 손을 높이 흔들며 인사를 하자 의자에 앉아 있던 주객들이 우르르 몰려나가 준서와 악수하고, 끌어안고, 얼굴을 맞대고, 술잔을 부딪치며 사진 찍기에 바빴다. 사방에서 우리 테이블로 가져다주는 맥주와 안주는 올려놓을 자리가 없을 지경이었다.

그날 성갑이 일행 관광객 24명, 가이드 2명, 운전기사까지 먹은 술값은 모두 무료였다. 축구경기가 있는 날은 식당이나 술집에 들어가 여권에 '박' 자나 '항' 자나 '서' 자만 들어가 있으면 무조건 무료로 환영받는다고 했다. 그날 우리가 숙소로 돌아오는 길에 만나는 현지인들은 활짝 웃는 얼굴로 엄지 척을 보내 주었다.

한 발 더 나가 베트남 젊은이들이 구름처럼 몰려다니며 케이팝 아이돌에 열광한다. 이러한 일들이 일련의 바람이라면 베트남 보트피플 96명을 구조한 한국 원양어선 광명 87호 전제용 선장 이야기가 뒤늦게 언론의 주목을 받으면서 베트남 국민은 물론 전 세계인들의 심금을 울렸다.

성갑은 텔레비전을 보다가 원양어선 선장이 된 전제용을 보며 눈을 의심할 만큼 놀랐다. 성갑이 제용을 만난 건 20여 년 전이었다.

성갑과 제용은 해병대 동기다. 한날 입대하고, 함께 훈련받고, 한 부대서 같이 복무하다 같은 날 한자리에서 전역신고를 했다. 병영에서 성갑과 제용은 아삼륙이었다. 그것은 서로 태어난 고향이 전혀 다르기 때문이라고 생각했다. 제용은 통영 바닷가에서 태어나 자랐고, 성갑은 충청도 깊숙한 내륙에서 태어났다. 그때만 해도 군대는 춥고, 배고프고, 훈련은 고되고, 내무반 생활은 살벌하고, 시간은 더디 가고, 만나면 서로 하는 얘기는 고향 얘기였다. 둘 다 입대하기 전 사회생활 경험이 전혀 없어 더욱 그랬다.

제용은 어린 시절 백사장에 나가 맨발로 뛰어놀고, 조개 캐고, 소라 줍고, 갈매기 쫓아다니고, 수영하고, 항구에 정박한 배에 들어가 숨고, 백사장에 나가 연 날리고, 폭죽 터뜨리고, 배 타고 바다로 나가 낚시질하며 멋진 마도로스 꿈을 키웠다고 했다.

바다는 구경조차 못 하고 시골 농촌에서 자란 성갑은 개울에 들어가 고둥 잡고, 가재 잡고, 피라미 잡고, 물웅덩이에 들어가 멱감고, 나뭇잎이나 종이배 만들어 띄우고, 산으로 들로 쏘다니며 산딸기, 머루, 다래, 으름 따 먹고 겨울에 썰매 타고, 팽이치고, 자치기하고, 바람개비 만들어 논두렁, 밭두렁으로 뛰어다니며 부농의 꿈을 키웠다.

성갑이 제대하는 날 서로 가는 곳이 다른 제용이하고 터미널에서 헤어지며 다시 만나자고 약속했다. 물론 기약 없는 약속이었다. 그때만 해도 성갑이 통영을 가려면 도중에 하룻밤 자고 가야 할 만큼 교통이 너무 불편하여 선뜻 나서지 못했다. 온 마을에 전화기 한 대 없을 만큼 통신 사정도 몹시 열악했다. 성갑은 제대한 뒤 고향으로 돌아와 부농의 꿈을 키우며 열심히 농사를 지었다. 군대에서 고향 얘기했듯이 제대하고 한동안 군대 얘기였다. 그때마다 군 생활을 함께했던 제용이 간절히 보고 싶었지만 결혼하고, 자식 낳고, 농사지으며 살다 보니 군대 얘기도 멀어지고 제용이도 잊어 갔다.

성갑이 한국 원양어선 광명 87호 전제용 선장이 베트남 보트피플 96명을 구조했다는 방송을 시청한 이듬해였다. 해가 바뀌었어도 달로 치면 일곱 달 남짓 지나서였다. 성갑이 논에 들어가 못자리를 하고 있었는데 준호가 헐레벌떡 달려와 집에 손님이 왔다고 했다.

집에는 뜻밖에 제용이 기다리고 있었다. 꿈만 같았다. 성갑은 그날 못자리판 만드는 것을 뒤로 미루고 낮부터 밤늦게까지 이야기를 나누다 잠자리에 들었다. 제용은 한밤이 지나도록 잠을 제대로 이루지 못하고 밤새 뒤척거렸다. 진땀을 줄줄이 흘리며 헛소리를 내지르고 자다 말고 벌떡 일어나 밖으로 뛰쳐나갔다가 한참 만에 들어오기도 했다. 군 생활 동안 한 번도 보지 못한 행동이었다.

다음 날 아침 식사를 마친 뒤 제용이 전날 못 다한 못자리하러 가는 성갑을 따라나섰다. 성갑은 평생 농사일을 해보지 않은 제용에게 논두렁에 앉아 있으라고 했는데도 부득부득 바지를 걷어 올리고 따라 들어와 땀을 뻘뻘 흘리며 도와주었다. 다음 날도, 그다음 날도 제용은 집으로 돌아갈 기미가 전혀 보이지 않았다. 제용이 몸을 움직이며 힘든 일을 하니까 밥맛도 돌아오고, 몸에 힘도 생기고, 잠도 잘 온다며 며칠 더 있어도 되겠느냐고 했다. 성갑은 그때 직감적으로 '아하 제용에게 무슨 일이 있구나!'라는 느낌이 들었다. 그렇지 않고서야 원양어선 선장이고 처자식이 있는 가장이 집을 나와 며칠씩 돌아가지 않을 리가 없어서였다. 그렇다고 돌아가라고 할 수 없어 며칠이 아니라 몇 달을 더 있어도 좋다고 했다.

그날부터 제용은 성갑이 물어도 별일 아니라고 대답을 피하던 베트남 보트피플을 구조하게 된 사연을 마치 군대에서 고향 이야기하듯 털어놓았다.

"남들이 말하길 군대는 휴가라도 있는데 한 번 출항하면 몇 년씩 바다에 떠도는 선장이 뭐가 그리 좋으냐고 하지만 나는 원양어선 선장이라는 직업이 참 좋았어. 어린 시절부터 망망대해를 바라보며 아득히 꾸어 온 꿈이었으니까. 내가 광명 87호 원양어선 선장이 되어 인도양에 들어가 1년여 동안 참치잡이를 마치고 부산항으로 돌아오는 길이었어. 인도양을 빠져나와 말라카 해협을 지나는데 작은 배에서 구조신호를 보내는 거야. 나는 늘 가지고 다니는 망원경으로 확인했지. 작은 목선 갑판 위에 10여 명으로 보이는 베트남 보트피플이었는데 배가 많이 가라앉았더라고. 나는 배가 고장 나 표류 중이라는 것을 직감적으로 느꼈지. 월남이 패망하고 공산화된 뒤 베트남인 수백만 명이 보트피플이 되었고, 그들 중 수십만 명이 배가 침몰하거나 해적에게 납치되어 목숨을 잃었다는 것을 이미 알고 있었거든.

망원경을 내려놓고 바로 본사에 '베트남 보트피플이 탄 작은 목선이 침몰 직전'이라고 '당장 구조해야 한다'고 무전을 쳤지. 본사에서 곧바로 '베트남 보트피플은 관여하지 말라'는 회신이 온 거야. 선장이 바다에서 침몰하는 배를 보고 그냥 지나친다는 것은 상상도 못했던 일이라 참으로 난감했지. 나는 본사에서 당연히 구조하라고 할 줄 알고 속도를 낮추고 목선을 향해 가고 있었거든. 하지만 어쩌겠어. 우리 밥줄을 쥐고 있는 본사에서 하지 말라면 하지 말아야지. 목선을 외면한 채 얼마쯤 가고 있었는데 어마어마한 폭풍우가 몰아쳐 오는데 목선이 침몰하는 것은 시간문제라는 생각이 들면서 도저히 그냥 갈 수 없기에 배를 돌렸지.

아니나 다를까. 내가 직감한 대로 작은 목선인데 엔진 고장으로 표류 중이고 많이 가라앉아 폭풍우가 아니더라도 침몰 직전이더라고. 내가 배를 목선 옆으로 바짝 대고 내려가 보니까 갑판 위에 10여 명이 있었지만 갑판 아래에는 사람이 짐짝처럼 꽉 찼어. 마치 접시를 포개듯 남편 위에 마누라가 앉고, 마누라 위에 큰아이가 앉고, 큰아이 위에 작은아이가 앉았는데 가족이 아닌 사람들도 한 사람 앉을 자리에 너더댓 명이 포개 앉아 사흘 동안 물 한 모금 먹지 못했다는 거야. 식량도 식수도 떨어져 아이는 배가 고파 엄마 젖을 물고 칭얼칭얼 우는데 먹일 거라곤 물 한 방울도 없었지. 탈출하다 지뢰 파편에 맞은 채 배에 오른 환자의 다리는 치료를 받지 못해 시커멓게 썩어 가며 악취를 풍기고, 만삭의 임신부는 배를 안구 나뒹굴며 하혈하는 거야. 목선은 엔진 고장으로 표류 중이고, 바닷물이 배 안으로 스며드는데 아무런 대책도 없이 막연히 구조만 기다리고 있더라고.

아마 지옥도 그런 지옥은 없을 거야. 차마 눈 뜨고 못 보겠더라고. 이것저것 생각할 겨를 없이 선원들과 함께 살려 달라고 내미는 손을 정신없이 끌어올려 놓고 보니까 남녀노소, 임신부, 환자 모두 96명이더라고. 엔진이 고장 나고 배에 물이 들어오기도 했지만 작은 목선에 사람이 너무 많이 타 가라앉은 거였어. 우선 임신부와 환자에게 선장실을 내주고, 우리가 상비약으로 가지고 있던 마이신을 가루로 만들어 물에 개어 썩어 가는 환자 다리에 붙여 주고, 선원들이 가지고 있던 여벌 옷은 모두 나눠주고, 며칠 굶은 사람들 빈속에 밥을 먹이면 문제가 생길 것 같아 우선 멀겋게 흰죽을 쒀 주었지.

나는 그사이 다시 본사로 '베트남 보트피플 96명을 침몰 직전 구조했다'고 '열흘 뒤면 부산항에 도착한다'고 무전을 쳤어. 본사에서 '베트남 보트피플들을 무인도든 어디든 하선시키고 선장과 선원들만 돌아오라'고. '만약 불응할 시 회사는 물론 정부 관계기관으로부터 엄중한 문책을 받을 것'이라는 회신이 왔어. 회사의 경우 해고로 끝나겠지만 정부 관계기관으로부터 문책을 받는다는 대목에 이르러 온몸에 소름이 쫙 돋는 거야. 정부 관계기관은 사람 잡는 고문 기술자들이 있는 안기부를 말하는 것인데, 거기에 한 번 끌려가면 우리네 목숨은 온전할 리 없다고 생각했으니까. 우리 정부는 반공을 국시로 삼고 반공체제를 강화하는 마당에 정부의 지시를 거부하고 공산화된 베트남 보트피플을 구조한다는 것은 섶을 지고 불속으로 뛰어드는 거나 뭐가 다르겠어. 더욱이 우리 배에 식량과 식수는 25명이 열흘 먹을 것이고. 나는 그렇다손 치더라도 선원들도 문책을 당할 텐데 그들이 무슨 죄가 있겠어.

나는 깊은 고민 끝에 베트남 보트피플들을 하선시키려고 우리 선원들에게 뗏목을 만들라고 했지. 선원들이 갑판 위에서 기름을 사용한 빈 드럼통을 굴려다 나란히 잇대 놓고 그 위에 각목으로 틀을 짠 뒤 합판으로 덮는 걸 지켜보자니 본사의 부당한 지시를 거부하지 못한 내가 참으로 한심하다는 생각이 드는 거야. 본사 지시대로 베트남 보트피플 96명을 뗏목에 내려놓으면 식량도 없지, 물도 없지, 거대한 풍랑을 버티면 얼마나 버텨 내겠어. 내 손으로 구조한 96명을 내가 다시 죽음으로 몰아넣는 것밖에 더 되겠어.

그 순간 고향에 두고 온 가족이 떠올라 늘 안주머니에 넣고 다니는 사진을 꺼내 보았지. 내 사진인데, 내가 선장실에서 망망대해를 바라보며 찍은 거였어. 딸아이가 그 사진을 가지고 있으면 마음이 편안해진다며 부적처럼 가지고 다녔는데 내가 집을 나설 때 그 사진을 도로 내게 주었어. 편안히 잘 다녀오라고. 딸아이는 내가 선장인 것을 아주 자랑스럽게 생각했거든. 딸아이가 96명을 희생시키고 혼자 살아 돌아온 선장을 과연 어떻게 생각할까. 내 목숨이 소중한 만큼 남의 목숨도 소중한데 내 한목숨 살겠다고 96명의 목숨을 희생시킬 수 없다고 생각했어.

나는 선원들을 모두 모아 놓고 의견을 물었지. 나는 베트남 보트피플들을 모두 구조하고 싶다. 그러나 너희들 중에 단 한 명이라도 반대하면 구조하지 않을 테니 편안히 토론해 보라고 자리를 피해 주었지. 선원들끼리 토론한 뒤 나를 찾아와 모두 '선장님 뜻에 따르겠다'는 거야. 그래서 모든 책임은 선장인 내가 진다고 선언한 뒤 뗏목 만들던 것을 치우라고 지시하고 본사에 '베트남 보트피플 96명과 함께 부산항에 입항하겠다'고 '더 이상 본사의 어떤 지시도 받지 않겠다'는 무전을 보내고 항해를 계속했지.

며칠 뒤 본사에서 '베트남 난민들을 데리고 무사히 돌아오라'는 무전이 왔어. 우리는 모든 게 잘된 모양이라고 생각했지. 그런데 베트남 보트피플들이 어떻게 알았는지 배에 25명이 열흘 먹을 식량과 식수밖에 없다는 것을 알고 술렁거린다는 거야. 내가 나서서 '배에 식량이 떨어지면 우리 다 같이 참치를 삶아 먹으면 된다', '참치는 배에 가득 실려 있다'고 '선장인 내가 책임지고 부산항까지 안전하게 도착

시킬 테니 조금도 걱정하지 말라'고 안심시켰지. 그날부터 25명이 열흘 먹을 식량으로 121명이 하루에 두 끼도 먹고, 한 끼도 먹고, 참치 죽을 끓여 먹으며 예상보다 며칠 늦은 10여 일만에 부산항에 입항했어. 항구에 본사 직원들이 나와 기다리고 있더라고. 나는 베트남 난민 96명을 본사 직원에게 인계했지.

본사 직원들이 나에게 수고했다는 말 한마디 없이 난민들을 인솔하고 돌아가자 출입구에 있던 기간요원들이 나는 선장실로, 선원들은 선원실로 분리하여 들어가라고 해. 그놈들은 모두 안기부 요원들이었어. 모든 책임은 내가 진다고 큰소리쳤어도 그놈들에게 잡혀 감금되니까 그토록 편안하고 아늑했던 선장실이 몹시 두렵고 공포감에 온몸이 돌처럼 굳어지더라고. 잠시 뒤 세 놈이 들어왔는데 한 놈이 커다란 골프가방을 메고 들어와 쿵 소리를 내며 내려놓더라고. 나중에 알았는데 그 골프가방 안에 든 것은 고문 기구들이었어. 그놈들이 고문을 시작하자마자 두렵다는 생각조차 사치였어.

한 놈씩 돌아가며 '왜 회사의 지시를 따르지 않았느냐', '정부 정책을 왜 거부했느냐', '베트남 난민을 구해 주고 브로커에게 얼마를 받았느냐', '금괴는 몇 개 받았느냐', '난민 중에 젊은 여인들이 많던데 그 여인들과 얼마나 많은 재미를 봤느냐', '너 같은 새끼 하나 죽여 바다에 처넣고 실족사로 처리하는 건 일도 아니라'는 등 온갖 억측, 회유, 협박, 고문을 가하는데 잠 안 재우고, 굶기고, 때리는 것은 고문도 아니더라고. 심지어 내가 배에서 내린 뒤 며칠 만에 죽게 할 수 있다고, 한 달이나 1년 뒤에 죽게 할 수도 있다고 맞춤형 고문을 말하기에 나는 당장 죽여 달라는 말이 툭 튀어나오더라고. 말로만 듣던 고문기술은 고통의 한계를 시험하는 기술이었어.

나는 고문을 받으며 고통을 견디다 견디다 견디지 못하고 까무러쳐 시체처럼 선장실 바닥에 여러 차례 널브러지기도 했으니까. 하여튼 내 말재주로 사람 잡는 고문 기술자들이 하는 짓거리를 어떻게 표현할 방법이 없어. 아마 어느 지옥에도 그런 놈들은 없을 거야."

순주가 새참을 내왔다. 성갑은 제용하고 새참을 먹으며 이야기를 계속 이어나갔다.

"지금 근강은 워뗘?"

"보다시피 마누라 덕에 지금은 이렇게 건강해."

"아이 엄마가 많이 놀래셨겠어?"

"나를 보자마자 그냥 털썩 주저앉더라구."

"회사는…."

성갑은 불 보듯 뻔한 걸 괜히 물었구나 하는 생각이 들었지만 이미 입 밖에 냈기에 다시 물었다.

"회사는 어티기 됐어?"

제용이 쓸쓸히 웃으며 말했다.

"내가 부산항에 도착한 다음 날짜로 해고되었더라고. 이미 각오한 일이라 담담했는데, 나하고 한배를 탔던 선원 24명 모두 해고되었다는 말을 듣는 순간 눈물이 핑 돌고 어금니가 부드득 갈리더라고."

"다른 배를 타면 되지 않어?"

"나도 그렇게 생각하고 몇 개월 몸 추스른 뒤 다른 곳에 이력서를 냈더니 동종업계에 베트남 보트피플 사건이 워낙 크게 알려져 받아주는 데가 없더라고."

성갑은 베트남 난민들이 궁금해 화제를 돌렸다.

"그 뒤루 베트남 난민들은 자주 만났어?"

제용이 진저리치듯 몸을 부르르 떨며 말했다.

"내가 풀려날 때 그놈들에게 '배 안에서 있었던 일은 죽을 때까지 입 밖에 내지 않겠다'고 '베트남 난민을 절대로 만나지 않겠다'고 서약서를 쓰고 나왔기 때문에 만날 수 없었어."

성갑은 베트남 보트피플을 구조한 이야기를 듣고 나서야 비로소 제용이 왜 갑자기 자신을 찾아왔는지, 왜 며칠 동안 말을 못 하고 끙끙 앓았는지, 왜 잠을 제대로 이루지 못하고 밤새 뒤척거렸는지, 왜 진땀을 줄줄 흘리며 자다가 이상한 헛소리를 버럭버럭 내지르다 벌떡 일어나 달아나듯 밖으로 뛰쳐나갔는지 이해하게 되었다.

제용은 서너 파수 지내다 돌아갔다. 성갑은 집으로 돌아가는 제용과 버스터미널까지 동행했다. 교통은 많이 좋아졌어도 통영을 가려면 첫차를 타고 가다 도중에 두 번을 더 갈아타고 내려 다시 막차를 한 번 더 타고 가야 하는 꼬박 하룻길이었다. 차표를 사고도 버스가 오려면 30여 분 기다려야 했다. 성갑이 의자에 앉으며 물었다.

"베트남 난민들 구조헌 거 후회 안 혀?"

제용이 고개를 가만가만 저으며 말했다.

"아니. 후회한 적은 한 번도 없어."

성갑이라면 상상조차 할 수 없는 일을 하고도 한 번도 후회한 적이 없다니! 성갑은 땀을 많이 흘리는 제용을 안쓰럽게 바라보며 말했다.

"그려. 그런디 말여. 만약 그때와 같은 일이 또 일어난다면 어티기 헐겨?"

제용이 또박또박 말했다.

"나 한 사람의 생명이 아흔여섯 사람의 생명을 구할 수 있다면 언제든지 얼마든지 할 수 있어. 아마 그때 그 위치에 내가 아닌 누가 있었더라도 구조했을 거야."

버스가 들어왔다. 버스로 걸어가던 제용이 성갑에게 말했다.

"만약 내가 그때 그들을 구조하지 않았다면 그 일이 뇌리에 박혀 내 명대로 못살 거야."

그 말을 남기고 제용은 버스에 올랐다. 성갑은 제용이 뒷모습을 보면서 무엇이 되었느냐보다 무엇을 하였느냐가 더 중요하다는 생각이 들었다. 제용은 멋진 선장이 되겠다는 유년 시절의 꿈을 이루고 완성시킨 완성자의 모습이었다.

씽라이 부부는 어느 외국인 근로자보다도 근면 성실했다. 작업시간에 요령을 피우거나 자리를 뜨는 일도 없다. 계절노동자로 한국에 다녀간 경력이 있어 농사일도 제법 잘했다. 물론 단순 작업을 반복적으로 하는 일은 특별한 기술이 필요한 것은 아니다. 씽라이 부부는 작업시간을 철저하게 지켜 주는 만큼 출근시간과 퇴근시간도 칼같이 지켰다. 때론 손을 맞춰 가며 같이 일을 하다말고 퇴근시간이 되었다고 발딱 일어서는 걸 보고 야박하다는 생각이 들기도 했다. 농촌 일이라는 게 경비병이 임무 교대하듯 하는 것도 아니고, 칼로 두부 자르듯 할 수 있는 일도 아니기 때문이다. 하기야 주인은 언제나 작업장을 떠날 수 있어도 일꾼은 아무리 힘들고 고통스러워도 퇴근시간이 되어야 작업장을 떠날 수 있다는 걸 생각해 보면 이해 못 할 일은 아니었다. 더욱이 그들은 온종일 같이 일하면서도 마치 금슬이 좋지 않은 부부처럼 서로 말 한 마디 건네지 않았다. 다만 성갑이 월급을 지급한 다음 날은 부부가 다정하게 외출하여 본국에 있는 집으로 송

금도 하고 수도권 어딘가에 있다는 식료품점에 가서 베트남 식재료를 사다 요리해 먹었다.

성갑이 밭에 있는 채소를 마음껏 뜯어다 먹으라고 해도 고개를 살래살래 저었다. 처음엔 채소를 좋아하지 않는 줄 알았다. 어느 날 밤 성갑은 씽라이 부부가 구멍가게에서 채소를 사 들고 오는 것을 보았다. 그 뒤로 채소 작업하는 날은 이것저것 소쿠리에 가득 담아 하우스 앞에 내놓고 가져다 먹으라고 했더니 번번이 잎새 하나 남기지 않고 가져갔다.

그들은 하루 일을 마치고 주택용 컨테이너로 들어가면 밖으로 나오는 걸 한 번도 보지 못했다. 마을에 베트남에서 시집온 부인도 있고 같은 처지의 근로자도 있는데 단 한 번도 그들을 찾아가 어울리는 것을 보지 못했다. 물론 씽라이 부부를 찾아오는 사람도 없었다. 어쩌다 별미로 전을 부치거나 고구마나 옥수수를 찔 때 한 소쿠리 들고 찾아가 보면 마치 새장 안의 새처럼 둘이 나란히 창가에 서서 창밖을 내다보고 있었다. 고국에 두고 온 가족을 그리워하는 줄 알고 가슴이 뭉클했는데 그 장면이 오래오래 잊히지 않았다. 씽라이 부부는 아들 둘에 딸 하나를 두었는데 모두 할머니・할아버지가 돌본다고 했다.

어느 날 시청 복지과에서 주민들이 내놓은 재활용품을 거둬다 점검하고 수리한 가전제품을 무상으로 준다는 말을 듣고 텔레비전 한 대를 실어다 주었다. 씽라이는 텔레비전을 받지 않고 텔레비전 값을 줘야 하느냐고, 시청료를 내야 하느냐고, 전기료를 내야 하느냐고, 고국으로 돌아갈 때는 어떻게 하느냐고 물었다. 성갑이 모두 무료라고 갈 때는 두고 가든 가지고 가든 마음대로 하라고 하자 그제야 텔레비전을 들여놓았다.

성갑은 문득 남의 선의를 의심하는 것은 씽라이의 타고난 성격일까, 아니면 한국에서 어떤 경험의 결과인가 하는 생각이 들었다. 어찌 되었든 씽라이 부부 방에 텔레비전을 들여놓은 뒤로 밤늦도록 불이 꺼지지 않았다.

어느 날 드라마를 시청하던 성갑은 소스라치게 놀랐다. 드라마는 광명 87호 전제용 선장이 베트남 보트피플 96명을 구조한 것을 재구성하여 두 회에 걸쳐 방송했다. 그 일은 벌써 20여 년 전의 일이었다. 1회는 제용이 베트남 보트피플 96명을 구조한 내용인데 20여 년 전 제용이 성갑을 찾아와 들려준 이야기와 다르지 않았다. 2회는 전제용 선장이 구조한 베트남 난민 대표 피터 누엔이 말하는 전 선장과의 이야기였다. 그는 부산적십자 난민보호소에서 1년 6개월을 지낸 뒤 미국으로 건너가 캘리포니아에 정착했다. 그는 배가 침몰 직전 전제용 선장을 만나 구조된 것이 기적이었고 고국에 두고 온 가족을 데려다 안정된 삶을 누리는 하루하루가 꿈만 같다. 피터 누엔은 방송국 취재진이 찾아갔을 때 자신의 집 거실에 걸어 놓은 전제용 선장 사진을 보여 주며 생명의 은인이라고, 그를 한시도 잊은 적이 없다고 했다.

피터 누엔은 부산항에서 헤어진 전 선장을 찾고 싶었으나 그가 가진 것이라곤 달랑 사진 한 장이 전부였다. 그 사진은 피터 누엔이 부산항에 도착한 뒤 광명 87호에서 내릴 때 그냥 헤어지는 것이 아쉬워 전 선장에게 사진 있으면 한 장 달라고 해서 받은 것이다. 그는 고심 끝에 전 선장의 사진으로 전단을 만들어 틈나는 대로 한국인을 찾아다니며 수소문하기 시작했다. 미국 캘리포니아에서 한국인을 만나는 게 쉽지 않았고 설령 만났다 한들 전제용 선장의 사진 한 장을 보고 그를 아는 사람은 없었다. 그래도 그는 끝까지 포기하지 않고 한국인을 찾아다녔다.

그렇게 17년 동안 수소문한 끝에 기적처럼 전 선장의 소재지를 알아내 통화하게 되었고 서로 편지를 주고받게 되었다. 전 선장은 피터 누엔이 부산 난민보호소 생활을 마치고 미국으로 건너가 캘리포니아에 정착한 것을 알았다. 피터 누엔은 전 선장이 자신들을 구조한 일로 정부 기관으로부터 온갖 고초를 겪었고, 직장에서 해고되었고, 재취업의 길까지 막혀 고향으로 돌아가 멍게 양식하는 어부가 되었다는 것을 알고 큰 충격을 받았다. 성갑이도 20여 년 전 자신을 찾아왔던 제용이 고향으로 돌아가 멍게 키우는 어부가 되었다는 것을 방송으로 알았다.

전 선장은 베트남 난민들과 헤어진 지 20여 년 만에 피터 누엔의 초청으로 미국 캘리포니아로 건너가 만났다. 피터 누엔은 전 선장이 구조한 베트남 난민 96명이 부산적십자 난민보호소를 떠나 미국, 캐나다, 호주, 프랑스, 독일, 영국 등으로 건너가 수백여 명의 가족을 이루어 살아간다고 그들 모두 전 선장을 생명의 은인으로 생각한다고 했다. 그날 여러 나라에 흩어져 살던 베트남 난민들이 피터 누엔의 연락을 받고 전 선장을 만나보기 위해 캘리포니아로 속속 들어왔다. 그들 중 한 젊은 여성이 전 선장에게 다가와 상기된 표정으로 말했다.

"선장님이 저의 부모님을 구조해 주신 덕분에 제가 태어나 대학생이 되었습니다. 아버지 어머님께 선장님 얘기 많이 들었습니다. 고맙습니다."

전제용은 어리둥절했다. 옆에서 지켜보던 피터 누엔이 말했다.

"우리가 부산 난민보호소에 들어갈 땐 96명이었는데 구조 당시 임신부가 보호소에서 아이를 낳아 나올 땐 한 명이 늘어 97명이었습니다. 그 한 명이 바로 이 여성입니다."

전 선장은 만삭의 임신부가 배를 안고 하혈하던 모습을 떠올리며 젊은 여성을 보자 너무나 감격스러워 눈물이 핑 돌았다. 그날 미국 언론들이 전제용 선장과 베트남 난민 96명의 인연을 대대적으로 보도했고 전 세계 언론의 주목을 받으면서 한국인으로는 최초로 유엔의 노벨상으로 불리는 유엔 난센상 후보로 올라가게 되었다.

20여 년 전, 제용이 '그때 그 위치에 내가 아니고 누가 있었더라도 구조했을 것'이라고 했는데 그게 아니었다. 피터 누엔이 탄 배가 엔진 고장으로 표류하던 사흘 동안 지나가는 배를 향해 구조 요청하였으나 25척으로부터 외면당했고, 광명 87호 전재용 선장이 26번째였다는 걸 방송을 보고 알았다. 제용은 그 사실은 알고 있었으면서도 성갑과 헤어지는 순간까지 그 말만은 하지 않았다.

전제용 선장은 자신의 모든 것을 내려놓고 베트남 난민 96명을 구조하였다. 그들은 부산 난민보호소에서 1년 6개월을 지내는 동안 새 생명이 태어나 97명이 되어 세계 여러 나라에 정착하게 되었고, 수백여 명의 가족으로 불어나 여러 분야에서 미래를 열어가고 있다. 성갑은 방송을 보는 동안 아픈 기억이 떠올라 매우 참담했다.

무형의 유산

어느 날 돌배 영감이 점심을 먹은 뒤 벽에 등을 기대고 앉아 꾸벅꾸벅 졸다 흰둥이가 웅얼웅얼 짖는 소리에 눈을 뜨고 밖을 내다봤다. 성갑과 석철이 대문으로 들어섰다. 돌배 영감이 일어나 마루로 나갔다. 성갑이 토방으로 올라서며 인사했다.

"즘심 잡수셨슈?"

돌배 영감이 침침한 눈을 비비며 말했다.

"으응. 그런디 갑자기 자네들이 웬일인가?"

성갑이 마루에 엉덩이를 걸치며 말했다.

"현태네 논 가운데루 도로가 지나가든디 알구 계슈?"

식곤증에 빠져 있던 돌배 영감이 놀란 토끼 모양 눈을 번쩍 뜨며 말했다.

"아니 그게 뭔 늬므 소리여. 우리 논 가운데루 도로가 지나가다니. 누구 맘대루?"

성갑이 말했다.

"새루 내는 도로가 현태네 논으루 해서 우리 논허구 석철네 논 가운데루 지나가유."

돌배 영감이 긴가민가한 표정으로 말했다.

"지금 있는 도로두 노상 텅 비었는디 뭔 늬므 도로를 또 낸다는 겨?"

말없이 듣고만 있던 석철이 체념한 듯 말했다.

"벌써 측량해 말뚝까지 박어 놨던디유 뭐. 여기서부터 석남읍 대장리 산단으루 들어가는 도로래유. 지가 방금 확인허구 왔슈."

석철이 말이 떨어지기 무섭게 돌배 영감이 벌떡 일어나 논으로 내달렸다. 논두렁에 올라선 돌배 영감은 언제 측량했는지 논 가운데에 측량 말뚝이 즐비하게 박힌 걸 보고 아연실색했다. 성갑이 말대로 현태네 논을 측량해 박아 놓은 말뚝이 석남읍 쪽으로 길게 이어졌다. 얼마 전 이장이 대치골 앞으로 도로를 낸다는 마을방송을 했다. 날을 잡아 주민공청회를 연다는 말도 했다. 그때는 도로를 어디로 내는지 몰라 남의 일처럼 생각했는데 측량 말뚝을 보고 도로가 지나가는 위치를 알 수 있었다. 도대체 지금이 어떤 세상인가! 초등학생이 휴대폰을 가지고 다니고 국가재난정보센터에서 유사시 실시간으로 온 국민에게 안전정보문자를 보내는 세상이 아닌가! 온 마을에 티브이나 전화기 한 대 없던 1960년대 군사정부 시절, 새마을운동용으로 사용하던 방식으로 선전포고하듯 마을방송 한 번 내보내고 남의 땅에 말뚝을 박다니.

그길로 면사무소로 달려가 담당자에게 알아보았다. 그는 앞으로 해당 주민들 의견을 듣고 최종 결정을 한다고 했다. 아니 말뚝을 박기 전 주민의 의견부터 들었어야 하는 것 아닌가 하는 생각이 들었으나 주민들 의견을 듣고 최종 결정하겠다는데 당장 할 수 있는 일은 아무것도 없었다. 면사무소를 나온 성갑이 근심 어린 얼굴로 말했다.

"이걸 워쩐대유?"

돌배 영감이 단호히 말했다.

"워쩌긴 뭘 워쩌. 막어야지."

대장리 산단 지역주민들도 막아 내지 못한 것을 지주 몇 명이 모여 무슨 수로 막아 낸단 말인가. 석철이 침통한 표정으로 말했다.

"벌써 측량해 말뚝까지 박었는디 우리가 무슨 힘으루 막는대유?"

돌배 영감이 단호히 말했다.

"그래두 막어야지. 목숨 걸구 막어야 혀."

논에 들어가 자세히 둘러보고 나온 돌배 영감은 기가 막혔다. 논 가운데로 도로가 지나가며 양쪽으로 갓길처럼 길게 남은 땅은 경운기 한 대 들어갈 수 없는 자투리땅이 되었다. 자투리땅에 농사는 고사하고 나무 한 그루 심을 수 없어 쓸모없는 땅이 되어 버렸다. 설령 도로를 내더라도 자투리땅은 당연히 보상해 줄 것으로 생각하고 다시 면사무소에 들어가 알아보았다. 도로 담당자가 말하길 '확정된 것은 아니지만 이미 도로부지를 측량하여 측량된 부분만 토지대장에 올렸다'고 했다.

그것도 앞뒤가 안 맞는 말이다. 도대체 국민을 얼마나 얕잡아 봤기에 개인 소유의 땅을 관이 마음대로 측량하고 분할하여 토지대장에 올려놓고 확정된 게 아니라니. 그날부터 대치골 사람들은 어떻게든 도로공사를 막아 보려고 안간힘을 썼다. 현수막을 내걸고 '주민동의 없는 신설도로 결사반대', '국가산업단지 결사반대'를 외치고 나섰다. 고속도로를 내는 것도 아니고 외진 농촌에 짤막한 도로 한 구간 내는 데 지주 몇 명이 모여 아무리 목이 터지도록 외쳐도 신문사와 방송국 기자는 고사하고 누구 하나 거들떠보지 않았다. 대치골 사람들이 현수막을 내걸고 죽기 살기로 반대하고 나서자 원골 사람들은 다 된 밥에 재 뿌릴까 두려운 나머지 보상비를 더 받아 내려는 속셈이라고 비난을 퍼부었다.

성갑이와 석철은 가로수에 '주민 동의 없는 신설도로 결사반대'라는 현수막을 걸어 놓은 뒤 불끈 쥔 주먹으로 허공을 내지르며 목청껏 구호를 외쳤다. 아무리 구호를 외쳐도 들어주는 사람이 단 한 사람도 없으니 이내 맥이 풀렸다.

읍내 떡방앗간 주인 박일규 사장이 배달 갔다 돌아가는 길에 차를 세웠다. 차에서 내린 박 사장이 돌배 영감과 이런저런 이야기 끝에 덧붙여 말했다.

"아예 이참에 보상비 듬뿍 받어 가지구 더 좋은디 가셔서 사시면 되잖어유?"

박 사장은 공익개발을 내세워 농지를 헐값으로 보상해 주는 걸 모르고 하는 소리다. 보상비 받아 봐야 땅을 떡 자르듯 잘라 파는 것도 아니고 보상단가는 매입단가에도 턱없이 부족했다. 돌배 영감은 속으로 '이 자식이 불난 집에 부채질하나'라는 생각에 목청을 높였다.

"이 사람아, 내가 오죽허면 이러겄나. 토지 보상이라는 것두 그려. 남의 논배미 가운데만 쏙 빼서 보상해 주구 양쪽으루 갓길처럼 길게 남는 자투리땅은 경운기 한 대 들어갈 수두 읎구 나무 한 그루 심을 자리두 안 되는디, 그건 보상 대상에 들어가지 않었으니 세상에 이런 법이 어디 있나. 이나마 농사라두 지니께 이자 갚어 나가며 밥은 굶지 않구 살지, 융자 내준 은행에서 보상비 회수해 가면 어티기 살겄나?"

돌배 영감은 농지 보상도 보상이지만 현태를 생각하면 눈앞이 캄캄했다. 조상 대대로 살아온 고향에서도 튀기라고, 깜둥이라고, 근본 없는 놈이라고, 깔보고 멸시하고 따돌림을 당하는데 세상천지 어느 곳에서 현태를 반겨 주겠나. 이 땅이나마 가지고 있다가 물려줘야 밥이나 굶지 않고 살 게 아닌가. 그동안 농지를 담보로 융자를 받아 쓰고 연이어 장례를 치르며 제때에 이자를 못 내 연체되기도 했다. 돌배 영감은 자신이 그토록 목숨 걸고 지켜 내려는 것은 허탈하게도 빚더미 위에 올라앉은 빈껍데기뿐이라는 생각이 들기도 했다. 도로로 수용된 농지 보상금을 융자 내준 은행에서 회수해 가면 땅 살 돈이 없고 땅을 담보로 내놓지 않으면 땡전 한 푼 융자받을 수 없어 가진 땅만 뺏기는 꼴이다.

박 사장이 겸연쩍은 표정으로 말했다.

"지가 미처 거기까지 생각을 못 했슈. 그럼 민원 신청이라두 해 보지 그랬슈?"

돌배 영감이 좀 누그러진 목소리로 말했다.

"민원 신청두 했지, 왜 안 했겄나?"

박 사장이 다행이라는 듯 말했다.

"야아. 버얼써 허셨슈?"

돌배 영감도 할 일은 다 했다는 듯 대꾸했다.

"벌써 했지. 아무려면 내가 여태꺼정 가만히 보구만 있었겄나."

박 사장이 고개를 끄덕이며 말했다.

"잘 허셨슈. 그런디 뭐래유?"

돌배 영감이 어이없다는 듯 말했다.

"자기들두 법대루 했으니께 나보구두 법대루 허랴, 법대루!"

박 사장이 돌배 영감 말꼬리를 잡고 덧붙였다.

"그럼 잘됐네유. 법대루 허면 이길 텐디 뭐가 걱정유?"

상대방을 이해하지 못하고 제 생각만 얘기하다 보면 이야기가 겉돌게 마련이다. 박 사장이 자꾸 소갈머리 없는 말을 퉁퉁 내뱉자 돌배 영감이 짜증스럽게 말했다.

"아이구! 이 사람아, 속 터지는 소리 좀 작작 혀. 땅 몇 평 보상받자구 우리 거튼 무지렁이가 국가를 상대루 무슨 소송을 벌이겄나. 그건 달걀루 바위 치기지. 얘기를 허려면 뭘 지대루 알구 해야지. 알 만헌 사람이 워째 그려. 사람 속 터지게."

돌배 영감과 박 사장이 티격태격하는 사이 검은 승용차가 미끄러지듯 달려왔다. 원골 마님의 승용차였다. 승용차는 건설회사 회장인 마님 큰아들 일산이 보내 준 것이다. 운전기사 월급도 회사에서 준다는데 가족이 모두 바깥채에 들어가 살면서 마님과 99칸 기와집을 관리하는 관리인이기도 했다. 99칸 기와집 바깥채는 돌배 영감이 마님댁을 나올 때까지 살던 집이다. 승용차는 경운기 앞에 멈췄다. 운전기사가 옆문 유리를 내리면서 돌배 영감에게 소리쳤다.

"경운기 저리 치워유. 여기 원골 마님 타셨슈."

원골 마님이라면 자다가도 경기할 만큼 두려워하던 돌배 영감이 갑자기 딴사람처럼 돌변하여 벼락 치듯 소리를 질렀다.

"나는 죽으면 죽었지 비킬 수 읎으니께 지나가려거든 나를 타구 지나가."

당황한 운전기사가 차에서 내려 경운기를 옮기려고 했다. 돌배 영감은 아예 경운기 시동을 끄고 내렸다. 초등학교 교장이 지나가다 오도 가도 못 하는 마님을 알아보고 황급히 차에서 내렸다. 교장 선생은 차에서 내리자마자 마님에게 달려가 넙죽 인사를 했다. 일산이 모교인 도원초등학교를 리모델링 공사도 해 주고 책상과 의자도 바꿔 주는 등 비자금 사건으로 감옥에 들어가 있을 때도 후원은 중단하지 않았다. 마님 운전기사는 여전히 경운기를 밀어내려고 안간힘을 썼다. 사태를 파악한 교장 선생이 휴대전화를 꺼내 112에 신고했다.

"여보세요. 112죠? 여기 원골로 들어가는 삼거리인데 원골 마님이 시위대에 갇혔어요. 예에, 예에, 긴급출동 바랍니다."

교장 선생이 전화를 끊기 무섭게 경찰차가 달려왔다. 경찰들이 차에서 내렸다. 상황을 지켜보던 마을 사람들이 돌배 영감을 에워쌌다. 경찰이 '도로교통법 위반'이라고 '허가받지 않은 불법 시위'라고 '지시에 불응하면 업무방해죄에 해당한다'고 협박하며 옥신각신하는 사이 백수를 바라보는 원골 마님이 차에서 내려 카랑카랑한 목소리로 호령했다.

"네 이놈, 썩 비키지 못헐까! 남들은 보상받지 못해 안달인디 늬 놈은 얼마나 더 받어 처먹으려구 수작여 수작이."

돌배 영감 눈에서 불꽃이 튀듯 번쩍하는 동시에 더 큰 소리로 받아쳤다.

"마님은 내 자식 무덤에 심어 놓은 산밤나무꺼정 몽땅 캐다 일제 땅에 심어 주구 농막까지 지었든디, 지는 이것두 안 되나유?"

원골 마님이 발끈했다.

"저런! 저 종늬므 새끼가 미쳤나."

돌배 영감이 단말마적 비명을 지르듯 소리쳤다.

"야아. 미쳤슈. 이늬므 세상 미치지 않구 살겄슈. 미쳐두 단단히 미쳤슈!"

원골 마님이 온몸을 부들부들 떨면서 소리쳤다.

"네 이놈! 우리 선산이 아니면 죽어서두 갈디가 읎는 종늬므 새끼가 어따 대구 큰소리여. 당장 늬 애비 무덤이구 새끼 무덤이구 모조리 파 가, 이늠아!"

원골 마님댁을 나온 지 수십여 년이 지났는데 종놈의 새끼라니. 돌배 영감이 벼락 치듯 되받아쳤다.

"야아. 죽어서두 마님 곁방살이 허느니 차라리 파내 화장허겄슈."

돌배 영감은 죽기 전 현태만은 만덕산 그늘에서 벗어나게 해 주고 싶어 조상 산소를 파내 화장해야겠다고 결심했다. 물론 장례문화도 많이 바뀌었다. 예전엔 대부분 매장이었는데 지금은 거의 화장을 했다. 경찰이 지켜보다 안 되겠다 싶었는지 우선 경운기를 밀어내고 원골 마님 차를 보냈다. 교장 선생도 마님 뒤를 이어 시위 현장을 빠져나갔다. 마님이 원골로 들어가는 것을 지켜보던 돌배 영감은 '새끼 무덤까지 파 가라'는 말에 치통처럼 되살아나는 고통에 어금니를 질끈 악물었다.

선돌이 네 살 때였다. 복골댁은 돌배 영감보다 먼저 일어나 안채에 들어가 부엌데기 일을 했다. 하루는 복골댁이 부엌일을 하는데 안채에서 일제와 놀던 선돌이가 자지러지게 울었다. 복골댁이 기겁하여 부엌을 뛰쳐나와 달려갔다. 선돌이 안방 문틈에 손가락이 끼었다. 바깥채에서 소죽을 끓이던 돌배 영감도 안채로 달려갔다. 복골댁이 방문을 잡아채자 선돌이 손가락을 빼내 쥐고 팔팔 뛰며 자지러지게 울었다. 돌배 영감이 복골댁에게 소리쳤다.

"뭔 일여?"

그 경황에도 선돌이 마님 방을 가리키며 말했다.

"아부지, 마 마 마님이 지를 발루 탁 차 내구 문을 콱 닫었슈!"

마루에서 놀던 일제와 선돌이 방으로 들어가는데 마님이 일제만 안아 들이고 선돌을 밀어내며 문을 닫을 때 문틈에 손가락이 끼었다. 복골댁이 안방에 대고 앙칼지게 쏘아붙였다.

"마님, 이게 어티기 된 일이래유?"

마님이 문밖에 대고 소리를 버럭 내질렀다.

"종늬므 새끼가 그 꼴을 해가지구 예가 어디라구 들어와. 다시는 들어오지 못허게 혀."

종놈의 새끼라니. 일제와 선돌은 한 해에 한집에서 한 달 차이로 태어났다. 안채에서 한 달 늦게 태어난 일제는 도련님이고 바깥채에서 한 달 먼저 태어난 선돌은 종놈의 새끼라고 했다. 자기 손으로 닫은 문틈에 어린아이 손가락이 끼어 팔팔 뛰며 자지러지는데 어떻게 자기 자식만 보듬고 태연히 앉아 있을 수 있단 말인가. 종놈의 자식은 사람도 아니란 말인가. 아니, 짐승의 발이 문틈에 끼었어도 그렇게 하진 않을 것이다.

돌배 영감은 미친 듯이 바깥채로 달려가 부삽으로 소죽 끓이던 아궁이에서 활활 타오르는 잉걸불을 한 삽 가득히 퍼 들고 안채로 내달렸다. 안채에서 나오던 복골댁이 아픈 손을 주체하지 못하고 몸부림치는 선돌을 안겨 주며 온몸으로 말리는 바람에 대문간을 넘지 못했다.

마님 안방 문틈에 끼었던 선돌이 손가락이 퉁퉁 붓고 손톱 3개가 새카맣게 멍이 들었다. 선돌은 놀다가도, 밥을 먹다가도, 잠을 자다가도, 손톱이 어디에 닿거나 스치기만 해도 깜짝깜짝 놀라며 자지러지게 울었다. 너더댓 파수가 지나자 멍든 손톱이 젖니 갈듯이 흔들거리며 빠지기 시작했다. 손톱 3개가 한꺼번에 빠지지 않았고 두고두고 한 개씩 빠졌다. 선돌은 손톱이 다 빠질 때까지 생살을 찢는 고통이었고, 돌배 영감은 선돌이 손톱을 한 개 한 개 빼 줄 때마다 자기 살점을 도려내는 아픔을 겪어야 했다.

그날 선돌이 문틈에 짓찧은 손가락을 쥐고 팔팔 뛰면서도 아비를 하늘처럼 믿고 '마님이 그랬다'며 안방을 가리킬 때 아비로서 아무것도 보여 주지 못했다. 어찌 그날을 잊을 수 있나! 돌배 영감은 선돌이 죽었을 때도 두 손을 부여잡고 대성통곡했다.

뿐만 아니라, 어느 날 원골 마님댁 어린 계집종 간난이 빨래한 뒤 양잿물 그릇을 씻으려고 뜨물통에 담가 두었다. 쟁기질을 마치고 돌아온 웅박이 뜨물통을 들어다 소에게 먹였다. 소는 얼마 지나지 않아 입에서 흰 거품을 질질 흘리며 사지를 버르적거리다 죽었다. 새끼 밴 암소였다. 마님은 그날로 간난이와 웅박을 쫓아냈다. 간난이는 마님댁을 나서기 무섭게 늙은 홀아비가 데려갔는데 웅박은 거렁뱅이질을 하고 돌아다니다가 아흐레 만에 돌아와 마님에게 용서를 빌었으나 받아 주지 않았다. 웅박은 돌아온 지 이레째 되던 날 찬밥 한술 얻어먹지 못하고 바깥채 추녀 밑에 쪼그리고 앉아 굶어 죽었다. 마님에게 웅박이 죽었다고 알렸다. 마님은 마치 죽은 강아지를 내다 버리라고 하듯이 방안에서 문밖에 대고 내다 버리라고 했다. 마님네 종들이 죽은 웅박을 지게로 져다 만덕산 공동묘지에 봉분 없이 묻어 주었다.

산단으로 들어가는 신설도로는 주민들 의견과 관계없이 기정사실로 굳어 갔다. 지주들의 의견을 들어 보고 결정하겠다는 말도 해당 농지를 재평가하겠다는 말도 모두 거짓이었다. 그들은 농지를 공영개발한다는 명분으로 강제수용하여 이미 평가된 감정가로 보상한다고 했다. 주민공청회를 연다는 것도 말뿐이고 이의가 있으면 이의신청하라는 공문만 우편으로 보내왔다. 돌배 영감이 이의신청서를 작성하여 면사무소에 가져다주고 접수증을 달라고 했다. 담당 공무원이 이의신청서를 받아 책상 서랍에 집어넣으며 말했다.

"우리는 시청에서 시키는 대로 하니까 못 믿으시면 거기 가서 해달라고 해요. 면에서는 접수증을 발행하지 않습니다."

담당 공무원은 그 말 한마디 툭 던져 놓고 밖으로 나갔다. 주민이 면사무소에 이의신청서를 제출하고 접수증 달라는데 그걸 안 해주고 시청으로 미룰 일인가. 옆자리 직원에게 알아보았다. 그는 담당이 아니라 모른다고 담당자에게 미뤘다. 면장실로 들어가려는데 문 앞에 문지기처럼 앉아 있는 직원이 무슨 일로 왔느냐며 면장은 자리에 없다고 막았다. 면장이 어디를 갔는지 언제 돌아오는지 모른다고 했다. 힘없는 약자에게 관청은 계륵 같은 존재 그저 숙명처럼 그러려니 하고 견딘다.

며칠 뒤 시정소식지가 집집이 배달되었다. 소식지에는 도지사와 시장과 지역경제인이 협력하여 석남읍 대장리 일대 산단 유치는 단군 이래 최대의 공적이라고, 이로 인하여 경제적 파급효과는 수백조라고, 일자리 창출은 수십만 개고, 지역경제가 활성화되고, 세수 증대로 당장 전 주민이 발복(發福)될 것처럼 보도했다.

보도 사진에는 도지사와 활짝 웃으며 악수하는 경제인이 바로 토성건설 회장 김일산이었다. 일산이 고위 공직자들과 한패가 되어 땅투기를 하고, 투기한 땅으로 산단을 유치하고, 산단 건설 시공회사로 들어갔다. 꿩 먹고 알 먹는 것도 모자라 도랑 치고 가재까지 잡은 격이다. 더욱 기막힌 것은 몇몇 지주들이 보상금을 더 받아내려고 불법 집회를 열고 결사반대하여 천재일우의 기회가 무산될지도 모른다고, 산단이 다른 지역으로 갈지도 모른다고, 주민들을 이간질해서 도로로 수용된 지주들을 공공의 적으로 만들어 놓고 그들은 뒤로 빠져 버렸다. 그 뒤로 주민들 간에 편을 갈라 철천지원수처럼 싸웠다. 다수의 주민과 몇몇 지주들 싸움은 그들의 사악한 의도대로 오래갈 수 없었다.

어느 날 면사무소를 다녀온 돌배 영감은 날을 잡아 만덕산에 모신 조상 산소를 한 기씩 파내 화장을 시작했다. 마지막으로 선돌이 무덤을 파헤쳤을 때 손가락 끝에 손톱이 길게 자라 있었다. 돌배 영감은 한이 서린 선돌이 손을 싸잡아 쥐고 대성통곡했다.

자신의 신분이 비천한 돌배 영감은 자식에게 거는 기대가 높아 '개천에서 용 난다'는 말 한마디에 온 희망을 걸었다. 아니었다. 그건 낙타가 바늘귀로 들어간다는 말과 다르지 않았다. 부자(富者)의 씨가 따로 없고 빈자(貧者)의 씨가 따로 없다고, 인간은 공수래공수거(空手來空手去)라고 했다. 인생을 살아 보니 그것도 아니었다. 그 말은 모두 먹물 든 인간들이 지어낸 말 껍데기일 뿐이다.

부자의 자식이 올 때는 밑천 위에 태어나고 빈자의 자식은 맨땅 위에 태어난다. 부자의 자식은 화려한 인맥들과 함께 가고 빈자의 자식은 외나무다리로 홀로 간다. 저승에 갈 때도 부자는 밑천을 남기고 부유하게 떠나고, 빈자는 가난을 남기고 초라하게 떠난다.

선돌을 화장하여 유골을 가재다랑이골에 뿌려 주고 돌아오던 돌배 영감은 마을 어귀에 있는 구멍가게로 갔다. 평상에 앉아 있던 덕산댁이 자리를 내주며 말했다.

"인제 오시남유?"

돌배 영감은 평상에 올라앉으며 말했다.

"덕산댁, 참말루 고맙네. 자네 덕분에 큰일 잘 치렀네."

돌배 영감이 산소를 파내 화장하는 사흘 동안 성갑이와 석철은 물론 대치골 사람들이 자기 일처럼 나서서 도와주었고, 덕산댁 주선으로 마을 부녀회에서 줄곧 점심 식사를 맡아 주었다. 이제 만덕산에 돌배 영감의 집안 산소는 단 한 기도 없다. 돌배 영감은 며느리와 현태에게 자기가 죽으면 반드시 화장하여 가재다랑이골에 뿌려 달라고 했다. 덕산댁이 말했다.

"지가 헌 게 뭐 있간디유. 부녀회에서 다 했슈."

돌배 영감은 울컥한 마음을 누르며 말했다.

"아닐세. 자네 공이 크다는 걸 내가 왜 모르겄나. 앞으루 우리 메느리허구 현태두 잘 좀 부탁허네."

덕산댁이 돌배 영감 눈치를 살피며 말했다.

"아니 왜 멀리 떠나실 것처럼 그런 말씀을 허신대유. 약주 많이 드셨슈. 현태 부를까유?"

돌배 영감이 노을 진 하늘을 길게 올려다보며 나직이 말했다.

"괜찮으니 나 소주 한 병 주게!"

덕산댁이 가게 안으로 들어가 막걸리 한 병을 들고 나왔다.

"술은 구만 잡수셨으면 좋겄는디, 더 드시구 싶으시면 소주는 독허니께 막걸리를 드셔유."

덕산댁 배려에 돌배 영감이 눈시울을 글썽이며 말했다.

"고맙네. 증말루 고마워!"

덕산댁 배웅을 받으며 집으로 돌아가던 돌배 영감이 측량 말뚝이 꽂힌 논두렁에 올라앉아 원골을 건너다보았다. 원골 99칸 기와집은 대낮처럼 불이 환했다. 안방 문틈에 손가락이 끼어 팔팔 뛰며 자지러지게 울던 선돌이 울음소리가 귀에 쟁쟁했다. 그날 안채에 불을 확 싸지르려고 부삽에 들고 가던 잉걸불이 눈앞에서 이글이글 타오르는 듯했다. 막걸리를 한 모금 두 모금 마시다가 꿀꺽꿀꺽 병째 들이켜도 하늘을 덮고도 남을 회한과 분노와 증오를 삭일 수가 없다. 자식의 고통은 사라지는 게 아니다. 자식의 고통은 세상의 모든 고통을 덮고도 남았다.

돌배 영감은 석남읍 대장리로 이어진 측량 말뚝을 바라보며 중얼거렸다.

"에이, 드러운 늬므 세상. 같이 살 수 읎는 종자들!"

논두렁에 올라앉아 막걸리 한 병을 모두 비운 돌배 영감은 다시 일어섰다. 그는 논으로 들어가 측량 말뚝을 모조리 뽑아 개골창에 처박아 버렸다. 하늘에 무수한 별들이 반짝였다. 흰둥이가 컹컹 짖었다. 한동안 대치골을 바라보던 돌배 영감이 주유소에 들어가 휘발유 한 통을 사 들고 원골로 향했다. 정신은 말짱한데 다리가 후들거렸다. 원골 초입에 들어선 돌배 영감은 기름통을 내려놓고 한 번 더 뒤를 돌아봤다. 대치골이 한눈에 들어왔다. 며느리가 돌배 영감에게 어서 돌아오라는 듯 마루에 전등을 환하게 켜놓았다.

현태가 눈에 밟혔다. 며칠 전이었다. 학교에서 돌아온 현태가 마치 개선장군처럼 '할아부지, 백우를 이겼슈. 이제 우리 반에서 싸움은 지가 제일 잘해유'라고 외칠 때 여간 든든하고 대견스러운 게 아니었다. 싸움을 잘해서가 아니라 제 앞가림은 스스로 할 수 있을 것 같아 한시름 놓을 수 있었다. 며느리도 석철과 하루가 멀다고 양쪽 집을 오가며 품앗이를 했다.

돌배 영감은 기름통을 들고 다시 일어나 원골을 향해 걸었다. 흰둥이가 여전히 컹컹 짖었다. 성갑이네 누렁이도 석철네 검둥이도 따라 짖었다. 개 짖는 소리가 걸음걸음 멀어졌다.

원골은 개를 방 안에 키우는 집은 있어도 마당에 키우는 집이 없다. 집집이 담을 높이 쌓고 개 대신 보안용 시시티브이(CCTV)를 설치했다. 가축을 키우던 축사는 걷어치우고 차고를 지었다. 마당에 딸린 채마밭은 마당과 합쳐 정원으로 만들고 나무를 캐다 심고, 꽃을 심고, 돌을 실어다 세웠다. 연못을 파고 비단잉어를 키우기도 하고 수영장을 만들기도 했다. 함박눈이 펄펄 내리는 날도 수영장을 채운 물에서 더운 김이 안개처럼 피어오른다고 했다. 원골 곳곳에 보안등을 세워 놓아서 해가 져도 지는 줄 모른다.

돌배 영감은 마님댁을 나올 때까지 살았던 바깥채 앞에 기름통을 한 번 더 내려놓고 잠시 허리를 폈다. 젊어서는 무거운 짐을 지고도 한걸음에 다니던 길을 겨우 기름 한 통 들고 서너 번 쉬어야 했다. 바깥채를 바라보던 돌배 영감은 문득 바깥채 추녀 밑에 쪼그리고 앉아 굶어 죽은 늙은 종 웅박이 떠올랐다.

돌배 영감은 내려놓았던 기름통을 다시 들고 일어나 예전에 드나들던 99칸 기와집 쪽문으로 들어가 들고 간 기름을 마루에 끼얹고, 벽에 뿌리고, 마지막으로 남은 것은 뒷마당 장독대에 올라서서 초혼(招魂)을 부르듯 온 힘을 다해 용마루로 휙 던져 버렸다. 용마루에 떨어진 기름통이 기와지붕을 데굴데굴 굴러 내려가는 동안 기름은 쏟아지고 빈 통이 마당으로 쿵 떨어지며 마치 사찰에서 북을 치듯 '텅' '텅' '텅' 굴러가는 소리가 밤의 정적을 깨고 길게 울려 퍼졌다.

돌배 영감은 성냥갑을 꺼내 들고 귀를 기울였다. 기름통이 굴러가다 멎은 마당은 절간처럼 고요했다. 성냥개비를 꺼내 불을 켜려는 순간 불현듯 '안 된다. 원한이 아무리 골수에 사무쳐도 천만 번을 죽이고 싶었어도 사람을 죽여서는 안 된다' '현태에게 살인자의 새끼라고 손가락질까지 받게 해서도 안 된다'는 생각이 뇌리를 쳤다. 잠시 숨을 고른 돌배 영감이 목을 길게 빼고 심장을 쥐어짜듯 얼굴을 일그러뜨리며 안방을 향해 '꼬꼬댁' '꺽꺽' 연거푸 울었다. 에밀레종이 울리듯 애절한 닭 울음소리는 긴 여운으로 사라졌다. 방문이 벌컥 열렸다. 하얀 치마저고리를 입은 원골 마님이 마루로 나와 사방을 둘러보다 돌배 영감을 발견했다.

"웬 놈이냐?"

돌배 영감이 수굿하게 서서 대답했다

"마님. 전디유."

마님이 마당으로 내려서며 카랑카랑한 목소리로 말했다.

"종늬므 새끼가 예가 어디라구 와. 이 지름 냄새는 뭐구?"

돌배 영감이 손에 들고 있던 성냥갑을 내보이며 말했다.

"마님 집에 불을 확 싸지르려구 왔슈."

원골 마님이 놀란 짐승 모양 눈꼬리를 치켜뜨며 소리를 빽 질렀다.

"그럼 바루 싸지르지 않구 뭔 늬므 닭 울음소리여."

돌배 영감이 상전에게 고하듯 조용조용 읊조렸다.

"마님을 천만 번두 더 태워 죽이구 싶어두 우리 현태가 눈에 밟혀 못 싸질렀슈. 근본 읎는 종놈의 새끼 소리 듣는 것두 골수에 사무치는디 살인자의 새끼루 만들 순 읎잖어유. 그런디 마님 한 가지만 물어볼게유. 마님 방 문틈에 낀 우리 선돌이 손가락을 왜 빼 주지 않으셨슈. 짐승만두 못헌 종놈으 새끼라서 그랬슈?"

달빛에 드러난 마님의 얼굴이 횟가루를 뒤집어쓴 듯이 창백했다. 마님이 소리쳤다.

"아니다. 두려워서 그랬다. 두려워서. 나는 종부루 평생 이 집에 눌려 살었다. 영감이 죽은 뒤루 나는 내 새끼들을 지키구 가진 것을 잃을까 두려워서 그랬느니라. 이제 늬놈은 나를 죽이구 늬 손주를 살렸으니 어서 이 집에 불을 싸질러라!"

돌배 영감이 허리를 펴고 마님을 바라봤다.

"아니, 지가 마님을 죽이다니유. 마님은 멀쩡허신디 그게 무슨 말씀유?"

마님의 서슬 푸른 목소리가 마당을 쩌렁 울렸다.

"허허, 이눔아, 차라리 나를 이 집에 가두구 불을 확 싸지를 것이지. 나는 이제 살어두 산 것이 아니다. 늬눔이 손주에게 살인자의 멍에를 씌워 줄 수 읎듯이 나두 내 멍에를 벗어 자식들에게 씌워 줄 수 읎으니 어서 불을 싸질러라. 어서!"

돌배 영감이 휘발유를 처음 뿌린 곳으로 걸어가며 말했다.

"야아. 마님."

돌배 영감이 손에 들고 있던 성냥골을 성냥갑에 북 긋자 불꽃이 일었다. 불꽃은 돌배 영감 손에서 나비처럼 날아가 기름 위에 떨어졌다. 불씨가 불길이 되어 사방으로 흩어진 기름을 쏜살같이 따라가며 마루를 태우고 벽을 태우고 하늘 높이 불기둥을 세우며 지붕 끝까지 훨훨 타올랐다. 두 눈을 부릅뜨고 지켜보던 마님이 그제야 '불이야!'를 목청껏 외쳤다. 바깥채에 살던 운전기사가 안채로 뛰어 들어가 마님을 데리고 대문 밖으로 빠져나왔다. 동네 사람들이 자다 말고 달려왔지만 속수무책이었다. 바짝 마른 한옥은 가랑잎 타듯 타올랐다. 소방차 경적에 놀란 대치골 사람들도 밖으로 뛰쳐나와 용광로와 같이 화광이 충천한 원골을 바라봤다.

소방차가 왔을 땐 이미 99칸 기와집 대들보가 내려앉은 뒤였다. 자다 말고 빈 몸으로 방을 나온 마님은 돌배 영감이 불을 지르기 전 귀중품을 꺼내러 들어가지 않았다. 궁궐 같은 99칸 기와집이 기세 좋게 활활 타오르는 것을 지켜보며 발을 동동 구르지 않았다. 불길이 잡히자 원골 마님은 의연한 자세로 소방대원을 불러 말했다.

"부엌에서 누전으루 불이 났다. 내일 우리 관리인을 보낼 테니 오늘은 고만 돌어가라."

마님의 기세에 눌린 소방대원이 말했다.

"예에, 마님."

달은 이미 만덕산 밤나무골 능선 위에 올라가 있다. 불나방이 불빛을 따라가듯, 돌배 영감은 며느리가 환하게 불을 밝혀 놓은 대치골을 향해 표표히 걸어간다. 달빛이 교교히 흐르는 마당에 나와 원골을 바라보던 성갑이 뇌리에 무정란을 품고 병아리를 기다리던 토종닭 무녀리가 떠올랐다. 원골 마님은 마치 개선장군이 치열했던 전쟁터를 바라보듯 잿더미가 되어 버린 집터를 초연히 응시했다.

'꼬끼오!'

어디선가 첫닭이 청아한 목청으로 울었다. 운전기사가 마님을 데리고 바깥채로 들어갔다.

은골로 가는 길 1·2

정장화 장편소설

고향의 서정을 잃어버린 도시인의 향수!
"사소한 사람도, 사소한 역사도 없다"

"1946년생인 작가가 40대 초반까지 자신의 삶을 형상화한 듯한 이 작품은 1권은 고향의 삶, 2권은 타향의 삶으로 나뉜다. 그 시기는 정확히 한국의 근대화와 겹친다. … 토속적, 향토적이라는 수식어로 표현되던 시골의 서정 또는 누추함. 냉정한, 비열한 등으로 꾸며지던 도시의 비참 또는 잔인함. '은골로 가는 길'은 이것들이 한데 합쳐져 드러난다. … 산업화와 '잘살아 보세'의 그 시대를 우리 어머니, 아버지들이 살았다. 어떤 모습이 옳은지, 그른지 딱 잘라서 볼 수도, 볼 필요도 없다. 누군가 말했다. '사소한 사람도, 사소한 역사도 없다'고. 지금은 거의 자취를 감춘 향수(鄕愁)라는 말을 이 소설을 통해 한번 느껴볼 만도 하다."

—〈동아일보〉

생명을 살리는 숲 은골, 우리 모두가 떠나온 고향!
우리는 과연 그곳으로 돌아갈 수 있을까

은골에서 나고 자라 평생 산전을 일궜던 세혁의 아버지는 숲과 함께 살아갈 줄 알았고, 이웃과 함께 살아갈 줄 알았다. '은골 사람'으로 태어났지만, 현대 산업사회에서 경쟁을 뚫고 살아야 했던 주인공의 이야기를 담았다. '고진 어른'이라고 불렸던 주인공의 아버지가 질박한 충청도 사투리로 아들에게 일러주는 풀 이름, 나무 이름은 이제는 존재하지도 않고 돌아갈 수도 없는 고향을 떠올리게 한다. 고향을 떠나 고속도로 건설현장과 원자력발전소 건설현장에서 살을 부대끼며 살아가는 인물들, 경제발전에 밑거름이 되었지만 그 결실을 누리지 못하고 소외되었던 사람들의 강팍한 현실을 실감나게 묘사한다. 사회 전체가 가난을 탈출하고자 내달렸던 시대에 어디에도 뿌리박지 못하고 부초처럼 살았던 이들의 한을 풀어주는 씻김굿 한 판 같은 작품이다.

신국판 | 1권 390면 | 2권 386면 | 각 권 14,800원

1권　활인송의 전설

새벽 · 자궁 속의 별 · 씨앗 뿌리기 · 소년 나무장수 · 색동짚신 · 장날
소쩍새 울고, 나뭇잎 필 무렵 · 닥나무 한지 · 얼룩빼기 황소와 '해설피'
부정, 모정 · 엄마의 공양단지 · 아버지의 징검다리를 건너

2권　출구 없는 고속도로

고진(高眞)한 사람 · 고속도로 건설현장 사람들 · 노선 설계변경이라는 마술
아! 당산터널 · 고속도로의 노래 · 한밤의 목격자 · 3년 만의 휴가
가냘픈 저항의 반동 · 타는 목마름의 계절 · 아버지 등을 밀어드리며